JOGOS MENTAIS

TERI TERRY

JOGOS MENTAIS

Tradução: Sandra Pina

FAROL
LITERÁRIO

Título original: *Mind games*

Publicado originalmente em inglês em 2015 pela Orchard Books.

DIRETOR EDITORIAL:	Raul Maia
EDITORA:	Vivian Pennafiel
EDITORA ASSISTENTE:	Camila Lins
TRADUÇÃO:	Sandra Pina
PREPARAÇÃO DE TEXTO:	Meggie Monauar
REVISÃO:	Marcelo Nardeli e Vivian Miwa Matsushita
EDITORAÇÃO ELETRÔNICA:	Claudio Tito Braghini Junior
CAPA:	Sérgio Frega
IMAGEM DE CAPA:	©Vladgrin/DollarPhotoClub

Texto em conformidade com as regras do Novo Acordo Ortográfico da Língua Portuguesa.

Dados Internacionais de Catalogação (CIP)
(Câmara Brasileira do Livro, SP, Brasil)

Terry, Teri
Jogos mentais / Teri Terry ; tradução Sandra Pina.
– São Paulo : Farol Literário, 2015.

Título original: Mind games.
ISBN 978-85-8277-091-7

1. Ficção juvenil I. Título.

15-03875 CDD-028.5

Índices para catálogo sistemático:

1. Ficção : Literatura juvenil 028.5

1ª edição • setembro • 2015

Farol Literário
Uma empresa do Grupo DCL — Difusão Cultural do Livro
Av. Marquês de São Vicente, 446, cj. 1808 — Barra Funda
CEP 01139-000 — São Paulo/SP
Tel.: (0xx11) 3932-5222
www.farolliterario.com.br

Em memória de Joan e Eric Terry

A verdade é o grito de todos, mas o jogo de poucos.
George Berkeley, 1744

I
CHANCE

A terra tem seus limites, mas a estupidez humana é infinita.

Gustave Flaubert

CAPÍTULO 1

Uma escola não deveria estar tão tranquila. Deslizo escada abaixo, Hex como uma sombra atrás de mim, imitando com cuidado meus passos lentos e exagerados. Qualquer barulho ou movimento súbito ativaria as câmeras, então eu me controlo para respirar lentamente, inspirar e expirar o mais silenciosamente possível, mas meu coração pulsa tão alto que tenho certeza de que vai acioná-las. No entanto, elas continuam imóveis.

Passamos pelas salas dos alunos dos últimos anos, uma por uma. Estão silenciosas como túmulos; uma luz vermelha acima de cada porta avisa que estão ocupadas. Dou uma olhada para trás, para Hex: uma expressão tensa, e posso ver que ele está preocupado. Será que éramos tão azarados que este seria o único dia do ano em que todos os alunos estariam em suas salas? Mas, finalmente, uma vazia. Hex faz careta: é a sala de Jezzamine. Se eles rastrearem o *hack* até aqui, o castigo será pesado. Mas ele é tão bom quanto diz: mexe na tranca e, em segundos, está dentro e plugado.

Agora é comigo. *Anda Luna, você consegue.* Continuo avançando lentamente até o próximo corredor, e espero. Através da janela na porta, posso ver a luz verde da câmera. A segurança aqui é maior, as câmeras estão ligadas o tempo todo, não são ativadas apenas com som e movimento. Não poderei continuar se Hex não conseguir...

E a luz verde se apaga.

Sorrio e, no mesmo instante, me lembro de me mover lentamente até passar pela porta e ficar fora do alcance dos detectores do corredor. Com a porta fechada, corro até a próxima justamente quando a tranca faz um *click*, avisando estar aberta. *Hex, você é brilhante.*

Como ele não tinha certeza se poderia mantê-la destrancada por muito tempo, dou uma olhada pelo escritório, procurando por algo para prender a porta, e acabo jogando um dos meus sapatos para impedir que ela se feche. Entro na sala.

Então, este é o centro do mal.

Parece muito com qualquer outro PPI, mas, conectada a este *Ponto de Plug-In*, está a própria Bag – Beatrice Annabel Goodwin OBE, Diretora de Aprendizado e Torturadora-Chefe de Alunos. Seu rosto, normalmente desdenhoso, agora não revela emoções; o corpo está aqui, no sofá do PPI, e o resto numa assembleia virtual. Escolhemos o único momento da semana em que todos os alunos e professores regulares estariam lá, ocupados e incapazes de se desplugarem.

Nervosa por estar tão perto dela, aceno freneticamente para o seu rosto: sem reação. *Não seja idiota, Luna. Você está perdendo tempo.*

Tiro as luvas e a tinta da mochila e começo a trabalhar.

Quando termino, saio da sala. A luz da câmera ainda está desligada. Me abaixo para tirar o sapato da soleira; a porta faz um *click* e tranca. Eu hesito, olhando fixamente para o sapato em minha mão: é roxo, e eu mesma pintei borboletas nele. É o único par assim.

Empurro-o para fora da vista, atrás de uma planta na antessala. Desta vez não haverá como fugir.

Rachel estranha quando sento ao lado dela.

— Onde você estava?

— Em lugar nenhum.

Mas não consigo evitar o sorrisinho. Nosso inspetor, Anderson, ainda está caído sobre a mesa, dormindo, e nossa turma de desajustados Recusadores está em seu caos habitual.

Ela balança a cabeça.

— Esse olhar significa que vem problema por aí, e *lugar nenhum* significa algum lugar onde você não deveria estar. E cadê seu sapato?

Olho para baixo: sapato roxo de borboleta à esquerda, pé descalço à direita.

— Acho que perdi.

Boa ideia? Má ideia? O tempo dirá, mas, neste momento, meu estômago está dando nós. Eu realmente não pensei direito naquilo, não é?

Hex passa discretamente pela porta da sala alguns minutos depois, como planejado, e senta nos fundos. Me viro e olho para trás, como não deveria fazer. Ele está completamente despreocupado, mas porque *ele* não deixou um sapato como rastro.

— Acho que você não tem um sapato extra na bolsa, né? — sussurro para Rachel.

Ela balança a cabeça.

— Mesmo se tivesse... — Ela dá de ombros, nem precisa terminar a frase. Rachel é uma ER: Recusadora por Exceção Religiosa. Sua igreja rejeita a tecnologia e a moda: seus sapatos pretos e pesados gritariam *errado* nos meus pés. — E seus sapatos de ginástica? — ela sugere.

Posso ir até os armários e voltar antes de...

A porta se abre. Não. Não posso.

É a sra. Goodwin, mas não como a vemos normalmente. Seu rosto está sereno. Tão sereno quanto pode estar depois de uma maquiagem bem produzida: um rosto de palhaço, mas não um palhaço qualquer. Um daqueles de terror, com um enorme sorriso louco e um nariz vermelho contrastando com as bochechas brancas como giz. Mas, ainda melhor: há cobras descendo de seus cabelos, como se ela fosse uma Medusa maluca. De alguma forma, isso dá ao seu rosto um toque de maldade pura. *Genial.* Finalmente sua imagem está de acordo com seu interior.

Quando Rachel levanta os olhos, abafa um suspiro alto, e sinto o olhar de Hex queimando na minha nuca. O combinado era pichar a sala com alguns comentários sobre a escola. Mas pintura corporal semipermanente é uma forma muito mais poderosa de expor um ponto de vista, não é mesmo?

Por baixo da mesa, com cuidado, tiro meu outro sapato e o escondo debaixo da mochila, fazendo o mesmo com meus pés.

Goodwin se volta e bate na mesa do professor com as duas mãos. Anderson, de um pulo, desperta de seu cochilo, começa a se desculpar e então olha para a diretora. Suas palavras somem.

— O que é? — Ela estala os dedos, mas o olhar dele permanece imóvel; a boca abrindo e fechando, como se não pudesse respirar. Como não responde imediatamente, ela sacode a cabeça e se afasta.

Anderson está perplexo, talvez pensando que se encontra num sonho induzido por pó de sono. Não que ele soubesse que havia pó de sono em seu chá. Embora ele cochile com frequência durante a manhã, depois de passar nossas tarefas para o dia, eu não podia correr riscos agora.

Ela nos encara. O conhecido desprezo com um toque de complacência gentil transparece sob o rosto de palhaço.

— Bom dia, classe. Como vocês perderam a Assembleia *novamente*, e não queremos que percam nada importante, aqui estou. *Em pessoa*. Não interessa quão ocupada eu seja, o aprendizado de cada aluno é fundamental para nós.

Sua voz sibila com notícias da escola e de melhorias em equipamentos, enquanto olho discretamente para os outros na sala. Em nossa escola com mais de seiscentos alunos, a turma de Recusadores havia encolhido para cerca de vinte, cobrindo todas as faixas etárias. Outros foram intimados, ao longo do tempo, a aceitar a Educação Virtual. Alguns poucos, como Hex, estão aqui involuntariamente, excluídos por um curto período de tempo por causa de contravenções virtuais. O caso dele, por exemplo, foi hackear jogos para maiores de dezoito e invadir a rede de senhas: a escola inteira entrou em mundos virtuais que, certamente, pais e professores *não* aprovariam. A maior parte é de ERS, como Rachel, e agora que o choque inicial por causa da aparência de Goodwin passou, eles estão refeitos, olhando para o Palhaço Maligno com serenidade, da mesma forma que reagem a qualquer coisa interessante. Os pontos de perigo são as EMS, seis delas apinhadas do outro lado da sala. As Exceções Médicas são imprevisíveis. A maioria encara Goodwin com olhos arregalados de medo e, pior, alguns dos mais novos sussurram e lutam para não rir.

— Silêncio! — de repente ela grita, e todo o barulho cessa. — Insisto na total atenção de vocês. — Ela avança na sala, encarando um aluno de cada vez. Então, para diante da minha carteira. — Luna, hoje você está parecendo feliz consigo mesma — diz, mexendo uma das sobrancelhas.

Uma das cobras pintadas em sua testa racha com o movimento. Ela odeia todos os Recusadores, em especial a mim, porque, em suas próprias palavras, não tenho qualquer pretexto para ser uma — não há motivos religiosos ou médicos que me excluam da Educação Virtual. Não importa que esteja na Lei Internacional de Direitos da Criança da NNU que qualquer um pode dispensar Implantes Educacionais. Esses alunos podem optar por uma educação tradicional, não virtual. Ela nem mesmo pode ignorar as diretrizes das Novas Nações Unidas, embora faça questão de garantir que o padrão seja o mais baixo possível dentro da lei e nos atormente muito com isso. A mim em particular, pois está convencida de que sou uma Recusadora apenas para irritá-la e para desperdiçar tempo e recursos.

Seria uma boa razão, se fosse verdadeira.

Goodwin não iria me maltratar na frente de tantas testemunhas, então fico calada e olho para ela tranquilamente. Tenho o cuidado de não parecer muito zangada nem muito alegre, duas expressões que ela não suporta ver no meu rosto.

Finalmente, ela desvia o olhar e se volta para a turma.

— A diretiva NNU-92 das Novas Nações Unidas exige que eu enfatize que a contínua recusa de vocês à oportunidade de Educação Virtual PareCo não os impede de participar dos testes. — Seus dentes rangem, como se pronunciar aquelas palavras lhe causasse dor física. — Todos os alunos do último ano foram inscritos pela escola, e os indicados para o Teste serão notificados por nós amanhã de manhã.

Os dois garotos das primeiras carteiras riem novamente; cobrem o rosto, tentando parar.

Ela dá meia-volta, se inclina e coloca uma mão sobre a mesa de cada um.

— O. Que. É. Isso? — ela pergunta, a voz se elevando.

Um deles olha para a sala, buscando ajuda, e Goodwin bate na mesa à frente dele.

— *Você*, me responda!

Ele engole em seco.

— Você... Você está com uma coisa no seu ro-ros-rosto... — responde.

— O quê? — Goodwin se afasta, limpando nervosamente alguma sujeira imaginária do rosto.

Anderson se levanta. Agora convencido, pelo que o garoto disse, de que não estava vendo coisas, pega um espelho no armário de material de ciências e entrega a Goodwin.

Primeiro acho que ela não vai olhar: vai estilhaçá-lo no chão ou devolver. Mas a curiosidade leva a melhor, e ela segura o espelho. A sala está tão silenciosa que, pela segunda vez hoje, posso ouvir meu coração batendo.

Sem dizer nada, Goodwin deixa o espelho sobre a mesa e sai da sala.

Todos soltam a respiração ao mesmo tempo quando a porta se fecha. O sinal do almoço toca segundos depois. Ela não vai conseguir chegar à sua sala a tempo: *todo mundo* vai sair para os corredores e vai ver.

Anderson encara a turma. Aquilo é mesmo um quase-sorriso discreto por trás dos seus óculos?

— Bom, acho que ninguém aqui sabe nada sobre aquilo, não é? — A turma permanece em silêncio. — Se não sabem, espero que em breve descubram alguma coisa a respeito. Agora, andem. Para o almoço.

Meus sapatos de ginástica não combinam com o vestido roxo que customizei, mas ser uma Recusadora tem suas vantagens: você pode usar o que quiser. Mesmo se não combinar. O refeitório dos alunos do último ano está lotado de garotos de dezessete anos usando jeans e camisetas vermelhas. Não há uniforme no ano do Teste, mas, fora os Hackers, que têm um estilo muito próprio, de alguma forma o restante dos alunos está sempre vestido da mesma maneira. Eu costumava ficar intrigada com isso, até que Hex me contou que eles se encontram no Temporreal antes da escola.

Por tradição, Recusadores têm seu próprio espaço no refeitório, do qual nenhum dos de jeans-e-camiseta-vermelha se aventura a chegar muito perto. Hex chega tarde, mas, em vez de ir logo se juntar aos seus amigos Hackers, como de costume, para perto de mim e de Rachel. Faz um sinal com o olho esquerdo cercado de tatuagens: teria acrescentado mais uma espiral preta? Essa foi rápida.

— Então arte é uma das suas melhores matérias? — pergunta.

Rachel se levanta.

— Por algum motivo eu acho que não deveria escutar essa conversa.

Ela sai para encher o copo de água e eu dou de ombros.

— Você devia ter me contado — ele me censura.

— Zangado?

— Não. — E sorri. — Considerando que não foi virtual, foi brilhante.

Sorrio de volta. Temos tido discussões exatamente sobre isso. Tão acostumado a passar a vida plugado, ele não entende o poder do toque pessoal no mundo real. Hex estava convencido de que os meios virtuais eram a única maneira de vingar a sua exclusão.

— Mas ela vai tentar muito, muito mesmo, encontrar alguém para culpar — ele diz.

— Cobriu seus rastros?

— Ah, sim. Ela não vai conseguir provar nada, mas isso não significa que não irá deduzir. Vai saber que alguém hackeou as câmeras e a porta, e aqui não tem muita gente capaz de fazer isso.

— Modesto você, né? E se ela perceber a nova marca no seu olho?

— Droga. Você notou? Achei que estava sutil. — Ele ri, claramente feliz por mais uma marca de Hacker, que funciona, para eles, como uma forma de se vangloriar por algo que não se pode confessar sem o risco de um processo. — Mas ela vai saber que foi mais de uma pessoa. E você, cobriu os *seus* rastros?

Olho fixamente para ele, com um nó do tamanho de um sapato apertando desconfortavelmente o meu estômago.

— O trato foi que, se um de nós for pego, o outro não diz nada, e eu jamais direi. Então, não há nada com o que se preocupar. Agora sai fora, antes que alguém perceba que você está se rebaixando.

Rachel volta para seu lugar. Conversas ecoam ao meu redor: todas as turmas do último ano viram o rosto de Goodwin e não param de falar disso. Reviro meu almoço no prato, incapaz de pensar em comer. Será que meu plano vai funcionar?

O almoço está quase acabando quando finalmente acontece. Rachel cutuca meu braço. Olho para ela: seu olhar está fixo na porta. As conversas vão minguando.

Robson, chefe de segurança da escola, atravessa a sala e para atrás de mim: sua mão gorda segura meu ombro e me puxa da cadeira.

CAPÍTULO 2

Meus dois sapatos roxos estão sobre a mesa de Goodwin. Ela está sentada atrás da mesa; a cabeça e o rosto cobertos por uma echarpe.

— Vá embora! — grita para Robson, e ele sai. Isso não é bom: sem testemunhas.

Ela segura meu sapato direito.

— Prova A: encontrada na cena do crime. — Ela segura o esquerdo. — Prova B: encontrada em seu armário.

Não digo nada, apenas a encaro.

Ela arranca a echarpe: o rosto de palhaço apresenta sinais de que ela tentou se livrar da pintura, mas a tinta é forte — por ser semipermanente, vai levar *dias* de esfregação.

— Gostaria de confessar? Ou devemos fazer como Cinderela e verificar se o sapato serve? — Sua voz está estranhamente calma.

— Os sapatos são meus — respondo, e detesto quando ouço minha voz trêmula.

Ela assente com a cabeça.

— Sente-se, Luna. — Me sento na ponta da cadeira oposta à dela. — Suponho que se ache muito, muito esperta. Você é, e isso é parte tanto do problema quanto do mistério.

— Não sei do que você...

— Calada. — Ela me encara. — Olhei seus registros. Você só tirou "A" no Fundamental 1. No Fundamental 2, quando começou na turma de Recusadores, manteve-se na média durante todo o período. Às vezes, tem uma boa nota em Matemática, quase como se não conseguisse evitar, mas logo em seguida aparece com uma nota baixa, para deixar tudo *cuidadosamente* na média.

— Não! Eu sempre dou o melhor de mim em todas as matérias. — A mentira paira no ar entre nós: pesada e visível, como letras no céu.

Ela sorri. Ergue uma sobrancelha.

— Não preciso lhe dizer quais são as principais diretrizes da NNU, as conclusões alcançadas depois que a estupidez humana e a Terceira Guerra Mundial quase destruíram o planeta. E você conhece a natureza dupla dos testes da NNU geridos pela PareCo? — Aceno em sinal positivo, não há sentido em negar o que todo mundo sabe. — Então, me diga.

— Há dois testes: o primeiro é o quociente de inteligência; o segundo, o quociente de raciocínio.

— Mas essa é apenas metade da história. Vou lhe contar algo que não foi ensinado na escola, mas que você, minha querida, de tão *esperta,* já deve ter descoberto. Suas notas na média me indicam isso.

Olho fixamente para ela.

— Não sei do que você está falando.

— Então ouça. O propósito conhecido dos testes, QI e QR, é selecionar os melhores para a universidade e para as colocações na PareCo, não é? Aqueles que não são apenas brilhantes, mas também racionais. O propósito não declarado, a dualidade!, é identificar indivíduos perigosos. Os *inteligentes* que são também irracionais, minha querida, precisam ser vigiados, e *não* imbuídos de responsabilidades. Para a segurança de todos nós. E o motivo, claro, é evitar que pessoas inteligentes, porém irracionais, voltem a ter *qualquer* responsabilidade. Mesmo sobre sua própria vida. As Novas Nações Unidas têm poderes muito mais amplos do que qualquer NU anterior, exatamente para evitar isso. Porque inteligentes-idiotas, como eu gosto de chamar, como *sua mãe*, são um perigo para si mesmos e para a sociedade.

Eu não vou reagir, não vou. Se eu fosse mais nova, Goodwin teria me feito chorar. Agora, não mais. Luto para segurar a minha dor dentro de mim, para não deixar que transpareça, mesmo que Goodwin saiba que ela existe.

Ela sorri e pega o pé direito do meu sapato.

— E então chegamos a este objeto interessantemente decorado, esquecido de forma casual na antessala do meu escritório. Colocado atrás de uma planta, onde não foi visto de imediato, mas facilmente encontrado numa busca rápida. Sem dúvida, com suas digitais. Por quê?

— Deixei cair. Só isso!

Ela balança a cabeça.

— Não se dê ao trabalho, Luna. Bem, minha primeira ideia: isso não é esperto. Minha segunda ideia: isso é irracional. *Ou não?* Na verdade, me perguntei no que resultaria o fato de você esquecer uma evidência de sua identidade na cena onde fui atacada. E cheguei a uma conclusão: *você queria ser pega.* Mas por quê? — Ela faz uma pausa, como se estivesse esperando uma resposta, mas estou tão surpresa de que tenha deduzido alguma coisa que permaneço calada. — A resposta é óbvia. Não vou dar o que você quer, Luna. Seu plano tão elaborado falhou. Você não será expulsa.

— *O quê?*

— Você me ouviu. Mas isso não significa que não será punida, ah, não mesmo! Na próxima semana, quando os testes estiverem acontecendo, vamos lhe dar algumas lições interessantes, que irão ocupar o restante do seu ano escolar. Ainda não decidi quais, mas serão bem... *interessantes.* Contudo... você pode facilitar seu destino, em parte, se revelar seu cúmplice.

— Fiz isso sozinha.

— Ah, é mesmo? Você, uma Recusadora, hackeou o sistema de segurança da escola? E mais: fez isso na mesma hora em que entrava na minha sala? — Ela balança a cabeça. — Nem *você* é tão inteligente. Agora, volte para a classe.

Ela manda Robson me acompanhar até a porta da minha sala. Quando entro, todos me olham chocados. Parece haver um consenso de que eu jamais seria vista novamente. Me sento e Rachel aperta meu braço.

Viro uma subcelebridade. Mesmo que eu não confirme nem negue qualquer coisa, todos relacionam a cara de palhaço de Goodwin a Robson me rebocando para fora do refeitório, e, no final do dia, pelo menos desta vez, acaba havendo uma reação boa. Alunos que ignoravam minha existência havia anos começam a me aplaudir espontaneamente enquanto descemos as escadas.

Apesar de ficar totalmente apreensiva com o que Goodwin disse e preocupada com o que acontecerá na próxima semana e, acima de tudo, chateada por não ter conseguido ser expulsa para aproveitar, longe daqui, os últimos meses inúteis de escola antes dos estágios, é divertido.

Até chegar em casa.

CAPÍTULO 3

Quando passo pela porta, minha madrasta, Sally, já está me esperando.

— Bea me disse que você está tentando ser expulsa. Ficou maluca?

Há uma grande desvantagem em ter minha madrasta frequentando a mesma academia virtual que minha professora. Vou direto para a cozinha e pego algo para beber, e ela me segue.

— O que você estava pensando? — ela continua. — Tenho um bom motivo para trazer seu pai aqui e...

Olho para cima. Conheço uma ameaça vazia de longe.

— Por favor, faça isso. Não o vejo há semanas.

Ouço um risinho vindo do canto, me aproximo e passo um braço pelos ombros de Nanna. Ela começa a cantarolar, balançando ligeiramente sua cadeira para trás e para frente.

Sally senta à nossa frente.

— Luna, não consigo entender. *Por que* você tentaria ser expulsa?

Ela parece estar de fato angustiada e preocupada, e me sinto arrependida.

— Desculpe, Sally. Não quero deixar você triste. Mas qual o sentido de terminar o ano? Estou fora da média de notas para conseguir uma indicação de Teste. E o resto do ano será preenchido apenas com bobagens para ocupar o tempo até o início de qualquer estágio que venha a cruzar nosso caminho.

— Se ela a tivesse expulsado, isso ficaria na sua ficha para sempre, Luna. Temos problemas suficientes nesta família, e você não precisa de mais um.

Eu enrijeço. De vez em quando a vejo bem humana, mas ela sempre volta com essa história: a vergonha por estar associada à nossa carga genética, com a qual seu filho está manchado para sempre — pela meia-irmã, que é uma Recusadora, pela avó, que foi embora com as fadas. E, enfim, por minha desprezível mãe.

Sally se levanta novamente.

— Sejam quais forem os seus motivos, está de castigo. Para sempre.

— Bom, como tenho uma incrível vida social, isso realmente vai doer. Mais alguma coisa? Proibir meu acesso virtual, talvez?

Ela sai batendo o pé. Nanna bota a língua para fora e abafa uma risadinha.

Jantar: como sempre, nada de Papai, e Sally está me castigando com seu silêncio, mas Jason não percebe. Como um garoto tão fofo pode ter saído de uma mulher tão infeliz é um dos grandes mistérios da vida. Ele tagarela sobre o Mundo Virtual de Harry Potter: com dez anos de idade, alguns meses atrás finalmente conseguiu acesso a mais níveis. E está MUITO animado para encontrar Luna, minha homônima. Jason não consegue entender por que eu não me plugo e jogo com ele.

— Você não poderia, só dessa vez... — Sally diz, quebrando, finalmente, a barreira de silêncio.

— Não. Não posso. Caso você tenha esquecido, esse é o tipo de coisa que uma Recusadora não faz.

— Mas é tão *divertido*, Luna — Jason retruca, e começa a me contar como é jogar Quadribol. Depois, some: foi se plugar e jogar mais um pouco.

Antes de subir para dormir, vou até o escritório do Papai. Verifico o sistema de suporte de vida. Sua pele está muito, muito pálida. Quanto tempo faz que não se despluga? Olho a tela de registro: semanas. Penso em fazer uma desconexão de emergência, mas qual seria a minha desculpa dessa vez? Ser tirado de qualquer jogo no qual esteja conduzindo novatos esta noite lhe deixaria muito mal-humorado. O período noturno é o horário nobre dos clientes pagantes. Sopro um beijo para ele e apago a luz.

Durante a noite tenho o mesmo pesadelo. E saber o que ele significa não me torna capaz de impedi-lo. Não há como fugir.

Estou deitada em silêncio. O clima está quente, relaxante. Quero dormir, ficar à deriva, me plugar e desplugar ao mesmo tempo. Finalmente ser parte do Jogo.

Click. *A interface brilha, minha visão fica difusa. Mas não estou dentro; pelo menos, não da maneira correta. As telas e a sala ao meu redor estão todas aqui. Mas o corredor virtual me chama. Meu estômago se revira, e eu luto para fazer a realidade desaparecer. Detesto isso.*

Me levanto e entro no corredor. Um passo, dois. E, estupidamente, começo a ter esperança. Desta vez será diferente. Desta vez, vou pertencer. Ouço vozes, risos através das portas que me atraem no corredor. Tento empurrar uma delas.

Então o chão brilha e desaparece.

Me agarro desesperadamente ao que está ao meu alcance, mas tudo se transforma em fumaça, desaparece, e eu caio. Vou caindo cada vez mais rápido. Telas passam rapidamente por mim enquanto o mundo virtual colapsa, acaba, se transforma em nada. E sei que vou despencar, ganho velocidade, cada vez mais rápido, até que minhas veias, minha pele e meus órgãos se esticam e explodem; até que não sou mais uma pessoa, e sim uma mancha, um borrão.

É aí que uma mão aparece.

Ela agarra meu braço com firmeza, bem apertado. Quase o arranca do ombro, que, de alguma forma, aguenta; e eu paro: é como se tivesse batido numa parede de tijolos. Da queda livre a nenhum movimento, em um instante.

A dor é tão intensa... Acordo.

Não é um sonho, pelo menos não esta parte: há mãos agarrando meus braços, penetrando dolorosamente a minha pele.

A manhã lança pela janela luz suficiente para mostrar olhos arregalados, em pânico. O cabelo escuro com mechas cinza sobre um rosto desenhado.

— Luna, você está em perigo — um sussurro sibilante. — Precisa se esconder. Precisa viver; muito depende de você.

Meu coração bate dolorosamente por causa do medo da queda, o final abrupto para um sonho normal. Inspiro e expiro, tentando me recompor para poder recompô-la.

Coloco minhas mãos sobre as dela, soltando gentilmente seus dedos dos meus braços, um a um, até estarem livres, e então seguro suas mãos nas minhas.

— Nanna, está tudo bem. Não se preocupe.

— Não deixe que notem você, Luna, ou tudo estará perdido.

Seus olhos estão brilhantes, penetrantes e focados. É tão raro ela estar *presente* dessa forma que, mesmo eu sabendo que esta não é mais ela de verdade e que não tem ideia do que está falando na maior parte do tempo, não consigo evitar. Tenho *esperança.* De que ela volte para mim, de que seja a mulher que viveu aventuras comigo; que me ensinou sobre a beleza dos números e fez com que cada dia fosse mágico; que me aconselhou a manter meu segredo, guardá-lo bem e cuidar dele como da minha própria vida.

Aquela que cuidou de mim, noite após noite, depois da morte da minha mãe.

Ela começa a tremer, e eu me sento, trago-a para junto de mim, passo um braço sobre seus ombros. Ela é tão pequena, tão delicada agora. É difícil saber de onde veio a força que apertou tanto meus braços, a ponto de deixar marcas na minha pele. Hematomas no formato de suas mãos provavelmente vão logo aparecer: isso vai dar aos idiotas da escola mais um motivo para rir.

— Você tomou os remédios ontem à noite? — pergunto, mas ela se foi novamente. Para onde normalmente vai. Começa a cantarolar, sorrindo, balançando para trás e para frente ao som de uma música que só ela pode ouvir. — Venha, Nanna — digo e me levanto, colocando-a de pé e levando-a de volta para o quarto. Ajudo-a se deitar, puxo as cobertas. Seus olhos se fecham logo, a respiração se restabelece. Saio do quarto, mas hesito perto dos controles da porta.

O médico diz que devemos mantê-la trancada durante a noite; que devemos contar a ele se houver mais algum "episódio"; que ele pode aumentar a dose dos remédios.

Os remédios que a fazem cantarolar e ficar cada vez mais à deriva em seu próprio mundo, a ponto de quase nunca sair dele.

Que se dane o médico.

CAPÍTULO 4

Hoje acho que estou chamando atenção com meu jeans e minha blusa de mangas compridas, que cobrem os hematomas dos meus braços. As outras garotas estão todas de saia preta, calça bem justa e tops com estampa de animal, e os garotos são caçadores, com arcos e flechas falsos, inclusive. Alguma sexta-feira temática não muito sutil foi sonhada esta manhã no Temporreal? Algo está acontecendo. Não há mais os aplausos de ontem, e olhares hostis são lançados em minha direção. Passo por eles no caminho para as escadas.

— Ei, Lunática. Espera — diz um deles. Continuo andando.

— Luna? — outra voz, conhecida desta vez. Melrose. Éramos amigas quando mais novas. Agora ela geralmente me trata como se eu fosse uma infectada, assim como fazem os outros. Como se a loucura pudesse ser contagiosa. — Luna, por favor — ela insiste.

Por algum motivo, há um tom de suavidade em sua voz, então resolvo parar. Mel está sorrindo. Os outros, não.

— O que você quer?

— Não viu os informes da escola?

Dou de ombros. Não vou responder o óbvio: Recusadores não são como eles. Não se plugam antes do café da manhã.

— Por quê?

— As indicações do Teste saem hoje.

— E? — Encaro Mel, certa do que está por vir. Embora não devesse, me sinto magoada por ela se submeter a isso, a zombar do meu fracasso na frente de todos. Será que Jezzie, que está dando risinhos atrás dela, a incitou a fazer isso?

— Você conseguiu uma.

— O quê? — Agora minha expressão é de choque, assim como a deles. — Deve haver algum engano.

— Com certeza. — Desta vez é Jezzie. — Sem chance de uma maluquinha como você conseguir...

— Chega, Jezzamine — ordena uma voz atrás do grupo, que se abre para a chegada do sr. Sampson, o Coordenador da Escola para o Teste. — Você deu uma opinião infundada. Seria bom deixar os preconceitos de lado na fase do quociente de racionalidade do Teste. Isso *se* você chegar até lá. Agora, todo mundo, para as salas. Exceto você, Luna. Venha comigo.

Sigo-o em direção ao escritório de Goodwin. O que está acontecendo? Minha cabeça gira. Será que Goodwin encontrou algo ainda *pior* do que as aulas interessantes com as quais me ameaçou? Será que deu um jeito de conseguir uma indicação de Teste para eu fracassar de um modo publicamente espetacular, ser rotulada de irracional e trancada num hospício para sempre? *De jeito nenhum.* Não posso acreditar que mesmo Goodwin tenha esse tipo de poder. Isso tem que ser alguma brincadeira doentia.

Sigo o sr. Sampson até a sala. Ele abre a porta. Goodwin está lá, junto com alguns outros professores. Ele aponta para uma cadeira de frente para o grupo, e, quando me sento, o sinal toca.

A aparência de palhaço está mais amena do que eu esperava. O cabelo, penteado para frente, esconde as cobras. Ela franze a testa e seu rosto se move de um jeito estranho, quase fazendo barulho. Ah! Maquiagem pesada para disfarçar.

— Luna — ela cospe meu nome. — Explique-se!

Ela não está equilibrada como ontem, e fico feliz de os outros estarem aqui.

— Explicar o quê?

— Essa indicação de Teste.

Perplexa, olho para ela.

— É verdade? Achei que eles estavam brincando!

— É claro, você não viu os informes da escola esta manhã — diz Sampson. Ele dá uma batidinha na tela de um tablet e me mostra:

Indicação Teste PareCo: Luna Iverson. Segunda-feira, 9 horas, no centro de testes 11 da NNU, Londres.

Fico olhando o informe até as palavras começarem a pulsar na tela. São, de fato, palavras reais. Um arrepio percorre a minha espinha.

— Isso é de verdade?

— É — ele responde.

— Não entendo. Apenas os primeiros conseguem indicações, e eu não estou nem perto disso.

— Houve algumas *discussões* sobre o assunto — diz Goodwin, e as cobras de Medusa que pintei em sua testa ainda se mexem, apesar de estarem cobertas; seu olhar poderia transformar qualquer desavisado em pedra. — Mas me diga agora se você teve alguma coisa a ver com isso, ou então ajude a...

— Como eu poderia?

— Seu amigo Hacker, talvez?

— O quê? Hackear a PareCo? Você tá brincando? — Olho para Sampson. — Não entendo como isso aconteceu.

— Nem nós. Já conferimos. Você realmente tem uma indicação.

— Mas minhas notas não são...

— Notas não são o único fator. Há algoritmos e análises de uma série de fatores: potencialidades ambientais e genéticas e... — Ele para abruptamente quando percebe o que deixou escapar, e eu fico vermelha. Compaixão passa pelo rosto dele.

Goodwin resmunga.

— Você é um fracasso em todos os quesitos, Luna. Então nega qualquer envolvimento na adulteração dos protocolos da PareCo?

— O quê? Nego qualquer envolvimento com qualquer coisa.

— Saia. Mas o assunto ainda não está encerrado.

Me dirijo para a porta; Sampson vem atrás de mim.

— Venha comigo um momento, Luna.

Em outra sala, ele indica para que eu me sente. O último sinal toca.

Seu olhar desfoca; em seguida, volta.

— Não se preocupe, mandei uma mensagem para seu professor. Você não vai ficar com atraso. — Ele sorri, e me sinto perturbada. — Então, Luna, você ganhou uma chance. Uma indicação para o Teste.

— Não consigo assimilar; não entendo. Como consegui uma indicação?

— Talvez tenha havido algum erro.

Ele ri.

— Erro? Nos melhores e mais modernos protocolos da PareCo? De jeito nenhum.

Posso sentir que estou boquiaberta.

Ele pisca.

— Por mais inacreditável que pareça, tudo é possível. Mas me ouça, Luna. — Todo resíduo de humor desaparece de seu rosto. — Não importa como ou por que isso aconteceu, não perca essa oportunidade.

Ele não precisa dizer mais nada: eu *sei*. Todas as vagas das melhores universidades e dos melhores estágios são preenchidas pelos que se saem bem no Teste. Parte de mim se agarra a isso: poderia ser uma chance? *Uma* chance, e a única. Um era o número favorito de Nanna: *1* é ação, nova esperança e novo começo. Mas uma grande parte dentro de mim anula essa esperança.

— A sra. Goodwin nunca vai me...

— Ela não tem controle sobre isso. Ignore seus insultos e a raiva: ela não pode fazer nada. Só a PareCo, e apenas a PareCo, decide quem consegue uma indicação. Quando ela descobriu a sua, tentou até expulsá-la pela confusão de ontem, mas o pedido foi recusado. Mais uma coisa — ele hesita. — Eu sei que você não é uma ER nem uma EM.

Me espanto. Na minha turma de ERS, EMS e excluídos, há apenas uma Não Classificada: Lunática Luna.

— E?

— Fazer o teste com papel e caneta é mais difícil. No virtual você pode manipular padrões, dar respostas instantâneas, passar mais rapidamente pelas questões. E os resultados têm bônus ou penalidades de tempo. Pense nisso, Luna.

É mais difícil com ele do que com Goodwin. Com ela, mesmo que não haja uma boa razão para ficar em silêncio, o puro antagonismo é suficiente para eu me recusar a concordar, para me agarrar aos meus direitos e deixar que ela resmungue sobre todos os recursos desperdiçados. Mas, com ele, gostaria de poder conversar, de ter alguma forma de fazê-lo entender. No entanto, iríamos muito além das questões genéticas *potenciais* e chegaríamos a algo completamente diferente. E alguns segredos devem ser mantidos.

Não respondo nada e vou direto para a sala.

À noite, Sally não está em casa. Então sua grande amiga *Bea* não havia contado nada sobre minha indicação? Se Sally soubesse, com certeza estaria aqui quando eu chegasse. Parece que Bea só dá as notícias ruins.

Faço jantar para Nanna e Jason, mas não me atrevo a comer. Nanna vai para a cama e Jason se pluga para jogar Quadribol. E agora é a hora de *tentar*, pela primeira vez em *tanto* tempo.

Ainda há um PPI no meu quarto. Como não possuo um Implante, preciso me plugar do modo tradicional. Quando me deito, o sofá moldável se ajusta ao meu corpo — eu era menor da última vez que usei. Fecho os olhos e tento relaxar enquanto a fibra quente da rede neural se fecha ao meu redor; para deixar que se completem as conexões sensoriais e neurais, não ofereço resistência. Meu quarto está o mais escuro possível: desconectei até a tela de vídeo, para não haver nenhuma luzinha, e coloquei uma toalha embaixo da porta, para bloquear qualquer luz dispersa do corredor.

Click.

A interface brilha, minha visão *embaça*. O quarto escuro ainda está aqui, mas eu quase posso ignorá-lo.

Tonta, hesitante, entro no corredor do Temporreal. Estar aqui é um grande *erro*. Consigo fazer meus pés me levarem adiante, mas tudo parece desconexo e involuntário, como se eu estivesse metade aqui, metade sendo movida por controle remoto. Não há nada *menos* real para mim do que este lugar. Será que algum tipo de sarcasmo fez com que a PareCo desse o nome de *Temporreal* ao seu portal para os mundos virtuais?

Passo pelas portas de cada grupo a que pertenço; alertas de mensagens não lidas piscam sobre elas. A maioria são informes da escola e da biblioteca, de onde, como aluna, automaticamente sou membro, tendo ido lá alguma vez ou nenhuma. Há também diversos convites não respondidos de grupos, de fã-clubes da minha mãe; marco *não* conforme passo, e as portas desaparecem. Como será que esses maluquinhos me encontraram, com todos os cadeados de privacidade ativados? Não faço ideia. E há ainda alguns grupos de amigos de anos atrás, como o de Melrose: a porta ainda está ali, sem trancas, e posso ouvir os risos através dela. Estou surpresa que até agora ela ainda não tenha me bloqueado, mas suponho que não há razão para isso, já que nunca venho aqui.

E lá está a porta que eu buscava.

Respiro tão profunda e calmamente quanto posso e passo pela porta devagar, tentando afastar a náusea. Durante anos pensei que era assim com todo mundo. Quando descobri que não, que para todos os outros o mundo físico desaparece e isto aqui é tão real quanto tudo o que há nele, quase me expus. Mas Nanna alertou que isso deveria ser um segredo. Naquela época não entendi o *porquê* — eu tinha uns seis ou sete anos? Compreendi anos mais tarde. Algumas vezes, ser *diferente* não é nada bom.

Lá está: a porta do Papai. Bato, abro e entro. Não há ninguém. Quase choro de alívio ao ver que o sofá ainda está ali, embora não seja mais vermelho, e sim azul. Me afundo nele e fecho os olhos. Este é o melhor lugar por aqui: este sofá é o que basta, como aquele onde está o meu corpo. Nele eu não me abalo tanto nos dois mundos: real e virtual.

— Papai? — experimento chamar. — Sou eu. Luna.

Alguns instantes se passam, e eu não tenho certeza de quanto tempo posso ficar. A tontura intensa e a desconexão parecem ser bem piores do que da última vez que estive aqui: por dentro estou rodando, caindo, olhando para um precipício e prestes a me jogar. Como no meu sonho.

— Luna?

Arrisco abrir os olhos: é Papai. Quer dizer, agora ele se parece com o Doctor Who nº 32, mas sei que é ele. Como se já soubesse que não vou ficar aqui muito tempo, ele corre, me dá um abraço bem apertado e me beija no rosto.

— Pai! — eu protesto.

— Desculpe. É que é tão bom ver você.

— Há uma solução fácil, sabia? Desplugue e venha me visitar no mundo real de vez em quando... Eu costumo estar lá.

— Alguma coisa errada?

Ele sabe quanto detesto estar aqui, embora desconheça o motivo real disso. Sempre achou que era pelo modo como Astra, minha mãe, morreu. Nanna me disse para não contar, então, nunca o corrigi. Talvez tenha sido um erro, mas agora parece tarde demais para falar a verdade.

— Não. Alguma coisa está certa, na verdade.

— O quê?

— Consegui uma indicação para o Teste. Na próxima semana.

Seus olhos se arregalam.

— Sério? Está brincando!

— Sem *brincadeira*.

— Estou orgulhoso de você.

Pisco meus olhos com força.

— Não fique. Aposto que foi algum erro. Provavelmente vou me sair mal na maior parte.

— Duvido. Você é tão inteligente e bonita quanto sua mãe.

Balanço a cabeça.

— Bem que eu queria. Será que você pode vir jantar no domingo?

Seu olhar desfoca, então retorna.

— Tenho alguns compromissos, mas marque um almoço e vou ver o que posso fazer. Essa é uma das vantagens de ser um Senhor do Tempo — ele pisca.

— Soube que Jason está jogando Quadribol?

— Ah, é? Posso ver se mais tarde consigo aparecer como Dumbledore.

Eu rio, mas então o mundo balança demais e meu estômago fica prestes a sair pela boca.

— Preciso ir, Papai. Nos vemos, então?

Já estou desplugando, e ele brilha, acena. Então desaparece.

Estou inspirando e expirando, inspirando e expirando. Hiperventilando. E tentando acalmar minha respiração. Acendo novamente as luzes para ver meu quarto real. Tocar coisas que *existem*: meus livros, a tela de vídeo. A foto emoldurada de Astra, que coloco e tiro de uma gaveta. Gradualmente, minha respiração volta ao normal, mas o mundo ainda gira, até que desisto de tentar fazê-lo parar e vomito na lata de lixo.

Cinco minutos de Temporreal e quase duas horas até passar o enjoo. É uma boa razão para ser uma Recusadora, não?

CAPÍTULO 5

A campainha toca novamente. Onde está Sally? Desço correndo as escadas, passo pela sala da frente e abro a porta.

Melrose?

— Oi — ela me cumprimenta e sorri, enquanto a encaro boquiaberta. Ela faz uma expressão de espanto e fecha minha boca. — Não vai me convidar para entrar? — pergunta.

— Ah, ok. Claro. Entre. — Como não me mexo, ela mesma fecha a porta.

— Sally não disse que eu vinha?

— Não. Por que Sally...?

Ela franze a testa.

— Mandei uma mensagem para ela, já que não havia muito sentido em mandar para *você*, que não responde nenhuma mensagem minha há uns cinco anos.

— Mel? — de sua cadeira, Nanna fala suavemente, levantando os olhos. — Melrose — completa, sua voz mais forte dessa vez.

Melrose vai até a cadeira, se ajoelha e coloca uma mão sobre a de Nanna.

— Olá. Bom ver você, sra. Iverson. — Nanna sorri, então sua visão embaça e ela se vai novamente.

— Ela se lembra de você — digo, surpresa.

A memória de Nanna oscila, e pessoas significativas, que deveria reconhecer, como Sally ou seu médico, ela normalmente não reconhece.

— Bom, eu meio que vivi aqui durante anos — Melrose diz.

E foi mesmo, jantando e dormindo várias noites por semana. Quando não estava aqui, geralmente era porque eu estava em sua casa.

Mas aquilo foi antes, e isto é agora.

— Por que você veio?

— O Teste. Você deve ter ouvido falar dele.

— Uma ou duas vezes.

— Mas sabe o que vai acontecer na próxima semana? Onde deve ir, o que deve levar? — Olho para ela sem expressão alguma. — Imaginei que não. Sampson disse que...

— Ah, sei. E ele pediu pra você vir aqui, não é?

— Não seja tão dis. *Eu* fui vê-lo. E estou aqui porque quero estar.

— Me desculpe por estar sendo cética. Então, se isso é verdade, onde você esteve nos últimos cinco anos?

Melrose se afastou, como se tivesse levado um tapa.

— Não acredito no que acabou de dizer. Liguei várias vezes; *você* é quem me ignorou. — Ela balança a cabeça e se dirige para a porta.

— Mas você me *ignorou* quando começamos o ensino médio, me afastou completamente. Tinha todo aquele grupo de clones da moda que não pensam e que se tornaram suas novas amigas. Como eu devia encarar isso?

Ela vira o rosto para mim.

— Nem todo mundo consegue ficar só consigo mesmo, Luna. Você era impossível. Se afastou deliberadamente de todos; ficou muito arredia. E continua assim. Olha, tudo bem se queria ser uma Recusadora e fazer do seu jeito, não seguir a maioria. Ainda assim, não conversava comigo sobre isso. *Você* deu o seu próprio jeito de *me* evitar. Não o contrário.

Ela me encarou e, em algum lugar dentro de mim, surgiu um sentimento desagradável. Foi assim mesmo? Eu me sentia como um camelo de duas cabeças naquele primeiro ano do ensino médio, segregada no show de horrores, sendo apontada nos corredores. Mas aquilo era por minha culpa, e não deles? E então me lembro de outra coisa. Eu tinha evitado falar com Melrose sobre tudo isso. Porque não podia revelar o motivo. Talvez eu não tenha percebido o que estava fazendo.

— Eu... Eu...

Ela dá um meio sorriso.

— Você não mudou, Luna. Seu rosto parece que vai se despedaçar só porque não consegue dizer "Desculpe", não é?

— Me desculpe — consigo desengasgar a palavra. — Eu não enxerguei as coisas assim naquela época, mas me desculpe.

— Me desculpe também. Eu sabia que você não estava bem e devia ter tentado mais. Eu desisti. — Ela estica uma mão. — Amigas novamente?

Engulo em seco. Há uma parte de mim que não acredita nisso. E essa parte se pergunta se ela não está aqui só porque tenho uma indicação para o Teste, e por isso cruzei a fronteira do socialmente inaceitável para o *ok* de ser reconhecida em público.

Então Nanna me empurra por trás. Ignoro a mão de Melrose e lhe dou um abraço.

— Ah, que lindo. Vocês duas finalmente se entenderam? — Sally está na porta, e nós nos afastamos.

— Você não contou que ela vinha — respondo, piscando os olhos furiosamente.

Sally parece satisfeita.

— Achei que seria melhor assim. Vai ficar para o almoço? — pergunta a Melrose.

— Sim, se não tiver problema. Temos muito que conversar. Vamos. — Ela me puxa pela mão até a escada.

— Você contou para ela? — eu sussurro no caminho para o quarto.

— O quê?

— Contou a Sally sobre minha indicação?

— Não. — Ela franze a testa. — Você não está me dizendo que ela não sabe, está?

— Bom, meio que o assunto não surgiu... — admito, enquanto abro a porta do meu quarto, fechando com força logo depois.

— Luna, sinceramente. Você acha que ela não vai notar quando você estiver fora na semana que vem?

— Vou contar. Em algum momento.

— Quando?

— Papai disse que vem almoçar amanhã. Queria esperar. Ela vai ficar em cima de mim se souber. Enquanto isso, tenho um pouco de paz e silêncio.

— Sério? Não quer contar porque sabe que isso vai deixá-la feliz? Ela não é tão ruim assim.

— Você não tem que viver com ela. — Sally sempre gostou de Melrose, então Mel não conhece seu outro lado. O pai de Mel faz parte da Casa dos Lordes e é representante da NNU, e isso a coloca num patamar social mais-do-que-aceitável para Sally. — De verdade, fiquei surpresa que ela tenha deixado você vir aqui... Eu deveria estar de castigo.

— Não me surpreende. Quer dizer, que você esteja de castigo. — Melrose parece desaprovar. Ela sempre foi a favor de seguir as regras, fazer o que os outros faziam, mas costumava ver o lado divertido das coisas. Silenciosamente.

— E? Sua opinião sobre as minhas... habilidades artísticas descabidas?

Ela abafa uma risada.

— Aquilo foi AB, querida, *além de brilhante*. Agora... antes que a gente se distraia, o que vai usar amanhã à noite?

— Amanhã? Mas o Teste só é na segunda-feira.

— Temos que ir um dia antes e encontrar os outros candidatos num grande jantar formal; há diversas escolas nesse centro. A nossa e mais três, então estaremos em cerca de duzentos alunos.

— Formal? — O horror deve estar estampado no meu rosto. Melrose dá um risinho.

— Sim — ela hesita. — Posso contar o que todos nós vamos usar. Se você quiser.

Meu estômago já está revirando.

— Um grande jantar formal com candidatos de quatro escolas?

— Vai ser legal.

— Jezzamine também conseguiu uma indicação?

— Claro.

— Então isso poderia ser outra versão de legal: *não legal.*

Ela dá de ombros.

— Basta ignorá-la.

— E é só o começo. E o Teste? Acho que vou passar mal.

— Você vai se sair bem, Luna. Sempre foi mais inteligente do que eu. Suas notas eram infinitamente melhores quando você se esforçava. De qualquer forma, não é possível estudar para um teste de QI. E ninguém sabe o que é o teste de QR.

Cruzo os braços sobre meu estômago revolto, que está se comportando como se eu estivesse no Temporreal, ainda que eu esteja firme no aqui-e-agora. Sou inteligente? Ok, sou mais rápida em resolver as coisas do que algumas pessoas, mas isso é apenas parte do todo. Ninguém jamais me considerou racional demais. Quais seriam as consequências de ser rotulada como inteligente-idiota, como disse Goodwin? Prefiro não pensar.

Balanço a cabeça. Nanna podia estar no meio de uma crise na noite em que me deu aquele alerta, mas ela repetiu o que disse quando estava totalmente sã, anos atrás: não deixe que notem você.

Mesmo que seja capaz, não posso me sair bem nisso, posso? *Não deixe que eles percebam que você é diferente.*

Só existe uma resposta: tenho que fracassar no primeiro teste.

Quando, um pouco mais tarde do que o normal, Sally nos chama para o almoço, já havíamos colocado em dia os últimos cinco anos, e a grande surpresa é que Melrose está v-namorando Hex. *Hex?* Um Hacker? Mesmo que seja apenas virtual, não sei o que o pai dela vai achar disso. Também chegamos à conclusão de que eu não tenho nada que se encaixe no que a escola determinou para o jantar formal: um vestido azul-marinho longo e com ombros à mostra; ou seja, preciso desesperadamente fazer compras. Melrose me convence de que só existe uma forma de resolver a questão.

— Sally? Preciso te contar uma coisa.

— O que foi desta vez?

O rosto dela é a imagem da apreensão.

— Eu... Bem... Quer dizer...

Algum demônio dentro de mim me faz enrolar.

— Fale de uma vez. — Sally está começando a surtar; Jason interrompe o almoço para prestar atenção. Até Nanna para de balançar sua cadeira.

Melrose ri.

— Desembucha logo, ou eu conto.

— Consegui uma indicação para o Teste. Semana que vem.

Seja lá o que Sally esperava ouvir, não era isso.

— Um Teste...? — Ela olha para Melrose, esperando confirmação.

— É verdade — ela responde.

— Por que você não me contou? — Sally reclama.

— Acabei de contar.

— Sua boba... Coisinha inteligente! — Sally comemora, se levanta da cadeira e me envolve com um abraço bem apertado. Por sobre seus ombros, reviro os olhos para Melrose, que tosse para esconder o riso.

— Mãe? — Jason exclama, e o tom de sua voz faz Sally me soltar. Nós duas viramos no mesmo instante. Os braços de Nanna estão enrolados em sua própria cabeça. Dentro dela, um gemido estridente de lamento.

Coloco o braço em volta dela.

— Nanna? Está tudo bem, ok?

Mas minhas palavras e meu toque não a acalmam como de costume; de repente, com as duas mãos, ela ataca os pratos que estão sobre a mesa, jogando-os no chão. E começa a gritar.

— Leve Jason — falo para Melrose. Ela fica paralisada. — *Anda!* — E ela o puxa para a outra sala.

Envolvo Nanna com meus braços e tento balançá-la para trás e para frente, mas ela se debate. Sally liga para o médico antes que eu possa dizer "Espera, vamos ver se ela se acalma", mas ela não está se acalmando: grita cada vez mais alto, como se estivesse sendo torturada pelo meu toque, e lágrimas começam a rolar pelo meu rosto.

O médico devia estar escondido atrás da porta, pois chega rápido demais. Ele me faz segurar Nanna firmemente, enquanto lhe aplica uma injeção. Ela resiste, e me sinto uma traidora.

Aos poucos, ela relaxa; os olhos começam a se fechar, então se abrem trêmulos. Ela me olha nos olhos.

— Onze — balbucia, e então se vai. Inconsciente.

Uma inquietação arrepia minha espinha. *Onze é um alerta: perigo ou traição.*

Sally e o médico conversam em voz baixa perto da porta; algumas palavras chegam até mim. *Crise psicótica. Delirante. Segurança...*

Sally e eu colocamos Nanna na cama.

— Ela está piorando — Sally fala.

— Eu sei.

Ela não diz mais nada, mas posso ver em sua expressão que há algo errado. Nanna deveria estar numa instituição onde podem cuidar dela, foi isso o que o médico disse na última consulta. Ter ligado hoje para ele vai levantar novamente essa questão.

Ela toca meu ombro.

— Não se esqueça de sua amiga.

Melrose. Ela ficou com Jason todo esse tempo. Quando desço, já recomposta, os dois estão em silêncio fingindo assistir a um vídeo. Sento ao lado de Jason, e ele coloca sua mão fria sobre a minha.

— Obrigada — falo para Melrose. — Eu assumo agora. Acho que a ida ao shopping está descartada.

— Não se preocupe. Empresto alguma coisa pra você.

— Tudo bem. — Ela se levanta para ir embora. — Não conte a ninguém sobre Nanna. Promete?

Ela parece chocada.

— Nem precisa pedir. Claro que não vou contar. Quer uma carona amanhã?

— Tem certeza que não tem problema?

— Claro. Passamos aqui às quatro.

— Obrigada. Vejo você amanhã.

Mais tarde, observo Nanna dormindo. Ela está realmente psicótica e delirante? *Longe com as fadas* — era a expressão de que eu gostava. Quando eu era pequena, ela costumava sussurrar que acreditava em fadas, que elas viviam na luz do sol e nas sombras. E que lhe contaram o número secreto do sol, da lua e das estrelas; que o meu era o mais mágico de todos. Mas numerologia é totalmente dis, não é?

Jason não lembra de verdade como ela era. Ele só tem medo. Dessa vez, ao sair do quarto, tranco a porta.

CAPÍTULO 6

— Anda. Antes que ela mude de ideia — eu digo, segurando o capacete de bicicleta de Jason. Se Sally pensar muito, posso perder o passe livre: ela só está me deixando sair, apesar de estar de castigo, porque ainda está feliz com minha indicação, e porque Papai vem para o almoço.

Jason boceja.

— Não podemos ir mais tarde? É praticamente madrugada ainda.

— O sol entrando pela porta diz o contrário, preguiçoso. E não, não podemos ir mais tarde. Ficarei a semana toda fora, e parto esta tarde. Lembra?

Ele cede. Finalmente pega o capacete, coloca e me segue. Houve um tempo em que Jason me implorava para fazer um safári todo final de semana: nossas bicicletas eram nossos jipes 4x4, o Parque Richmond era nossa reserva de brincadeiras, e esquilos e cervos, nossos leões e elefantes. Mas, agora que diminuíram a idade para a colocação de Implantes de doze para dez anos, desde o aniversário ele fica plugado sempre que pode. As aventuras no parque viraram passado.

Quando estou prestes a fechar a porta, Sally aparece no corredor.

— Fiquem nos Els — recomenda.

Temos um caminho a seguir até chegar ao El mais próximo. As ruas estão silenciosas. Ninguém brinca nos jardins nas manhãs de domingo, mesmo que o sol esteja brilhando e não haja nenhuma tempestade de abril à vista.

Passamos por uma escola primária local e me surpreendo ao ver uma corrente na cerca com um aviso de *fechada*. Diminuo a velocidade para deixar Jason me alcançar.

Aponto para trás.

— Alguns de seus amigos não estudavam naquela escola? Quando fechou? — pergunto.

Ele dá de ombros.

— Não sei, alguns meses atrás.

— Sabe por quê?

— Disseram que era excedente. Os alunos de lá agora estão frequentando a minha escola.

Uma escola excedente? Franzo a testa.

— Cabem todos na sua escola?

Ele faz que sim com a cabeça.

— As turmas estão mais cheias, dá pra fugir com mais facilidade — ele dá um risinho.

— Ótimo. Anda.

Chegamos ao nosso lado do Richmond El. *Elevação Segura para Ciclismo* está gravado em bronze nos portões que se abrem quando nossas bicicletas registradas são detectadas. As rodas se prendem com segurança nos trilhos em movimento e eu suspiro. Entendo por que Sally quer que a gente vá pelos Els: é mais seguro. Não há possibilidade de carros, batidas ou quedas. Também entendo por que Jason gosta deles: demandam menos esforço e há vistas incríveis na passagem por cima das ruas. Na velocidade máxima, a coisa toda é um pouco parecida com uma montanha-russa. Mas, para mim, de alguma forma, é como se estivesse trapaceando.

— *Uau!* — diz Jason.

— O que foi?

— Liguei no *Londres Antes e Depois.* É legal. Dá pra ver a St. Paul sem a cúpula. E também como era antes: não tão branca quanto agora.

Olho para a Catedral St. Paul a distância, as torres da NNU mais além. A cúpula branca redonda sempre foi a mesma para mim, um marco que atualmente pode ser visto do El e também do Monte do Rei Henrique, no Parque Richmond. Aprendi nas aulas de História que foi destruída na Terceira Guerra Mundial, e então reconstruída, o que quer dizer que não é a cúpula original. Mas é a única que eu conheço.

Jason se vira na bicicleta para olhar para trás, seus olhos se movem para ver coisas que só podem ser vistas com seu Implante.

— O que está olhando agora?

Ele dá de ombros, faz um pequeno gesto e seu olhar foca novamente no aqui-e-agora.

— Você perde tanta coisa, Luna — diz, sem responder a minha pergunta. — Por que não coloca um Implante?

Surpresa, olho para Jason.

— Você sabe. Já conversamos sobre isso.

— Que você prefere ver o que é real o tempo todo. Mas isso é burrice. E chato!

— Caramba, obrigada.

— E você ainda pode ver o que é real e o que não é. Com o Implante, é simplesmente como uma sobreposição de coisas; pode ligar ou desligar. Não é como estar plugada.

O El agora desce para o nível da rua e termina bruscamente num portão, um que não estava lá da última vez que viemos por esse caminho. Esperamos, mas o portão não abre.

Jason se desfoca e verifica o atraso.

— Agora precisamos de um código de alguém da comunidade de Queens Road.

Melrose mora lá. Ela nunca comentou que eles expandiram os portões para cruzar o El, e ontem, com cinco anos de conversa para pôr em dia, é claro que isso não seria prioridade. Eu poderia pedir a Jason para enviar uma mensagem para ela; eu *deveria* fazer com que ele fizesse isso. Mas precisar do meu irmão mais novo para se comunicar por mim, sinceramente, me irrita.

— Vamos sair — digo.

Jason ri. Ele gosta, tanto quanto eu, de fazer coisas que Sally não permite; isso, pelo menos, ainda não mudou.

Fora do El, precisamos contornar uma comunidade toda gradeada. Jason sai na frente e, quando vira à direita num cruzamento, eu o chamo de volta.

— O parque fica do lado contrário, não é? — digo quando ele me alcança. Ele olha para mim e balança a cabeça. — Não conheço esse caminho. Veja o mapa do seu Implante.

Ele suspira, desfoca para ligar o Implante e então olha de novo para mim.

— Ele *diz* para ir pela direita.

— Tem certeza?

Jason cruza os braços.

— No chão, em frente à minha bicicleta, há uma seta que indica para onde ir. Se tivesse seu próprio Implante, poderia confirmar. Vai ter que confiar em mim.

Reviro os olhos.

— Ok, tudo bem. Você está no comando.

Jason sai na frente de novo. A estrada faz um retorno, então estamos realmente indo na direção do parque. Conforme seguimos, há cada vez mais casas fechadas, escuras. Persianas abaixadas ou tábuas nas janelas, e não identifico nenhum motivo para isso. Começo a me sentir inquieta.

Alcanço Jason e pedalo ao seu lado.

— Talvez a gente devesse voltar — digo.

— Por quê?

— É meio assustador aqui.

Ele me olha de novo daquele jeito.

— Estamos quase lá. Anda.

Ele ganha velocidade, e eu o sigo. Há mais prédios vazios, outros em ruínas. Lixo na rua. Passamos por uma casa com um jardim cheio de tralha, parece um sinal. Algo faz barulho perto do chão: um gato? Olho novamente, e um roedor me encara. Há gente esparramada em sofás, em meio a tudo isso, imóvel. Viciados em Implantes? Aqui, em Richmond?

Mesmo que minhas pernas pedalem com mais velocidade para sair logo daqui, meus olhos são incapazes de desviar da cena. Há cinco deles. Dois homens, três mulheres; em choque, percebo que uma delas é, na verdade, uma garota. Parece ser mais nova que eu. No entanto, viagem de Implante é proibida até os dezoito: não seria possível.

Finalmente alcançamos os portões do parque. Estão fechados, o que me provoca alguns segundos de inquietação. Logo depois, eles abrem.

Atravessamos os portões. O lugar está como sempre e, aos poucos, vou relaxando. Aqui não há Els: o parque é preservado para permanecer como é há séculos. Há pistas de ciclismo e de caminhada se cruzando, uma estrada no centro. Tudo em paz e em ordem. Algumas pessoas empurram carrinhos de bebê; uma bicicleta passa com uma criança numa cadeirinha, na garupa. Através das árvores, avistamos um cervo pastando na grama. Logo terá filhotes.

Vamos para a parte de aventuras, mas está quase vazia, então seguimos adiante. O parquinho para crianças até cinco anos está lotado de bebês, pais e babás quando passamos por ele. Não vemos garotos da idade de Jason em lugar algum; não me admira que ele não queira mais vir aqui, não quer passar seu tempo com bebês.

Não era assim há um ano. Me pergunto: por que a mudança? *A idade do Implante.* É isso, não é? Meses atrás tentei argumentar com Papai e Sally sobre Jason fazer uma cirurgia de Implante aos dez anos. Sally ameaçou fazer coisas indescritíveis se eu tentasse persuadi-lo de alguma forma com minha Recusa. Mas ela não precisava. Quero que ele fique feliz, que se enturme com outros garotos de sua idade. Que não seja um esquisito como a irmã. Mas aos *dez*? Como poderia tomar uma decisão tão importante com essa idade?

Quando saímos do parque, desviamos, sem falar nada, para um cemitério próximo. Jason para e encosta a bicicleta contra a cerca.

— Agora, uma última busca — diz. E eu aceno, satisfeita por ele querer manter esse ritual.

E passeamos procurando novos túmulos, observando os nomes. Sempre fizemos isso, imaginando, em nossas aventuras zumbis, os mortos recentes. Jason sempre gostou de histórias assustadoras; quanto mais assustadora, melhor. Naquela época, ele imaginava poder jogar *Guerra de Zumbis* versão 12. E agora ele joga, de verdade — quer dizer, virtualmente —, a versão 14.

— Alexander J. Munch: zumbi ou vampiro? — pergunto.

— *Com certeza* um nome de vampiro — ele responde. — Mas é meio velho para um assassino. — As datas esculpidas têm, pelo menos, uns cem anos. — Embora isso pudesse ser assustador. Próximo?

— Aqui tem um. Que tal Rory Middleton-Smith?

— Zumbi — outra voz responde, tão baixinho que não consigo ter certeza de ter escutado ou imaginado, mas Jason se vira bruscamente com o som. Estico para pegar seu braço e puxá-lo de volta, mas já está fora de alcance, do outro lado da lápide.

Corro atrás dele. Um homem está na grama sobre o túmulo: seu rosto é pálido, o corpo largado. Seus olhos vidrados se movem tão rápido que não devem perceber o que há em volta, mas ele vira a cabeça para Jason.

Seus olhos parados e focados.

— Zumbi — ele diz de novo, mais claramente. A cabeça cai para trás e os olhos voltam a se mover.

Agarro o ombro de Jason e o puxo para trás.

— Qual o problema? Ele é inofensivo. Nem pode se mexer. Viu? — E se afasta de mim, indo empurrar a perna do homem com o pé. O sujeito não se mexe, tem apenas contrações musculares, seu olhar correndo e vagando por coisas que apenas ele pode ver.

— Jason!

Jason dá de ombros e novamente dá um passo para trás.

— Não surta, ele não é perigoso. Está sempre aqui.

Pelo jeito, não permanecerá por muito tempo. Estou chocada. Já vi Viciados em Implantes antes, em anúncios do serviço público sobre como identificar os primeiros sinais de uso excessivo em deficientes mentais, ou da janela do trem, esparramados em bancos das estações, mas sempre a distância, afastados. Aqueles por quem passamos de bicicleta em frente àquela casa foram os primeiros que vi mais de perto. E, embora as roupas deste fossem quase trapos, ainda posso identificar o estilo Hacker. As tatuagens espirais ao redor do olho esquerdo — as dele são brancas para contrastar com a pele escura como a noite — o identificam. Ele foi um *Hacker*? Não um Hacker qualquer: considerando a extensa interligação de espirais de suas tatuagens, ele estava no topo absoluto do Jogo. Por que diabos se tornar um Viciado, quando se pode criar seus próprios mundos, são e salvo, num PPI?

Então, as palavras que Jason disse retornam.

— Ele está sempre aqui? Você já esteve aqui sozinho?

Jason balança a cabeça.

— Não. Sozinho, não; com amigos da escola. — Então eles não estão *sempre* conectados. E se, por um lado, é bom saber disso, tenho certeza de que seria novidade para Sally. Se ela soubesse, proibiria imediatamente. — É totalmente seguro — Jason protesta, lendo minha expressão.

— Venha. De volta às bicicletas. Vamos para casa.

Desta vez seguimos direto para o portal do El na Queen's Road, e Jason usa seu Implante para enviar uma mensagem para Melrose, pedindo para nos deixar entrar. Os portões se abrem.

— Ela está fazendo compras. Diz que vê você mais tarde — Jason reporta.

Quando seguimos de volta pelo El, acima das belas e extensas mansões e jardins da vizinhança de Melrose, me pergunto: e se não conhecêssemos alguém daqui e os portões não abrissem? A menos que voltássemos pelo caminho que fizemos esta manhã, algo que realmente não quero fazer — pelo menos não com Jason —, o parque inteiro estaria fechado para nós. Meus olhos examinam os portões e as barreiras espalhados por essas vizinhanças exclusivas, a invasão acabando ruas mais além.

Embora perto em distância, nossa rua fica a milhares de quilômetros, tanto da mansão de Melrose quanto das áreas sombrias.

Mas estas estão mais próximas.

CAPÍTULO 7

— Foi bom o passeio? — Papai pergunta.

Jason levanta a mão e Papai lhe dá um *high five.*

— Você devia ter se desplugado mais cedo e vindo com a gente — falo para ele. — Pegar um pouco de luz do sol de verdade.

Papai está pálido, sua pele é quase uma cera: não vê a luz do sol há meses.

— Por que não programa o sistema do PPI para lhe dar um pouco de luz do sol artificial todos os dias? — Sally sugere.

— Mulher esperta, foi por isso que casei com você.

Papai a beija e eu resisto a fingir uma ânsia de vômito, mas Jason faz isso por mim. Pisco para ele.

— Talvez um pouco de luz do sol de verdade fosse mais saudável. Você costumava me levar ao parque. — Acrescento mentalmente: "Você e Astra", mas não digo em voz alta. Nada irritaria Sally mais rapidamente do que lembrar da mulher mais bela, inteligente e completa que ela apenas pode frustrar-se em querer substituir. E eu não quero fazer ou dizer nada que faça Papai evitar se desplugar durante semanas novamente. Não foi esse o real motivo de se casar com ela? Quando Nanna começou a se perder, ele precisava de alguém para cuidar das coisas, para que pudesse se esconder da realidade problemática e ficar com a consciência tranquila.

— Parques e luz do sol são coisas de criança — Sally retruca. — Jason está superando isso.

Ela não diz, mas está ali, em sua expressão: Jason está superando *você*.

Aperto os olhos.

— Não havia nenhum garoto no parque hoje. Apenas bebês e criancinhas. Ninguém nem perto da idade de Jason ou da minha. Quando colocam Implantes, não querem mais brincar.

Sally franze a testa, e eu sei que estou no limite do *não-na-frente-de-Jason,* mas quero escutar o que Papai pensa sobre isso.

— Eles ainda estão brincando, só que não onde você possa vê-los — Papai comenta.

— Não é a mesma coisa — respondo.

— Claro que não é — Sally desafia. — É mais seguro. Sem braços quebrados ou joelhos ralados. E sem passar germes uns para os outros. Especialmente na *sua* idade.

Reviro os olhos.

— Seria difícil quebrar um braço andando de bicicleta num El. E há muitas oportunidades de pegar germes na escola, sabia? Isso se alguém estiver interessado em *germes.*

Mas ela está certa sobre uma coisa. Mesmo sem as novidades de Melrose ontem, eu já sabia: toda a coisa entre garoto e garota na minha escola é virtual. Todos ficam melhores num v-encontro do que na vida real; todos têm um guarda-roupa de luxo; todos beijam bem. Se você não se encontra com alguém que existe, uma enorme variedade de namorados fictícios está à disposição depois de passados os bloqueios dos menores de 16 anos, e você não pega doença alguma, nem fica grávida. O que há para não gostar?

A menos que você, por acaso, seja uma Recusadora. A menos que você prefira algo *real.*

— Embora talvez já tenham acabado as chances de germes na escola, quando Jason chegar ao ensino médio — Papai diz.

— Afinal, quem quer germes? — Jason comenta; tudo isso fervilhando em sua cabeça.

— Por quê? O que quer dizer? — pergunto a Papai.

— Você realmente perde as notícias por não estar em dia com os informes — ele responde. — O ensino médio está sendo eliminado.

— Sério? — diz Jason. — Mais um ano e nada mais de escola? Maravilha!

Ele parece muito feliz, e Papai ri.

— Não, ainda terá que ir à escola. Mas, como sua educação a partir dos dez anos é quase toda virtual, você não precisará ir *fisicamente* até lá. Poderá fazer isso virtualmente em casa, entendeu?

— E os esportes? E interagir de verdade com garotos da mesma idade no almoço ou em outro momento? E os Recusadores? — Minhas perguntas brotam rapidamente.

Papai parece incomodado.

— De qualquer forma, esportes e eventos sociais são quase todos virtuais agora, e a economia será enorme. Sobre a outra coisa, não tenho certeza se eles já decidiram os detalhes.

— Hummmm... — o som desdenhoso de Nanna soa muito parecido com o que eu estava pensando. E sobre a Lei Internacional de Direitos da Criança da NNU? Olho para ela do outro lado da mesa, mas seus olhos já se fecharam.

Depois do almoço, vou para meu quarto fazer a mala. Sally me passou uma mensagem de Melrose: ela vai me emprestar um vestido para o jantar formal de hoje à noite e mandou uma lista detalhada do que cada um estará vestindo o resto da semana.

Segunda: calça social preta, blusa branca. E... óculos redondos? *Sério?* Levando em conta que todos os problemas que demandavam óculos foram corrigidos anos atrás, imagino que seja para dar um visual inteligente. Esse é para o dia do teste de QI. E não há necessidade de levar nada além disso, certo? Vou fracassar e ganhar uma passagem de volta para casa mais cedo.

Mas uma mala meio vazia pode levantar suspeitas. Coloco algumas camisetas e casacos, calças jeans e saias, de um modo aleatório e casual, ignorando a lista para depois do primeiro dia.

Batem de leve na porta quando estou fechando a mala. É Papai. Ele entra, fecha a porta e senta perto de mim.

— Ei — ele diz. — Pronta para ir? São quase quatro.

— Acho que sim.

— Não fique tão preocupada. Você vai se sair bem.

— Não. Não vou — suspiro, olhando para os meus sapatos. Não vou me sair bem, porque não vou me permitir. Mas não posso dizer a ele.

— Nada de ser tão negativa, Loony-Tunes — ele diz, um nome pelo qual não me chamava havia anos. — Sua mãe ficaria muito orgulhosa de você. — Um nó na garganta, e eu pisco. Ele pega a foto dela que está na minha penteadeira. Olha para mim e então para ela. — A cada dia você se parece mais com sua mãe.

— Não! Ela é linda.

Olho fixamente para a foto de Astra nas mãos dele: o cabelo escuro longo e espesso, preso em um rabo de cavalo, a malícia em seus olhos cinza-claros. As complexas espirais negras de Hacker em torno de seu olho esquerdo, mais do que jamais vi em alguém, destacando-se em sua pele clara. Ela era naturalmente pálida ou seria por passar tempo demais plugada? Como Papai.

— Você tem os olhos, o cabelo dela. E o sorriso. Não que você use muito. Sabe, Luna, não precisa continuar fazendo isso por ela. Evitar se plugar. Ela não iria querer que você limitasse suas chances.

Olho para ele, e estou *muito perto* de contar que a forma como ela morreu não é o motivo de eu ser uma Recusadora.

Mas então ouvimos passos na escada, e Papai vira a foto para baixo apressadamente. Sally aparece na porta.

— O carro está aqui — ela diz, sorrindo. — Espere até vê-lo!

— Manda ver! — diz Papai. — Agora, vou sair para explorar novos e estranhos mundos e tudo mais.

— Domingo de Star Trek?

— Isso mesmo! — Ele se inclina para me abraçar e sussurra em meu ouvido: — E, Luna, não importa o que aconteça, ela ainda estaria orgulhosa de você.

Engulo as palavras, mas não consigo evitá-las dentro de mim: *se ela estava tão preocupada comigo e com meu futuro, talvez devesse ter ficado por perto.*

Não é qualquer carro que está parado em frente à casa, mas um veículo oficial do governo: uma longa limusine elétrica preta, com as duas bandeiras: a do Reino Unido e a do Arco-Íris da NNU. Um motorista uniformizado pega minha mala e abre a porta para mim. Entro e fico surpresa em encontrar, no banco de trás, não Melrose, mas seu pai.

— Olá, sr. Asquith — digo, um pouco em dúvida. Não o vejo há *anos,* a menos que conte no noticiário, quando ele foi eleito conselheiro executivo da NNU. Mesmo quando eu frequentava a casa deles, ele raramente estava, exceto tarde da noite, sempre em reuniões de governo. Vai saber o que pensa dos Recusadores.

Ele sorri.

— Olá, Luna, bom ver você de novo. Espero que não se incomode: Melrose estava fazendo compras na cidade, então fez mais sentido pegar você primeiro. E estou a caminho das Torres NNU para uma reunião.

— Claro, tudo bem. As reuniões não são virtuais agora?

— As internacionais são, por necessidade. Passar todas as divisões nacionais para o virtual está em debate. Mas alguns de nós gostamos de saber que nossas conversas particulares ainda são particulares. — O carro se afasta. — E estou feliz em termos um tempo para conversar.

Ah. É realmente por isso que ele está no carro? Lá vem. Ele não está contente por Melrose e eu termos retomado a amizade. Ele não quer deixá-la triste, então está me advertindo. Não fico surpresa.

— Está animada com o Teste? — pergunta. Olho para ele, sem saber aonde quer chegar com isso. — Ou assustada, talvez?

— Não é de Melrose que vamos falar?

— Ela não está nem animada nem assustada. Uma boba, mas espero que seja de mediana a boa e fique feliz em entrar para a universidade. É com você que estou preocupado.

— Preocupado *comigo*?

— Não fique tão espantada — ele ri.

— Por quê?

Ele dá de ombros.

— Esquisitice geral — diz. Então me lembro de quando ele passava bem tarde nas nossas festas de pijama, se ainda estivéssemos acordadas quando ele chegasse em casa. Contava histórias do seu dia, sobre como tentava fazer malabarismos entre os interesses do Reino Unido e da NNU e sobre a interferência da PareCo: *esquisitice geral,* ele costumava dizer. Melrose ficava entediada e dizia para ele parar, para sair, mas eu ficava fascinada e, se lhe fizesse uma pergunta sobre *qualquer coisa*, ele sempre respondia.

— Esquisitice geral... Algo sobre a PareCo que tem a ver *comigo*?

— Você sabe por que conseguiu uma indicação?

— O professor disse que pode ter sido um erro. — Dou de ombros. — Não deveria conseguir.

— A PareCo não falha.

Olho fixamente para ele, e meu estômago se revira.

— Se não é uma falha, o que é, então?

— Não sei. Eles querem você lá por algum motivo. Mas qual poderia ser?

— Você está me perguntando? Não tenho ideia.

— Isso me preocupa. Cuidado, Luna — ele adverte, e seu olhar está firme e sério, fixo no meu.

O carro diminui a velocidade e para. A porta se abre e Melrose entra, com sacolas de compras nos braços.

— Só algumas coisas essenciais? — o pai brinca, e ela dá uma pancadinha em seu braço.

Ela sorri para mim enquanto o carro segue para a estrada.

— E lá vamos nós. Todos prontos?

— Acho que sim.

— Vocês passaram pelo El da Queen's Road tranquilamente esta manhã? — ela pergunta.

— Sim. Obrigada. Quando colocaram um portão lá no El? Ficou mais difícil chegar ao parque.

O pai dela parece constrangido, dá de ombros.

— Acho que esse era o objetivo. Houve problemas.

— Com os Viciados em Implante? Vimos alguns hoje quando estávamos pedalando para chegar aos portões.

Ele ergue uma sobrancelha.

— Exatamente.

Melrose parece chocada quando se dá conta do que aconteceu.

— Vocês passaram pelo El apenas por um lado. Não me diga que pedalaram aquela volta toda pelo outro lado para chegar lá?!

— Certo. Não vou dizer.

— Vocês fizeram, não é? E viram os Viciados? Eles são perigosos. Conta pra ela, pai.

— Bem, eu não recomendaria chegar perto demais — ele diz tranquilamente. — Não tenho certeza sobre o perigo.

— Está mais para perturbador — eu falo. — Vi uma garota em um grupo de Viciados. Parecia mais nova do que eu. Achei que Implantes tinham uso limitado até os dezoito.

— E têm — ele confirma. — Talvez parecesse mais nova do que era? Normalmente, Viciados são muito mal nutridos.

— É possível — respondo. — Por que todo mundo coloca Implantes se o vício está aumentando? Isso não mostra que são perigosos?

— Por que afirma que está aumentando?

— Você não está negando.

— Oficialmente, os números estão em declínio, embora o que se observa pareça sugerir o contrário.

Melrose balança a cabeça.

— O número de Viciados tem que estar diminuindo. Apenas os deficientes mentais se tornam Viciados, e agora estão sendo considerados EMS. Essa é a declaração oficial.

Então me dou conta do que me incomodou no Viciado que Jason e eu vimos no cemitério.

— Mesmo? Então me diga: Hackers não podem ser Viciados, podem? Eles são os inteligentes.

— É claro que não — ela retruca, descartando a possibilidade enquanto joga o cabelo.

— Eu vi um Hacker Viciado.

— Como você sabe que era um Hacker? — Melrose pergunta.

— Pelo jeito de sempre: as roupas, tatuagens ao redor do olho...

— Isso é loucura.

— Esquisitice geral? — me aventuro a dizer, e o pai dela levanta a sobrancelha.

Uma longa pausa.

— Talvez — ele diz enfim, e fico chocada.

Qual poderia ser a relação da PareCo com a impossibilidade de um Hacker ser Viciado?

Não consigo deixar de fazer mais uma pergunta.

— E sobre o fechamento de escolas? Uma primária perto da nossa casa. Também ouvi dizer que as de ensino médio estão sendo extintas.

— Ainda está em discussão — ele diz. — Existem questões pendentes até que isso seja implementado. Além disso, apelações de grupos religiosos estão sendo apresentadas à NNU neste momento. Quanto ao fechamento de escolas primárias excedentes, as pessoas estão tendo menos filhos. Logo, menos escolas são necessárias.

O carro desacelera e para.

— Acho que chegamos. Faça o seu melhor, Melrose. — Ele beija o rosto da filha. Em seguida, estende a mão para mim, e retribuo com um aperto formal. — Cuide-se, Luna — ele diz me olhando fixamente nos olhos, como se estivesse tentando me dizer alguma coisa que não consigo identificar.

O motorista abre a porta e nos entrega as malas. O carro espera até desaparecermos pela porta da frente do centro de testes 11 da NNU.

2
TESTES

Um inferno inteligente seria melhor do que um paraíso idiota.

Victor Hugo

CAPÍTULO 8

— Ei, você se deu um trato — ouço uma voz atrás de mim e me viro: é Hex.

Dou de ombros.

— Tanto faz. Queria ser um Hacker. Isso facilitaria a forma de me vestir. Sem falar da forma de andar...

Olho para os meus sapatos e faço uma careta. Combinam perfeitamente com o azul-escuro deste belo vestido que Melrose me emprestou, mas vir cambaleando pela quadra desde o alojamento das meninas foi lento e doloroso. Hex está vestido como sempre: jeans preto, tênis. Camiseta cinza com rabiscos pretos nas bordas que provavelmente significam alguma coisa, mas não para mim. Hackers se destacam porque não são clones de moda como todos os outros, usam o que querem. Todos têm sua própria variação de um tema e se viram com ela, tanto garotos como garotas.

— Lamento, acho que como Recusadora você não passa pelo critério básico de Hacker. Estar plugado meio que faz parte da coisa — ele pisca.

Sorrio. A sala está ficando mais cheia, e Hex fica próximo o suficiente para que eu perceba que esses sapatos me deixam mais alta que ele.

— Onde está Melrose? — ele pergunta.

— Pensei que ela estivesse com você!

Esse foi o motivo de eu vir para cá sozinha. Eles precisavam estar juntos pessoalmente pra variar um pouco as coisas: todo o centro de testes é bloqueado para Implantes, e nenhum PPI está disponível, fora os que são usados no Teste.

— Estava. Falou alguma coisa sobre precisar arrumar o cabelo. — Ele parecia satisfeito consigo mesmo, como se fosse o responsável por ter bagunçado o cabelo dela.

Meus olhos caçam Melrose pelo salão. É um espaço enorme: numa ponta, mesas postas para o jantar e enfeitadas com velas; o resto é uma pista de dança. Dançar em público? Com esses sapatos? Suspiro. Há escadas que levam para um segundo andar de onde se vê a pista: a escolha de esconderijo perfeita para os ineptos sociais. Exceto pelos Hackers dispersos, todos os outros têm um código de cor. Nossa escola é azul, e as outras três são: vermelha, roxa e branca. Alguns alunos da minha escola olham para mim, curiosos por haver alguém que eles não reconhecem com seu código de cor. Então percebem que sou eu e viram para outro lado.

Melrose entra e é cercada por amigos antes que eu possa captar seu olhar. É quando avisto Jezzamine. Ela começa a falar seriamente com Melrose; as duas me olham, em seguida, se viram uma para a outra. A inquietação se instala dentro de mim.

— Você está bem? — Hex pergunta. Seu braço se apoia nas minhas costas, me confortando.

Dou de ombros.

— Ah, sim. Estou me sentindo em casa.

— Faça como eu: não ligue para o que os idiotas pensam.

— Fácil pra você! Todos amam um Hacker.

— O que não tem para amar?

Melrose nos avista e se aproxima.

— Ah, aí está você. Quer sentar conosco no jantar? — ela fala comigo, mas sua voz é tensa, e seu olhar está fixo entre Hex e eu, uma expressão estranha em seu rosto.

Avanço e tiro a mão dele das minhas costas.

— Não, não; vai você — falo, sabendo que é a resposta certa, mas sem querer dizer isso.

— Então, vem comigo — Hex retruca e me puxa pelo braço em direção a uma mesa nos fundos. Território Hacker.

Viro para olhar Melrose, mas ela sai pisando forte em direção ao mar de vestidos e smokings azuis.

Isso não está indo *nada* bem.

— Hex, não seja tão dis — provoco.

— O quê?

— Melrose está com ciúme.

Sua expressão muda de surpresa para satisfeita.

— Está? Legal.

Dou um tapa nele.

— Vá e seja gentil, ou ela vai ficar zangada comigo.

— Ok, tudo bem — ele se rende. — Aqui, senta. — Ele aponta para dois lugares vazios na longa mesa dos Hackers e me empurra para um deles. Um mar de olhos tatuados surpresos se vira em minha direção enquanto ele sai para falar com Melrose.

— Ah, oi, todo mundo — cumprimento. — Tudo bem se eu ficar aqui?

— País livre. Pelo menos, deveria ser — diz uma voz à minha esquerda, do outro lado da cadeira vazia que sobrou, e eu me viro.

Eis uma surpresa: sem tatuagens ao redor do olho. Mesmo que ele não seja pálido como um Hacker, *parece* um com aquele jeito descuidado de acima-da-lei-e-não-dou-a-mínima. Cabelos escuros, quase negros, muito longos e cacheados atrás das orelhas e olhos também muito escuros que me fitam. Há alguma coisa de *exótico* nele: em parte uma interessante mistura de linhagem, em parte algo muito pessoal. Ele não precisa ir para o virtual para ficar bonito. Ele ergue uma das sobrancelhas, e eu fico vermelha quando percebo que o estou encarando.

— Largou seus amigos? — ele pergunta, apontando para as mesas dos azuis. — Deveria ter pensado nisso antes de escolher a roupa no armário.

— Vou tentar me lembrar disso da próxima vez que me vestir.

Seus olhos se arregalam e brilham um pouco. Ele se aproxima.

— Um clone com atitude? Que curioso...

Hex volta e senta na cadeira vazia entre nós:

— Cara, você estava certa. Ela está furiosa comigo. Pensou que eu ia sentar com *eles.* — Dá de ombros.

Reviro os olhos.

— Óbvio, Einstein, você não pensa? Provavelmente também não deveria estar sentado ao meu lado.

— Feliz em ajudar — fala o cara de olhos escuros, levantando para trocar de lugar com Hex. A malícia no sorriso dele me diz: "Você falou isso porque queria se sentar ao meu lado, não foi?". — Gecko. E você é...?

— Luna — respondo, tentando esconder a curiosidade em meus olhos.

Quem é esse cara? Esse *Gecko*. Nome estranho, mas os Hackers, como Hex, e minha mãe, Astra, escolhem seus próprios nomes como parte do que tecem virtualmente. Ela foi a rainha dos jogos espaciais; Hex está em jogos mágicos, com pragas e feitiços. Em que Gecko estaria metido?

A equipe de garçons chega e começa a servir uma comida tentadora, e por um tempo a conversa se resume a "passe a pimenta" e coisas do tipo. Entre algumas garfadas, olho de canto para Gecko. Não é apenas a falta de tatuagens que o deixa em evidência; há *algo* mais. Outros na mesa estão conversando sobre meta-isso e beta-aquilo, mas também olham diversas vezes para ele.

— Ei — ele diz baixinho, enquanto se inclina para mais perto de mim. — Tem alguma coisa no meu nariz? — Ele o esfrega.

— O quê? Não.

— Ou nos meus dentes. É o que você está olhando? — Ele sorri, mostrando os dentes como um lobo.

Reviro os olhos e me ajeito na cadeira, olho para frente com firmeza, para a parede, acima da garota do lado oposto. Seja lá o que ele for para esses Hackers, para mim, já é um idiota.

Quando o jantar acaba, anunciam que a festa vai começar. Gecko e a maior parte dos Hackers se dispersam: não querem dançar? Espero até Hex sair para pegar bebidas — assim ele não vai tentar me deter. Estou saindo fora. Começo a andar pela pista até o outro lado do enorme salão, em direção às portas. Preciso passar pelo mar de vestidos azuis e, de repente, um deles se afasta da aglomeração e se coloca na minha frente.

— No que estava pensando ao usar isso, Lunática? Achou que poderia se transformar em uma de nós? — É Jezzamine. As conversas silenciam ao nosso redor, cabeças se viram. Não respondo, apenas me viro para ultrapassá-la. — Sinceramente. É difícil imaginar o que eles estavam fazendo ao permitir que você viesse para cá. Não apenas uma Recusadora, mas alguém com os seus *genes*.

Ela dá um risinho.

Minha mão se fecha, e eu me volto para ela.

— Desculpe, Jezzamine? O que disse?

Ela sorri. Com seus cabelos loiros perfeitamente alisados e seus olhos azuis, parece angelical nesse tom do vestido: aposto que foi ela quem escolheu.

— Bem, pelo que ouvi, você herdou insanidade dos *dois* lados da família. Primeiro sua mãe se mata, então, alguns dias atrás, sua avó coloca tudo abaixo aos gritos e tem um surto psicótico.

Um silêncio mortal ao nosso redor. Não apenas os de azul, mas os de outras escolas também estão escutando, olhando para lá e para cá.

Meus olhos se arregalam em choque. Eles caçam Melrose, e, quando finalmente a encontro, ela vira o rosto. Será que contou a Jezzamine sobre Nanna? Prometeu que não o faria. Ela *prometeu.* A mágoa está tomando o lugar da raiva, e eu forço a passagem por Jezzamine, andando rapidamente em direção à porta. Um salto se prende na barra do meu vestido, e caio num baque doloroso. O enorme salão permanece em silêncio.

Luto para me recompor na saia estreita; minha maquiagem borrada com as lágrimas. Sinto que uma mão firme me segura.

— Deixa eu te ajudar. Vem.

Eu seguro e me levanto. É Gecko? A humilhação foi substituída por gentileza, mas é demais para mim. Arranco os sapatos e corro descalça por todo o caminho até o alojamento das garotas.

Jogo o vestido no chão do meu quarto, agora feliz por Melrose não estar ali. Jezzamine estava certa sobre uma coisa: no que eu estava pensando? Como trocar as minhas roupas poderia fazer alguma diferença e me transformar em um deles? Ainda sou Luna Lunática.

Mesmo sem os Implantes, a fofoca viaja a uma velocidade desconhecida. Quando minhas colegas de quarto voltam, já sabem de tudo. Está nos olhos, no silêncio delas. Está na garota mais próxima, que puxa sua cama para o mais longe que pode e a empurra contra a parede.

CAPÍTULO 9

Na manhã seguinte, esvazio minha mala. Pelo menos agora posso usar o que quiser. Fica claro que o conjunto calça preta/blusa branca vai além de nossa escola. As outras três garotas do meu silencioso quarto vestem exatamente a mesma roupa, inclusive óculos redondos falsos, e desviam cuidadosamente os olhares de mim, o tempo todo. Ótimo. Pego a coisa mais chamativa que encontro na minha mala arrumada aleatoriamente: uma blusa verde-neon com um "7" rosa-claro que pintei na frente e um jeans rasgado. Tentem me ignorar agora.

Atravesso a quadra. O que devo fazer é fracassar nesse estúpido teste de QI e cair fora. Então minha vida será do jeito que sempre imaginei: mais alguns meses me esquivando de Goodwin na escola chata. Uma indicação para um trabalho autômato. Uma vida sem saída.

Mas só tenho *uma* chance. Será que esses dois testes poderiam realmente mudar tudo?

Os números de Nanna dizem que sim: *1 é um novo começo. 2 é uma escolha que deve ser feita.*

As provocações ainda ecoam nos meus ouvidos. Adrenalina percorre minhas veias. Em algum lugar lá dentro estão as vozes da cautela: "Não deixe que notem você. Fracasse. Tome cuidado, Luna". Até o amargo discurso de Goodwin sobre o destino dos inteligentes-idiotas.

Mas não me importo.

Vou mostrar a eles. Vou mostrar a todos.

Por ser a única que optou por um teste com caneta e papel, estou sozinha numa pequena sala para fazer os exames. Todos os outros estão no centro de PPIs, se plugando, esperando pelo download do Teste, que irá começar precisamente às nove horas. Aqui tenho uma inspetora altiva com um cronômetro e um papel virado sobre a mesa. Quando o relógio lá fora começa a bater nove horas, ela espera até a última badalada para dizer:

— Pode começar.

Ajo como se estivesse em ritmo acelerado, ou em algum programa ilegal de Implante. Percorro as perguntas de QI: sequências; testes espaciais; problemas de lógica; padrões de reconhecimento. É quase como se uma parte do meu cérebro que não costumo usar tivesse se libertado e ruminasse as questões, enquanto o resto de mim olha e torce das arquibancadas.

Somente quando entrego o papel à inspetora e ela para o cronômetro, registrando o meu tempo com total espanto, que aquela parte se retira. O resto de mim está de volta ao comando e repleto de uma percepção esmagadora: estou muito, muito seriamente em apuros.

Naquela noite, espero até a respiração pausada das minhas colegas de quarto indicar que estão dormindo. Então, saio sorrateiramente da cama e rastejo pelo corredor da frente.

Vou cair fora daqui.

Desligo a luz do detector de movimento antes de sair do prédio. Não há outro detector, câmeras ou equipamentos de segurança visíveis a evitar, o que me deixa surpresa. Até nossa escola tem mais segurança que este lugar.

Os prédios do centro de testes formam uma quadra, mas há arcos entre alguns dos edifícios que conduzem para o lado de fora. Meu instinto diz para eu evitar a entrada principal e seguir por uma saída lateral, longe dos corredores dos alojamentos. Há uma na cafeteria onde fazemos as refeições. Sigo para lá mantendo distância das entradas dos outros prédios, que podem ter seus próprios detectores de movimento. Existem algumas poucas e fracas luzes de emergência acesas na quadra, e elas estão distantes o suficiente umas das outras para que eu consiga evitar seus feixes.

Suspeito ter escutado algo e me espremo contra a lateral de um prédio, mas, nessa escuridão, não consigo ver nada. Meu coração bate rápido, minha pele está gelada, úmida. Está mais frio do que eu pensei, mas não tenho como voltar para pegar um casaco.

Para onde estou indo? Espanto o pensamento. Cada instinto diz "Corre, vai embora. Não deixe que a obriguem a fazer o teste de QR. Não deixe que a rotulem de irracional e transformem as previsões de Goodwin em realidade".

Continuo andando em direção à saída e, na escuridão, passo sob o arco entre dois prédios. Paro, espero os olhos se acostumarem ao ambiente, dou um passo à frente e então...

Sinto uma mão tapando minha boca. Um grito brota internamente, mas o silencio, me viro e dou uma cotovelada em quem está atrás de mim. Me soltam; percebo um grito sufocado de dor.

— Por que fez isso?

Ele se estica e consigo reconhecê-lo sob a fraca luz.

— Gecko? O que está fazendo aqui?

— EU? O que *você* está fazendo aqui?

— Não sabia que era você. Levei um susto!

— Desculpe. Não foi minha intenção.

Olho para ele.

— Se me der licença — falo e continuo o caminho. Para fora e longe deste lugar.

— Você não vai longe — ele diz.

Vacilo, mas continuo. No final da passagem, identifico uma luz estranha no ar noturno. Hesito, então estico a mão e a empurro contra o brilho. É ligeiramente quente e tem a textura de um melaço espesso. Eu quase posso penetrá-la, tento, então sinto como se minhas mãos fossem empurradas.

Gecko está de pé ao meu lado, estranhamente iluminado pela luz pulsante.

— Como fez isso? — ele pergunta, a curiosidade em seus olhos escuros.

— Fiz o quê?

— Empurrou suas mãos dentro do muro.

Franzo a testa.

— Não existe um muro. É como uma luz engraçada, que se desloca quando mexo meus olhos.

— Não vê um muro?

— Não.

— Estranho. Me pergunto se... — ele faz uma pausa, fecha os olhos, então empurra a luz como eu, mas seus dedos não conseguem alcançá-la. Abre os olhos novamente. Assovia baixinho. — Isso é preocupante. Malditos inteligentes.

— Como?

— O que você acabou de descrever é um campo de força. Então, por que vejo um muro e você não? Ouvi dizer que você não tem um Implante. Eles deveriam estar bloqueados aqui, mas percebi que o bloqueio é parcial; esse muro é a prova disso. Mas não posso ultrapassar apenas sabendo que não existe um muro. Para mim, ainda é um muro.

— Isso não faz sentido. Pensei que as imagens dos Implantes eram sempre claramente não reais. Apenas guias, mapas e coisas do tipo.

— Deveriam ser. E, para mim, eram assim antes — ele estremece. — Talvez não, e eu só não percebia a diferença. — Ele olha para os prédios como se estivesse se perguntando se realmente estavam ali.

Balanço a cabeça.

— De qualquer forma, e daí? Não consigo passar por isso, não importa o que seja; mal posso empurrar.

— O muro dá a volta completa. Tentei todas as saídas possíveis; essa era a última.

— Por que eles colocariam um campo de força disfarçado de muro? Não entendo.

— Óbvio, eu deveria imaginar. Somos prisioneiros.

Suas palavras tomam conta de mim. Não existe saída? Estamos encurralados? Não é à toa que não há segurança interna, não precisam disso. Ninguém pode entrar, ninguém pode sair.

Suspiro, esvaziada.

— Por que você está tentando ir embora? — pergunto.

— Era isso que ia perguntar a você — ele olha para mim, mas fico em silêncio. Ele sorri. — Muito justo: que tal trocarmos nossas histórias? Mas existe um lugar melhor para conversarmos.

Ele começa a andar pela passagem, de volta à quadra. Olha para trás quando percebe que não o estou seguindo.

— Vem. A menos que você queira ficar aí para ser a primeira na fila do café da manhã.

Certo. Eu vou. Mas só por curiosidade, digo para mim mesma. Nada além disso.

Ele contorna para o próximo prédio: há outra passagem, entre o prédio e o corredor principal, mas é a céu aberto.

— Tem uma sacada na parte de cima, lá podemos conversar a salvo. Eu levanto sua perna; há uma borda que pode usar como apoio. — Ele aponta o caminho.

— Não preciso de ajuda — respondo e examino a subida. Na verdade, é fácil, mas esta noite está muito escura: nada de lua ou estrelas. Eu subo, com um pouco de medo, mas determinada a não demonstrar. Quando chego ao lugar, entendo por que ele o escolheu: a sacada é larga e há bancos não visíveis lá de baixo. As portas de correr levam ao andar superior do salão escuro, vazio a esta hora da noite. Ele vem atrás e sobe com facilidade.

— Primeiro, uma coisa. Me siga. — Andamos até a lateral do prédio. Na ponta da varanda vejo um brilho no ar noturno. — Consegue enxergar o topo do muro? Quer dizer, do campo de força? O que você vê?

Olho para cima, então balanço a cabeça.

— Há um brilho de luz no ar. Ele sobe indefinidamente. Qual é a altura desse muro?

— Acaba no topo dos prédios. Droga, esperava que pudéssemos pular. — Ele me puxa pela mão em direção a um banco. — Venha, vamos conversar. — Tira o casaco, depois o moletom, e o joga para mim. — Coloca isso primeiro. Se sua mão indica alguma coisa, é que você está congelando.

— E você?

— Vou ficar bem.

Quero argumentar, mas estou com tanto frio que visto o moletom ainda quente do calor de seu corpo. Coloco também o capuz — é tão grande que cobre meus olhos. Eu sento, ele senta perto de mim e nos cobre com seu casaco. Tento parar de tremer, então ele coloca minhas mãos geladas entre as suas. Metade de mim está *ciente* da proximidade dele; a outra está assustada com o que poderá perguntar. O que eu posso dizer?

— Primeira regra para fuga no meio da noite: vista algo quente — ele diz. — Então, você quer falar primeiro ou falo eu?

— Ok, tudo bem, eu falo. Estou tentando sair daqui porque não quero fazer o teste de QR.

— Nem eu.

— Acabamos com a troca de histórias?

Ele ri baixinho, é uma risada simpática.

— Mas *por que* você não quer fazer o Teste? Sei que naquela noite alguns idiotas foram duros com você por causa da sua família. Mas e daí? Se você mereceu uma indicação, é porque é capaz. De conseguir um estágio, se afastar deles, ir para a universidade ou qualquer outra coisa. Recomeçar onde ninguém conheça você.

— Você faz parecer muito simples.

— E não é?

— Não. Acho que nem posso ir para a universidade sem um Implante.

Ele dá de ombros.

— Então coloca um. Veja os muros que eles querem que veja. Não é tão ruim assim.

— Não posso. E *não* me pergunte por quê. Agora é a sua vez. Por que você está tentando sair, de verdade?

Ele suspira.

— Não pensei que seria tão fácil quanto fugir no meio da noite, mas precisava tentar.

— Mas por quê? Você é um Hacker, não é? Será disputado. Conseguirá um emprego incrível e viverá feliz para sempre.

Ele ri novamente, mas, desta vez, em outro tom.

— Seria incrível se você não se incomodasse com muros imaginários. — Ele vira o rosto para mim e, mesmo na escuridão, vejo que seus olhos brilham. — Existe alguma coisa que você deseja, algo mais importante do que qualquer outra coisa? — Sua voz é intensa, insistente, e exige uma resposta.

Minha mãe de volta. O pensamento é espontâneo e silencioso, e eu o afasto. Em voz alta, digo somente:

— Não sei. E você?

— Liberdade.

— Liberdade? Este é um país livre — respondo, repetindo o que ele me disse no jantar na noite anterior.

— É? Quão livres estamos agora? Por que esse campo de força nos impede de ir embora se estamos em um país livre?

— Não sei. Talvez seja para evitar que as pessoas trapaceiem nos testes. Ou para nos manter seguros, manter os outros do lado de fora.

— Não somos bebês, não precisamos de um cercado sem cantos pontiagudos.

Balanço a cabeça.

— Por que o governo iria nos trancar aqui?

— Ah, essa é a parte importante: não é nosso governo. Também não é a NNU.

— Quem mais faria algo assim?

— A PareCo, é claro.

Olho inquieta para ele. É apenas uma corporação, não importa o tamanho — sim, global, mas criam sistemas e jogos de computador, não governam o mundo. Certo, fazem testes como os desta semana, mas a NNU os paga para fazerem programas. Não estão no comando; a NNU está. Eles não podem prender pessoas. Neste momento, as palavras do pai de Melrose ecoam dentro de mim: "Esquisitice geral". O que ele queria dizer com isso?

Balanço a cabeça de novo. Gecko tem que estar errado: isso é loucura.

— Por que você veio se não quer estar aqui? — pergunto.

— Não vinha. Me trouxeram.

— *O quê?*

Ele jura.

— Culpa minha. Eu deveria ter me escondido, percebido que eles não aceitariam um "Não, obrigado". Não no meu caso, pelo menos.

— O que você tem de tão especial, então?

— Quantos Hackers você conhece com mais de dezoito anos?

Paro para pensar.

— Não me lembro de nenhum — admito. Foi isso que Jason e eu achamos tão estranho no Viciado em Implante que vimos no parque: ele era um Hacker não jovem?

— Hackers pensam que são os grandes rebeldes, brincam com o sistema, manipulando-o como querem. A PareCo *permite* isso. Estão identificando possíveis riscos futuros e os admitem: através dos testes, apelam para a veia competitiva que todos eles têm para fazê-los ir fundo. Depois, louvam os vencedores e lhes oferecem o emprego dos sonhos em jogos, onde podem ser senhores de seus próprios universos virtuais.

Retidos em segurança, longe do resto de nós. Então, o que acontece com eles?

— Não sei... O quê?

Ele dá de ombros.

— Também não sei. Mas receio que vá descobrir. — Ele fica em silêncio por um momento, então passa o braço sobre os meus ombros. — Desculpe.

— Pelo quê?

— Eu não deveria ter jogado tudo isso em você. Esqueça o que eu disse. Vamos voltar a *você:* me diga por que está tentando fugir. *De verdade.*

Suspiro.

— Não preciso esperar o resultado do teste de QI, sei que fui muito bem. Mas não me sairei tão bem no de QR. Serei considerada perigosa: inteligente, porém idiota. Sabe lá onde vão me colocar, mas imagino que não será em um lugar legal.

— O que faz você pensar que vai fracassar no QR?

— Você ouviu toda aquela coisa ontem, não ouviu? Para começar, é o que dizem os meus genes.

— Ok, mas não é só isso. Há mais alguma coisa que você está escondendo.

Não sei o que é. Talvez por estarmos conversando à noite, nesta completa escuridão, suas perguntas saem quase como uma voz sem corpo, apesar do calor que ele emana para mim. Algo me faz querer contar o que mantenho escondido por tanto tempo.

— É assim: quando me plugo, fico realmente tonta e esquisita. Sempre. Cinco ou dez minutos, no máximo, e estou vomitando pra todo lado.

— Legal. É por isso que você é uma Recusadora?

Não é a resposta completa, mas acabo concordando.

— Sim, é isso! — Eu me afasto e começo a me levantar do banco.

— Calma, escuta um instante. Já ouviu falar de MANS?

— De quê?

— MANS. Simples, no balcão de medicamentos antináusea, para enjoo; eles podem ajudar. Já ouvi falar desse problema antes. É a desconexão entre o senso de movimento e o fato de seu corpo não estar realmente se movendo quando está plugada. Algumas pessoas não aguentam, mas MANS podem resolver. Então você poderá colocar um Implante, ir para a universidade e viver feliz para sempre. Não imagino por que não lhe deram quando era mais nova. Seu médico deve ser um idiota.

Fico em silêncio. O médico não sabia: Nanna disse para não contar, porque era segredo. Será que podia ser assim tão simples? É claro que não é só o meu enjoo, mas *por que* eu enjoo. É a dupla preocupação o que não contei a Gecko: continuo vendo e sentindo o mundo real quando estou plugada.

As nuvens escolhem aquele momento para se afastar. As estrelas brilham sobre nós; Gecko está olhando para elas. Lampejos de prata em torno de seu olho esquerdo, num padrão complexo — belo e, de alguma forma, tão *perfeito* em sua pele escura. Serão espirais de Hacker prateadas? Não podia vê-las antes, mas agora, à luz das estrelas, posso?

Sinto um arrepio na espinha. *Já vi marcas prateadas como essas.* No rosto de Astra. Eu era tão nova quando ela morreu que, de alguma forma, tinha me esquecido, mas, à luz das estrelas, lembro que havia espirais e padrões em sua pele que apareciam às escuras. Como as de Gecko, mas ele também não tem as tatuagens negras dos Hackers. Minha mente está tomada pelo rosto da minha mãe: rindo no jardim à noite, me rodando sob as estrelas. Lágrimas começam a brotar e não há nada que eu possa fazer para impedi-las. Me inclino para esconder o rosto sob o capuz.

— O que foi? Algo errado?

Ele agora se vira para mim, me olha com seus olhos negros, o esquerdo delineado em prata.

— Nada. Tenho que ir.

Me levanto e começo a tirar seu moletom.

— Fica com ele. Me devolve amanhã — ele diz.

Desço da sacada e corro de volta para o meu quarto, sem me preocupar em passar despercebida.

Mais tarde, as lágrimas diminuem, mas as perguntam ficam. O que significam as marcas prateadas? Elas têm algum significado, algo a ver com a minha mãe e com quem ela era? A resposta está fora do meu alcance.

CAPÍTULO 10

Acordo tarde. Mal abro um dos olhos e a luz invade o quarto.

Melrose está sentada na cama oposta à minha. Eu me sento rapidamente.

— O que você está fazendo aqui?

— Achei que devíamos conversar sobre o que aconteceu.

— Você quer dizer conversar sobre como você contou a Jezzamine a respeito de Nanna, mesmo depois de prometer que não contaria?

— Não contei nada.

— Com certeza. Assim como não teve um ataque de ciúme quando Hex me arrastou para jantar com os Hackers.

Ela cruza os braços.

— Certo. Fiquei. Um pouco. Fui idiota, me desculpe. Mas por que você tinha que sair daquele jeito depois do jantar? Eu passei *séculos* convencendo todo mundo a concordar que você poderia sentar conosco, e então você simplesmente não vai. Como acha que eu fiquei?

— Claro. Tanto faz. Suponho que era sobre *isso* que você estava falando com Jezzamine.

Levanto e vou para o chuveiro. Volto e pego o vestido dela.

— Obrigada, mas, por favor, tome de volta.

Entrego e saio.

Estou tremendo, de verdade.

Ela *disse* que não contou a Jezzamine. Mas, então, como ela poderia saber? Não havia mais ninguém lá. Nem mesmo Sally fala sobre Nanna, ao contrário, se esforça ao máximo para escondê-la.

Chego ao salão principal no momento em que os resultados do teste de QI estão sendo fixados nos quadros. Todos correm para ver; me afasto, espero a multidão diminuir.

Alguns rostos estão alegres; outros, tristes. Alguns estão com raiva, e alguns olhares da minha escola se dirigem para mim. Jezzamine passa.

— Você foi bem? — pergunto gentilmente. Ela me ignora.

A maioria já tinha saído quando Gecko chega e eu devolvo seu moletom.

— Oi — ele diz. — Pronta para o grande momento?

— Sim. E você?

Ele dá de ombros.

Vamos juntos até o quadro. Os nomes estão divididos em dez grupos iguais, classificados pela nota.

Olho os nomes do primeiro grupo e lá está: *Luna Iverson.* Eu meio que sabia, mas o choque me faz olhar novamente: ainda está lá. Eu realmente consegui. Apesar de achar que pode ter sido uma péssima ideia, há um brilho aconchegante dentro de mim: provei a todos que estavam errados. E Hex está na primeira lista também. E Gecko. Encontrei Melrose no quarto grupo: médio para bom, como o pai dela disse que seria; Jezzamine está lá também. Há uma nota avisando que os dois últimos grupos devem fazer as malas e que o transporte será providenciado: seus resultados de QI não são bons o suficiente, e os alunos serão levados de volta para casa. O restante de nós deve se reunir no salão após o almoço.

Olho para Gecko; ele não parece *nada* feliz. Mas isso pode esperar.

— Podemos conversar? — pergunto. Ele concorda. Nos afastamos do quadro e saímos do salão.

— Não acredito que nós dois estamos nos primeiros dez por cento — ele diz e balança a cabeça.

— Caramba, obrigada.

— É que todos os outros do grupo são Hackers. Então, como você faz?

— Sinceramente? Não sei. Quer dizer, eu sei que mandei muito bem no teste; foi como se houvesse essa parte inteligente de mim assumindo o controle.

Balanço a cabeça. Ele coloca seu moletom na grama, faz sinal para eu me sentar e senta ao meu lado.

— E eu *realmente* não deveria estar no primeiro grupo — ele diz. — Eu fui mal no teste.

— Não, não foi.

— Fui, sim. Em cada quesito fiz questão de colocar a resposta mais obviamente errada: fracassei de forma espetacular, e estourei o tempo também. Talvez fosse mais inteligente só ficar na média? — Ele sacode a cabeça.

— Não entendo. Como eles puderam colocar você no primeiro grupo, se fracassou?

— Tiveram muito trabalho para me trazer e mais problemas para me manter aqui com aquele campo de força. Eles me deixariam simplesmente falhar no teste quando obviamente têm planos para mim? Esse resultado de QI *prova* que estão planejando alguma coisa. Se pelo menos eu soubesse o que é...

Olho para Gecko, chocada, em silêncio. Uma sensação de frio faz meus braços arrepiarem, apesar do calor do sol de primavera na minha pele. Eles podem realmente falsificar os resultados? E, mesmo se puderem, por que diabos fariam isso?

De jeito nenhum. Ele está atuando em seu próprio roteiro: *tem que* estar inventando tudo isso. E aquela história de ser trazido contra a vontade e achar que o campo de força era só para ele? Se tudo fosse verdade, por que contaria para mim? Ele não me conhece; como poderia saber que eu não diria a ninguém?

Sinto verdade em suas palavras, e há algo nele que me faz querer acreditar. Mas, se ele estiver delirando, acredita no que está dizendo. Será que está doente como Nanna? Parte de mim quer fugir dos olhos negros que me encaram neste momento; outra parte precisa de respostas.

E pior: algo neles *espera* que eu diga alguma coisa sobre suas afirmações. Sinto que não consigo mentir para esses olhos.

— Talvez você tenha delírios de grandeza — digo.

Flashes de dor cruzam seu rosto; fugazes, desaparecem.

— Talvez eu tenha. Sobre o que você queria falar, afinal?

Procuro em seu rosto o prateado que sei que não vou enxergar à luz do dia.

— Preciso fazer uma pergunta. Ontem à noite, quando as nuvens se afastaram, vi algo prata ao redor de seu olho. Você tem marcas prateadas de Hacker. O que elas significam?

Ele fica imóvel.

— Elas são um tipo de segredo. Mas a maior parte das pessoas não consegue vê-las, mesmo à luz das estrelas. — Ele me encara.

— Eu já tinha visto antes. Minha mãe tinha — confesso, arrancando as palavras de mim, lenta e relutantemente. Nunca falo sobre Astra; raramente me refiro a ela como *Mãe*. E nunca, jamais, *Mamãe*. Dói demais.

Ele arregala os olhos.

— A mãe que eles disseram que se matou? — Essa é a única coisa que ele poderia dizer que me *faria* responder.

— Ela não se matou! Pelo menos, não do jeito que parece. Ela era uma Hacker; seu suporte de vida falhou. Dizem que foi culpa dela, que o preparou para falhar quando morresse virtualmente num jogo. Que era tão convencida de que isso jamais aconteceria que elevou as apostas virtuais, jogou com sua vida e perdeu. — Uso palavras que a defendem, incapaz de parar. Mas o que aconteceu não é ligeiramente melhor do que escolher tirar a própria vida, do que escolher me deixar? O Jogo era mais importante para ela do que qualquer outra coisa. Incluindo eu.

— Quem era a sua mãe? — sua voz soa estranhamente tensa.

Não quero contar. Ele é um Hacker, e eles sempre ficam estranhos quando descobrem. Até Hex não conseguiu acreditar e, por séculos, tentou me fazer perguntas sobre ela, até que, finalmente, desistiu quando se convenceu de que eu não ia responder.

— Por favor, me diga, Luna. Quem era a sua mãe?

— Astra. — Ele me encara, surpresa em seus olhos, e eu balanço a cabeça. — Nunca me venha com aquela coisa de adoração só porque Astra era a melhor Hacker de jogos espaciais. Já ouvi isso antes e não sou em nada parecida com ela.

— Não acredito que não notei. Você tem os olhos dela.

Ah, ótimo. Ele não apenas é potencialmente delirante, como também é um daqueles adoradores estranhos do fã-clube de Astra. Provavelmente tem uma foto dela na mesinha de cabeceira.

Quero correr, fugir dele, mas *preciso saber.*

— Por favor, me diga. O que significam as marcas prateadas?

Ele fica em silêncio por um instante, não o pressiono. Finalmente olha em volta e se aproxima. Fala baixinho.

— Tudo bem. Por você ser filha de Astra, vou fazer uma exceção e contar algo que jurei não dizer. Mas você precisa prometer que vai guardar segredo.

— Eu vou, prometo.

— É como... — ele hesita — ... um tipo diferente de hacking. Um nível diferente. Indetectável.

— Mas você disse que a PareCo deixa os Hackers entrarem e fazerem suas coisas para eles observarem.

— Isso não. Eles não podem ver isso; não podem controlar nem deter.

— Então como descobriram que você é um Hacker? Só tem as marcas prateadas, e não as pretas, que qualquer um pode ver.

— Não sei. Devo ter sido dedurado por alguém — há uma raiva controlada em sua voz.

— Qual o mistério? Com marcas ou não, é óbvio que você é um Hacker. Se veste como eles, tem o mesmo tipo de nome estranho, anda com Hackers.

Ele sorri.

— *Agora* eu faço isso. Desisti de me passar por um aluno normal quando se tornou evidente que eles sabiam. Não havia mais razão para me esconder.

— Por que você não tem nenhuma marca preta? Minha mãe tinha os dois tipos.

— Fiquei apenas no hacking prateado. Sua mãe era particularmente habilidosa, tanto na manipulação do mundo tradicional quanto na do prateado. É uma surpresa que a tenham deixado quieta por tanto tempo.

— O que quer dizer?

— Nada. Olha, tenho que ir. Não se esqueça: você prometeu não contar a ninguém, certo?

Ele se levanta e sai como se algo o estivesse seguindo, e deixa o moletom onde estou sentada.

Ótimo. O que significa tudo isso? Balanço a minha cabeça. Não pode estar acontecendo. Se ele está delirando ou inventando coisas, *tudo* o que diz deve ser suspeito.

Precisa ser.

Mas, na minha barriga, um calafrio.

É uma surpresa que a tenham deixado quieta por tanto tempo...

CAPÍTULO 11

— Olá a todos. Sou o dr. Rafferty.

Ele sorri para os alunos, os olhos brilhando sob uma cabeleira branca impactante. Apesar da minha habitual desconfiança de médicos, há algo nele que me faz sorrir.

— Alguns alunos ficaram um pouco estressados com o Teste, então fui designado pela SaúdeCo para cuidar de vocês. Esta tarde, me encontrarei com alguns para uma conversa. Se alguém mais tiver preocupações ou perguntas, também pode marcar uma hora para me ver. Mas não me perguntem sobre o Teste em si; não vou falar. E não apenas porque não devo: eu não sei nada sobre ele. Porém, há alguém que sabe. — E apresenta Langdon, um responsável pelo Teste da PareCo.

Langdon sobe ao palco. Será que ele é um mentor maligno, manipulando os resultados, instalando campos de força e preparando insinuações tão fortes aos Implantes que nem mesmo um Hacker consegue ver através delas? Na verdade, parece apenas um nerd, não muito mais velho que nós.

Ele sorri nervosamente para todos.

— Oi — diz, apenas. Então olha para um cartão que está em sua mão e o lê. — Parabéns a cada um e a todos vocês! Seus resultados do teste de QI demonstram que foram agraciados com inteligência. Mas será que têm habilidade para lidar com seu dom? De diversas formas, é muito mais importante. O teste de QR na quinta-feira determinará isso. Até lá, vocês serão divididos em grupos e, juntos, irão se preparar para o teste. Daqui a pouco cada um receberá um folheto com instruções individuais e se encontrará com seu grupo no jantar.

Entregam os folhetos. O meu tem uma etiqueta na parte de cima: "Encontrar com dr. Rafferty às 14h". Qualquer simpatia que antes imaginei ter por ele desaparece.

— Oi, Luna, entre — ele me cumprimenta, segurando a porta.

Relutantemente, entro em sua sala; a porta se fecha atrás de mim.

— Sente-se. E não fique tão preocupada.

— Desculpe, não estou preocupada — minto. — Estou confusa. Por que estou aqui? Pareço estressada?

Ele ri.

— Um pouco, talvez, mas não é por isso que está aqui. Houve relatos de um episódio na noite do jantar formal, e queria conversar com você sobre isso.

Um episódio. É assim que eles chamam os surtos de Nanna. Agora estou devidamente preocupada.

— Obrigada, mas e se eu não quiser? — Sei que estou sendo estúpida e provocativa, e não há razão lógica para fazer isso e inúmeras razões para que seja uma má ideia.

Ele ri novamente.

— Por favor, relaxe. Você não está em apuros. Isto é apenas para o seu bem, e completamente confidencial. Ficará só entre nós — acrescenta.

— Eu sei o que significa confidencial.

— Tenho certeza. Seu teste de QI sugere que você é brilhante. Então, quer me contar o que aconteceu? — Fico em silêncio enquanto ele olha para algumas anotações. — Aqui está: você veio para o jantar usando as mesmas cores da sua escola, mas desistiu de sentar com seus colegas de turma e preferiu ficar com seu amigo Hacker. Hex, eu creio?

Concordo com a cabeça.

— Mas eles não são meus colegas de turma. Quer dizer, não frequentamos a mesma classe. Porque sou uma Recusadora — digo desafiadoramente.

Ele concorda.

— Isso também está nos seus registros. — Ele olha novamente para as anotações. — Então, após o jantar, você saiu subitamente, discutiu com uma garota de sua escola, correu...

— ... e caí de forma vergonhosa na frente de todos.

— O que tenho anotado aqui é um "tropeço".

Seus olhos estão brilhando novamente.

— Tropeço. É, foi isso.

— Sobre o que foi a discussão? Com... — ele diz, olhando de novo para baixo — ... uma tal Jezzamine Taylor...

— Nada de importante. Apenas uma pequena desavença — respondo. Não estava exatamente tentando dar cobertura a ela; apenas não queria repetir o que disse sobre minha mãe, ou Nanna.

— Há relatos de que você parecia muito chateada. — Não digo nada, apenas olho para ele. — Isso está indo bem. Acho que serei reprovado em comunicação médico-paciente. Me dê alguma coisa, qualquer coisa.

Começo a suspeitar de que estou sendo maldosa com o avô de alguém. Então, algo em mim *amolece*. Mas só um pouco.

Dou de ombros.

— Olha, realmente não importa. Ela falou algumas coisas desagradáveis, mas a opinião dela não é importante para mim. Não devia ter deixado isso me incomodar.

É verdade, mas, de alguma forma, ainda incomoda.

— Essa é uma abordagem muito racional. Falando nisso, como está se sentindo com relação ao teste de QR?

— Nervosa — admito.

— Ouça. Qualquer um que foi tão bem quanto você no QI não deveria ter com o que se preocupar. A menos que seja um maluco delirante. E você não me parece maluca. Um pouco na defensiva, talvez, então preste atenção para que isso não mascare seu julgamento.

— *Não sou maluca.* Finalmente, um diagnóstico médico de que eu gosto. Mas eu pensei que os testes de QI e QR eram independentes, que alguém pode ser inteligente e idiota.

— Por idiota, você quer dizer irracional? — Sinalizo que sim. — Pode. Isso se chama disrracionalidade, comumente abreviado por "dis": decisões e comportamentos irracionais, apesar de inteligência maior que a média. Mas esse é um resultado pouco comum.

— O que acontece com quem é inteligente-idiota? Quer dizer, com os disrracionais?

— O que acontece com eles? — Ele parece surpreso. — Nada *acontece* com eles.

— Mas a história tem mostrado que são perigosos. Vocês não poderiam simplesmente deixá-los soltos no mundo.

— Eles são monitorados caso precisem de ajuda. É verdade que não deveriam empunhar armas; mas lhes são oferecidas ocupações apropriadas. Também não são arrastados e trancafiados num quarto acolchoado, se é isso que você quer dizer. É esse tipo de despropósito que se fala por aí?

Fico em silêncio. Esse é o tipo de despropósito que Goodwin, na minha escola, plantou na minha cabeça.

— Ouça, Luna. Você deve se sair bem no QR, mas, caso contrário, nada de ruim vai acontecer. De qualquer forma, ficará perfeitamente bem.

Consigo relaxar um pouco.

— Sobre o teste de QI...

— Ah, sim. Seus resultados de QI foram uma surpresa.

— Foram?

— Houve algumas questões levantadas por sua escola...

— Goodwin.

— Sim. Por sua professora-regente, sobre sua adequação para ser indicada para o Teste. Obviamente, ela estava errada.

— Então, como eu consegui uma indicação? Ninguém parece saber.

— Eu sei.

— Você sabe? — Olho para ele, agora realmente surpresa. — Vai me contar?

— Eu posso. Talvez, primeiro, você pudesse responder melhor algumas das minhas perguntas.

Estranho.

— Ah, um acordo. Entendo. Quem vai primeiro?

Ele ri alto.

— Ah, minha querida, você é uma figura. Então, eu tenho uma suspeita. De que a resposta para as duas perguntas pode ser a mesma. Você primeiro: o que essa Jezzamine falou sobre sua família que a deixou tão chateada?

— Eu não disse que ela falou alguma coisa sobre minha família.

— Ops...! — Ele coloca a mão sobre a boca.

Levanto uma sobrancelha.

— Se você já sabe, por que pergunta?

— Você precisa falar, Luna. Para tirar o poder de palavras dolorosas, precisa ser capaz de reconhecê-las, de confrontá-las, para então descartá-las.

Olho para ele. Seus olhos são tão sinceros, e talvez eu esteja paranoica por causa de Gecko e do que ele falou sobre a PareCo manipular as coisas. Mas o dr. Rafferty é da SaúdeCo, ele não trabalha para a PareCo.

— Certo — digo. — Foi o de sempre. Sobre eu ser maluca por causa dos meus genes. Por causa... — hesito. — Por causa da minha mãe. — *E da minha avó,* acrescento mentalmente.

— Eis sua dupla resposta.

— Como assim?

— Você recebeu uma indicação por ser filha de quem é, Luna. Sua mãe teve um dos mais altos índices de QI já medidos pela PareCo. Acharam que suas notas da escola provavelmente não refletiam sua habilidade. Há pessoas por trás dessas decisões, não apenas computadores. E elas decidiram que você merecia uma chance. Luna, preste atenção, você herdou um dom de sua mãe. Não deixe que seu estado defensivo ou o medo do fracasso o tirem de você. Ela gostaria que você tivesse um futuro incrível, cheio de oportunidades. Não é?

Apesar do meu esforço, meus olhos estão marejados. Então, pisco com força.

— Posso ir agora?

— Sim — ele responde, e me dirijo para a porta. — Mas... Luna? — Eu paro. — Se você precisar de alguém para conversar, minha porta está sempre aberta.

— Tudo bem. Obrigada — eu digo. Dessa vez, sinceramente.

Só mais tarde consigo ligar algumas coisas. Gecko pensou que seu ótimo resultado no teste de QI fosse uma prova de que a PareCo estava manipulando os testes em prol de seus propósitos nefastos — mesmo não sabendo quais são esses propósitos. Mas Rafferty revelou que havia pessoas por trás de tudo, não apenas computadores, tomando decisões. Talvez o caso dele seja o mesmo, julgaram que merecia uma chance. Ou será que errar deliberadamente cada resposta também é uma prova de alto QI?

Vou me sentar ao sol, perto da árvore onde Gecko e eu estávamos antes. Se ele aparecer, conto sobre minha teoria.

As árvores estão florescendo; outros alunos se espalham sobre a grama. Os prédios escudam o vento, é uma armadilha solar. Me reclino para trás, a pele absorvendo calor. Estou calma como não me sentia há tempos. Rafferty disse que estava lá para ajudar os alunos a não se estressarem: ele é bom.

Finalmente suspiro, me sento e encaro o folheto que recebi mais cedo.

Leio a indicação da mesa do jantar; estaremos de volta ao salão esta noite. Meu estômago se revira; estar em grupo *realmente* não é o meu forte.

Além disso, sob nenhuma circunstância devo falar sobre qualquer coisa percebida com um dos meus cinco sentidos. Segue-se um aviso: "Qualquer falha em seguir esta instrução resultará automaticamente no fracasso do teste de QR".

CAPÍTULO 12

As mesas do salão estão quase todas ocupadas quando chego. Procuro pela de número 6 e, quando a encontro, confiro ansiosamente seus ocupantes: *alívio.* Nada de Jezzamine ou de Melrose. Também nada de Gecko, o que me deixa com uma estranha sensação de desapontamento, sem saber ao certo, porém, por que me sinto dessa forma. Reconheço uma das garotas do meu quarto: seu nome é Anne? Aquela que empurrou a cama para o mais longe possível da minha.

Aposto que ficarão satisfeitos quando eu me juntar a eles. Sigo em frente; sorrindo, vou direto para o último lugar vazio na mesa.

— Olá, todo mundo! — falo e me sento.

Todos se viram para mim. É um grupo misto de garotos e garotas, dois de cada escola, o que deduzo pelo que vestem; em meio a eles, há um garoto que reconheço vagamente, mas com quem nunca falei. Julgando pelas expressões de desânimo, eles sabem quem eu sou. A mácula da loucura está em seu olhar.

Anne mexe os lábios em algo que lembra um sorriso.

— Oi, Luna — ela me cumprimenta, e faz todos se apresentarem. O garoto desconhecido da minha escola é Ravi; estou muito constrangida por não ter memorizado a maioria dos outros nomes.

O jantar é servido. Aqui e ali, conversas se iniciam e terminam. Há perguntas curiosas sobre o que estamos fazendo juntos, e por quê; como escolheram os grupos — percebo alguns olhares em minha direção. Olho em volta: diferentemente da noite do jantar formal, quando todos estavam amontoados e dava para ouvir facilmente o que se falava ao nosso redor, hoje as mesas estão espalhadas pelos cantos do salão. Vejo Hex em uma do outro lado, Gecko em outra, então observo o ambiente mais uma vez.

— Há um Hacker em cada mesa. Exceto na nossa — pela primeira vez, falo voluntariamente, sem que ninguém tivesse falado comigo. Todos olham para o salão.

— Me pergunto se a montagem dos grupos não tem algo a ver com os resultados do teste de QI — comenta Ravi. — Em que lista vocês ficaram?

Cada um fala a sua, até que sobra apenas eu.

— Eu estava no primeiro grupo — admito. Vejo alguns olhares de surpresa; outras reações, como a de Anne, sugerem que já sabiam. Então, Ravi estava certo: agora que os dois últimos grupos se foram, nosso grupo de oito tem um representante de cada uma das listas restantes.

Por isso também nosso grupo é o único sem um Hacker: como Gecko disse, eu realmente fui a única da primeira lista que não era um deles.

A sobremesa é servida, e não consigo tirar da minha cabeça a instrução do folheto: não demonstrar o que percebo com qualquer dos meus sentidos. Será que cada um tem instruções específicas como a minha? Se tiverem, será a mesma? A perturbação revira o meu estômago. Por que não posso dizer o que vejo, sinto, ouço, cheiro ou provo? Por sorte, ninguém me pergunta o que achei do jantar.

Um funcionário entra com uma pilha de pastas, entrega uma para cada grupo e sai.

Ravi ergue a pasta.

— Posso? — pergunta. Ele retira uma folha de papel, limpa a garganta e lê. — "Sua tarefa é elaborar um teste para uma das tendências cognitivas que evitam a racionalidade. Comecem esta noite, escolhendo uma tendência que vocês, como grupo, compartilhem e da qual precisem se prevenir; depois, debatam sobre o perigo que ela representa. Amanhã vocês continuarão formulando um teste para essa tendência."

Ele abaixa o papel e trocamos olhares.

Anne pega a folha.

— Uma tendência que nós compartilhamos? E se não compartilharmos as mesmas? — Era exatamente o que eu estava pensando. — Que tal todos dizermos qual achamos que é nossa pior tendência? Você primeiro, Luna. — Ela olha para mim, sua expressão é meio desafiadora.

Eu teria ficado perplexa, mas minha conversa com Rafferty mais cedo trouxe isso à minha mente.

— Tendências de negatividade, prestar mais atenção às notícias ruins.

Os outros revelaram as suas. Temos alguns com tendências de projeção: assumir que os outros pensam da mesma forma que nós; algumas tendências de confirmação: referenciar apenas perspectivas que vão ao encontro de nosso próprio ponto de vista; algumas tendências grupais: supervalorização da opinião daqueles que conhecemos em detrimento da de quem não conhecemos.

— Como vamos escolher uma e não as outras? — Ravi pergunta.

— Vamos listar todas — sugere uma garota com um caderno. — E então cada um lista suas três mais importantes e escolhemos a que tiver mais votos.

Concordamos. São quinze tendências oficialmente reconhecidas; mesmo em minha turma de Recusadores foram suficientemente repetidas para sabermos o que são. Todas podem ser barreiras para o pensamento e decisões racionais.

Enquanto o grupo analisa se há um elemento comum entre nós, meu olhar vagueia pelo salão, pelas cabeças abaixadas e discussões acaloradas ao nosso redor.

— Talvez seja mais *racional* escolher uma que seja mais facilmente testada do que as outras — lanço a ideia. — Como é um teste, espera-se que nós...

As luzes se apagam antes que eu termine a frase. Elas não piscam ou diminuem: a sala completamente iluminada virou um breu total, num instante.

— Quem não pagou a conta de luz? — alguém grita de outra mesa.

Alguns garotos começam a fazer sons de fantasmas, e segue-se uma gargalhada nervosa.

— Alguém tem uma tocha? — outra voz diz.

Ninguém responde.

Os interruptores ficam perto das portas por onde entramos.

— Vou tentar os interruptores — digo.

Me levanto e, com as mãos para frente, sigo cegamente até atingir uma parede, então vou tateando por ela até a porta.

Está tão escuro que abro meus olhos cada vez mais — como se isso fosse adiantar alguma coisa. Consigo chegar até a porta e mexo nos interruptores.

— Não estão funcionando! — grito.

Tento a maçaneta da porta, pensando em verificar se o lado de fora também está sem energia, mas ela não se mexe. Fico mais nervosa. As portas estão trancadas? Estamos trancados aqui, no escuro?

— Luna? — ouço uma voz me chamar suavemente, bem perto. É Gecko.

— Sim?

— Achei que era você.

— Estamos trancados — digo baixinho. Gritar poderia causar pânico.

— O quê? — Escuto um chacoalhar. As mãos dele tentando abrir as portas? — Isso é estranho. Não estou gostando.

Do outro lado do salão, uma voz grita:

— Temos as velas do jantar da outra noite. Vou ver se estão na área de serviço!

Há passos, um baque e xingamentos abafados. Mais passos.

— Será que as portas lá de cima, da sacada, estão abertas? — pondero.

— Bem pensado.

Gecko pega minha mão e vamos tateando a parede até encontrarmos o caminho das escadas. Agarro o corrimão e subo, enquanto algumas velas são acesas lá embaixo; o nível de luz aumenta quando alguns dos candelabros nas paredes são acesos e as luzes vão sendo repassadas.

Gecko tenta a primeira dupla de portas do segundo andar: trancadas. Trocamos um olhar.

— Tento as outras? — pergunto, e ando até a próxima. — Trancada! — aviso, e sigo para as portas da ponta.

Olho para trás; Gecko está inclinado sobre o parapeito, olhando para o salão. Será que desistiu, pensando que, se alguém resolveu nos trancar, ficará trancado também? Ah... Sou teimosa demais para não tentar cada uma das portas. Chego até a maçaneta da última.

— Trancada — anuncio, exatamente na hora em que um grito estridente corta a noite.

CAPÍTULO 13

— Abaixe-se! — grita Gecko, e nos encolhemos atrás do parapeito. Há mais gritos e passos rápidos. Quedas e choros.

— Que diabos está acontecendo? — pergunto.

— Há dois homens lá embaixo atirando na multidão e... e... pessoas. Sangrando no chão, sem se mexer...

Me encolho ainda mais, horrorizada, chocada, assustada e... *ouvindo.* Há uma enorme histeria... é o que consigo escutar. Mas não ouço tiros.

— Eles estão atirando nas pessoas? Agora?

Ele espia por cima do parapeito e não me responde.

— Fique aqui e se esconda. Vou descer; não serei visto se for agachado, abaixo da altura do corrimão. Temos que apagar as velas, então poderemos atacá-los no escuro.

Ele segue escada abaixo.

Depois que Gecko sai, espio cuidadosamente sobre o parapeito.

As pessoas estão correndo e gritando. Alguém está estranhamente esparramado no chão. A luz é fraca, verdade, mas não consigo ver sangue nem nenhum atirador. Nada de som de tiros. Balanço a cabeça e observo melhor: há caos e histeria, mas não consigo perceber por quê.

Então, entendo tudo e me abaixo novamente.

Não conte nada sobre o que você perceber com seus sentidos, é a minha instrução. Sou a única aqui sem um Implante. Isso tudo é falso, não é? Como o muro que somente Gecko podia ver. E não posso contar a ninguém?

Pensar que foi baleado pode não fazer você sangrar, mas, de qualquer forma, é algo terrível de se fazer com alguém. Estou tomada por fúria. Se não posso contar que isso não é real, vou mostrar.

Desço as escadas.

Jezzamine está de pé na base dos degraus; ela se vira quando escuta meus passos.

— Finalmente aconteceu — diz. — Sua loucura passou para mim.

— O quê?

— Fiquei maluca, não é? — Ela me encara, olhos redondos e confusos, de um jeito muito não-Jezzamine. Será que está em algum tipo de estado de choque?

— Tudo bem, Jezzamine; isso não é real. Vai acabar logo e todo mundo vai ficar bem — falo para tranquilizá-la, mesmo que seja *ela,* mas tentando escolher minhas palavras, de modo a não desobedecer a minha instrução.

— Claro que não é real.

— Você pode identificar?

Sua expressão está confusa.

— Posso ver imagens de Implante, obviamente superimpostas, não reais. Mas todos os outros acham que são reais. Pensei que estava ficando maluca, mas você também pode afirmar que são falsas?

— Jezzamine, eu não tenho um Implante.

A compreensão aparece em seu olhar.

— Então são apenas imagens de Implantes. Mas por que todos os outros parecem ver coisas diferentes das que eu vejo?

Ela está horrorizada; é do tipo que não gosta de nada *diferente*.

— Veja — aponto para as sombras na parede. Há um garoto que não está se escondendo ou tentando fugir. Ao contrário, ele está lá, com uma expressão confusa, de choque. Vamos até lá.

— Você vê o que está acontecendo como imagens de Implantes, certo? — Jezzamine pergunta a ele.

Ele concorda. Alívio toma conta do seu rosto; ela não é a única.

— Precisamos dar um basta nisso — diz o garoto.

Concordo.

— Certo. Vou derrubar as armas das mãos dos atiradores falsos, mas não consigo ver onde estão. Você me orienta?

— Vamos fazer isso juntos — ele diz. — Venha.

As velas se apagam uma a uma, a escuridão começa a voltar. Gecko escolheu o momento errado: precisamos que todos vejam o que estamos fazendo.

Andamos rapidamente pela sala. Há alunos encolhidos atrás de mesas viradas, outros deitados no chão com os olhos fechados.

— Eles pensam que estão mortos? — pergunto.

— Eles têm sangue falso por todo lado — ele explica. — Pelo menos, parece falso para mim.

— Onde estão os atiradores?

— Há dois deles no centro. Vou guiar você.

Começamos a avançar, mas, então, um grito angustiado. Gecko?! Sou erguida e afastada.

— Luna, Luna — ele me chama, passando as mãos por mim.

— Para! — bato nele. — Isso não é real. Não fui atingida. Para! — agora, bato em seu rosto.

— Ai!

Ao contar a Jezzamine e ao garoto que eu não podia ver o que eles viam, desobedeci à regra de não-dizer-a-ninguém-o-que-você-percebe, e agora parece inútil continuar escondendo.

— Me escuta, Gecko. Isso é como o muro que você podia ver e eu não.

— O quê? Mas você está ferida, está coberta de sangue...

— Imagens de Implantes. Não existe sangue.

Ele parece compreender e começa a relaxar.

— Mas por que...

— Escutem todos, e escutem bem! — É Jezzamine? — Isso tudo é bobagem. Parem de gritar, parem de sangrar, parem o que estiverem fazendo. É como um jogo virtual. Não é real, não está acontecendo. Vocês estão bem.

Ela sacode alguém que está deitado imóvel no chão: é uma garota de seu grupo de amigas que sempre faz exatamente o que ela diz. A garota se levanta, uma expressão confusa no rosto, e olha ao redor.

— Viram? — diz Jezzamine. — Não é real. Parem de ser um bando de maria-vai-com-as-outras, idiotas cognitivamente tendenciosos. Vocês todos estão bem. *Sejam racionais.*

Todos se entreolham e então viram para Jezzamine. Pelo domínio da pura força de vontade, e a ameaça de serem rotulados de irracionais, conseguem ultrapassar o que podem ver e ouvir. Um a um dos que choram, se escondem ou estão mortos se levanta e olha para ela.

As luzes se acendem; as portas são destrancadas.

— Os atiradores sumiram — diz Gecko.

Não há feridas de bala, mas alguns machucados. Uma torção no tornozelo, cortes e hematomas por causa de toda a histeria, mas nada sério. No entanto, poderia ter sido, não é? Por que fariam algo tão cruel, tão maluco?

Todos estão olhando para Jezzamine, para mim e para o outro garoto que ajudou — Danny, foi como se apresentou — com certo tipo de temor por termos sido os únicos suficientemente racionais naquele momento. Mas isso não era inteligência superior, ou era? Apenas eu, por não ter Implante, e eles, por qualquer outra razão, fomos capazes de ver as imagens dos Implantes pelo que elas são.

Qual foi o objetivo disso tudo? Não consigo entender por que fizeram algo tão terrível.

Mas, independentemente do motivo, quando contei a Jezzamine e Gecko o que eu via, desobedeci à única regra que me foi dada. Consequência? Fracassei no teste de QR. Disrracionalidade, aqui vou eu.

Gecko se mantém ao meu lado, mas tão perto que, quando me viro, esbarro nele.

— O que foi aquilo de cão de guarda?

Ele parece envergonhado.

— Desculpe. É que...

— O quê?

— Eu sei que não era real. Mas eu vi. Eu vi você andando em direção àquele cara; ele atirou em você à queima-roupa, na minha frente. Vi tudo e não consigo me livrar dessa imagem.

Ele me envolve em um abraço apertado, e então, abruptamente, sai para ajudar a colocar as mesas de volta no lugar.

Bem.

— Parece que você conquistou alguém.

É Jezzamine, e nem está sendo sarcástica.

— Ainda falando comigo?

— Não se preocupe. Não vai se tornar um hábito. — Ela parece constrangida. — Obrigada por antes. Devo uma a você, e não gosto disso. Então vou pagar agora.

— Com o quê?

— Melrose não me contou sobre sua avó biruta, certo? Foi meu irmão. Ele frequenta a mesma escola que o seu.

Olho para ela, chocada. Foi *Jason* quem contou?

— Estamos quites? — ela pergunta.

— Claro. Tanto faz.

Ela se vira e vai embora. As pessoas começaram a sair, voltar para seus quartos; não vejo Melrose. Suspiro. Outra coisa na qual errei. Terá sido minha tendência a ser negativa aparecendo novamente, ao esperar o pior das pessoas? Eu mereço fracassar.

CAPÍTULO 14

Paro na porta do salão, sem ter certeza se conseguirei entrar. Eles querem que trabalhemos *aqui* hoje, depois do que aconteceu ontem à noite? Não me contenho: coloco uma cadeira para obstruir a porta.

Sento com meu grupo. Anne estranha minha atitude.

— Se sentindo um pouco claustrofóbica hoje, Luna? Isso não é muito racional.

Olho para ela.

— Está falando sério? Depois de ontem à noite, não quero arriscar ficar trancada aqui novamente.

Todos olham estranhamente para mim; ninguém responde.

— Trancada aqui *novamente*? — finalmente Anne se manifesta. — Do que está falando?

Ouço passos atrás de mim, me viro. Danny?

— Posso pegar Luna emprestada por um segundo? — ele pergunta, e nos afastamos dos outros.

— Você se lembra do que aconteceu ontem à noite? — ele pergunta.

— Você quer dizer luzes apagadas, pessoas trancadas, pânico e atiradores falsos? Sim. Você também?

— Sim. E Jezzamine também. Ela nega, mas está mentindo.

— Ela meio que gosta de ir com a multidão. Na linha de frente, é claro.

— Os outros só se lembram disso como se fosse um teste proposto de uma tendência de multidão, do qual falamos. Não acreditam que aconteceu realmente. O que isso significa?

— Nem imagino.

Então escutamos um barulho na porta; a cadeira presa está sendo tirada do caminho, e o dr. Rafferty entra. Ele olha para a mesa onde eu deveria estar, então se vira até me avistar. Faz um gesto para que eu vá até ele.

— Mas, por algum motivo, acho que estou prestes a descobrir.

— Me pediram para entrevistar você sobre ontem à noite. — dr. Rafferty aponta uma cadeira em frente à sua mesa. Eu sento.

— Parece sério.

— É sério. Na verdade, muito sério, Luna. Primeiro preciso que me conte exatamente o que aconteceu.

Penso em lhe dar a versão falsa que Danny mencionou, a que todos esperam que nós e Jezzamine acreditemos que seja verdade. Mas qual o sentido disso? Eles vão descobrir. Então, conto a verdade.

— Você recebeu uma instrução direta para não contar a ninguém o que podia perceber com seus sentidos. Foi-lhe informado que desobedecer a essa instrução resultaria no fracasso automático do teste de QR; ainda assim, você falou. Uma decisão muito irracional considerando suas instruções e as consequências especificadas. Pode explicar por quê?

— Você não estava lá. Foi horrível. Todos estavam assustados. As pessoas pensavam que estavam mortas ou morrendo.

— Então você diria que foi a compaixão pelos outros que a fez agir assim?

Concordei. Foi isso e a *fúria* pelo que estava sendo feito a todo mundo. Mas não disse isso em voz alta.

— Vou defender você, Luna. Mas não tenho certeza de que eles irão me escutar. — Ele suspira. — Pode ir. Volte para seu grupo.

— Eu também tenho uma pergunta. Por que fizeram isso? Foi cruel.

Dr. Rafferty inclina a cabeça.

— Os procedimentos de teste são da competência da PareCo, previstos em contrato. Mas, seja lá o que você pensa sobre os métodos, Luna, saiba que são elaborados para filtrar os racionais dos disrracionais. Isso é de importância vital para a segurança e o futuro deste e de todos os outros países ao redor do mundo. Não é um exame leve. — Ele sorri. — Vá. Tente não se preocupar demais. Lembre-se do que eu disse da última vez: o que acontece se fracassar no QR?

— Nada. Serei monitorada, um trabalho apropriado será escolhido.

No entanto, agora isso não parece tranquilizador como no outro dia; um trabalho no qual eu não consiga impedir decisões que possam prejudicar alguém. No qual estarei sempre sendo observada para garantir que minha disrracionalidade não se manifeste. Arrepio só de imaginar.

Saio da sala, volto pela quadra. Começo a andar em direção ao salão, mas então penso: bobagem. Sem dúvida, isso é um *não passe adiante, não é um momento de vitória*. Não vou voltar para lá.

Primeiro: chacoalhar as correntes da minha prisão. Sigo para uma das passagens entre dois prédios: o campo de força estará lá a essa hora do dia? Uma luz brilhante no ar me cumprimenta. Tento novamente passar por ela, mas, como da última vez, consigo cruzar um pouco do caminho e então é como se ela me empurrasse de volta. Não há como escapar.

Volto para a lateral do salão, olho ao redor: ninguém à vista. Escalo para a sacada, me enrosco no banco onde Gecko e eu nos sentamos na noite em que tentamos fugir, onde vi as espirais prateadas em sua pele, tão semelhantes às de Astra que a adrenalina da lembrança me fez fugir. Será que ele se lembra do que realmente aconteceu ontem à noite? De como ficou triste quando pensou que eu tinha sido baleada? Que colocou seus braços em volta de mim?

De alguma forma, é importante que se lembre.

Naquela noite, mais tarde, volto para a sacada. Quando começo a me perguntar se Gecko ignorou o bilhete que passei para ele no jantar, ouço passos silenciosos. É ele.

— Ei. Você veio.

— Como poderia resistir?

Ele sorri ao chegar e se move mais sedutor do que na primeira noite, quando pensou que eu estava olhando para ele. Eu coro. Naquela ocasião, eu estava mesmo, mas isto é agora, e há algo mais importante com o que lidar.

— Cale-se, sente-se e ouça.

Ele se assusta. Senta.

— Ok. O que é? Estou ouvindo.

— Certo. Lembra do muro que você pode ver, mas eu não; o campo de força?

— É claro.

— É uma imagem falsa. Colocada ali pelos Implantes. Certo?

— Sim, mas...

— Então, como você sabe que não está vendo imagens falsas de seu Implante o tempo todo?

Ele dá de ombros, inquieto.

— Não sei. Embora precisasse haver uma boa razão para fazerem isso em larga escala; o campo de força transformado em muro é uma imagem simples e estática que serve a um propósito determinado. Nem mesmo sei se eles *podem* fazer imagens mais complexas de modo convincente.

— Eles podem, e fazem.

— Me conta.

Então eu conto. Tudo: as luzes apagadas, os gritos, pessoas sendo baleadas. As instruções que violei. Como Gecko pensou que eu tivesse sido atingida na frente dele; como Jezzamine pôde ver através das imagens do Implante e fez todo mundo ultrapassá-las. Como apenas aqueles que puderam ver através das imagens pareciam se lembrar, no dia seguinte, de como realmente aconteceu. Ele me faz descrever tudo diversas vezes, com cada detalhe que eu consiga lembrar, para ver se algo o faz recordar; mas então ele faz uma terrível expressão de dor.

— Droga. Isso é assustador. Quem sabe quando eles usam nossos Implantes para nos fazer ver o que querem, quando querem? Ou, mesmo se não fizerem isso, pior: para alterar nossas lembranças? O mais estranho é que, se tento lembrar o que realmente aconteceu ontem à noite, minha cabeça dói, meus pensamentos fogem. Não consigo. Mas posso pensar sobre o que você me contou. — Ele sacode a cabeça. — E qual o objetivo disso tudo?

— Não sei. Estava achando que era um tipo de teste de racionalidade, mas foi tão aleatório e violento... Não consigo ver como isso testa qualquer coisa útil. — Me enrosco apertada em mim mesma. — Desculpe.

— Por que está se desculpando?

— Você era mais feliz sem saber disso tudo, não era?

— Não. Obrigado por me contar a verdade. — Ele pega a minha mão com força, mas desta vez não é o Gecko sedutor. — Agora, o que vou fazer com isso?

— O que quer dizer?

— Nada. Tudo. — Ele balança a cabeça e se vira novamente para mim. — E você, Luna? O teste de QR é amanhã de manhã. Faça, vá para casa, para a universidade e viva feliz para sempre. Tire tudo isso da cabeça.

Me arrepio.

— Isso não *vai* acontecer. Além do mais, tem um *rejeitada por disrracionalidade* carimbado com tinta invisível na minha testa agora.

— É? Não consigo ver. — Ele ri.

É uma noite nebulosa, sem estrelas; não há nada prata ao redor do olho dele, mas sei que está lá. Assim como o carimbo na minha testa. Suspiro. Encosto no banco e ele passa um braço em volta dos meus ombros.

— Acho que tive muita sorte em conseguir essa indicação de teste. Mesmo com medo de ser reprovada. Rafferty disse que me deram essa chance por causa da inteligência da minha mãe.

Não vejo, mas sinto ele balançar a cabeça.

— Uma oportunidade que veio da bondade do sombrio coração corporativo da PareCo?

— Bem, pareceu bom na época.

— Provavelmente, está mais para... Eles têm medo de você, Luna.

— O quê? Medo de *mim*? Que bobagem.

— Eles não sabem quem você é, ou qualquer outra coisa sobre você, porque não tem um Implante. Isso, juntando ao fato de Astra ser sua mãe, faz de você um risco que precisavam investigar.

— Ah, sim. Sou muito assustadora para *eles*.

— Talvez seu teste de QR seja como o meu de QI.

— Como assim?

— Fracassei no QI; disseram que passei. Eles disseram que você está fracassando no QR. E se tudo for uma encenação e, independentemente do que aconteça, nós dois estivermos em apuros? E se formos perigosos demais para sermos deixados em paz?

— Lá vêm seus delírios de grandeza novamente... — digo, mas desta vez ele ri. Tira o braço dos meus ombros, se vira para me encarar. Seu sorriso é um fantasma sensual na escuridão.

Ele se inclina para frente; sinto que estou perdendo o ar. Seus lábios acariciam minha testa; quentes e macios.

— Sou eu quem deveria estar pedindo desculpas.

— Pelo quê?

— Não levei você a sério no outro dia. Devia ter contado como se atravessa um campo de força, mas agora é tarde demais. Você está marcada.

Sinto um arrepio.

— Então, como se atravessa um campo de força?

— Não empurre. Quando você coloca pressão, ele empurra de volta. Simplesmente feche os olhos e muito, muito delicadamente tente se fundir com ele, até chegar ao outro lado.

— Se fundir com um campo de força? Agora você está zombando.

Mas, mesmo que eu conseguisse passar, qual o sentido de fugir agora? Conseguiria escapar antes de ser oficialmente rotulada? Além disso, seria monitorada pelo resto da vida...

— Tentada a fugir?

— Muito. Mas para onde eu iria?

— Já está mais racional do que quando conheci você. — Bato no braço dele. — Ai! Mas tão violenta quanto. Vá, durma um pouco. *Se esforce* naquele teste de QR amanhã e, quem sabe? Qualquer coisa pode acontecer. Você queira ou não.

Na manhã seguinte, nos apresentamos no salão, conforme instruídos. Langdon está lá.

— Bom dia a todos! Provavelmente estão esperando seu teste de QR. Mas tenho novidades. Vocês já o fizeram.

Um burburinho se espalha rapidamente.

— Escutem, vou explicar. Descobrimos no passado que alguns disrracionais muito inteligentes estão aptos a dar as respostas que queremos ouvir num teste de QR e que muitos outros estavam escapando das nossas tentativas de identificá-los. A solução? Testes de realidade. É o que vem acontecendo nos últimos dias. Durante toda a semana, estivemos observando cada um de vocês, como reagem em tarefas em grupo, uns aos outros, a desafios. Esses dados serão analisados para obter seus resultados de QR.

Há uma troca de olhares; pensamentos nervosos latejam enquanto todos repassam suas palavras e ações dos últimos dias.

— Quando saírem daqui hoje, falar com qualquer pessoa sobre os procedimentos do QR deste ano será considerado uma violação de regra e resultará em reprovação. Um bloqueio de Implante será colocado para prevenir deslizes inadvertidos. Então, agora é hora de arrumar as malas; o transporte para casa foi providenciado para todos. Estejam prontos para sair em uma hora. O resultado final do teste e as colocações serão enviados a todos na próxima semana. Boa sorte!

Saímos. Voltamos para nossos quartos para fazer a mala e aguardar o transporte. A escola de Gecko foi a primeira a partir. Ele corre, me dá um abraço rápido e embarca. Experimento um duro sentimento de perda. Só o conheço há... três dias? Parece bem mais.

Enquanto esperamos, todos falam sobre o QR. Muitos não acreditam que não fizeram um teste de verdade; outros estão nervosos sobre como o teste foi feito, avaliados quando nem estavam cientes do que se passava.

Será que o episódio dos homens armados foi parte desse teste secreto?

Pelo menos *eles* estavam onde deveriam estar ontem, e não se escondendo numa sacada. Pelo menos, *eles* não violaram uma instrução com a penalidade expressa de uma reprovação no QR. Rafferty pode estar tentando ao máximo convencê-los de que minha racionalidade é boa.

Mas eu não preciso de sorte. Preciso de um milagre.

3
MORTES

A recusa em acreditar até que a prova seja apresentada é um posicionamento racional; a negação de tudo que é externo à nossa própria experiência limitada é absurdo.

Annie Besant

CAPÍTULO 15

A porta se abre quando estou chegando.

— Você voltou! Como foi tudo? — Sally pergunta.

— Me deixe entrar, que eu conto — respondo, e ela sai do caminho. Entro, largo minha mala no chão e fecho a porta.

— Você não parece feliz.

— Não acho que fui muito bem. Os resultados chegarão na próxima semana. Certo?

Ela sacode a cabeça e cruza os braços. Uma expressão em seu rosto demonstra que não esperava nada melhor.

— Espero que tenha feito todo o possível para ir bem. *Realmente* espero.

— Mas você não acredita nisso, não é? Então, que diferença faz? — Percorro o olhar pela sala e percebo o que está faltando. Normalmente ela está aqui a essa hora do dia, murmurando numa cadeira em frente ao vídeo. — Onde está Nanna?

— No quarto. Ela não permaneceu muito acesa enquanto você esteve fora.

Antes que Sally termine a frase, já estou no meio da escada, a caminho da porta de Nanna. Está trancada? Cerro os dentes e digito o código. Ela está na cama, de olhos fechados.

— Nanna, Nanna. Sou eu. Luna.

Ela se mexe, mas não abre os olhos.

Sally me segue.

— Lamento, Luna. O médico não está nada contente com o estado dela. Agora ela realmente precisa de cuidados em tempo integral. Seu pai e eu sentimos que...

— Não. Vocês não vão colocá-la numa instituição.

— Mas Luna...

— Não. Eu cuido dela. Não deveria tê-la deixado com você.

Sally sacode a cabeça e sai.

Passo a tarde inteira com Nanna. Ela se mexe algumas vezes; seus olhos abrem, me veem, ela sorri, mas não acorda de verdade.

É início da noite quando Jason abre a porta.

— Mamãe mandou avisar que o jantar sai em cinco minutos.

— Isso nos dá tempo para conversar. Sentiu minha falta, macaquinho?

Ele dá alguns passos para dentro, então para, hesitante.

— Tudo bem. Entra. Ela não morde. Mas eu talvez!

Eu o agarro numa chave de braço; ele ri.

— Precisamos ter uma conversa séria — digo e o solto. — Você tem um colega de escola que tem Taylor como sobrenome? Irmã mais velha Jezzamine?

— Sim. É o Ollie. Por quê?

— Você contou a ele sobre Nanna? Sobre como ela surtou no dia que Melrose almoçou aqui?

Ele não fala nada, mas sua expressão diz tudo. Eu suspiro. De um jeito meio perturbador, quase desejei que Jezzamine estivesse mentindo. Agora sei quanto errei com Melrose, e realmente dói lembrar como fui terrível com ela. Deveria ter acreditado, não é?

— Jason, não é bom falar sobre a família com outras pessoas, ok? Ele disse para a irmã, que fez disso um grande problema e contou a um monte de gente. E não de um jeito legal.

— Desculpe.

— Sem drama. Apenas não faça de novo. Combinado?

— Combinado.

É melhor não adiar algumas coisas. Sally está conectada e Jason está dormindo: este é o momento.

Olho com desconfiança para a pequena caixa em minha mão: *Remédio Antináusea*. Estou com medo de experimentar e medo de não experimentar. *Realmente*, será que poderia ser tão simples?

Meu PPI PareCo é rotulado, como todos, com o nome por extenso da companhia: *Parassensorial - Aprimoramento de Realidade Artificial*. Há tempos, um grande avanço que possibilitou experiências virtuais perfeitas pela primeira vez. *Temporreal é como realidade, porém melhor! Seja quem você quer ser; vá aonde quiser. Com a PareCo.* Era assim o anúncio. Mas nunca para mim. A tontura e a náusea sempre me afastaram; sempre fizeram me sentir separada de mim — inumana.

Engulo dois comprimidos com água, então espero um pouco, caso levem algum tempo para fazer efeito. Comi o mínimo que pude no jantar, sem levantar suspeitas em Sally. Estou nervosa e nada ansiosa para ficar enjoada como da última vez.

Apago todas as luzes do quarto e bloqueio com um casaco a luz que entra do corredor por debaixo da porta. Vou até o PPI. Certo, é isso. Me acomodo no sofá, sinto a penugem quente da rede neural me alcançando, entrando, me anexando.

O corredor do Temporreal aparece sob meus pés como sempre. Vou em frente. Eu deveria visitar Papai, mas primeiro preciso fazer uma coisa.

A porta de Melrose ainda está destrancada para mim: pelo menos, isso é um bom sinal. Paro do lado de fora e olho para a porta. Não estou sentindo enjoo? É tudo meio estranho ainda, estou aqui e deitada lá no meu quarto, e ciente de ambos. Mas não preciso inspirar e expirar ou acalmar meu estômago o tempo todo. Será que aquelas pílulas estão realmente funcionando?

Ouço vozes baixas e risadas através da porta. Ela está lá, e não está sozinha. Talvez eu devesse enviar uma mensagem para ela me encontrar?

Não; ela pode ignorar. Vamos acabar logo com isso.

Eu bato; abro a porta. Olho para dentro.

Melrose e Hex estão em um grande pufe, abraçados. Acho que não estavam esperando visita. Eles se sobressaltam e começam a se separar, e eu me viro e falo olhando para a parede.

— Desculpe. Eu vou... Hum... Volto mais tarde.

Caminho para a saída.

— Luna? É você? — Melrose pergunta.

— Sim. Sou eu.

— Você está *plugada*?

— Aparentemente, sim.

— Não vá. O que você quer?

— Eu só queria me desculpar. Deveria ter acreditado em você quando disse que não contou para Jezzamine. Me desculpe, de verdade.

De repente ela está de pé, de frente para mim. Mãos nos quadris.

— Soube que Jezzamine contou a você que não fui eu. Quer dizer que acreditou nela, mas não em mim.

— Não. Na verdade não foi isso. Quer dizer, Jason confirmou a versão dela. Mas, de qualquer forma, eu realmente lamento, de verdade.

— Uau. — Ela olha para Hex, ainda no pufe.

— Duplo uau — ele diz.

— O quê?

— Você não apenas se desculpou múltiplas vezes, como o fez *aqui*. Deve realmente lamentar para vir até aqui dizer isso.

— Sim — digo, arrasada. — Desculpe, é isso. Vou embora agora.

Começo a seguir em direção à porta, convencida de que ela vai trocar a fechadura no segundo em que eu sair.

— Não seja tão dis — ela fala. — Fica.

— Tem certeza? Quer dizer... — Olho para eles. — Vocês querem ficar sozinhos, não é?

— Sim — Hex responde, e Melrose olha para ele. — Quer dizer, não! Por favor, fique. Aqui, fique à vontade.

Ele se levanta, tira um sofá do nada e o coloca no chão. Vantagens de namorar um Hacker? Atualização instantânea de mobília. Olho com mais atenção agora e percebo que não há teto, e sim um céu noturno, mas não é igual ao real. As estrelas são tão enormes e brilhantes que é como se estivéssemos lá fora, no espaço.

— Como você se saiu no QR essa semana? — Hex pergunta. Alguém tinha que fazer isso, não é?

Me acomodo no sofá.

— Lixo total.

— Não pense sempre o pior — Melrose adverte. Eu ergo uma sobrancelha. — Você faz isso! — Ela joga uma almofada em mim. — Não muda nunca. Está até exatamente com a mesma aparência aqui — ela observa.

— Droga. Não fiquei magicamente bonita no mundo virtual?

— Você não precisa ficar; já é — ela diz, mas *até parece...*

Melrose e Hex são eles mesmos, porém um pouco diferentes em alguns aspectos. Os ombros dele são mais largos; a cintura dela, mais fina. E sua pele brilha incrivelmente. Ou talvez isso seja apenas resultado da coisa séria que estava acontecendo no pufe quando eu interrompi.

— Eu realmente sou a mesma? — pergunto, e Hex tira um espelho do ar. — É a coisa mais desconcertante quando você faz coisas assim — completo.

Olho no espelho e confiro novamente. Aquela sou eu, exatamente como sempre, mas há uma espiral prateada em volta do meu olho esquerdo. Marca de Hacker prateado, como minha mãe tinha. Como Gecko.

— Hex, *como* as pessoas aqui ficam diferentes de como são na vida real?

— Sem ser técnico demais? Tem a ver com como querem ser, com as coisas que querem que sejam diferentes em si mesmos no mundo real. Então você deve estar realmente satisfeita com a sua aparência.

Olho para ele, então olho novamente no espelho. Por isso, sem surpresas: eu quero parecer como a mulher mais bonita que já vi, minha mãe. E obviamente eles não podem enxergar as espirais prateadas que eu vejo, ou comentariam alguma coisa. Encaro o espelho, resistindo à vontade de alisá-las em volta do meu olho.

— Dá um tempo — Melrose diz. Ela pega o espelho, entrega para Hex e ele desaparece.

— Limonada? — Hex pergunta e me entrega uma, que ele fez aparecer do nada.

— Não está gelada, Hex.

— Droga, estou relapso. — Ele pega a limonada, então me devolve. Geladíssima.

— *Como* você faz isso?

— Sou mágico — diz Hex. Melrose o atinge com uma almofada e ela se transforma numa nuvem de penas que, então, desaparece.

— Exibido — ela diz. — Responda à pergunta.

— Ok, você pediu. Em termos reais, estou hackeando a PareCo. Estou manipulando infinitas linhas de tempo e espaço virtual, mudando o que você pode sentir e ver. Mais ou menos como mexer numa teia sensorial com códigos.

— Então nada disso está aqui realmente. Mais ou menos como se não estivéssemos aqui de verdade, num sentido físico.

— Exatamente.

— Claro. Obrigada por explicar. Já que é tão inteligente, como acha que *você* foi no QR? — pergunto.

Hex dá de ombros.

— Ok. Eu acho. Eu... — E ele se cala, uma expressão de dor em seu rosto, então dá de ombros de novo.

— Não consegue falar sobre isso?

— É estranho. Meio que podemos, mas não podemos — diz Melrose.

— Eles disseram que colocaram um bloqueio sobre o teste no Implante. Você não pode hackear o bloqueio? — pergunto a Hex.

— Não tentei — ele responde e franze a testa. — Focar no assunto me dá dor de cabeça; quando tento, meus pensamentos fogem disso.

— O fato de estar aqui significa que você não é mais uma Recusadora? — Melrose pergunta.

— Não sei o que significa. Mas não vou mudar em nada na escola. Não com o ano quase no fim.

Principalmente porque isso deixaria Goodwin muito feliz, por achar que minha Recusa finalmente acabou.

— Quanto tempo? — Melrose pergunta.

— Cinco minutos — Hex responde.

— Para quê?

— Há uma festa à meia-noite hoje, para comemorar o fim dos testes.

— À meia-noite? Vocês nunca dormem?

Eles trocam um olhar.

— Não é preciso — Hex diz. — Seu corpo está suspenso no PPI, certo? É mais repousante do que dormir.

Não tenho certeza se isso funciona comigo, já que meu corpo não está totalmente desacordado e meu PPI é um modelo básico: sem suporte de vida. Estou fazendo o possível para ignorar meu corpo, mas a consciência dele está aqui o tempo todo. Mesmo não estando enjoada com esses comprimidos, se não me concentrar em estar *aqui* e, propositalmente, bloquear *lá fora*, ainda sentirei tudo estranho.

— Você tem que vir à festa — diz Melrose.

Por algum motivo, eles me convencem, e cronometramos para chegar elegantemente vinte minutos atrasados. Meu estômago está esquisito e começo a me preocupar, me perguntando quanto tempo até que o efeito dos MANS acabe e eu comece a vomitar em cima de Hex e Melrose. Bom, mas talvez seja apenas um frio na barriga; nada pior.

Seguimos para o corredor Temporreal de Melrose. Ela está num grupo de administração da festa da escola e me manda um convite para liberar a minha entrada. No caminho vejo que ela tem muitas portas: "amigos", "grupos", "jogos". A trilha de sua vida desde que paramos de andar juntas. O outro lado das coisas, que desconheço totalmente. Sinto uma dor por tudo o que perdi. E se, durante todo esse tempo, eu apenas precisava desses comprimidos e, assim, poderia ter sido um deles?

Chegamos à porta no final do corredor. Hex abre e segura, enquanto Melrose e eu entramos. Sentimos uma fresca brisa marinha; som de ondas na costa de uma infindável praia lindíssima. Uma festa virtual na praia? Pode ser meia-noite no mundo real, mas aqui o sol está brilhando e traz uma sensação boa para a minha pele. Pele nua? Olho para baixo; houve uma mudança de figurino quando entramos: Melrose e eu agora estamos usando maiô e cangas coloridas amarradas na cintura. Flores no pescoço. Hex está com um short de um arco-íris selvagem. Ele franze a testa e o short fica preto.

— Venham, preciso de uma bebida — ele nos chama, e começamos a andar pela areia em direção aos outros, que estão no bar da praia.

— Tem algo errado; está muito quieto — comenta Melrose. Quando chegamos, um enorme grupo da escola está amontoado, mas ninguém em clima de festa; ninguém está feliz. Alguns estão chorando.

— O que é isso? O que houve? — Melrose pergunta.

Uma de suas amigas vem até nós. Seus olhos estão vermelhos.

— Não acredito. Simplesmente não consigo. Ela estava ali esta manhã e... e... — suas palavras se interrompem.

— Quem? O que aconteceu? — diz Melrose.

Outra garota levanta os olhos.

— Jezzamine. Ela morreu num acidente de carro.

CAPÍTULO 16

Jezzamine é o assunto da escola na segunda de manhã, antes da aula. Não era uma unanimidade, mas todos a conheciam, e ela era, realmente, uma *presença.* É como se algo imutável tivesse sido arrancado da paisagem. Como quando Jason descreveu o horizonte de Londres sem a cúpula da Catedral St. Paul.

A festa da meia-noite terminou logo depois que chegamos, mas não antes de olhares curiosos perceberem que eu estava lá. Soa muito estranho dentro de mim que Jezzamine, a única pessoa que teria me confrontado sobre minha ida, não estivesse lá. Como um eco fantasmagórico, sussurros me seguem pelo corredor.

Até mesmo Goodwin parece entristecida pela notícia a respeito de Jezzamine, mas isso não a impede de me arrastar para sua sala bem quando o sinal da primeira aula toca. Estou nervosa que ela tenha ficado sabendo que me pluguei. Que alguém tenha contado e ela agora me pressione para sair da turma de Recusadores.

— Diga, Luna querida, como foram os testes?

Fico em silêncio. Então ela não sabe; o assunto é outro.

Ela sorri maldosamente, embora seu rosto de palhaço e as cobras já tenham desaparecido por completo da face vermelha. Ela deve ter passado a semana inteira esfregando para tirar a tinta.

— Posso ler você bem facilmente, sabia? — ela diz. — Tão transparente. Pobre Luna. Não se preocupe; se você não passou nos testes, vamos encontrar algo para fazer após a graduação. Tenho certeza de que em algum lugar há banheiros a serem limpos. Será minha missão pessoal, garantir que consiga uma colocação de trabalho *adequada*.

Me obrigo a dar um sorriso largo.

— Muito obrigada! Realmente agradeço. Posso ir para a sala agora? Devo aprender o máximo possível para me preparar para minha brilhante nova carreira em porcelana, não é?

O sorriso dela foge um pouco; em seguida, se recompõe.

— Ah, vou sentir falta de nossas conversas. Mas não tenha medo; tenho certeza de que a nova *carreira* vai acabar com essa sua postura rapidamente. Agora, vá.

No agora silencioso corredor, passo pelas portas dos PPIS onde Melrose e todos os outros estarão plugados. Hex também; sua exclusão finalmente foi suspensa. Me pergunto como deve ser a escola virtual. Quero e, ao mesmo tempo, não quero saber. Se Hex pode, com tanta facilidade, me fazer ver e sentir coisas que não estão lá, quem sabe do que os programas educacionais da PareCo são capazes? Até os Implantes têm mais efeito do que eu jamais percebi.

Rachel sorri quando sento ao seu lado. Depois de tudo o que aconteceu em apenas uma semana, parece que faz uma eternidade que estive nesta sala... Contando os minutos e desejando estar em outro lugar, *qualquer lugar.*

Os resultados do Teste saem esta noite. Há alguma chance de escapar? Bem no fundo, uma pequena parte de mim *tem esperança.*

Como combinado, me pluguei e estou no espaço de Melrose, com ela e Hex, esperando os resultados. No segundo em que são divulgados, ele hackeia a lista numa parede virtual. Não, nada de papel, nada comum assim — é como uma tela fina, na qual os nomes em verde são os que passaram, e os em vermelho, os que foram reprovados. Seguem-se detalhes das colocações.

Melrose encontra primeiro o seu nome.

— Passei! Vou para a Universidade de Londres!

Então Hex, literalmente, urra.

— Ah, meu Deus! Para mim, Tanque de Pensamento.

E eles continuam a examinar a lista, todos os nomes, anotando como os amigos se saíram. Nada de Luna Iverson.

— Talvez tenham esquecido de mim... — jogo no ar, quase esperançosa. Nem passei, nem reprovei; de certo modo, me sinto bem em desaparecer.

— Não, espera; você é a última — diz Hex. — Está aqui.

Não posso olhar; não consigo. Os dois estão em silêncio. Finalmente me viro e os encaro. Apesar de ter tomado os dois

MANS recomendados, e mais um para garantir, meu estômago está embrulhado. Mas... eles estão sorrindo?

— Passei?

— Veja você mesma. Veja, Luna. — Sigo o dedo de Melrose até o registro pulsante.

Luna Iverson: em verde.

— Passei!

— Isso não é tudo — adianta Melrose.

— Realmente, não consigo acreditar nisso. — Hex está sacudindo a cabeça.

— No quê? — Volto o olhar para a tela. *Colocação: Tanque de Pensamento.* — O que isso significa?

— Você não sabe? É como o suprassumo das melhores almôndegas com um incrível molho PareCo para coroar: sair para resolver os problemas do mundo em uma ilha tropical ou coisa assim. Benefícios, pagamento e trabalhos incríveis. Não entendo como você conseguiu.

— Uau, obrigada. Mas nem eu entendo.

— Vocês ficarão juntos? — finalmente Melrose se dá conta de que vamos embora e ela não. — Onde?

Hex faz alguma coisa estranha com suas mãos e chama uma informação na tela. Ele lê em voz alta:

— "Colocações Tanque de Pensamento: apresentar-se para transporte em Heathrow em sete dias para iniciar jornada à Ilha Inacessível. Preparar-se para um longo período fora. Roupas e itens essenciais serão fornecidos."

— Sério, existe um lugar chamado Ilha Inacessível? — pergunto. — Onde fica?

Mais movimentos com as mãos, e um mapa-múndi aparece ao nosso redor. Uma luz pulsante marca uma ilha no *meio do nada.*

— Fica a mais ou menos dois quilômetros e meio da costa da África do Sul — explica Hex. — Entre algumas ilhas desabitadas, nada perto.

— Por que tão isolada? — pergunto. — O que a PareCo está escondendo lá?

— Não seja uma dis. — Hex escaneia informações sobre a Ilha Inacessível, então olha para cima. — É um patrimônio mundial, por isso é neutra. Não faz parte de nenhum país, então ninguém controla ou exerce influência sobre a PareCo.

— Apenas a dois quilômetros e meio da África do Sul, só isso? Então eu posso fazer visitas nos finais de semana. — Os olhos de Melrose estão ficando marejados.

Eu me levanto.

— Três é demais; estou indo. Tchau.

Não tenho certeza se eles ao menos perceberam minha saída em meio àquela coisa de garota chorando/garoto consolando, murmurando que eles sempre podem se encontrar no Temporreal. Saio do espaço de Melrose. A porta se fecha e fico no meu corredor, atordoada.

Será que Rafferty conseguiu o milagre necessário e, de alguma forma, fez com que aceitassem minhas razões para violar as regras no teste de QR? Será que foi o meu ótimo resultado de QI que me garantiu essa colocação? O que diabos é um Tanque de Pensamento?

Distraída, ando de um lado para o outro no corredor. Distraidamente marco "não" para um convite pulsante do grupo de Astra Lembrada; uma porta desaparece. Me inclino contra a parede.

Um lampejo vindo de cima chama minha atenção. Olho para o alto. Uma linha prateada está se movendo pelo teto; se torna um quadrado. Ele se solidifica em algo que desce e faz uma abertura no espaço acima. Uma escada.

Que diabos é isso?

Espio entre as sombras quando um pé aparece e alguém começa a descer. Dou um pulo para trás.

— Gecko?

— Luna! — Ele ri e me dá um abraço, mas eu me afasto assustada, aterrorizada e um pouco incomodada.

— Como você faz isso?

— O alçapão e a escada? P'hackeando um-zero-um.

— P'hackeando?

— Desculpe: hackeando prata. É mais fácil dizer *p'hackeando*. É como Hackers prateados: são P'Hackers.

— Mas como você consegue vir ao meu corredor sem receber um convite? É contra todas as regras do Temporreal.

— Mas eu mandei um pra você — ele ri e aponta para a parede onde, minutos atrás, neguei o convite do grupo de Astra.

— Era você?

— Sim. Não esperava que aceitasse, embora isso fosse deixar as coisas mais fáceis; apenas usei para rastrear onde você estava quando rejeitou.

— Claro. Entendo.

Então Gecko está em Astra Lembrada: ele realmente é um fã esquisito como eu suspeitava, não é? Mas uma parte de

mim ainda se aquece por todo esse esforço só para me ver...
Eu sorrio.

— Não está surpreso em me ver aqui? — pergunto. — Tipo, levando em conta que sou uma Recusadora e coisa e tal...

Ele ri.

— Você experimentou o MAN, certo? Rastreei que estava plugada noite passada, mas não consegui fixar uma localização.

— Então, agora que você me rastreou...

— É hora de uma aventura.

Uma aventura?

— Por aqui — ele diz, e começa a subir a escada. Olha para trás quando percebe que não o estou seguindo. — Venha, fuja comigo um pouco.

Para mim, parece bom.

CAPÍTULO 17

No topo da escada há escuridão e nada.

— Que lugar é esse? — pergunto quando chego ao topo e olho ao redor.

Enfim, não é escuridão completa; quando meus olhos se adaptam, pontinhos de luz passam assoviando em todas as direções, acrescentando um senso de vastidão ao espaço onde estamos. Meu cabelo dança primeiro para um lado, depois para o outro, ao sermos golpeados por estranhas lufadas de vento, sem padrão: para cima, para baixo e em volta.

— Este é o vácuo virtual. É disso que todos os espaços e mundos virtuais são feitos.

A escuridão se intensifica e me viro: o alçapão e a escada desapareceram.

— Opa. Como voltamos daqui?

— Não se preocupe. Posso criar outra saída quando precisar.

Experimento uma vaga sensação de pânico crescente, misturada com excitação, e involuntariamente me aproximo de Gecko. Ele ri. Pega a minha mão.

— Fique por perto — diz.

— Por quê? — pergunto e olho em volta, à procura de perigo.

— O vácuo é um lugar grande. Se você se perder, posso procurar para sempre e nunca encontrá-la.

— Se perder me soa como uma aventura, mas que eu posso passar sem.

Ele ri.

— Exatamente. Temos coisas mais interessantes a fazer. Venha.

Ele me segura por uma das mãos e começamos a andar no mundo do vácuo.

Estou segurando meu cabelo com a outra mão, para não deixar que caia nos meus olhos. Gecko percebe e para. Junta meus cabelos atrás da minha cabeça e solta. Eles ficam lá. Toco a cabeça: estão num rabo de cavalo, um elástico os prende.

— Bom truque — digo, e continuamos. — Aonde estamos indo?

— É uma surpresa. Um mundo novo por onde passei recentemente.

— Como sabe o caminho?

— É uma das minhas coisas P'Hacker. Penso no lugar aonde quero ir e... Viu? — Ele aponta para frente; alguns dos pontinhos de luz não são aleatórios, formam um caminho de setas.

— Como você faz isso? É mais ou menos como Hex pode fazer mobília e coisas no Temporreal?

— Hackers são diferentes. Eles trabalham nos mundos virtuais existentes e brincam com os códigos do mundo; são todos muito lógicos e científicos. Com P'Hackers é mais como mágica.

— Claro. Se você não entende o suficiente para me explicar, tudo bem.

Ele ri.

— Entendo, é apenas algo sobre o que não conversamos com os de fora. É difícil encontrar palavras que façam sentido. Mas vou tentar. Também é lógico e científico, mas num nível intuitivo mais profundo, então eu não penso em códigos na minha cabeça, mesmo que seja isso o que estou fazendo. É mais como... Bem, como você anda? Você pensa que está levantando um pé, trocando seu peso para dar um passo, mantendo o equilíbrio, tudo isso? É mais ou menos assim. Eu apenas faço, sem pensar conscientemente em tudo o que está envolvido.

— Quando estava aprendendo, você caía o tempo todo, como quando estava aprendendo a andar?

Ele ri novamente; é gostoso, o som da sua risada. Neste vazio, parece tomar conta da minha mente.

— Muito. Eu era perigoso. Algumas vezes, acidentalmente, fazia coisas que via em meus pesadelos, como cobras. E realmente detesto cobras.

— E não faz mais, certo? As coisas perigosas. Quer dizer, você sabe o que está fazendo.

— Na maior parte das vezes. Ah, aqui estamos! — Ele para, e tênues linhas prateadas aparecem à nossa frente. Elas se movem pelo espaço vazio para desenhar um retângulo, então a prata se espalha dentro da figura, se transformando numa porta. Ele pega na maçaneta. — Pronta?

— Para quê?

Ele arregala os olhos, sem dizer nada. Abre a porta. Eu espio: luz do sol. Um espaço verde exuberante: uma cachoeira alta cercada por plantas que parecem tropicais. Uma piscina turquesa brilhante sob a cachoeira.

— Cobras?

— Não. Prometo.

Eu entro. Gecko pertinho, atrás de mim. Como na festa da praia que não aconteceu, uma instantânea troca de roupa: um biquíni? A piscina nos chama, e está *quente.*

Mas este traje é pequeno *demais* para nadar sem correr o risco de que alguma coisa escape, e Gecko está rindo para mim de um jeito que revela saber disso. Está lá, de pé, seguro em seu calção de banho respeitoso.

— Por que você não se refresca um pouco? — digo, lhe dando um empurrão: ele se esparrama dentro da piscina e começa a nadar em direção à cachoeira. Desejo que meu traje fosse mais como o maiô que estava usando na festa da praia da escola, e, de repente, ele é.

Mergulho atrás dele e o sigo até o outro lado.

— Veja isso — ele diz e sai da piscina. Sobe degraus ao lado da cachoeira até chegar ao topo, acena e mergulha: direto para o centro da cachoeira.

Meu estômago se revira quando ele se lança. Mas ele diminui a velocidade ao se aproximar da base da cachoeira e então, suavemente, mergulha na piscina.

— É antigravidade — ele diz. — Praticamente impossível se machucar aqui. É bem divertido, experimente.

Subo os degraus de pedra, fico de pé no topo da cachoeira. Hesito. É *muito* alto. Quanto? Dez metros? Rochas nas laterais e no fundo. Elas *parecem* machucar. Mas isso é virtual. Mesmo que a antigravidade falhe, vou ficar bem. Não vou?

— Anda! É o máximo! — Gecko grita.

Pulo de cima da cachoeira. Água rodopia ao meu redor enquanto despenco numa onda de medo e adrenalina, que então diminui quando me aproximo da piscina e mergulho suavemente. Nado até os degraus: vou fazer de novo. Logo estou pulando o mais alto que posso e mergulhando na cachoeira; Gecko está dando cambalhotas.

— Fomos ginastas em outra vida? — pergunto quando paramos para descansar.

— Afastar o medo faz com que você vá ao encontro dele. Mas o mundo melhora sua coordenação e sua habilidade motoras; é parte disso.

— Droga. Achei que era eu — eu rio. — Isso, de verdade, é a maior diversão que já experimentei. Que lugar é esse exatamente?

— É como um campo de férias de ricos e famosos. Este é apenas um ambiente; há mergulho em mar profundo, esqui, escalada de montanha, tudo o que você possa imaginar, e tudo em múltiplos infinitos, de modo que podemos ter só para nós o que escolhermos. Ou, se preferir companhia, há festas temáticas acontecendo o tempo todo.

— Um problema. Da última vez que verifiquei, não éramos nem ricos, nem famosos. Por que nos deixariam entrar?

— Bem. A maioria compra uma porta em seu corredor do Temporreal. Viemos pela porta dos fundos; eles não sabem exatamente que estamos aqui.

Fico boquiaberta.

— Estamos *invadindo*?

— Não vi nenhum aviso de *Afaste-se*. Você viu?

— Bem, não, mas...

— Confie em mim. Ninguém sabe que estamos aqui. Além disso, eles gostam de P'Hackers. Somos mais baratos do que a PareCo se quiserem fazer melhorias. Quer tentar esquiar agora? Garanto que, aqui, será boa nisso.

Estou bocejando, subitamente ciente da passagem do tempo.

— Não. Acho que não. — E estou cansada, muito cansada, até o talo. Minhas costas no PPI estão doendo como se eu realmente tivesse dado todos os mergulhos e nadado.

— Está nervosa, com medo de ser presa ou algo assim? Eu juro, estamos bem.

— Não. Não é isso. É só que... preciso voltar.

— Ok. Sem problemas — ele diz, escondendo o desapontamento em seus olhos, e eu quero contar *por quê*, mas não posso, certo? Ele vai achar que sou esquisita.

Ele sai da piscina, se vira e me oferece a mão. Seus olhos tão negros... olhando para mim. Me levanto perto dele, a boca subitamente seca.

— O quê? O cabelo está ruim, não é? — digo, e começo a torcê-lo com as mãos.

— Seu cabelo está bom. Mas, se quiser, deseje ele seco.

— Mesmo? Posso fazer isso aqui?

— Tente.

Desejo meu cabelo seco, e não apenas seco, mas solto nos meus ombros, lindamente penteados, cacheados e macios, como se eu tivesse acabado de passar horas num cabeleireiro que jamais vou poder pagar.

E... pronto.

Ele estica a mão, toca nele.

— Bom — diz, e há algo sério e indefinido em seus olhos.

— Eu poderia me acostumar com este lugar. Será que devo me tornar rica e famosa?

— Ou talvez haja outra forma? — Ele sorri enquanto setas prateadas aparecem no ar à nossa frente, se solidificando gradualmente, formando uma porta através da qual ele entra no vácuo.

Estou de volta às minhas roupas. Não faz nem calor nem frio no vácuo, mas, depois do mundo da cachoeira, *sinto* frio, e meus braços se arrepiam.

Andamos silenciosamente. Meu cabelo ainda está solto, mas tão macio que não me incomoda que o vento estranho do vácuo o bagunce.

Gecko para.

— Chegamos — diz, e uma forma quadrada prateada aparece perto de nossos pés. Quando ela se solidifica, ele abre, fazendo descer uma escada prateada. Me viro para Gecko.

— Obrigada pela aventura — agradeço, subitamente me sentindo tímida. — Foi divertido.

— Antes de você ir, preciso de sua ajuda com uma coisa — ele fala.

— Com o quê?

— Preciso encontrar Jezzamine Taylor, da sua escola. Por algum motivo, o espaço dela está bloqueado. Tentei alguns convites para rastreá-la, mas ela não respondeu.

A gostosa sensação deixada por nossa aventura desaparece. Jezzamine é — *era* —, sem dúvida, uma das garotas mais bonitas da escola. Mas, ainda assim, de alguma forma eu não esperava isso de Gecko. Em momento algum. Em especial, não depois de hoje. Será que ele quer levá-la até a cachoeira também?

— Não posso ajudar.

Começo a descer a escada e Gecko me segue até o meu corredor. Volto para o meu PPI, pronta para me desplugar.

— É importante — ele insiste, e sua voz está *muito* séria. Ele deve precisar muito disso.

Suspiro e volto, deixando a conexão do PPI sozinha.

— Realmente lamento ter que contar isso, Gecko. Jezzamine morreu num acidente de carro alguns dias atrás.

— O quê? Como? Me conte como aconteceu. — Seus olhos estão arregalados pelo choque.

— Foi o que ouvi: ela estava dirigindo sozinha. Tinha acabado de tirar sua carteira elétrica, mas, por algum motivo, desligou o sistema automático do motor, perdeu o controle e bateu numa barreira. Os paramédicos não conseguiram salvá-la; ficou seriamente ferida.

Ele se inclina contra a parede, como se suas pernas não pudessem mais suportar seu peso.

— É muito pior do que pensamos — fala, como que para si mesmo.

— O quê? Quem pensou?

— Tenho que ir. — Ele agarra meus ombros fortemente e me encara. Seu olhar é estranho e feroz. — Tome cuidado, Luna.

Gecko me solta, sobe na escada num segundo e, então, tudo desaparece: a escada, o alçapão, a linha, tudo vai embora. Teto perfeitamente restaurado.

Olho para cima e aceno.

— Estou bem, obrigada por perguntar. E hoje descobri que passei no QR. — Me afasto e olho para trás antes de me desplugar. — E estou indo embora para a Ilha Inacessível. Bom saber de você.

Me sento no meu quarto escuro, me alongo. Meu cabelo ainda parece lindo, sedoso e macio; até *cheira* bem. Estou confusa: como um penteado virtual pode permanecer? Gecko deve ter feito isso por mim. Mas um cabelo bonito não é o suficiente para me animar agora.

Me levanto, sinto o caminho até o interruptor. Ligo a luz.

Dou um pulo.

— Nanna?

Ela está sentada na minha cama. Encarando. Olhos arregalados e assustados. Olha para o PPI; e para mim. Sacode a cabeça.

— Perigo, Luna. Perigo — sussurra.

CAPÍTULO 18

— Eu não vou. É isso.

Papai esfrega os olhos, ainda turvos da desconexão emergencial que Sally o forçou a fazer.

— Você. Coloque juízo na cabeça de sua filha! — Sally diz, e sai do quarto batendo a porta.

— Bem. Ela está meio aborrecida — diz Papai.

— Ah! Nada de novo por aqui.

— Parabéns por passar no Teste.

— Obrigada.

— E soube que você conseguiu essa oferta incrível da PareCo: uma colocação no Tanque de Pensamento com todos os benefícios.

— É.

— Por que não quer ir? E me diga o motivo *real*. — Olho para ele. Eu poderia inventar uma lista de novo, como fiz com Sally, procurando um motivo que ela aceitasse, mas não. Suspiro e sento ao seu lado. Ele coloca o braço em volta dos meus ombros. — O que é, Loony-Tunes?

— Não quero deixar Nanna.

— Ah. Entendo.

— Mesmo quando estive fora alguns dias para o Teste, ela piorou.

— E teve uma recaída noite passada, não foi?

Concordei. Depois que despluguei e a encontrei no meu quarto, ela simplesmente desmaiou. Precisei acordar Sally para me ajudar a levá-la de volta para a cama. Era minha culpa, Sally resmungou, por não manter o quarto de Nanna trancado.

— Assim que eu for, Sally vai levar ela embora. Eu sei que vai.

— Não vou deixar. Prometo.

Acredito que ele está sendo sincero. Também acredito que Sally vai cansá-lo, confundi-lo com falsa compaixão, dizendo quanto isso seria melhor para Nanna, e, de alguma forma, vai conseguir que ele concorde com o que ela quer. Há precedentes. E quem garante que, depois que eu for embora, ela realmente não ficará melhor em outro lugar?

Balanço a cabeça.

— É só por isso. A colocação diz que vou ficar fora por um *longo período,* seja lá o que isso signifique. A milhares de quilômetros de distância. E se acontecer alguma coisa com ela, com você ou Jason e eu não estiver aqui?

— Realmente seria muito ruim — ele concorda. — Mas, às vezes, você não pode evitar que as coisas aconteçam, mesmo com pessoas que ama. Esteja lá ou não. — Uma sombra de dor cruza seus olhos. — Mas você não precisa ir. A escolha é sua.

— É? Não, segundo Sally.

— Não se preocupe com Sally, posso cuidar dela — ele afirma, mas falta convicção em sua voz. — De qualquer forma, não podem levar você para... — ele desfoca o olhar por um momento, então volta — ... a Ilha Inacessível, a menos que eu assine um infindável formulário de consentimento que acabou de chegar.

— Mas e o que eu faço se decidir ficar? — Apesar de querer, de *precisar* ficar, a visão de Goodwin me encontrando um trabalho adequado-na-opinião-dela me dá arrepios, como se um exército de pés invisíveis marchasse nas minhas costas.

— Vamos tentar transferir sua colocação para a universidade em Londres. Ter conseguido uma vaga no Tanque de Pensamento demonstra que você passou com mérito nos testes infames, certo? Também devem querer você na universidade.

— É verdade, você acha que isso vai funcionar?

Ele dá de ombros.

— Não sei. Mas vou tentar. — Seus olhos desfocam, depois voltam. — Pronto. Acabei de enviar uma recusa de assinatura do formulário e pedi uma transferência. Vamos ver o que fazem com isso.

— Obrigada, Papai.

— Agora, vamos visitar sua Nanna. Não se esqueça de que ela é minha mãe; eu também me preocupo com ela.

Não esqueço. Apenas sei que você quase nunca está aqui e que, quanto mais difícil for estar com ela, menos estará. Mas, em voz alta, tudo o que eu digo é *sim*.

Mais tarde, depois que Papai volta para a terra da fantasia, Sally me encurrala.

— Como pode ser tão egoísta?

— Como assim?

— Você percebeu que ultimamente a casa está caindo ao nosso redor? Que as despesas continuam aumentando e a receita, diminuindo? Está ficando cada vez mais difícil para o seu pai arranjar clientes pagantes que necessitem de orientações de jogo: garotos começam com Implantes tão cedo que já sabem tudo antes de terem uma boa mesada. E ocorreu a você que a universidade aqui terá um *custo*? Que, quando Jason alcançar a idade, não haverá chance de ele ir? Você poderia ajudar sua família pelo menos uma vez, Luna. Só a taxa de adesão nos tiraria do vermelho. Pagaria pelos cuidados de sua Nanna; colocaríamos ela em algum lugar onde pudessem fazer tudo para ela; não uma instituição pública, para onde será conduzida se o médico decidir interná-la, independentemente da nossa vontade.

— Taxa de adesão? Do que está falando?

— Seu pai não lhe disse? Se ele assinar os formulários de consentimento, a PareCo pagará uma taxa de adesão à família. E, depois, um salário regular. Pense nisso, Luna.

Olho para ela; finalmente o motivo de estar tão apavorada por eu não querer ir fica claro. Ela passou horas falando sobre a grande oportunidade, meu futuro, a única chance que eu posso ter para realizar algo de bom. Mas, o tempo todo, só queria me vender.

— Tem alguém aqui para ver você, Luna — Sally grita na tarde seguinte. As primeiras palavras que me dirige desde que Papai ficou do meu lado.

No andar de baixo, no sofá de nossa sala? Dr. Rafferty.

Fico boquiaberta.

— Ah, oi — é tudo que consigo dizer.

— Oi, Luna, bom ver você.

Sally ronda perto da porta.

— Posso oferecer alguma coisa? — Curiosidade em sua expressão.

— Um chá seria bom — ele diz, e ela vai para a cozinha. Sem dúvida, fará o chá em tempo recorde.

Ele sorri, aponta uma cadeira e eu sento.

— Provavelmente você está se perguntando por que estou aqui.

— Pode-se dizer que sim.

— Tive um trabalho considerável para convencer a PareCo de que você deveria passar no QR. Que era racional considerar o bem-estar dos outros, quando participou na interrupção daquela fase de teste.

— Ah... Obrigada. Eu acho.

Ele ergue uma sobrancelha.

— Mas parece que pode ter sido em vão. Vejo que seu pai recusou o consentimento para sua colocação na PareCo e solicitou uma transferência para a universidade. Transferências só podem ser aprovadas com uma avaliação da

SaúdeCo, e por isso fui notificado. Então, por que seu pai recusou o consentimento?

— Eu pedi.

— Ah, entendo. Estive pensando... Talvez uma ordem judicial para substituir o consentimento paterno pudesse ser útil. Mas eles não darão uma ordem se você também está dizendo não. — Ele balança a cabeça. — Por quê, Luna?

Sally traz uma bandeja com o chá.

— Desculpe, não pude deixar de ouvir — ela diz, sorrindo docemente. — Cremos que a... *compaixão* de Luna pelos outros é a causa. — O olhar que ela me lança exprime aconchego e preocupação, muito diferente da forma como tem se dirigido a mim ultimamente. Estou fuzilando Sally com os olhos, mas ela ignora. — Luna não quer deixar sua pobre avó. Ela só deve continuar conosco até o inverno, coitadinha.

Olho para Sally. Ninguém me disse isso e, independentemente da minha vontade, lágrimas começam a brotar nos meus olhos. Pisco furiosamente.

Dr. Rafferty demonstra interesse.

— Ah, querida. Isso é duro. Posso entender por que você não quer partir neste momento.

— Obrigada.

— Veja, vou sugerir que seja transferida para a Universidade de Londres por motivos de compaixão. Devido aos seus resultados no Teste, vou recomendar uma bolsa de estudos.

— Você pode fazer isso? — Sinto meu sorriso voltando. Se puder conseguir uma bolsa de estudos, até Sally deve ficar feliz. Quer dizer, mais ou menos.

— Ah, sim. A PareCo não pode anular decisões que tomamos com base no bem-estar do aluno. — Ele desfoca o olhar, volta alguns momentos depois. Sorri. — Comuniquei que a manutenção de sua boa saúde demanda uma colocação perto de casa e recomendei que você seja considerada para uma bolsa de estudos na Universidade de Londres. Eles provavelmente aceitarão isso com a condição de você voltar para a colocação original se as circunstâncias mudarem. Concorda?

— Claro! Obrigada.

— Um segundo — ele desfoca o olhar novamente. — Já notifiquei o seu pai e enviei a ele o consentimento revisado para assinatura. E... ele os assinou. Tudo feito. Tudo resolvido.

Depois que ele vai embora, Sally me olha de um jeito estranho.

— Você parece satisfeita. Acha que conseguiu o que queria?

— Acho que sim.

— Sinceramente, espero que sim — ela diz. — Eu realmente espero que isso dê certo para você, Luna.

As palavras dela *soam* sinceras, e a preocupação paira em seu olhar. Me sinto inquieta.

CAPÍTULO 19

Mais tarde, naquela noite, tomo alguns MANS, me plugo e bato na porta de Melrose. Dessa vez espero que ela grite *entre* antes de seguir em frente, para ter certeza de que não vou interromper nada.

Mas ela está sozinha.

— Oi — ela diz.

— Oi. Adivinha?

— O quê?

— Não vou mais embora, consegui uma transferência para a Universidade de Londres!

— Ótimo — ela responde, mas sua reação é silenciosa.

— O que foi? Algo errado?

Ela suspira e cruza os braços.

— Hex me disse que as colocações não podem ser mudadas; ele não tem outra escolha.

— Acho que normalmente não podem. No meu caso é uma exceção de saúde, porque não quero ir para longe por causa da doença de Nanna — explico para ela o que aconteceu com Rafferty, mas não tenho certeza se ela acredita, ou pior, se acredita em Hex. — Tenho que ir — digo finalmente.

— Por quê? — Ela está surpresa. — Fica... Hex *deve* chegar a qualquer momento; vamos ao velório de Jezzamine. Vem com a gente. Provavelmente vai durar a noite toda.

Não posso. Meu corpo está bocejando no PPI, preciso dormir. Dou uma desculpa e volto para o meu corredor do Temporreal. Estou prestes a desplugar quando uma porta aparece na parede à minha frente: um convite para Astra Lembrada. De novo? A ideia de ver Gecko me deixa ansiosa, mas a lembrança da última vez, quando, depois de tudo, quem ele queria mesmo era Jezzamine, me deixa triste. Suspiro.

Opções: aceitar e passar pela porta. Ver se Gecko está lá. Correr o risco de ser marcada por outros seguidores esquisitos de Astra. Ou rejeitar. Esperar que Gecko desça do teto, como da última vez. Ou, a última alternativa: ignorar e ir embora.

Tenho certeza de que eu *deveria* simplesmente ir embora, mas minha mão parece levantar sozinha, hesitar e apertar *rejeitar.*

Quase no mesmo instante, linhas prateadas formam um alçapão acima de mim; ele se solidifica, abre. Uma escada desce.

Passam segundos: nada de Gecko.

Olho para cima; o espaço através do alçapão é escuro.

— Gecko? — eu chamo. Sem resposta.

Ir até lá sozinha pode não ser a coisa mais inteligente a fazer, mas meus pés começam a me levar para cima.

Ainda no alto da escada, espio através do alçapão. Como antes, é escuro, e ventos assoviam estranhamente, em explosões e arranques. Quando meus olhos se adaptam, vejo fracas luzes riscando o meu entorno, crepitando, quase como estática.

— Gecko? — chamo hesitantemente, mas minha voz parece ser silenciada pelo vento; mal ouço a mim mesma.

Há um suave traço de prata saindo do alçapão que, subitamente, forma uma frase: "Por aqui, Luna", e então se transforma em uma seta.

Subo o restante do caminho, passo pelo alçapão e saio da escada com um pé, tateando, já que o chão se parece mais com um *nada*. Mas me ajeito suficientemente firme e subo o outro pé.

Sinto algo se movendo e me volto a tempo de ver o alçapão e a escada desaparecerem.

O medo corrói minhas entranhas, avisando que posso me perder e ficar encurralada aqui para sempre. Mas ele é abafado pela excitação.

A seta aos meus pés pulsa um pouco mais brilhante, e sigo em sua direção. Ela mantém o passo comigo, bem à frente o tempo todo, o que me ajuda a não surtar diante da imensa falta de dimensão deste lugar. As luzes estáticas pairam imóveis ao meu redor; o vento às vezes é suave e quase parece acariciar minha pele; outras vezes, é feroz, como um tapa, desgrenhando meu cabelo. Desejo que estivesse preso, e então, na mesma hora, está: para trás num rabo de cavalo. A seta para e uma suave linha prateada aparece na escuridão à minha frente, se esticando para formar um grande retângulo. Se solidifica numa porta.

Eu abro. Há uma luz suave vindo das paredes prateadas. Comparado com a escuridão que vem de fora, o interior parece iluminado demais. Pisco e dou um passo à frente.

— Você veio! — Gecko aperta forte minha mão, quente e firme. E a estranheza das paredes desaparece; a sala parece se solidificar ainda mais com seus olhos negros encarando os meus.

— Difícil resistir a um convite como aquele: que garota não quer subir numa escada e entrar nessa esquisitice toda?

— Desculpe aquilo; o vácuo pode ser inquietante para quem não está acostumado. Eu teria ido, mas há rastreadores me procurando por todos os lados. É como uma agulha no palheiro, mas se, por acaso, encontrassem minha localização, não queria que os levasse até você.

— O que está acontecendo?

— Venha. — Ele me puxa até um banco contra a parede. — Isso pode ser um choque, mas eu precisava alertar você.

— Sobre o quê?

— A morte de Jezzamine não foi um acidente.

— O quê?

— Ela não desligou o sistema automático; foi adulterado.

Olho para ele, chocada.

— Quem iria querer matar Jezzamine? Ela não era a pessoa mais amorosa do mundo, mas... Não, espera. Isso não pode ser verdade. Não ouvi nada. Todo mundo saberia se houvesse uma investigação.

— Não está sendo investigado.

— Não entendo.

— Oficialmente, foi um acidente. O relatório original foi suprimido e alterado.

— Como você sabe?

— Eu tenho... maneiras... de rastrear registros.

— Mas por que disse que precisava *me* alertar?

— Pense. Jezzamine, que foi capaz de ver que as imagens do Implante não eram reais, morre num acidente. *Você* também sabia que não eram reais.

— Mas... e Danny?

— Quem?

— O garoto que estava ao meu lado quando você pensou que eu tinha sido baleada. Ele conseguiu fazer o mesmo que Jezzamine.

— Você sabe de qual escola ele era?

— Não tenho certeza — franzo a testa, me concentrando. — Ele estava de branco na festa, eu acho. Mas isso é loucura. Por que eles seriam alvos? E de quem? Não entendo.

— Ainda não descobri, mas irei. Cuidado, Luna.

— Por quê? Comigo é diferente. Eu não tenho um Implante, então não poderia ver as imagens de forma alguma.

— Mas você *sabe*. E conhecimento pode ser perigoso. — Ele pega na minha mão. — Eu também queria dizer adeus.

— Adeus? Como assim?

— Estou num esconderijo. Não só aqui — ele aponta para o espaço virtual. — Mas meu corpo também: estou indo embora, para longe. *Ninguém* vai me segurar contra a minha vontade, nunca mais.

Seu olhar e suas palavras são ferozes agora, e me lembro do que ele disse naquela noite, na sacada: a única coisa que deseja, mais do que tudo, é liberdade.

— Você não disse isso apenas porque estávamos presos no centro de testes, não é?

Primeiro, ele não responde; depois, considera.

— Estou um pouco confuso. Tem certeza de que quer saber?

— Só se quiser me contar. Todo mundo tem segredos.

— O meu é uma história antiga. — Ele dá de ombros, como se isso não fosse nada importante. — Meus pais eram P'Hackers, assim como meu avô. Mas ele recusou; estava convencido de que isso era maligno e que, se me roubasse dos meus pais e me mantivesse preso, poderia expulsar o demônio de mim. Ele tentou, tenho que reconhecer.

Fico horrorizada; o menino que ele foi ainda espreita na dor do seu olhar, então, se esconde.

— Meus pais desapareceram na época em que eu consegui escapar, tempos depois, quando eu estava com treze anos.

— Eles *desapareceram*?

— Outra longa história — responde, enquanto seus olhos se fecham. Ele não quer contar.

— Então você ficou trancado todos aqueles anos; por isso disse que liberdade é o que mais deseja.

— Exatamente. E é por isso também que preciso dizer adeus. Não vou para o Tanque de Pensamento de jeito nenhum. Vou embora para onde jamais me encontrem.

— Você também conseguiu essa colocação?

Ele fica imóvel.

— Me diga que você não foi designada para o Tanque de Pensamento.

— Fui, mas consegui uma transferência. — E explico tudo o que aconteceu.

Seus olhos estão inquietos, incomodados.

— Estou preocupado com você, Luna. Não deve ir para a PareCo.

— Eu não vou, como acabei de contar. Mas *por quê*? Hex está mais do que animado; parece ser a melhor coisa do mundo, segundo ele. Ou Sally. O que há de errado?

— Não sei exatamente, mas há algo. As pessoas que vão para lá não voltam mais.

— Bem, pode ser porque é tão incrível que não querem mais ir embora. Você teria que se esforçar mais para me impedir, se eu quisesse ir. Mas, de qualquer forma, não vou.

— Eu ficaria surpreso se fosse tão fácil sair.

— Foi o combinado. Eu vou ficar. — Ele ainda parece preocupado. — Que lugar é esse, afinal?

Olho em volta. Luzes pulsantes se deslocam, definindo as paredes de uma pequena sala quadrada. O banco onde estamos sentados parece sólido, mas, como tudo na sala, seu formato escuro é definido por prata pulsante.

Ele ri.

— É a minha P'cabana. Eu criei. É um tipo de quarto do pânico.

— Quarto do pânico?

— Sabe, como aqueles que pessoas ricas têm para se esconder se alguém invadir a casa.

Olho em volta.

— Não estou muito convencida quanto à decoração. E a mobília é um pouco minimalista. Este banco, certamente, não é confortável.

— Desculpe, eu não recebo muita gente.

Ele ri de novo e, subitamente, o banco fica macio. Passo as mãos no assento: é como veludo quente.

Inclino minha cabeça para trás, olho nos olhos dele. Ele sorri, balançando a cabeça.

— Estou tentando dizer adeus, não olá. Talvez você devesse ir embora.

— Com certeza. Justo quando estou ficando confortável.

— Vou mandar uma seta prateada para guiar você de volta e fazer outro alçapão sobre seu corredor do Temporreal.

Ao soltar um espirro no meu quarto real, automaticamente coloco a mão no nariz aqui, neste espaço virtual. Gecko me olha estranhamente. Estou tão distraída com tudo isso que quase parei de perceber minha existência dupla.

— E se eu fizesse o caminho mais fácil?

— Como assim?

— Me desplugar, simplesmente...

— Não pode fazer isso quando está no vácuo; aqui você perde a conexão.

— Mesmo? E se eu parasse de seguir sua seta e me perdesse?

— Seria ruim. Se olhar para o vazio durante muito tempo, pode perder o caminho, e se perder do seu corpo para sempre. Até que ele morra, é claro. Um longo tempo, se ele estiver num suporte de vida.

Os arrepios voltam: poderia ser tempo demais para vagar, sozinha, no *nada*.

— Obrigada pelo aviso!

— Achei que você poderia lidar com isso.

Olho novamente para ele, não muito certa se devia estar zangada pelo risco que achou que eu corri ou lisonjeada por ele ter entendido que isso não seria um problema para mim. De qualquer forma, ele está errado. Eu ainda tenho a consciência dupla de sempre quando estou plugada; posso me desplugar quando quiser.

Mas não vou dizer adeus. Por razões que não sei se quero examinar mais atentamente. Não quero. Não posso.

— Vejo você depois, Gecko.

Me preparo para me desplugar no meu quarto. Paro, insegura, e olho para ele. Seus olhos parecem fixar os meus, e é difícil respirar. Então, tiro a rede neural enquanto ele se inclina e acaricia minha bochecha com os lábios. Ele desaparece, mas não antes que eu pudesse perceber seu olhar assustado.

Estou sentada em meu quarto.

Tudo o que aconteceu, o que ele disse, o que eu falei corre pela minha mente, e chego a uma conclusão inevitável: sou completamente *maluca*. Desde a rejeição daquele convite, quando pensei que iria fazer com que ele aparecesse, até quando subi por aquela escada e ele não veio.

E o vácuo virtual? Devia ter sido aterrorizante, mas, de alguma forma, não foi. Foi mais como algo esquisito e excitante. É claro que, *naquela hora,* eu não sabia que, se a pessoa se perdesse, poderia ficar presa ali, vagando na escuridão até o corpo morrer. Não que as regras normais se apliquem a mim: quando quiser, ainda posso me desplugar, mesmo no vácuo. Balanço a cabeça.

Ainda que confuso pela própria revelação, será que Gecko realmente acha que alguém *matou* Jezzamine só porque ela identificou que as imagens do Implante não eram reais? Talvez todas as coisas terríveis que aconteceram com ele quando criança tenham moldado a sua percepção do mundo. E agora está se escondendo para que a PareCo não o leve para o Tanque de Pensamento?

Quando eu estava lá, seus olhos fixos nos meus, tudo isso parecia real. Mas e agora?

Eu me arrepio, e só sinto meu rosto em parte: os lábios de Gecko acariciando minha pele enquanto eu desplugava.

Finalmente me deito. Quando solto meu cabelo, uma fivela prateada cai na minha mão. Gecko fez isso para mim? Estranho. Como está aqui, no mundo real? Se era virtual, deveria ter desaparecido assim que saí daquele lugar.

Isso tudo é uma completa — total — loucura.

Estou aquecida, feliz, segura. Me aninho no ombro da minha mãe — seus cabelos longos me cobrem quando ela me acomoda em sua cintura e sobe a escada.

Através do alçapão, pequenas luzes dançam ao nosso redor, sussurros amigáveis na escuridão. Elas rodopiam em volta de Mamãe num borrão prateado enquanto ela me coloca no chão; seu cabelo voa, indo para um lado de cada vez. Ela faz gestos impacientes e ele então fica preso, como o meu.

— Hora de brincar, Luna? — ela ri. Abre bem os braços e reúne brilhos prateados; joga-os em mim, e eu pego a bola de

luz com minhas mãos. — O que será hoje, amorzinho? — ela pergunta; há travessura em seu olhar.

Eu sorrio e jogo a bola para cima, transformando a escuridão num céu noturno estrelado. A lua cheia está tão grande e próxima que eu poderia me esticar e tocá-la, e faço isso: pulo para o céu e me sento no disco branco e quente. Faço ele aumentar de tamanho, e Mamãe pula para se sentar ao meu lado.

Ela me abraça apertado.

— Você é tão especial, Luna. Só você pode fazer essas coisas. Foi por isso que fiz você.

Me solto do carinho para ver seus olhos. Na escuridão, eles são brilhantes, cinza-claros com um toque prateado; a prata dança sobre sua pele, ao redor de seu olho. Foi por isso que fiz as estrelas para ela.

Toc toc toc.

— Luna?

Uma voz está chamando, e eu me mexo, relutante em deixar o sonho. Deixar Astra e eu. Estávamos no vácuo virtual? Ter estado lá hoje alimentou meu inconsciente; será que, algum dia, realmente subimos lá juntas, ou isso é uma armadilha da minha imaginação? E eu criando a lua e as estrelas? *Isso* eu realmente inventei.

— Luna.

É Sally. Ela agora abre a porta, deixando as luzes do corredor invadirem meu quarto. Seu rosto está pálido.

Sento rapidamente.

— O que foi?

— Lamento muito, Luna. — Sua voz e sua expressão estão genuinamente muito tristes, e não há mais ninguém aqui para justificar uma encenação.

— O quê? O que aconteceu?

— Sua avó. Ela... — A voz vai sumindo, e ela balança a cabeça.

Pulo da cama e saio correndo; a porta do quarto de Nanna está aberta. O médico está lá, mas afastado, e Papai também, segurando a mão de sua mãe.

— O que aconteceu?

Sally entra atrás de mim. Coloca um braço sobre meus ombros e, pela primeira vez, não me afasto.

— Ela faleceu enquanto dormia. O alarme médico me acordou. Eu trouxe o doutor e chamei seu pai. Ele queria um tempo antes de acordarmos você.

Não. Não pode ser. Pode? Estou ao lado de Papai, ao lado de Nanna. Sua expressão é serena, tranquila. Seus olhos estão fechados.

— Ela só está dormindo, não é? Papai?

Ele balança a cabeça.

CAPÍTULO 20

Os últimos dias são um borrão em minha memória. As pessoas dizem coisas gentis, embora não haja muita gente. Poucos observam enquanto o caixão vai para o fundo do crematório; os amigos que ela teve anos atrás sumiram já há algum tempo. Estou comovida pelo fato de Melrose e seu pai estarem aqui. Mas, se alguém percebê-lo, não será bom para ele.

Então Sally nos conduz e voltamos para casa. Pela primeira vez, gosto do quanto ela é boa em nos coordenar. Isso, de alguma maneira, fez com que Papai ficasse no mundo real por mais tempo.

Rachel, da escola, nos visita. Isso me deixa surpresa, porque ERS não saem muito. Então penso um pouco mais e não fico mais surpresa: a morte é o tipo de assunto que ela domina, na tentativa de fazer você sentir que há um motivo para isso ou se sentir melhor. Não está funcionando, exatamente, mas é bom que ela esteja tentando.

Crenças religiosas são irracionais por definição: não estão sujeitas à prova. A liberdade de religião é protegida pela NNU, mas Exceções Religiosas, como Rachel, são marginalizadas, têm suas vidas limitadas para que não possam afetar outros com seus pontos de vista, diante dos conflitos e guerras que acontecem quando a religião domina a sociedade. Nos ensinaram essas coisas, mas às vezes parece que Rachel conhece um segredo que eu gostaria de compartilhar. Se fizesse melhorar essa sensação, já valeria a pena.

Algo lá dentro *anseia*. Pelo quê? Pelo infinito: por aquilo que segue eternamente.

Naquela noite, mais tarde, prendo meu cabelo com a fivela prateada que veio do vácuo. Enquanto me plugo, *desejo, desejo, desejo* que o alçapão esteja lá, para que eu possa subir.

Desta vez não há convite do Astra Lembrada no meu corredor, mas olho para cima e: prata cruzando o teto. Não começa como um delinear, como das outras vezes, mas como um riacho, que corre para formar um alçapão. Ao abrir, uma escada desce. Subo e adentro o nada.

Não há mensagem prateada de Gecko. O alçapão desaparece e me vejo sozinha no escuro do vácuo. O borrão brilhante de luzes estáticas passa correndo em todas as direções; o vento é estranho como antes, às vezes feroz, às vezes suave, mudando de direção. Me deito e olho para cima.

Rachel disse que iria orar pela alma de Nanna. Que a vida é efêmera, mas sua alma é eterna. Suspiro. Vejo a vida mais como uma dessas luzes brilhantes, passando num breve clarão pelo espaço e pela escuridão infinitos.

Rachel também falou que eu deveria me lembrar de Nanna como ela era, e não da forma como sua doença a deixou. Mas é difícil. Havia muito tempo ela já não era mais a mulher que foi tudo para mim — mãe, pai, amiga — depois que Astra morreu. Papai era ainda mais inútil do que é agora. A morte de Astra o tirou do prumo de um jeito que não consigo nem ter certeza se ele se lembrava da minha existência. A doença de Nanna pareceu chegar tão gradualmente, tão aos poucos, que me arrastou sem que eu percebesse, até subitamente ser uma coisa gigantesca, opressiva. Então, quando realmente começou? Será que todos os seus alertas sobre não deixar ninguém saber como eu era diferente, não ter um Implante, não contar aos outros como a conexão me fazia passar mal começou antes de ela ficar doente ou também eram parte dos delírios de sua doença?

Aqui estou. Plugada, sem enjoar. Alguns MANS eram tudo o que eu precisava para ser como os outros. Todas as coisas que perdi com amigos e na escola. Ela estava apavorada porque eu ia fazer o Teste, mas fui bem; nada de ruim aconteceu, não é?

Mas, de uma coisa eu *sei*: mesmo que tenha sido parte de seus delírios, ela sempre me amou. O que quer que tenha feito, fez porque achou que estava me protegendo. Mesmo que os monstros estivessem apenas em sua mente, para ela, eram reais.

Uma luz particularmente brilhante corre em minha direção. Sem pensar, estico o braço e a agarro: ela pulsa, prateada, lá dentro. "Adeus, Nanna", sussurro, e lanço a luz para o céu. Ela se transforma numa estrela cadente, então vai embora.

Arrepios em minhas costas. Eu realmente fiz *aquilo*?

Depois de tudo o que aconteceu desde que acordei daquele sonho, mal tenho pensado nele. Foi isso que *realmente* me trouxe aqui, agora? Fecho meus olhos e tento me levar de *volta* para aquele sentimento de alegria, aconchego, segurança. E diversão também. As luzes que ela reuniu em seus braços e jogou para mim. Quando as soltei, elas se tornaram o que eu queria, assim como a estrela que acabei de lançar no vácuo.

Levanto, me sentindo boba. Abro meus braços como Astra fez, e tento atrair as luzes em minha direção. Não funciona.

Tento pegar apenas uma luz em minhas mãos, como fiz antes. Mas agora que estou pensando sobre isso, não está acontecendo. Ah... Minha imaginação fértil. Provavelmente adormeci e sonhei tudo isso.

A imensa escuridão e as luzes passando começam a me assustar. Hora de desplugar? Embora eu realmente não queira voltar, também não quero ficar sozinha.

Onde está Gecko? Ele disse adeus; será que foi embora de verdade? Não pode; com certeza colocou o alçapão e a escada para que eu entrasse no vácuo. Desejo que ele apareça e, como se estivesse lendo a minha mente, uma seta prateada surge aos meus pés.

Eu sorrio, sigo a seta até ela parar. Um lençol prateado surge e se solidifica, formando uma porta. Eu abro e entro.

A sala quadrada é como da última vez: escuridão definida por impulsos de luz prateada. Mas está vazia. Nada de Gecko. Mordo meu lábio, desapontada. Por que me atrai se não está aqui? Mal formulo o pensamento e ele aparece.

Seus olhos estão arregalados, em choque.

— Luna? Como você chegou aqui?

— Segui a seta. Como da última vez.

— O quê? — Ele sacode a cabeça. — Não entendo, embora eu *estivesse* pensando em você. Deixei uma trilha sem querer? — Ele sacode a cabeça de novo. — Se deixei, estou mais estragado do que pensava. E como você foi embora da última vez?

— Nada de mais. Apenas me despluguei.

— Isso seria impossível. Como poderia ter conexão com seu corpo através do vácuo?

Dou de ombros, constrangida.

— Não sei. Apenas *tenho* — respondo, e então minha mente volta para o que ele disse antes. — Estragado? O que há de errado?

— Eles me acharam.

— Quem?

— A PareCo, é claro. Eles me trancaram numa casa, antes do transporte para a Ilha Inacessível. Não posso sair.

— O quê? Mas isso é ilegal.

Ele ri; não é uma risada alegre.

— Em que planeta você vive? Não responda. Como está aqui, tenho algo pra contar. É importante.

— Estou ouvindo.

— Encontrei Danny.

— Então ele está bem.

— Não. Não está. Ele morreu de SMSA: Síndrome de Morte Súbita Adolescente.

— *O quê?* Sério?

Olho para ele, em choque.

— Infelizmente. De alguma forma devem ter descoberto que ele é capaz de ver através da simulação do Implante.

— Espera um pouco. Você deve estar errado. Uma garota morreu na minha escola ano passado de SMSA. Eles só declaram isso quando alguém morre espontaneamente estando plugado e eles não sabem o motivo. Então não há causa identificável de morte.

Ele ergue uma sobrancelha.

— Normalmente. Mas estamos falando da PareCo. Eles podem ter forjado isso. Mas ainda não é tudo.

Me afasto, com medo de escutar mais coisas.

— Investiguei Jezzamine e Danny para ver se tinham algo em comum, qualquer coisa que eu tivesse deixado passar. Hackeei seus registros de compras e lá estava: os dois compravam MANS regularmente.

Eu não conheci Danny direito, mas *Jezzamine*? Era uma garota que não gostava de ser diferente; pelo menos, não assim. Ela teria levado esse segredo para o túmulo. Uma sensação de inquietação me toma por dentro: *ela levou.*

Balanço a cabeça.

— Mas o que isso tem a ver?

— Não sei. Deve haver algo sobre a necessidade de MANS para se plugar que afeta a sua percepção das coisas com o Implante, e a possibilidade de eles plantarem bloqueios para evitar que você fale sobre o assunto. Ainda não descobri o que é.

— Mas eu não tenho um Implante.

— Não coloque, Luna. Se colocar, não deixe ninguém saber que usa MANS. Você compra no crédito?

— Não. Só em dinheiro, mas...

— Apenas compre em lugares e horas diferentes, não estabeleça um padrão, certo? E torça para eles não descobrirem.

— Quem são esses *eles*? Por que isso importa?

— Luna, me ouça. Sua vida pode estar em perigo.

Eu luto contra as lágrimas e contra o medo. Nanna, Jezzamine e Danny: três mortes num período tão curto de tempo. Nanna sussurra na minha mente: "O número três são os triângulos: mente, corpo, alma; passado, presente, futuro". Mas nenhum deles tem um futuro. Não mais.

Estou balançando a cabeça, tirando sua mão quente do meu braço. Não quero ouvir o que ele está dizendo; não quero nem estar aqui. Uma enorme lista de *coisas-demais-para-lidar* está me esmagando.

E eu corro. Direto através da parede prateada delineada de sua sala, que se abre para me deixar passar e ir para o vácuo. Ouço alguns gritos atrás de mim, mas eles diminuem e desaparecem.

Corro cegamente. O que há comigo? Primeiro, Nanna tem delírios; agora, Gecko? Talvez eu realmente desperte a loucura nas pessoas. Ele não pode estar certo; *não pode estar.* E disse que o encontraram, que o trancaram para obrigá-lo a ir para aquela colocação, mas *por que* fariam isso? De todo modo, qual o sentido em ter um funcionário não cooperativo?

Estou correndo tão rápido que há um facho de luz ao meu redor; minhas pernas e meus braços, um borrão prateado.

Por que estou correndo? Há um caminho mais fácil para sair daqui. Eu paro. As luzes prateadas ainda estão ao meu redor, quase como se estivessem grudadas em minha pele. Agora *sou eu* a maluca. Inspiro e expiro, tento acalmar o pânico. No meu quarto, me estico para desplugar e saio da rede neural.

Me sento no PPI, no meu quarto escuro, o coração pulando como se eu realmente tivesse corrido. As roupas estão grudadas na minha pele.

Me levanto, abro as cortinas, a janela, me debruço e respiro profundamente, tentando me acalmar. É uma noite clara. Os rastros prateados das estrelas parecem se agarrar ao meu redor, às minhas mãos e meus braços. Me afasto da janela, fechando-a com força.

Agora sou *eu* quem tem delírios.

Totalmente desperta, desço a escada. Coloco a chaleira no fogo. Há um arranjo elaborado de flores brancas num vaso sobre a mesa da cozinha: lírios e rosas. Elas não estavam aqui mais cedo, estavam? Lindo. Mas alguma coisa nos lírios me faz gelar, e o perfume das rosas pesa demais neste espaço pequeno. Gruda na minha garganta. Um cartão se destaca: está fechado. Olho mais de perto. Tem meu nome?

Estranho. Quem teria enviado? Estico a mão para pegar o cartão e furo meu dedo num espinho. Uma gota de sangue mancha o envelope quando o abro.

Mais lírios no cartão. Leio o clássico "Lamento por sua perda" e a assinatura: "Dr. Rafferty". Dentro do cartão, há um papel dobrado.

Passo rapidamente os olhos pelas palavras, mas parece que não consigo lê-las. Tento mais lentamente, entretanto elas ainda parecem dançar sobre o papel.

Até que três delas saltam fortes e claras: "Mudança de circunstâncias".

Eu precisava da transferência para a Universidade de Londres por causa da doença da minha avó. Sem avó, sem transferência.

Fizemos esse acordo, não foi? E Papai assinou o formulário.

Vou para a Ilha Inacessível.

Amanhã à noite.

CAPÍTULO 21

A simpatia de Sally está me levando ao limite.

Finalmente explodo quando ela insiste que precisa redobrar minhas roupas direito na mala para caber mais.

— Chega de exagero! Já tem o suficiente. O aviso diz que eles vão providenciar roupas, então eu nem deveria levar tudo isso.

Ela cruza os braços.

— Certo. Só estava tentando ajudar — Sally retruca, e sai pisando forte.

Papai me olha sério e eu suspiro.

— Eu sei, eu sei. Vou pedir desculpas antes de ir.

Fecho a mala. O motivo real para eu não querer um completo redobrar na sua guerra contra roupas amassadas? Os MANS escondidos nos cantos da minha mala. Há mais na minha bolsa: quem sabe se serão acessíveis na Ilha Inacessível? E quem sabe o que Sally faria com *eles*? Ou será que são os alertas de Gecko ecoando nos meus ouvidos que me fazem manter isso em segredo?

— Queria que você não tivesse que partir tão cedo — Papai diz.

— Eu sei. Eu também.

— Tem algo que quero lhe dar. — Ele coloca a mão num bolso e tira um cordão de prata. — Era de sua mãe.

Hesito, então pego, querendo, ao mesmo tempo, apertá-lo contra o peito e jogá-lo longe. A sensação fria e escorregadia das contas em meus dedos traz um turbilhão de lembranças. Ela sempre o usava. Me deixava brincar com ele, contar os engates das contas prateadas e rastrear seus complexos padrões.

— Tem certeza?

— Claro. Ela sempre disse que queria que fosse seu, que lhe desse quando ficasse mais velha, caso alguma coisa acontecesse a ela. Posso? — pergunta.

Eu concordo, e seguro meu cabelo enquanto ele aperta o fecho. Ele solta o cordão, e a prata desliza gelada sobre minha pele.

Jason entra. Seu cachorrinho de brinquedo com nome criativo está sob um dos braços.

— O sr. Cão quer ir com você — ele anuncia.

— Ele quer? — Eu o pego, seguro perto do meu ouvido e escuto. — Não sei. Ele diz que gosta de cuidar de você.

— Bem, não preciso mais que cuidem de mim.

— E eu preciso?

— Claro. Não terá seu irmão por perto.

De repente ele se atira para me abraçar; enquanto meus braços o envolvem e apertam, minha garganta também se contrai.

Ele se afasta.

— Então está resolvido — diz e, sem a menor cerimônia, enfia o sr. Cão na minha bolsa já lotada de coisas. O nariz e as patas ficam aparecendo. Ótimo: está garantido que Luna Lunática causará uma boa impressão novamente.

O transporte elétrico se afasta do ponto. Olho para Papai, Sally e Jason através da janela, todos acenando em nossa versão de família feliz. Incapaz de acreditar, estou lutando para não chorar: *um longo período fora*. Quão longo é isso? Estou chocada de pensar que vou sentir falta até de *Sally*.

Há vozes animadas ao meu redor: todos felizes por estarem indo fazer parte do Tanque de Pensamento da PareCo. Hackers, todos eles. Alguns olhares curiosos são lançados em minha direção, mas evito contato visual e permaneço calada.

Então paramos, e Hex entra.

— Luna! Afinal, você vai? — Ele senta ao meu lado e me dá um abraço. — Lamento sobre sua avó — diz, num tom de voz mais baixo.

— Obrigada.

— Não sabia que ia voltar à designação original.

— Eles cancelaram a minha transferência.

— Contou a Melrose?

— Não. Só descobri ontem, tarde da noite. — Olhei para ele, desanimada por não ter pensado em ligar. Ela não vai receber bem a notícia. — Fiquei presa com minha família hoje. Ela está bem?

— Não está feliz por eu ir. Ficará menos ainda quando souber que você também não vai com ela para a universidade.

Suspiro, então acrescento mentalmente: "E por eu estar com você, e não ela". Mas é melhor não comentar nada.

— Você pode contar a ela por mim e dizer que lamento não ter falado, mas que só descobri ontem à noite? Consegue falar com jeito?

— Tarefa difícil. Mas vou tentar. — Ele desfoca o olhar e fica ausente tanto tempo que sei que uma conversa acalorada está acontecendo. Ele volta. — Ela está bem. Só ficou irritada por não saber. Mas então pediu desculpas por dizer bobagens. Você tem uma avó morta como passe livre para as coisas ficarem bem.

Eu pisco.

— Você realmente precisa trabalhar melhor essa coisa de jeito.

Fazemos mais algumas paradas, e, a cada uma, procuro por Gecko. Agora o transporte está quase lotado. Talvez ele realmente *seja* maluco; talvez nunca o tenham trancado e obrigado a vir.

Talvez tenha inventado tudo.

Mas então paramos mais uma vez. A porta se abre e lá está ele, com dois homens o escoltando.

Seus olhos são desafiadores. Ele anda pelo corredor enquanto a porta se fecha; examina os assentos. Quando me vê, todo o seu corpo enrijece. Se aproxima, acena para Hex.

— Tudo bem se eu sentar com Luna?

Hex olha para mim. Sem ter certeza se é sensato ou não, aceno que sim.

Hex se levanta; muda para algumas fileiras atrás. Gecko senta: um profundo olhar severo em seu rosto.

Ergo uma sobrancelha.

— Também estou feliz em ver você.

— Luna, por que está aqui?

— Não tive chance de contar ontem à noite: minha avó morreu. Então perdi a transferência para a Universidade de Londres.

Ele parece tão assustado que quase começo a me perguntar se ele a conhecia.

— Lamento muito.

— Obrigada. Então, agora eu vou explorar estranhos mundos novos com a PareCo; que diabos. Não que eu estivesse fazendo alguma coisa útil ou interessante por aqui.

— Realmente precisamos conversar, mas há ouvidos demais aqui — sua voz é tão baixa que mal consigo escutá-lo.

— Não se preocupe; teremos bastante tempo para conversar. Estaremos fora por um longo período, lembra?

— Talvez — ele diz. Olhos vigilantes, corpo tenso.

O transporte dá uma guinada forte para a esquerda. *Bate.* Atingiu alguma coisa ou só parou? As pessoas gritam. Tudo parece acontecer em câmera lenta, enquanto braços e pernas parecem flutuar e quase se manter suspensos no ar. A proteção de acidentes dispara: *airbags* gigantes são ativados para evitar que pessoas colidam umas com as outras, ou contra as paredes.

Mas eu não voo para fora do meu banco. Algo me aperta; sinto dor nos braços e nas costelas. Gecko está segurando a nós dois neste assento. Ele *sabia* que isso ia acontecer?

A saída de emergência é ativada. Antes que alguém consiga reagir, ele me empurra por uma saída perto de nosso banco. Me segue e me leva para mais longe, noite adentro.

Choro, gritos, sirenes. Outros estão rastejando para fora dos destroços, e os observo ansiosamente até ver Hex aparecer.

— Corra! — grita Gecko, ainda puxando meu braço, quase me arrastando para fora do trilho elétrico.

— O quê?

— Eu disse *corra*. Corra como se sua vida dependesse disso.

Mas estou paralisada; em choque, confusa; meus pés não me obedecem, e não tenho certeza se quero que funcionem.

— Correr? Por quê? O que está acontecendo?

Ele se vira.

— Você precisa vir comigo: é uma de nós. Salve-se.

A noite é fria, clara; as estrelas estão expostas e mostram as marcas prateadas na pele de Gecko, tão parecidas com as da minha mãe que um tipo diferente de dor brota dentro de mim.

— Não entendo. Do que está falando? Sou uma o quê?

— Você é uma de nós! Foi assim que me encontrou no vácuo. Como passou pela parede da minha P'cabana. — Ele estica seus dedos, suavemente toca o entorno do meu olho esquerdo. Seu toque me faz arrepiar. — As marcas, Luna. Estão aqui, são parte de sua pele. Prata, como Astra, como eu. Sabia que você devia tê-las: apenas P'Hackers podem ver, e você viu as minhas.

— Não. NÃO! Isso é loucura!

Ele me vira violentamente para encarar o transporte. O vidro entalhado de uma janela reflete a lua, as estrelas e distorce minha face branca. Os olhos cinza-claros. Salpicados com prata, e curvas de prata ao redor do meu olho esquerdo. Prata, como minha mãe? Como Gecko.

Balanço a cabeça, negando o que vejo. Estou ferida; algum tipo de pancada afetou minha visão?

— Isso não pode estar certo. Como posso ter marcas na minha pele se nem as conheço? São tatuagens, não são?

— Corra agora, fale mais tarde.

— Não! Não vou a lugar algum até entender. — Luto para me soltar dele.

Gecko me solta.

— Quantos anos você tinha quando sua mãe morreu? — ele pergunta, rápida e desesperadamente.

— Quatro.

— Você deve ter sido uma P'Hacker mesmo com essa idade: as marcas aparecem e crescem quando se manipula o vácuo. Não se lembra de nada disso?

— Não! — nego suas palavras, mesmo quando minha mente vê as estrelas, a lua. *Sentamos na lua.* Mas aquilo era apenas um sonho. Não era?

As sirenes agora estão mais próximas; Gecko se agita com o som.

— Corra. Você precisa! *Por favor.*

De alguma forma, o desespero em sua voz libera o choque apenas o suficiente para fazer meus pés começarem a se mover para frente; Gecko me puxa.

Mas, quando alcançamos o próximo cruzamento, meus pés diminuem a velocidade, enquanto minha razão retorna.

— Espera. Para onde estamos indo?

Ele se vira, me puxa para perto no mais rápido dos abraços.

— Por favor, Luna. Você *precisa* se manter segura. Precisamos de você. *Eu* preciso de você. — Ele olha para trás, para o caminho de onde viemos e resmunga. — Confie em mim — diz, e se inclina, me beijando suavemente, tão rápido que não tenho tempo de decidir se o afasto ou retribuo. Ele aponta para uma faixa escura, prende algo frio no meu pulso. — Me encontre na minha P'cabana quando puder. Agora, corra até o final. Uma van vai chegar lá. Entre nela. Vá!

Vou cambaleando na escuridão, a mente dando voltas, sem ter certeza da razão de eu estar fazendo o que ele diz. Olho para trás: ele está indo para o outro lado? Posso ouvir alguém correndo atrás dele. Eu paro, sem saber o que fazer, quando uma van escura arranca na esquina e para perto de mim, abrindo a porta. Braços me puxam para dentro. Fecham a porta.

Um homem de vinte e poucos anos me encara.

— Quem é você? — pergunto, entre raiva e medo.

— Você está com o rastreador de Gecko. Quem diabos é você? — ele diz com uma voz raivosa. Rastreador de Gecko? Ele se estica e tira a pulseira de metal que Gecko havia colocado no meu pulso.

— Eu... Eu... Ele colocou isso em mim, me disse para vir aqui. Não entendo. O que está acontecendo?

— Onde está Gecko? — outra voz pergunta. Uma garota. Me viro para olhar para ela e, apesar de tudo, quase engasgo. Seu cabelo é tão louro-claro que brilha no escuro, e sua pele é ainda mais pálida. — Onde ele está? — ela pergunta; pânico em sua voz.

— Algumas pessoas estavam nos perseguindo; ele correu para o outro lado. *Quem o* estava perseguindo? Por quê?

Eles se entreolham.

O homem pragueja.

— Temos que sair daqui. Não há nada que possamos fazer por ele agora.

A garota começa a discutir, mas ele senta atrás do volante e dá a partida.

Colo meu rosto na janela, mas não consigo ver nada na noite escura. O que está acontecendo? Quem são essas pessoas?

Onde você está, Gecko?

4
PERGUNTAS

Há quatro perguntas de valor na vida...
O que é sagrado? Do que é feito o espírito?
Pelo que vale a pena viver e pelo que vale a pena morrer?
LORD BYRON

CAPÍTULO 22

Estou tremendo.

— Ela deve estar em choque — o homem diz, e me entrega um cobertor.

Como permaneço imóvel, ele me envolve com a coberta. Heywood, ele disse que seu nome era Heywood. E a garota pálida, que quase não parece humana, é Crystal. Ela é uma P'Hacker: saiu primeiro da van e pude ver suas tatuagens prateadas, diferentes de tudo o que eu já tinha visto, como flocos de neve interligados em sua pele.

Enquanto discutem o que fazer comigo, ela me olha friamente.

— Você não deveria ter trazido ela para cá — a garota sibila, e Heywood a puxa para mais longe. Não consigo mais escutá-los.

Agarro o cobertor e tento parar de tremer, aquietar o pânico dentro de mim. Apesar de Gecko ter nos protegido antes da colisão, minhas costelas e meu peito doem, e sinto dificuldade para respirar. Mas aquilo não foi um acidente, foi?

Que lugar é esse? Por um longo tempo, a van circulou por ruas escuras e irreconhecíveis, depois entrou em algum lugar pelos fundos. Quando o portão foi trancado, Heywood, de modo grosseiro, me tirou da van, desceu por um longo jardim e passou por uma porta. Do lado de fora, sob as estrelas, mantive meu rosto longe da vista de Crystal, para que ela não visse minhas marcas prateadas. Heywood não podia vê-las; seu rosto é desprovido de qualquer tipo de marca de Hacker, e Gecko disse que apenas P'Hackers podiam vê-las. P'Hackers... Como *eu*? Não, não pode ser, não pode. Desvio meus pensamentos *daquilo* e me volto para onde estou.

Descemos um lance de escadas, estamos num porão. É escassamente mobiliado, mal iluminado. Sem janelas. Crystal tranca a porta atrás de nós e enfia as chaves no bolso. O ar é frio e úmido. Eu espirro.

Crystal sai da sala batendo o pé, e Heywood vem para perto do sofá onde estou; puxa uma cadeira. Devolve minha bolsa que pegou mais cedo. Eu a estava usando na transversal, então veio comigo. O sr. Cão ainda está visível, mas dessa vez as patas traseiras estão para cima — escondendo sua cabeça na areia? Boa ideia.

— Desculpe por aquilo — diz Heywood. — Só precisava verificar se havia dispositivos de comunicação. Crystal se ofereceu para fazer um chá para nós — acrescenta. Posso ouvir o barulho de algo como xícaras batendo no cômodo ao lado. Ele ri ironicamente. — Bem, não foi tão *voluntariamente*. Agora, quem é você? Por que está aqui?

Eu o encaro.

— Estou aqui porque você me sequestrou.

Ele ergue uma sobrancelha.

— Ah. Entendo. Pensei que tivéssemos resgatado você. Você estava usando o nosso rastreador, e ele foi ativado, enviando um sinal de "por favor, me resgate" diretamente para nós, sabia?

— Certo. Então talvez tudo isso seja apenas um mal-entendido. Simplesmente destranque a porta e eu vou embora.

— Temo que as coisas não sejam tão simples.

Crystal entra batendo o pé e coloca uma bandeja sobre uma mesa. Ela se esparrama no sofá ao meu lado e eu me encolho. Heywood me oferece uma xícara.

— Vamos. Vai fazer você se sentir melhor.

Mas eu não pego.

Ele dá de ombros e a coloca de volta na mesa.

— O que você fez com Gecko? — Crystal pergunta.

Me volto para olhar para ela; os olhos de um azul muito claro, pele quase translúcida, mas, apesar disso, estranhamente bela. A fúria em seus olhos esconde mais alguma coisa; algum temor e sentimento por Gecko. Ah. Será que é uma namorada? Me sinto remoer por dentro só de pensar nisso.

— O que *eu* fiz com Gecko? O que ele fez comigo! Não pedi para vir para cá.

Ela dá de ombros impacientemente e olha para Heywood.

— Obviamente, ela é uma idiota.

Heywood balança a cabeça.

— Não julgue tão rapidamente. Gecko deve tê-la enviado por algum motivo, só precisamos descobrir qual é. — Ele se vira para mim. — Assim que descobrirmos, você estará livre para ir embora. Se quiser, é claro — diz, sorrindo gentilmente.

Então é policial bom, policial mau. É isso. Posso brincar também.

Deixo que minha expressão se acalme, mas só um pouco, e olho para ele.

— Eu não sei por que estou aqui. Talvez, se soubesse quem vocês são, pudesse ter alguma ideia.

Eles trocam olhares.

— Comentário justo — diz Heywood, e, quando Crystal começa a falar raivosamente, ele levanta uma mão. — Você confia em Gecko, não é? Então confie em quem ele mandou para nós. — E se volta para mim: — Vou responder suas perguntas se primeiro você responder algumas das minhas. Combinado?

— Depende do que você me perguntar.

Ele ri.

— Resposta inteligente e honesta. Primeira pergunta: quem é você?

Não há motivo para esconder o que ele pode descobrir facilmente. Quando a notícia do meu desaparecimento se espalhar, meu nome estará por todo lugar.

— Sou Luna Iverson.

Ele inclina a cabeça.

— Por algum motivo esse nome é familiar. Por quê?

Dou de ombros.

— Como eu saberia?

Ele desfoca o olhar por um momento, então volta.

— Ah, entendo. Filha de Astra, certo?

Aceno que sim, e Crystal me olha com algum tipo de reverência, mas que desaparece tão rapidamente que não tenho certeza do que vi.

— Bem. Prazer em conhecê-la, Luna. Sou Roy Heywood, geralmente conhecido como Heywood, como você já sabe. E você conheceu Crystal mais cedo. Agora, como conhece Gecko?

— Estávamos juntos no centro de testes da PareCo. Somos meio que amigos.

Heywood me olha, intrigado.

— Você deve ser mais do que apenas amiga para ter sido enviada a nós.

Crystal se irrita, e posso sentir o rubor crescendo em minhas bochechas. Ele me segurou, me beijou; disse que precisava de mim. Espera: quais foram as palavras exatas? Ele disse "Nós precisamos de você"; "Eu preciso de você". Isso é o "nós"?

— Olha, não entendo por que acabei aqui. Gecko me disse que era um prisioneiro, que tinha sido forçado a ir para a Ilha Inacessível. Concluí que a colisão dessa noite não foi acidente; que vocês queriam que fosse sua fuga. Então, por que ele me mandou em seu lugar?

— Exatamente: essa é a questão. Há algum tempo Gecko não tem podido nos enviar relatórios detalhados; seu Implante está sendo monitorado. Então ele usou um código para ativar um plano de emergência, mas não conseguiu nos contar tudo o que estava acontecendo. Você tem que saber mais do que está contando, Luna — ele diz.

— Chega de perguntas: você disse que iria responder as minhas. Quem são vocês? Que lugar é esse? No que Gecko está envolvido?

— Nós estamos investigando a PareCo.

— "Nós" quem?

— Somos... um grupo de cidadãos preocupados.

— Mas *por que* estão investigando a PareCo? Para quem estão trabalhando?

— Para as pessoas do mundo.

— Engraçado. Não me lembro de ter eleito vocês para cuidar de todo o mundo. Qual o nome de sua organização?

Ele dá um meio sorriso.

— Não é o mais bonito dos nomes, mas geralmente nos chamamos de Vermes. Estamos mordendo a maçã, que é a PareCo, encurralando-a em suas fraudes, entende?

— É apenas uma corporação. Se têm um problema com ela, reclamem num serviço ao consumidor ou algo assim.

— Não é tão simples. A PareCo controla quase cada vertente de nossas vidas agora, quer você perceba ou não. — Estremeço. — Você está bem?

Dou de ombros.

— Apenas escoriações, eu acho. Por causa do acidente.

— Olha, está tarde. Que tal dormir um pouco? Conversaremos mais amanhã. Tente entender essas coisas.

— Não. Não quero ficar aqui; me deixe ir embora.

— Lamento, Luna. Antes disso, precisamos entender um pouco melhor o que está acontecendo.

Seus olhos estão fixos nos meus, e não vejo nada de ameaçador ali. Ele *parece* um cara legal. Mas, se não vão me soltar agora, quando farão isso?

— Quero ir para casa — minha voz sai baixa, patética, e eu detesto isso. Mas *estou* cansada, ferida, assustada. Confusa. Só quero ir para *casa.* Até a fúria e o exagero de Sally seriam melhores que isso.

— Lamento, Luna. De verdade. Mas, mesmo que a soltássemos, nunca chegaria lá. A PareCo já está procurando por você.

As palavras dele me derrubam: a PareCo vai pensar que sou um desses *Vermes*, não é? Que eu estava envolvida no acidente provocado; que desapareci de propósito. Não importa que eu não tenha feito nada.

Essa é a PareCo que Gecko acha que matou Jezzamine e Danny. Se ele estiver certo, o que fariam comigo?

Crystal me leva para um quarto ao lado, com somente uma pequena cama. Aponta o banheiro quando eu pergunto.

Fecho a porta. Há uma janela, alta e estreita. Não é adequada para fugir, mas, enquanto lavo meu rosto, olho no espelho e me pergunto: há suficiente luz das estrelas vazando para uma pitada de prata? Tranco a porta e puxo a corda para apagar a luz. Com dedos trêmulos, traço o padrão de espirais ao redor do meu olho.

Marcas de P'Hacker. "Você é uma de nós", disse Gecko. Mostrou meu reflexo no vidro quebrado. Como poderia ser? Como eu poderia ser uma P'Hacker, como Gecko, como minha mãe, e nem mesmo saber disso?

Batem na porta e dou um pulo. Há quanto tempo estou me encarando no espelho?

— Está tudo bem?

Heywood.

— Estou bem — respondo; acendo a luz e abro a porta.

Ele me entrega alguns analgésicos e água. Eu os tomo e me deito. Ouço um *click* quando a porta é trancada.

Gecko disse que tudo o que sempre quis foi liberdade, mas me mandou direto para uma prisão.

Toco meu rosto na escuridão: *prata,* como Astra? Meu coração dói por Gecko ter escondido isso de mim. Há quanto tempo ele sabe? Minhas lembranças voltam para aquela primeira noite na sacada, quando as nuvens se afastaram e as estrelas revelaram a prata em sua pele. Eu estava com seu capuz, escondendo meu rosto para que ele não visse minhas lágrimas. Isso pode ter ocultado as marcas; se ele as viu na época, não reagiu. Mas, se apenas P'Hackers podem ver a prata, ele soube quando perguntei sobre as dele no dia seguinte. Mas não reagiu, não me contou o que significava eu ter visto.

Por que deixei que ele me convencesse a correr? *Aquilo* me colocou nessa confusão; eu fui junto. Não precisava, mas fiz. Pelo menos parte disso foi o choque — de ver prata em minha própria pele —, mas não foi tudo. Eu quis fazer o que ele queria. Essa percepção me deixa zangada comigo mesma.

E, hoje, Gecko prendeu seu rastreador no meu pulso, fazendo com que eu fosse *resgatada*, como dizem, em seu lugar. Será que pensou que estava sendo heroico e me salvando de algum perigo que ele vê na PareCo, ou é algo mais? A menos que sejam ótimos atores, Heywood e Crystal não sabiam que isso ia acontecer. Eles ficaram chocados quando viram a mim no lugar de Gecko.

E Gecko me segurou; me beijou, embora tão rapidamente que a sensação e a lembrança disso são como de algo que não aconteceu. Ele disse que precisava de mim. O instinto diz para confiar nele; a consciência, que sou uma dis total. No que ele me meteu? Eles são algum tipo de rebeldes, não são? Mesmo se estiverem errados sobre a PareCo estar me procurando, agora eu os conheço; não podem simplesmente me soltar. Se quiser sair daqui, terei que encontrar outro jeito.

Apesar da noite maluca e meus pensamentos flutuantes, os analgésicos me fazem dormir rapidamente.

Mamãe está ao meu lado na lua.

— Hora de ir, Luna. Gire tudo embora. Lembra como, não é?

Nego com a cabeça. Não quero ir embora, não ainda. Não para o lugar lá embaixo.

— Agora, Luna. Você sabe como. É importante. Lembra por quê?

Sem esperar por uma resposta, ela passa seus braços por mim e pulamos da lua. Mamãe me coloca no chão e pega em minhas mãos, começando a me rodopiar, cada vez mais rápido. Quando me solta, meu estômago dá voltas, mas faço o que ela quer — agora com as mãos esticadas. Rodopiando mais rápido.

A lua e as estrelas que soltei no céu começam a girar também; elas sucumbem em si mesmas, cada vez menores, até rodopiarem para o espaço entre as minhas mãos. Em seguida, o chão desaparece e eu estou caindo, caindo, caindo...

CAPÍTULO 23

— Legal. Ele é seu único amigo?

Abro um dos olhos. Minha cabeça está pesada e confusa; então me sento rapidamente. Crystal está parada na porta segurando o sr. Cão.

— Me devolve isso!

Levanto e faço uma investida, mas ela se afasta saltitando levemente e sai do quarto. A dor em meu peito me detém, sinto vontade de me encolher na cama. Imagino que uma parada súbita, a trezentos quilômetros por hora, pode causar esse impacto numa garota.

Heywood olha para dentro do quarto e joga o sr. Cão para mim; eu o pego.

— O café da manhã vai ficar pronto logo — ele avisa e sai.

Quando apareço, Crystal torce o nariz.

— Por favor, tome um banho. Há toalhas no armário do banheiro e roupas na cadeira.

Observo o que eu estava zonza demais para registrar na noite passada. A sala é cheia de portas. Quatro têm janelas de vidro, três com uma luz vermelha: PPIs ocupados; o último está vazio. Se eu me plugar, posso encontrar Papai e perguntar o que devo fazer. Olho para a porta por onde entrei e tento a maçaneta do PPI vazio: trancada. Bom, não poderia ser tão fácil.

Um banho quente é muito bem-vindo; alivia a dor o suficiente para que eu possa ficar de pé. Porém, quanto mais permaneço sob o jato de água quente, mais zangada fico.

Meus pensamentos truncados da noite passada estão começando a tomar forma. Quem essas pessoas pensam que são para me manter prisioneira? Tenho certeza de que estão errados sobre a PareCo estar me procurando, mas, mesmo se estiverem certos, eu posso ir à polícia. Contar que não tive nada a ver com aquele acidente, que não estava tentando fugir, que fui sequestrada. É a verdade: teriam que acreditar em mim, não é? Preciso encontrar um jeito de sair daqui.

E Gecko é o pior de todos. Pensei que era meu amigo. *Pensei que poderia ser mais que um amigo,* a honestidade sussurra lá dentro, e isso me deixa com mais raiva ainda. *Amigos* não colocam você em uma armadilha dessas, colocam?

Me enxugo grosseira e rapidamente, e a dor faz a raiva aguçar: *isso* também é culpa dele. Visto roupas emprestadas que mal cabem em mim e vou para a sala.

Agora os PPIs estão vazios. Estão todos trancados? Seguro a maçaneta de outra porta e ela começa a girar. Mas, então, a porta da sala principal se abre.

Crystal faz uma careta.

— Elas são travadas por ID; se tentar usar uma, será eletrocutada.

Ela sorri e aponta uma arma imaginária para a própria cabeça; mantenho a minha erguida e ando em sua direção. Crystal não se move, fica parada bloqueando a porta, enquanto me encara com aqueles estranhos olhos pálidos. Eu a empurro com o ombro, para passar; Crystal cambaleia para trás, então rodopia e cerra os punhos.

— Ei... — Heywood interfere; sua voz é mansa, mas seus olhos apontam para Crystal, em alerta.

Ela olha para uma mulher e dois garotos sentados à mesa com ele e, visivelmente relutante, relaxa a postura e os punhos.

— Nos acompanha? — Heywood me pergunta, apontando uma cadeira vazia ao seu lado e de frente para a mulher: uma Hacker, percebo agora. Extensas espirais negras ao redor de seu olho indicam seu alto nível, mas isso não é tudo: ela é velha. Talvez mais que meu pai. Gecko disse que nunca se vê Hackers velhos, e eis aqui uma, tomando café da manhã.

Hesito, dividida entre a fome e o desejo de dizer a eles tudo o que estou pensando. Mas, se Crystal contou a verdade, os PPIS são travados por ID. A única forma de usar um é persuadi-los a programar para mim. Sorrio e me sento, contra a minha vontade. Crystal pega a cadeira na outra ponta.

— Apresentações? — Heywood os apresenta, mas o único nome que ouço é Tempo.

Alguma coisa nessa Hacker me atrai, não consigo tirar os olhos dela. *Prata*: eu pisco. Por uma fração de segundo imaginei prata em todas as suas tatuagens pretas, como se já as tivesse visto antes. Ela também é uma P'Hacker?

Tempo sorri: um sorriso gentil; de alguma forma, familiar. Algo nela me faz querer sorrir de volta.

— Luna, estou tão feliz em ver você de novo — ela diz.

De novo?

— Eu era amiga de sua mãe. Ela costumava trazer você para me visitar. Lembra de mim?

Estou olhando para ela e há uma ponta de lembrança. Talvez uma lembrança feliz, mas nada muito claro.

— Não tenho certeza.

— Ah, você era muito pequena. Agora, tome seu café da manhã. Conversaremos depois.

Travessas com ovos, bacon e torradas são passadas de uns para os outros; por algum motivo, estou faminta. Me ocupo em comer e observar.

Tempo está no comando, isso está muito claro. Heywood é o segundo, quase como um irmão mais velho censurando os outros de vez em quando. Crystal e os dois garotos têm a minha idade: eles são Hackers, noto pelas espirais negras tatuadas na pele. Status de P'Hacker desconhecido sem a luz das estrelas. Eles parecem incomodados na presença de Tempo.

Quando terminamos de comer, Heywood manda Crystal e os garotos saírem com os pratos, mas não sem uma enxurrada de protestos.

Tempo está sorrindo novamente. Como antes, minha lembrança me indica que gosto dela, que é uma amiga.

— Hora de conversar. Venha.

Nos levantamos e vamos para o sofá; Heywood se acomoda em uma cadeira.

— Luna, não acredito: como você cresceu bonita! Está tão parecida com sua mãe, tem os olhos dela. Fiquei tão feliz quando Heywood ligou noite passada para contar que estava aqui...

Fico constrangida.

— Fico feliz que alguém esteja contente.

— Ah, sim. Soube que gostaria de ir para casa, mas isso não é possível. Lamento, Luna. Mas, se não estivesse aqui, teria ido para a Ilha Inacessível; de todo modo, não para casa.

— Mas estava indo por minha vontade — respondo, enganando a mim mesma. — Ninguém me perguntou se eu queria vir para cá.

Apesar de minhas melhores intenções, de saber que talvez precise dessas pessoas do meu lado para sair daqui, não consigo evitar a amargura em minha voz.

— Mas você *realmente* escolheu ir para lá? Há algumas coisas que precisa saber sobre a PareCo, Luna.

Dou de ombros.

— Eles são apenas uma corporação.

— Embora tenham começado assim, são muito mais que isso agora. Eles controlam a Educação, os Implantes, o sistema de saúde. Todos os governos do mundo usam suas traduções e comunicações. O sistema deles controla cada aspecto da sociedade, você perceba ou não. Quase toda interação social hoje é virtual e acontece no Temporreal, controlado pela PareCo; todo mundo passa férias nos mundos virtuais deles e brinca em seus jogos virtuais. E os efeitos colaterais disso... Bem, o que me diz do crescimento da chamada Síndrome de Morte Súbita Adolescente? Adolescentes que se plugam na escola o dia todo e jogam on-line a noite toda, algumas vezes morrem sem razão aparente. Na verdade, isso é o resultado da falta de sono natural.

— Mas, se soubessem, com certeza parariam. — Olho para ela, chocada. — Há pesquisas sobre o assunto; e eles não sabem a causa.

É a vez dela de dar de ombros.

— Há períodos recomendados para conexão, mas quem os segue? Adultos são mais resistentes; cérebros mais jovens precisam de sono para descansar, se recuperar e crescer. Sem isso, podem morrer. As autoridades não irão admitir a causa por medo de pânico, já que a maioria da população deste país e de outros passa a maior parte de sua vida no Temporreal e nos jogos. Tudo administrado pela PareCo.

— Você poderia morrer atravessando uma estrada; o virtual é mais seguro. E eles afirmam que o índice de crime das ruas nunca esteve tão baixo.

— Talvez sim, porque, como já disse, grande parte da população permanece plugada. Mas e os outros crimes? Você percebeu as regiões moribundas, as escolas fechadas?

— Há uma escola primária fechada perto da minha casa.

— As taxas de natalidade estão caindo. Ninguém se importa em fazer sexo do modo natural quando o virtual está disponível. Regiões inteiras da cidade estão morrendo; são anexadas para se transformarem em jardins e casas maiores: um prato cheio para aqueles que deveriam estar cuidando de nós.

Nesse instante me lembro das áreas sombrias próximas à casa de Melrose; e como a região onde ela mora cresceu.

— Além de tudo isso, paranoia e delírios psicóticos estão em ascensão. Uma parcela significativa da população está enlouquecendo como resultado da exposição virtual prolongada.

— Mas agora estão fazendo uma triagem, classificando essas pessoas como EMS.

— Estão? Mesmo? Ou isso é apenas outra maneira de controlar pessoas que eles querem vigiar? E sobre o aumento no vício de Implante? A PareCo alega que isso vem de programas ilegais feitos por Hackers. Porém, estranhamente, parece acontecer com qualquer um que faça ou diga alguma coisa que a PareCo considere inadequado. Mas vamos deixar isso de lado por enquanto; não podemos provar. Ainda. Tudo o que eu disse até agora é que a PareCo tem uma grande *oportunidade* para abusar de poder, que é festivamente entregue a ela pelos governos do mundo, com a finalidade de facilitar a vida e acalmar as pessoas; porque isso torna mais simples administrá-las. Mas, se essas pessoas estão felizes e querem continuar assim, quem somos nós para discutir?

— Tenho a impressão de que há mais alguma coisa...

— Certamente. Os Implantes têm sido mudados sem consulta. Os mais novos possuem mais recursos, não apenas permitindo uma integração melhor e mais rápida no PPI, mas também conversas virtuais, aplicativos de mapas e outros que são conhecidos e aceitos. Há muito mais.

Permaneço em silêncio. Sobre isso, eu sei por experiência própria no centro de testes.

— Parece que se aplica aos últimos cinco anos de Implantes, então todos com 17 anos ou menos, como Gecko e Crystal, têm a nova versão. Seu ano na escola foi o primeiro afetado. Qualquer um com 18 anos ou mais tem Implantes como devem ser, como publicamente são conhecidos. Veja, Luna, como a PareCo vai ganhar cada vez mais controle sobre todos, quando cada vez mais pessoas tiverem os novos Implantes. E não apenas em nosso país; isso é global. De alguma forma, precisamos mostrar que eles estão abusando desses novos Implantes, que isso não é apenas um *upgrade* de equipamento.

Heywood pigarreia.

— Não tenho certeza se estamos respondendo à pergunta certa: por que Luna está aqui? — Ele fala para Tempo, mas agora, de repente, acho que começo a entender o *nós-precisamos-de-você* que Gecko falou.

Não quero me focar nisso, não quero falar nada: palavras ditas em voz alta tornam tudo isso mais real. Porém, não resisto.

— Acho que talvez eu saiba por que Gecko me mandou.

Agora os dois olham para mim. Engulo em seco.

— Quando Gecko e eu estávamos no centro, fizeram um teste horrível usando os Implantes, em que todos, quer dizer, quase todos, viram homens armados atirando nos alunos. Eles pensavam que estavam sendo atingidos e morrendo, inclusive Gecko. Sou uma Recusadora, não tenho um Implante; logo, não via nada daquilo. Além de mim, apenas dois outros alunos conseguiram, de alguma forma, identificar que o que estava acontecendo não era real. E, depois que fomos para casa, eles morreram.

Enquanto conto sobre Jezzamine e Danny, percebo como estava sendo tola ao negar as conclusões de Gecko. Não queria acreditar que aquelas mortes eram coincidência.

O olhar de Heywood espelha o choque do meu. Ele se vira para Tempo.

— Então alguns são resistentes, e estão sendo eliminados. Temos a única testemunha que pode relatar isso. — Os dois se viram para mim. — É por isso que Gecko salvou e enviou você até nós, Luna.

— Havia um motivo real para aquele teste, não é? — As ideias ficam cada vez mais claras. — Para identificar aqueles que, por algum motivo, são resistentes aos novos Implantes. E se livrar deles...

— Luna, antes de tudo, por que você acha que estava indo para a Ilha Inacessível? — Tempo pergunta. — Você tem uma informação perigosa, eles sabem. Nunca deixariam você sair de lá.

— Então vamos à polícia. Assassinato ainda era crime da última vez que verifiquei. Vamos contar o que a PareCo está fazendo e deixar que eles, e o governo, cuidem disso.

— Se ao menos fosse assim tão fácil. Eles não estão jogando com as regras, Luna; e, por isso, nós também não. E Gecko? Ele pode ter aberto mão da liberdade dele pela sua.

— O que eles farão se o pegarem? — pergunto, com a voz apertada.

— Não sabemos ao certo. Eles parecem querer Gecko para alguma coisa; mas se quisessem desaparecer com ele, já o teriam feito. — Há preocupação em seus olhos. — Nem mesmo sabemos onde ele está, não responde às mensagens. Talvez não possa, ou esteja evitando usar o Implante, para não permitir que a PareCo rastreie sua localização. Outro bônus da nova geração de Implantes...

Talvez não possa. Outro acidente? A raiva de antes desapareceu. Talvez ele realmente tenha me salvado. E, se eu não tivesse resistido, ela tembém poderia estar aqui.

— E você diz que é uma Recusadora, Luna, mas esteve recentemente no vácuo. Está em seus olhos.

— Gecko me levou.

Será essa toda a verdade? Gecko ficou se perguntando se teria enviado a escada e as setas da última vez apenas pensando em mim, mas talvez estivesse errado. Talvez eu tenha feito aquilo sozinha, porque sou uma *P'Hacker*. A palavra soa engraçada associada a mim, mesmo que eu não a mencione.

Tempo parece desconfiada, como se soubesse que há mais do que isso, mas não diz nada.

— Espere um pouco. Por que eu mesma não vou e procuro por ele?

— Procurar por ele? Onde? — Heywood pergunta.

— A última coisa que Gecko me disse foi para encontrá-lo no vácuo. Então basta eu me plugar, ir até lá e falar com ele.

— Eu poderia colocá-la no vácuo, mas é infinito. Como poderia encontrá-lo? — pergunta Tempo.

Eu hesito. *Será que ela sabe o que eu sou?*

— Fiz isso antes — respondo.

— Precisamos ter certeza de que você não vai contatar ninguém através do Temporreal — diz Heywood. — Se fizer, a PareCo vai descobrir e tentará rastrear você. Podemos confiar?

Tempo dá de ombros.

— Eu aceitaria uma promessa de não contatar ninguém.

— Me deixem plugar e tentar encontrá-lo. Não vou contatar mais ninguém — respondo, mas estou incerta quanto a isso.

Tempo inclina a cabeça, parece estar me analisando.

— Vamos pensar sobre o assunto e discutir nossas opiniões esta noite.

É uma tarde tranquila para mim e Crystal. Todos estão ocupados, e ela é designada para a tarefa de tomar conta de mim. Não está feliz com isso.

— Apenas me tranque no quarto. Não me importo.

— Mas Tempo pode se importar. Por alguma razão ela achou necessário recomendar que eu não fosse má com você. — Suspira e faz uma careta. — E também que respondesse qualquer pergunta sua.

— Mesmo? *Qualquer* pergunta? — Penso um pouco, e então *todas* as perguntas começam a se atropelar. — Que lugar é esse, essa casa? Quem está aqui, por que estão aqui? O que todos fazem? O que...

— Devagar, garota. É a casa de Heywood; a família dele é dona de tudo isso. O porão é usado como um esconderijo para Hackers fugitivos, que não querem trabalhar para a PareCo. Nós estamos... — ela hesita — ... fazendo um tipo de treinamento avançado de Hacker. Com Tempo e outros. Estamos tentando invadir os sistemas internos da PareCo e descobrir o que estão fazendo na Ilha Inacessível. Ainda não conseguimos.

— Aqueles garotos no café da manhã, e você, são jovens o suficiente para terem os novos Implantes. Como conseguem não ser rastreados?

— É doloroso, mas não os usamos. Se não usa, não pode ser rastreado. Tempo está tentando descobrir uma forma de hackear os novos Implantes, como podemos fazer com os antigos, para bloquear o rastreamento que a PareCo faz quando são usados. Mas, até agora, não funcionou.

— Não podem simplesmente tirar os Implantes?

— Cirurgia de remoção foi tentada em viciados: raramente sobrevivem, e se conseguem, bem...

Ela dá de ombros, e há uma angústia real em seus olhos.

— Conhece alguém que passou por isso?

— Não é da sua conta — ela responde secamente. — Digamos apenas que não é uma boa opção.

— Desculpe. Mas vocês não seriam encontrados de qualquer forma quando conectados?

— Apenas se usarmos o Temporreal.

Essa informação se destaca. Hackers como Hex precisam usar o Temporreal para entrar em mundos existentes e mexer com eles. Apenas P'Hackers podem contornar isso, indo direto para o vácuo.

— Isso significa que todos vocês são P'Hackers: não precisam usar o Temporreal porque vão para o vácuo. Então, o que você chama de treinamento avançado quer dizer treinamento P'Hacker em manipulação do vácuo, é isso?

Ela fica boquiaberta.

— Como você sabe sobre o vácuo e P'Hackers? Gecko contou? — Ela parece chocada, com raiva, e me lembro de Gecko dizendo que havia jurado não falar. A necessidade de protegê-lo me faz mentir.

— Não. Minha mãe era Astra, lembra? Ela era uma Hacker e uma P'Hacker também. Como Tempo. — Arrisquei a última, e Crystal não contestou: então Tempo é uma P'Hacker também, como eu meio que lembrava, meio que suspeitava.

— Ah, claro, bobagem minha. Eu deveria ter percebido que Gecko nunca contaria algo realmente importante a você. — Ela se aproxima de mim. — Você não me perguntou a única coisa que realmente quer saber, não é?

— Hein? O quê?

— Quer perguntar sobre mim e Gecko, não quer? — Ela ri, e não digo nada. *Sim*, estou curiosa, mas jamais perguntaria. Será porque não quero dar a ela essa satisfação, ou porque tenho medo da resposta? — A propósito, Heywood me contou que Gecko salvou você porque é um tipo de testemunha. Não se sinta mal.

— Sobre o quê?

— É parte do trabalho dele, sabe? Ele é, como vou dizer, o melhor espião. O melhor em conseguir informações, especialmente de garotas, e usando os meios que forem necessários. Você não é a primeira a ser trazida para cá.

Olho para ela, uma negação está a caminho, mas engulo.

— Tanto faz — retruco, e me esparramo no sofá, de costas para Crystal. Olhos fechados, respiração tranquila, finjo que caio no sono.

Poderia ser verdade? Gecko e Crystal? Sei que pelo menos parte do que ela disse é verdade, que ele é bom em pegar informações. Conseguiu que eu contasse sobre o enjoo no Temporreal quase no instante em que nos conhecemos, algo que nunca revelei a ninguém, exceto a Nanna. Será que fui um alvo desde o início; que, de alguma forma, ele sabia que havia algo diferente em mim? E toda aquela história que me falou sobre a PareCo: ele se abriu tanto na época que me pergunto *por quê*. Se realmente achava que a PareCo era tão podre e perigosa, não deveria ter sido mais precavido comigo, uma estranha? Como saberia que eu não o entregaria?

Tento afastar os pensamentos sobre Gecko e cochilar de verdade, mas minha mente não para de girar com tudo o que está acontecendo, especialmente com o que foi dito hoje. Alguma coisa está me incomodando além dos outros megaproblemas, e eu vasculho minha memória, tentando descobrir o que é. Quando consigo, me sento e engasgo.

Crystal levanta os olhos de seu livro digital.

— O que foi? Parece que viu um fantasma.

— Tempo ainda está aqui? Quero perguntar uma coisa.

— Ela está plugada. Não vale a pena arriscar minha vida para perturbá-la. O que é? Talvez eu possa ajudar. Não acredito que acabei de dizer isso.

Ela revira os olhos.

— É apenas algo que ela disse antes. Eu disse que escolhi ir para a Ilha Inacessível, e ela perguntou se eu realmente tinha escolhido. Que a PareCo nunca me deixaria ir para outro lugar.

— E?

Engulo em seco.

— A razão de eu estar naquele transporte foi a morte da minha avó. — E expliquei sobre o contrato que Papai assinou para conseguir minha transferência; a cláusula sobre a mudança das circunstâncias. — Será que eles tiveram alguma coisa a ver com isso?

— Se, por algum motivo, estiverem interessados em você, o que é difícil imaginar, é possível. Conhecendo a PareCo, talvez seja até provável.

— Se tiveram, então a morte dela é culpa minha. — Estou arrasada. — Preciso saber.

Ela hesita.

— Sou muito boa em hackear registros do governo. Eu poderia verificar a causa oficial da morte. No entanto, se a PareCo fez isso, provavelmente falsificou os arquivos.

— Por favor.

Ela me encara friamente.

— Vou pensar no assunto. Mas você vai ficar me devendo uma. E me devendo muito, *muito* mesmo.

CAPÍTULO 24

Durante a madrugada, Crystal destranca a minha porta.

— Venha.

Levanto e esfrego os olhos, tentando afastar o sono. Sigo-a até a sala; ela destranca uma porta estreita. Há uma escada que leva a uma cozinha, e então para uma sala de jantar realmente grande, com uma enorme mesa de madeira e oito cadeiras entalhadas. Uma parede é coberta por luxuosas cortinas, do chão ao teto. Imagino que Heywood seja rico.

Ele está lá, junto com Tempo. Olho para um relógio antigo no canto. Duas da manhã?

— Boa hora para uma reunião. O que foi?

— Sente-se — diz Tempo. — Gostaria de um pouco de chocolate quente?

Ela empurra uma caneca fumegante na minha direção, com marshmallows e granulado por cima.

Um rastro de lembrança; pego a caneca e tomo um gole, e mais um. *Bom.*

— Você costumava fazer isso para mim, não é?

Seus olhos sorriem.

— É quase o mesmo. Só não encontrei o chocolate certo.

Outra lembrança faz cócegas: chocolate quente é para dedos machucados, joelhos ralados, cachorrinhos perdidos.

— Alguma coisa errada?

— Temo que sim. — Sua expressão é séria. — Detesto ter que contar isso, e não o faria, mas Crystal me disse que você deduziu.

— Contar o quê? — pergunto, mas já sei a resposta.

— A PareCo enganou seu pai na assinatura do consentimento da transferência para a universidade. Eles nunca a deixariam ir a outro lugar que não fosse para onde queriam.

Balanço a cabeça, querendo negar, querendo não ouvir tudo aquilo. Evitar que a culpa seja minha.

— Nanna morreu... Disseram que foi o coração... O médico falou...

O olhar dela é gentil, mas ela nega.

— Não, Luna. Não foi causa natural. O Implante de sua avó foi preparado para provocar um infarto, algo comum em alguém daquela idade.

— Mas ela era apenas uma senhora indefesa...

— Sei que não é fácil ouvir isso, mas você precisa saber a verdade. Crystal conseguiu hackear o relatório médico; era confidencial, mas ela quebrou o código e copiou o documento para que eu pudesse mostrar a você. — Ela segura um tablet. No topo da tela está escrito *Relatório Oficial da Autópsia de Amelia Iverson*. Nanna. Olho para Tempo. — Ande, leia — ela ordena.

Pego o tablet e dou uma olhada; a maior parte é enrolação médica que faz pouco sentido, mas a conclusão é clara:

Causa da morte: insuficiência cardíaca devido à aceleração do Implante.

Somente a PareCo faz Implantes; apenas a PareCo os controla. Eles fizeram isso; não há outra explicação. Poderiam realmente ter provocado o infarto só para me obrigar a ir para a Ilha Inacessível?

A culpa é minha. Pisco para conter as lágrimas, luto para controlá-las. Como poderiam?

Tempo coloca sua mão sobre a minha. Pela primeira vez, Crystal parece quase humana.

— Todos nós perdemos pessoas para a PareCo — ela diz, e há sombras em seus olhos. Seriam dores passadas ou temor por Gecko? Talvez os dois.

— E minha mãe? — pergunto, quase sussurrando.

Olho para Tempo e a resposta está ali, em seus olhos, no suave balanço de sua cabeça. Gecko insinuou tanto isso, mas eu neguei, incapaz de ao menos considerar a possibilidade.

— Como? Me contaram que ela programou deliberadamente seu suporte de vida para desligar caso morresse no Jogo. Para provar que era a melhor, apostou com a própria vida e perdeu. — *Ela me deixou.*

— Não, não é verdade. Ela jamais faria uma coisa dessas; tudo mentira espalhada pela PareCo para acobertar seus rastros. O PPI dela foi sabotado.

A dor me atinge internamente, quer me derrubar. Luto para afastá-la, guardar para mais tarde, quando estiver sozinha.

— Eu sei que não queria vir para cá, Luna. Mas precisávamos manter você em segurança. A PareCo nunca vai deixá-la em paz.

— Por quê? Por que eu? — Me viro para ela. Tatuagens negras contornam seus olhos; as prateadas se escondem. Ela *sabe*. — Não é só pelo que testemunhei no centro de testes, não é?

— Você sabe, não é, Luna? Pelo menos, em algum lugar aí dentro, sente.

Heywood e Crystal trocam olhares intrigados. Eles não têm ideia do que está por vir.

Não foi apenas o chocolate quente que nos trouxe para cima. E Tempo não é apenas uma coruja que gosta de fazer suas reuniões no meio da madrugada. Não há janelas no porão além daquela pequena e estreita no banheiro. Aqui há cortinas do chão ao teto: a noite está clara? Levanto, desligo o interruptor perto da porta para deixar a sala na escuridão. Ando até a janela, passo a mão pelas cortinas: veludo pesado. Elas bloqueiam cada pontinho de luz do sol. Ou das estrelas. Agarro-as e abro.

É uma noite de lua nova. Ela reflete pouca luz, mas é clara, e hoje, com todas as leis contra poluição de luz, o entorno das casas está às escuras. As estrelas brilham.

Viro para os outros. Um brilhante padrão prateado contorna as marcas negras ao redor do olho de Tempo. Delicados flocos de neve reaparecem em Crystal, que engole em seco e me encara, de olhos arregalados.

— Você é uma de nós? — Ela ecoa as palavras de Gecko alguns dias atrás, mas o faz com desânimo.

Heywood olha para nós, incapaz de ver as marcas prateadas.

— Luna é uma P'Hacker? — Ele pergunta, surpreso.

Tempo acena positivamente e se vira para mim, sorrindo. Seus olhos estão marejados?

— Eu queria que você descobrisse isso. Bem-vinda de volta, Luna.

Balanço a cabeça.

— Na verdade, não sei o que significa. Não sou uma Hacker, do tipo prata ou qualquer outro. Eu nem mesmo sabia que *tinha* essas marcas como minha mãe, até pouco antes de chegar aqui.

Tempo fecha as cortinas e as marcas prateadas desaparecem. Ela acende as luzes.

— Acho difícil acreditar nisso — ela diz.

Dou de ombros.

— Acredite no que quiser, mas há um motivo para eu não ter um Implante, sabe? Sou uma Recusadora.

Tempo suspira.

— Se o seu pai...

— O que tem ele?

— Luna, querida. Ele não me deixou mais ver você após a morte de Astra, numa tentativa equivocada de afastá-la de seu direito. Se ele não tivesse feito isso, você entenderia, estaria preparada para o que está por vir. Mas, desse jeito, não tenho certeza se ainda *pode* ser preparada, já que não foi treinada todos esses anos.

— Do que diabos você está falando?

Tempo olha para Heywood.

— Agora, Luna e eu precisamos conversar a sós um pouco, sobre a família dela. Vamos para o escritório lá embaixo.

Ela se levanta, e eu também. Descemos até um escritório; estou surpresa que meus pés ainda possam se mover quando tudo dentro de mim parece tão adormecido. Ela fecha a porta.

— O que é? O que mais pode haver sobre minha família?

— Vi seu colar ontem. Da sua mãe. Fico muito feliz que seu pai o tenha dado a você, como ela pediu.

Minha mão vai direto ao meu pescoço, onde o colar está escondido sob as roupas, devidamente protegido.

— É uma linha de memória, Luna. Lembranças que sua mãe colocou aí para você. Astra sempre soube que corria risco; era visível demais. Fez o colar para o caso de não estar mais aqui para contar. Ele esteve esperando por você todo esse tempo. E explicará muita coisa.

Ela corria risco. O que Gecko me disse mesmo? Que não conseguia acreditar que a tinham deixado em paz por tanto tempo?

Lágrimas quentes estão brotando, não importa quanto eu lute para contê-las.

— Me mostre o colar, Luna.

Hesito. Puxo o colar que está por baixo da blusa. Minhas mãos estão tremendo, por isso tenho dificuldade de abrir o fecho, então o observo atentamente. Uma linha de memória? É feito de contas prateadas interligadas; esculpidas delicada e intrincadamente. Olho mais de perto: as espirais na prata são muito parecidas com tatuagens de P'Hackers. *Não*. Não são apenas parecidas, são exatamente iguais, e não com qualquer uma: são reproduções em miniatura das de Astra.

— O que são?

— Ela programou suas memórias do vácuo dentro da prata e as colocou nessas contas: um ato de poder inacreditável. Você precisa ir sozinha ao vácuo para liberar as lembranças.

— Você vai me deixar plugar?

— É claro. Entendo sua raiva por não estar aqui por livre escolha. Mas foi a única forma de chegar até você. O que aconteceu com sua avó e sua mãe poderia facilmente ter acontecido com você se a PareCo descobrisse suas habilidades. Precisamos mantê-la em segurança até chegar sua hora. Confio que fará o que é certo quando souber a verdade.

Ela se levanta e anda até a porta que leva aos PPIS. Olha para trás.

— Você não vem?

— Não entendo. *Por que* vocês precisam que eu fique em segurança? Que hora será essa?

— Vamos deixar que Astra lhe conte com suas próprias palavras. Venha.

Minha cabeça lateja. Isso é real? Olho para a porta: retangular comum. Um escritório normal, com uma mesa, algumas cadeiras e nada de janelas. Mas tudo parece inclinado. As palavras que ela disse entre essas paredes são tão irreais... É como esse lugar também deve ser. Levanto, dou a volta na mesa na esperança de que, ao me mover e respirar, me sinta mais normal em minha própria pele. Não funciona.

Antes reconfortante, agora o colar parece quente, um peso no meu pescoço. Memórias de minha mãe, guardadas aqui para mim todo esse tempo? Desvio para o quarto onde durmo para pegar alguns MANs. Tomo os comprimidos rapidamente e sigo Tempo até um dos PPIs.

Ela digita uma senha-mestra para que eu possa me conectar. Me acomodo no sofá, ouço suas instruções e espero que a conexão comece.

A rede neural me envolve, mas as últimas palavras de Tempo ecoam claramente: *Isso só funcionará uma vez. Não desperdice; as memórias só podem ser liberadas uma vez, e então vão embora para sempre.*

CAPÍTULO 25

O alçapão prateado aparece assim que entro no meu corredor do Temporreal; uma folha sólida que se espalha em segundos, então se abre. A escada desce.

Eu paro. Tempo me alertou para não responder a nada no Temporreal, ou usar qualquer de suas portas: isso sinalizaria minha presença para a PareCo. Mas ela não disse que eu não podia *olhar.*

Há duas mensagens. Uma de Melrose e outra de Papai, mas nenhuma está piscando urgência. Estou chocada. Será que o desaparecimento de sua única filha após um acidente dramático não chama a atenção? Não provoca um pouco de pânico? Ou, ao menos, pedidos mais frequentes para fazer contato?

Eles não sabem. É isso, não é? A PareCo não contou a ninguém que desapareci. Ondas de inquietação passam por mim. Até onde sabem, estou a caminho da Ilha Inacessível para uma estadia prolongada. Apenas a PareCo sabe o que aconteceu, e se não contarem, ninguém mais vai saber. Mas Hex estava lá.

Será que contaria a Melrose, e ela a minha família? Deixo para pensar sobre isso mais tarde e vou para a escada.

Subo os degraus para o vácuo. Como sempre, o alçapão e a escada desaparecem assim que me afasto deles. Luzes piscantes passam rapidamente junto a ventos estranhos, saindo em alguma missão. Respiro profundamente: sinto um cheiro estranho e reconfortante no ar, parece eterno. Meus cabelos voam de um lado para outro, até eu desejar que fiquem quietos. Dessa vez, uma longa trança desce pelas minhas costas. Sorrio; eu fiz isso... Na primeira vez que isso aconteceu, pensei que tivesse sido Gecko, mas fui eu, não é?

Deito no que aqui parece ser o chão; ele me sustenta, mas também parece imaterial. O colapso do vácuo rodopiando em meu sonho preenche meus pensamentos. Sonhei tantas vezes estar caindo daqui, sem ter ideia do significado. Mas não era apenas um sonho: era uma lembrança, agora eu sei.

Fecho os olhos, viro o colar até a primeira conta, perto do fecho, conforme recomendado. "Lance sua luz dentro dela", disse Tempo, como se isso fosse totalmente claro.

Seguro a conta entre meus dedos, tento traçar o entalhe em sua superfície com o tato. Nada. *Pense como uma conta*, falo para mim mesma e dou uma risada. Talvez Tempo seja maluca e isso não funcione; talvez tenha me colocado no vácuo para tentar me prender aqui. Ela não sabe que eu posso simplesmente desplugar e sair quando quiser — ou sabe? Realmente não sei *o que* ela sabe sobre mim e o que sou capaz de fazer. Talvez mais do que eu. Suspiro, ansiando pelas memórias de Astra, e, ao mesmo tempo, com medo delas. Minhas emoções sobem num redemoinho prata acima de mim, que cresce cada vez mais.

Girar a luz...?

Levanto, estico minhas mãos e rodopio como nos meus sonhos. Mas, dessa vez, não para desabar e cair do vácuo. Ao contrário, estico meus braços, recolho e giro a prata, então me concentro na espiral de luz, aproximando as minhas mãos cada vez mais. Até formar um ponto brilhante de luz. Entro em pânico. O que estou fazendo? "Poder inimaginável", Tempo disse. E se isso der errado?

Luto contra o medo e me foco: no colar, na conta perto do fecho. A luz prateada corre das pontas dos dedos pelo meu corpo; um lampejo deslumbrante de calor.

Então... Tudo muda.

Calor, luz suave e alegria inundam meus sentidos. Estou olhando para um bebezinho em meus braços, assustada com a onda de sentimentos dentro de mim. Papai, muito jovem, sem as rugas de preocupação, está me olhando, mas aquele olhar não é para sua filha. Chocada, percebo: estou vivendo a memória de Astra, revivendo como seu eu fosse ela. O bebê sou eu? Olho para meu rosto gordinho, cílios negros e longos, curvados em minhas bochechas macias.

A enxurrada de lembranças continua, todas sobre eu bebê: dormindo, brincando e até chorando. Meus primeiros passos. E cada fio de memória tem sabor de amor e alegria. *Ela me amava.*

Na maior parte do tempo, lembro pouco da minha mãe. Algumas vezes, nem consigo visualizar seu rosto, e quando consigo, o sentimento normalmente não está ali, como se a lembrança viesse mais de suas fotos do que de algo real. Mas ela me amava — está impresso em suas memórias. Lágrimas molham meu rosto, tanto aqui quanto no PPI, e espero que não causem nenhum curto-circuito.

Então ocorre uma mudança. Agora sou Astra, se olhando num espelho. Encaro avidamente: esta é a Astra de quando minhas lembranças afloram; deve ter sido pouco antes de ela morrer.

Ela sorri.

— Luna, é você? Tem que ser... Querida. — Seu rosto está triste. — Se está compartilhando essa memória comigo agora, significa que deixei você. Desculpe, Luna, me perdoe.

Ela estica a mão em direção ao espelho, e não consigo evitar que minha mão se estique para o vácuo, como se pudesse tocar a dela. Fico arrepiada quando compreendo: ela falou com seu reflexo no espelho, então guardou como uma memória, uma mensagem só para mim.

— Minha querida, seja forte. Vou lhe contar tudo o que posso. — Sua expressão se torna séria e fria. — Não confie em ninguém, apenas em você mesma. Agora, me ouça com atenção: muito do que lhe disseram e ensinaram está errado. A NNU tem idolatrado a racionalidade acima da inteligência, como uma forma de manter o mundo a salvo da raça humana. Durante muitos anos, nós, P'Hackers, cientistas, pensadores, todos marginalizados pelo culto do QR, temos sido considerados perigosos. Tudo a custo da perda da intuição, dos saltos criativos do pensamento avançado, da ciência, da raça humana. Você *precisa* pensar fora da caixinha, Luna. Escutar sua voz interior, confiar em sua intuição. Coisas estão erradas, e estão piorando. A PareCo está ficando mais forte; estão usando sua tecnologia para manipular a NNU e os governos do mundo. E, sob o pretexto dos testes, estão roubando as mentes mais brilhantes para trabalharem para eles. Pessoas, muitas delas como nós, desaparecem, e não sabemos para onde vão. A PareCo é falsa; o rei está nu. Mas nós, o Conselho de Cientistas, estamos revidando. E você, Luna querida, é parte da luta. Lembre sempre que, não importa como ou por que está aqui, eu a amo. Você *precisa* sempre saber disso. Mas você foi planejada. Temos misturado P'Hackers com características especiais há gerações, tentando alcançar um ser perfeito: ainda um P'Hacker, mas, como sua Nanna, capaz de perceber o real e o virtual ao mesmo tempo. Que possa superar as restrições do vácuo e resistir à PareCo. Não confie em ninguém. Confie apenas em si mesma. Você é especial: pode mudar as coisas.

Ela para, sorri; tristeza em seus olhos.

— Seu pai sabe apenas que você tem habilidades P'Hackers, mas não o restante. — Astra sopra um beijo para o espelho. — Coragem, garota especial. Amo você.

A luz diminui, ela se vai. Estou sozinha no vácuo vazio e sem vida.

— Não! Volta!

Estou gritando no vácuo. Que diabos foi tudo isso? O que ela acabou de me dizer? Foi quase como se tivesse medo de falar demais, de que alguém estivesse escutando.

O que significa dizer que eles têm misturado P'Hackers há gerações? Será que Nanna também tinha a habilidade de estar no virtual e ciente de seu corpo no mundo real ao mesmo tempo? Ela nunca disse, eu nunca soube. Terá sido por isso que ela sempre me alertou para não contar a ninguém, para evitar colocar um Implante; será que, de alguma forma, sabia do perigo? Mas ela tinha essas características que os P'Hackers queriam e então...

O choque faz meus pensamentos se interromperem como se tivessem batido contra uma parede. Sou algum tipo de *experimento* genético? Estavam tentando criar alguém com determinadas habilidades, como fazer o cruzamento de flores para conseguir a cor mais desejada, ou legumes resistentes às doenças, ou macieiras que produzam mais maçãs. E Papai não sabia... Será que Astra se casou com ele para me criar? Será que conduziu algum tipo de pesquisa populacional até chegar ao bom material genético de Papai, por causa de Nanna? Me sinto enjoada. E agora, por algum motivo, eu devo resistir à PareCo e mudar as coisas, é isso?

Me sento, o coração batendo descontroladamente por medo, raiva e perda: emoções tão fortes e misturadas que mal consigo defini-las.

Como descubro o que é o quê?

Gecko. Preciso vê-lo. Ou apenas *quero* vê-lo? Em primeiro lugar, preciso saber se está bem, porém, mais ainda: saber dele exatamente qual o seu papel em tudo isso. Balanço a cabeça. Astra disse para confiar em minha intuição e, seja por que razão for, quero vê-lo.

Onde você está, Gecko? Concentro meus pensamentos em seu rosto, como da última vez que quis encontrá-lo no vácuo, e uma seta prateada aparece aos meus pés. Começo a andar, então penso: não, *mais rápido.* Começo a correr pelo vácuo, prata se agarrando em mim, como já aconteceu neste lugar. Espanto-a para longe, deixando rastros em todas as direções.

Lá está: uma forma escura. Diminuo a velocidade e paro, enquanto a prata delineia uma porta.

— Gecko?

Ele está do outro lado da sala e se vira ao meu chamado. Mas então corre para a porta, que desaparece, fazendo Gecko bater com força na parede.

— Ah, bom ver você também. Tudo bem se conversarmos um minuto antes que você fuja de mim?

Ele resmunga e esfrega o ombro.

— Desculpe, mas fico distraído quando estou encurralado. Pode fazer outra porta?

— Você não pode?

— Não. Não sei o que fizeram ou como fizeram, mas sou um prisioneiro. Na minha própria P'cabana! — Ele soca a parede furiosamente. — Me deixem sair!

— Calma! Se puder, eu ajudo. Mas antes você precisa me ajudar.

Ele se vira e desta vez realmente olha para mim.

— Está tudo bem? Você está segura?

— Se você chama de "seguro" estar trancada num porão com um bando de lunáticos...

Ele dá um risinho.

— Isso parece bom; então Heywood pegou você?

— Sim. E você? Eles o pegaram ou você conseguiu fugir? O que aconteceu naquela noite? — Ele franze a testa, senta-se no banco; faço o mesmo. — Então?

— Eles me pegaram e me trouxeram para a Ilha Inacessível: belo lugar, a propósito, se não se incomodar de estar no maldito meio do nada. Me deram algumas drogas, e a última coisa que sei é que estou aqui.

— Onde está seu corpo?

— Deve estar plugado em algum lugar da ilha, mas não me lembro de ter me conectado. Estou ficando completamente louco. Tentei tudo em que consegui pensar para sair, mas nada funciona!

Definitivamente, Gecko irradia tensão; estar trancado neste pequeno espaço no vácuo seria ruim demais para qualquer um, quem dirá para Gecko? É seu pior pesadelo. *A culpa é minha?* Uma voz sussurra dentro de mim.

— Desculpe. Mas você não deveria ter me arrastado junto; deveria ter corrido.

Ele sacode a cabeça.

— Não estou culpando você. Mas não podia deixar você para trás.

— Por quê?

— Tantos motivos — sua voz é suave. Ele pega minha mão, brinca com nossos dedos. Uma parte do Gecko paquerador está de volta.

— Tente ficar sério, se puder. Preciso saber algumas coisas. Por favor, seja honesto comigo.

— Sou sempre honesto! Bem, quase sempre. Pode perguntar.

Ele me olha, e agora está tão próximo que sua mão aquece a minha. Estou me sentindo cada vez mais relutante em perguntar o que preciso saber. Algumas das coisas que Crystal disse, sobre Gecko me manipular por eu ser uma testemunha, podem ter dado início a essa sensação, porém, há mais por trás disso. Tempo sabia quem eu era, o que eu era; e Gecko?

— Certo, aqui vai. Você foi orientado a procurar por mim no centro de testes?

Seus olhos se arregalam.

— Não, claro que não!

— Bem, talvez não diretamente. Alguma coisa que o levasse a mim?

Ele está pensando, e eu não o interrompo.

— Bem, não; não você *especificamente* — diz finalmente. — Por que isso importa?

— Simplesmente importa. Não eu, especificamente? Como assim?

— Você conheceu Tempo?

Aceno afirmativamente.

— Foi ela quem me deixou plugar.

— Quando ficou claro que a PareCo ia me levar para o centro de testes, eu quisesse ou não, Tempo me pediu para procurar alguém que não tivesse um Implante. Suspeitávamos que os novos Implantes não eram o que deveriam ser, e que alguma coisa iria acontecer nos testes. Estar com alguém sem um Implante era a melhor forma de confirmar isso.

Alguém sem um Implante no centro de testes? Ou seja, eu com uma enorme seta brilhante dizendo "Pegue essa garota" apontada para minha testa. Eu era a única que se encaixava nessa descrição.

— E depois? Mandaram você me encontrar depois dos testes?

— Ninguém me diz o que fazer, Luna — ele fala suavemente, seus olhos exibindo aborrecimento. — P'Hackers não são assim. No vácuo, somos todos iguais.

— Certo, alguém sugeriu?

Ele estranha.

— Contei a Tempo que conheci a filha de Astra. Que você podia ver as marcas de P'Hackers. Que não tinha um Implante e que era uma Recusadora, mas que eu tinha comentado sobre os MANS. Ela disse que eu deveria ficar à espreita se você se plugasse, e que descobrisse o que podia fazer no vácuo.

— Então aquele dia que você me levou até a cachoeira, foi por isso, não foi? — Dói pensar assim, mas prefiro não saber o *motivo* de doer tanto.

— Eu não precisava levá-la ao meu lugar favorito e passar metade da noite lá com você, precisava? Eu *quis*. E lá, sem nem mesmo saber, você manipulou o vácuo.

— De que diabos você está falando?

— Sua roupa de natação. Você trocou. Foi uma pequena manipulação, simples e inconsciente. E também o seu cabelo.

— Meu cabelo?

— Quando secou e penteou. Não é uma coisa fácil de fazer.

Fico espantada.

— Pensei que você tivesse feito aquilo...

— Não. Foi tudo você, Luna. Foi quando eu tive certeza de que era uma P'Hacker. Tempo não estava convencida; ela queria provas de que você poderia navegar no vácuo.

— Então você mandou a escada para me trazer aqui por minha conta.

— Exatamente. Mas eu não queria, era um risco. É claro, na época pensei que você poderia se perder no vácuo caso se descontrolasse. Eu não sabia que podia simplesmente se desplugar, se quisesse.

— Então eu fui um tipo de projeto que você vinha testando, é isso?

— Não é assim, Luna. Estava feliz em passar quanto tempo pudesse com você.

Algo em seu olhar é aconchegante, dizendo "Sim, isso é a verdade". Afasto essa sensação.

— Que seja. E a batida? Você devia me tirar das ferragens e me levar para Heywood?

— Não. Eu nem sabia que estaria lá! Mas... — ele faz uma pausa. — Tempo tinha enfatizado quão importante você era. Quando fui capturado e jogado no transporte, estranhei você estar ali. De qualquer modo, que diferença faz agora?

— Não sei, mas faz. Acho que Tempo tem algum tipo de plano para mim, algo a ver com a PareCo. — *Tempo e Astra*, acrescentei silenciosamente. Teriam planejado isso antes mesmo de eu ter nascido? — Não sei o quê. Acho que ela organizou as coisas para que você me resgatasse.

— Isso é loucura — ele diz, mas percebo que está refletindo sobre o que falei. Em seguida, pega minhas mãos entre as suas. — Me escute, Luna: fique longe da PareCo, fora da vista deles; fique com Heywood e seus lunáticos. Eles vão cuidar de você.

— Não preciso que cuidem de mim.

E não mesmo, não do modo convencional. Me eduquei sozinha na maior parte do tempo, confiei em mim. Mas não significa que não gostaria de ter tido por perto alguém em quem confiasse para fazer o trabalho. Suspiro, inclino minha cabeça contra seu ombro e fecho os olhos. Não estou cansada para querer dormir, mas sugada emocionalmente; me sinto quase vazia.

— O que aconteceu, Luna?

— Tempo acha que a PareCo matou minha avó para me colocar naquele transporte.

As mãos dele acariciam meus cabelos.

— Lamento. Eu achava que era possível.

— Ela também disse que eles... — Minha voz treme. — Que eles mataram minha mãe anos atrás. Que sabotaram o PPI dela.

— Isso pode ser mesmo verdade. No entanto, não temos como provar.

Penso em todas as farpas, fofocas e desprezos, discretos ou não, direcionados a mim, à minha família, por causa da forma como Astra morreu. Lá no fundo, algo se tranquiliza com a ideia de que não foi culpa dela; mas outra coisa endurece.

— Meu pai sabia?

— Não sei. Pergunte a Tempo; elas eram amigas na época. Deve ter a resposta.

Seus braços me enlaçam, mas o vazio interior começou a ser preenchido — com fúria moldada à brasa. Eu me afasto.

— Não posso ficar longe da PareCo. Não depois do que fizeram à minha família.

— A PareCo é perigosa. Acredite em mim, Luna, não vai querer que peguem você.

— Por que eu deveria escutar alguma coisa que diz? Você não foi honesto comigo.

— Nunca menti para você. Posso ter ocultado algumas coisas, mas...

— Dá no mesmo. — Dou de ombros e me levanto. — De qualquer forma, você quer uma porta, não é?

Me concentro na parede; a prata aparece e eu a transformo numa porta. Ando em sua direção, puxo a maçaneta, atravesso a porta e a mantenho aberta.

Ele se aproxima, mas, assim que alcança a porta, ela desaparece.

Isso é estranho. Faço outra porta e entro novamente.

Ele está com as mãos na cabeça.

— Ai. Isso dói.

— Desculpe. Então você não consegue fazer uma porta, e não consegue passar pela que eu faço. Realmente *está* preso.

— Sim, obrigado. Acho que já concluí isso.

— Podemos tentar outra coisa. Embora eu deteste fazer isso de verdade e não tenha muita certeza do que vai acontecer.

— O que é?

— Eu poderia rodopiar e fazer essa parte do vácuo entrar em colapso.

— Você pode fazer isso?

— Acho que sim. Pelo menos, podia. Mas não sei se ainda consigo.

— Vá em frente. Não sei muito bem onde vou parar, mas qualquer lugar tem que ser melhor do que aqui.

— Tem certeza?

— Sim. Mas antes disso...

— O quê?

— Me desculpe. Você está certa, eu devia ter contado o que sabia. Era sobre a sua vida, tinha o direito de saber. Me perdoa?

Eu paro e me viro, tentando entender as coisas. Finalmente me volto para Gecko e balanço a cabeça.

— Não sei se posso perdoar agora. Estou muito confusa com tudo. Talvez mais tarde, tudo bem?

Ele olha para mim e, apesar de tudo pelo que passou — ser capturado, arrastado e preso no vácuo —, parece que essa é a única coisa com que se importa agora. E algo se suaviza, um pouco, dentro de mim.

Eu sorrio, ele ri.

— Se um sorriso é o melhor que consigo, tudo bem. Por enquanto.

— Vamos tentar?

Ele concorda.

— Me dê um minuto — digo, fechando meus olhos novamente. E me faço *voltar, voltar, voltar...* Estar de pé sob a lua com Astra.

Abro meus olhos e começo a rodopiar, mãos abertas. Fagulhas de prata correm através das paredes para as minhas mãos e giram ao meu redor, cada vez mais rápido, cada vez mais prata, girando e se esticando.

Então, junto minhas mãos lentamente. Começo a derrubar as paredes da P'cabana de Gecko.

Paro quando a gritaria começa.

CAPÍTULO 26

Abruptamente, me sento no PPI; no entanto, não me desspluguei. Pelo menos, não quis. Como estou aqui de volta?

A porta se abre de repente: Tempo.

— O que aconteceu? Você estava gritando? — Ela entra.

— Eu... Não sei. Preciso voltar. É Gecko; ele está preso, e eu tentei libertá-lo. Mas não funcionou.

Agora Crystal está na porta, me encarando.

— Você deixou *ela* se plugar? — Olha indignada para Tempo. — O que ela fez? — pergunta.

Tempo se vira para Crystal com um olhar de repreensão, mas ela não se mexe.

— Nos fale sobre Gecko — diz Tempo, dando uma ligeira ênfase ao nome dele, como se pedisse para não mencionar as contas de memória. Como se eu fosse fazer isso; como se eu pudesse me concentrar agora em qualquer outra coisa que não fosse o som da voz dele gritando de dor dentro da minha cabeça.

— Estávamos conversando, e...

— Mas eu disse a você para não enviar mensagem a ninguém.

A expressão de Tempo é friamente furiosa.

— Mas eu não mandei! Ele está em sua P'cabana.

Elas trocam um olhar de descrença.

— Você foi à P'cabana dele? — pergunta Crystal. — Como conseguiu encontrar?

— Você não consegue? Eu simplesmente penso em Gecko e uma seta aparece, me levando até ele. Eu vou voltar e...

Tempo sacode a cabeça.

— Não até você explicar.

— Se você calar a boca eu posso tentar — revido. A expressão de Tempo indica a sua raiva, mas ela se mantém em silêncio. — Ele disse que foi capturado; que lhe deram algumas drogas e que, então, estava no vácuo. Está em sua P'cabana, mas não consegue sair. Fiz uma porta por onde entrei e saí, mas, quando ele tentou, a porta desapareceu, e ele acabou se chocando contra a parede. Voltei e... — hesito, olhando para Crystal, mas sua postura indica que ela não vai a lugar algum e que o tempo pode ser importante. Então, continuo rapidamente: — Rodopiei o vácuo para ver se, fazendo seu quarto entrar em colapso, poderia tirá-lo de lá.

— Você fez *o quê*? — Crystal diz, boquiaberta.

— Rodopiei a prata, depois a reuni de novo.

Algo enigmático no rosto de Tempo, quase um vestígio de *satisfação*, mas que rapidamente é substituído por frieza.

— Vejamos se entendi direito: ele está preso num quarto, e você derrubou o quarto com os dois dentro. Não me parece muito inteligente. E então?

— Parei antes de derrubar completamente, quando ele começou a gritar. E, de alguma forma, o que aconteceu fez com que eu me desplugasse aqui; mas não decidi isso, simplesmente *aconteceu.* Agora, me deixa voltar e ver se ele está bem.

— Você se desplugou do vácuo? — Crystal pergunta, chocada. Apesar de tudo, percebo que Tempo não está reagindo. Não a isso; não dessa forma.

— Sua dis! — Crystal me dá um empurrão. — Você não sabe o que vai acontecer se o ser virtual de Gecko for destruído no vácuo e não puder voltar ao corpo? Ele será um vazio, vai ficar em coma pelo resto da vida!

— Mas achava que as pessoas morriam o tempo todo nos jogos... E isso não as prejudica!

Tempo sacode a cabeça.

— Não é a mesma coisa — Tempo me alerta. — Lugares criados pela PareCo têm códigos de escape; é isso que permite que você se desplugue à vontade do Temporreal ou de jogos, ou se algo acontecer a você. O vácuo e as P'cabanas não dispõem desses códigos.

Olho para ela, chocada e aterrorizada pelo que pode ter acontecido.

— Preciso voltar.

— Vou com você — diz Crystal.

— Não — responde Tempo. — Sabe que isso é comigo. Fique aqui, Crystal — ela fala, dessa vez com a voz suave, e então se volta para mim. — Plugue-se. Suba para o vácuo e me encontre. Posso ajudar.

Deito no PPI, e a conexão é rápida. Ela quase se choca comigo, e eu engasgo; círculos rodopiam diante de meus olhos, mas logo desaparecem. O corredor do Temporreal está aqui, a escada prateada. Corro para o vácuo, então me concentro em encontrar Tempo. As setas são instantâneas e brilhantes, e eu corro ainda mais.

Ela está subindo de seu alçapão quando a encontro. Parece diferente no vácuo; mais jovem, cabelos soltos, mas eles não voam como os meus. Se comportam estranhamente em sua cabeça, como que suspensos no ar.

— Ah, aí está você — ela diz. — Agora pode encontrar Gecko?

Me concentro no rosto dele e a seta aparece.

— Inteligente — ela diz.

Seguimos a seta e, como sempre, o tempo no vácuo parece ser diferente; não sei se corremos por um minuto ou uma hora, então...

Chegamos lá! O quarto dele está distorcido e achatado.

— Gecko? — eu chamo, e posso ouvir o pânico em minha voz.

— Se afaste, Luna — diz Tempo. — Vou voltar o tempo.

Faço o que ela manda. Depois, quando penso sobre aquilo, não consigo entender o que aconteceu em seguida. Houve algum tipo de rodopio, um turbilhão ao redor de Tempo, mas diferente de quando eu faço.

Em seguida, já estou de volta à P'cabana, olhando para Gecko. Nem sinal de Tempo. Gecko está ali; o quarto de pé e intacto, como da primeira vez. Será que Tempo realmente nos fez voltar?

— O que foi? — ele diz. — Não está funcionando?

Fico calada, olhando para ele. Luto para não correr em sua direção, ver se tudo ainda está no lugar onde deveria.

— A coisa do rodopio e de derrubar a sala, não consegue? — ele insiste.

— Eu... não. Não consigo. Desculpe.

Ele dá de ombros.

— Eu tinha esperança, mas nunca acreditei de verdade que fosse possível. Não se preocupe comigo, vou encontrar um jeito de sair. Não há motivo para eles me deixarem aqui para sempre. Seja lá o que querem de mim, vou descobrir quando estiverem prontos.

— Certo.

— Melhor você ir. Tempo é meio impaciente; ela vai pensar no que você está aprontando, plugada por tanto tempo.

Ela sabe. Não pode nos ouvir lá fora? Em voz alta, tudo o que digo é "Ok". E então...

— Antes de ir, só mais uma coisa.

— O quê?

— Me desculpe pelo que disse antes. Eu perdoo você por não me contar as coisas.

Dou um passo em sua direção; ele dá um passo na minha. Hesita, incerto, e eu estico minhas mãos e o puxo para mais perto. Seus braços passam pelos meus ombros, e os meus, pela sua cintura. Viro minha cabeça e me aninho em seu peito. Sua respiração é quente em meu cabelo; em minha face, sinto o coração dele bater. Por mais virtual que isso seja, parece próximo, quente, real. Inspiro e seguro esse momento, essa memória, deixo que ela me inunde; para afastar aquela anterior: ele gritando pela dor que causei. Nunca vou contar a ele o que aconteceu, então como posso culpá-lo por ter também ocultado coisas de mim?

Destruímos e apagamos isso, como se nunca tivesse acontecido.

Quando desplugamos, Tempo me leva de volta ao quarto, pede que eu descanse, porque a volta que fizemos é como se eu tivesse vivido dias extra. Me faz deitar de verdade e me cobre. Estou tão cansada que não resisto, os olhos quase fechando.

— Conversamos à noite — ela diz.

Enquanto pego no sono, escuto, do outro lado da porta, Tempo garantir a Crystal que Gecko está bem. Crystal deve ter ficado furiosa por eu tê-lo visto e ela não, mas não há nenhum consolo nisso. Eu quase matei o ser virtual dele, não foi? Sem aquela parte dele, não haveria mais Gecko, nada do que o faz ser quem é. Se tivéssemos pensado um pouco mais, derrubar a P'cabana com nós dois dentro, sabendo que ele não poderia escapar, não teria parecido uma boa ideia, teria?

Agora me sinto perdida, vagando, como se estivesse sem minha âncora. As perguntas são muitas, e quase não consigo me concentrar naquelas mais importantes; ou nas respostas, que não posso encarar ou entender. Nanna teria dito que esse dia foi um quatro: preciso me *centrar, aguentar* e *persistir.* Mas a estabilidade é ilusória.

Adentro sonhos inquietantes: poder líquido passando por minhas veias, sangrando e cobrindo o mundo de prateado lindo e reluzente. Opaco, sufocando a terra e bloqueando o sol.

CAPÍTULO 27

— Você deve ter perguntas — diz Tempo. Estamos num escritório dos fundos, e estou focada em seus olhos. Eles têm uma cor estranha: como nos de Astra e nos meus, o cinza-prateado está lá, mas mesclado com *outra* cor indefinível, que parece mudar na luz. Os mesmos olhos que podem desemaranhar o tempo no vácuo? Desfazer coisas que foram feitas. Tremo. O que ela é? E o que eu sou?

— Não sei por onde começar — digo, me sentindo deprimida e ainda com tudo confuso na minha cabeça. *Quem sou eu, de verdade?*

— Com tudo o que aconteceu, não tive a chance de perguntar como foi com as contas de memória. Conseguiu acessá-las?

Respondo que sim. A onda de calor e amor de Astra. As revelações chocantes.

— Então sou algum tipo de experimento genético, é isso?

Ela não nega.

— Eu não colocaria dessa forma — diz, finalmente.

— Como meus pais acabaram juntos?

— Havia uma quantidade de possíveis candidatos masculinos com o traço desejado proveniente das mães. Isso era importante, pois está ligado ao cromossomo X. Então, um homem, que tem apenas um cromossomo X, passaria uma cópia dos genes envolvidos para todas as suas filhas. Mulheres têm dois cromossomos X, e sua mãe já sabia que tinha uma cópia do gene. Por isso, nessa combinação, qualquer filha teria cinquenta por cento de chances de ter a característica necessária. Conseguimos amostras de DNA de várias maneiras. Seu pai era o candidato mais indicado: a mãe dele tinha o mais forte traço desejado.

— Pode parar com as lições de genética. Então, o que aconteceu foi o seguinte: ela examinou os genes dele, não seus jeans, e então o transformou em alvo. — Ele não teve chance. Astra era bonita, equilibrada, inteligente. Tudo o que meu desajeitado pai não era. Não é. Uma onda de raiva em sua defesa me tira desse transe. — Isso é muito errado! Ninguém perguntou a ele o que queria. Ninguém *me* perguntou.

— Um pouco difícil antes de você nascer. — Ela hesita. — Não importa como as coisas começaram. Astra amava você, Luna. Ela passou a gostar muito do seu pai também.

Dou de ombros. Não será muito pouco, e muito tarde, para compensar o que ela fez? Mas eu sei que ela me amava, senti isso dentro de suas memórias. Foi por isso que aquelas lembranças foram colocadas junto com as outras? Manipulação emocional do além. Estou cansada: não quero isso. *Quero ir para casa.*

— E sua avó, Luna? Ela não estava envolvida em nada disso e pagou o maior preço.

A raiva retorna rapidamente. Bato o punho na mesa.

— Mas o que você pensa que posso fazer a respeito de qualquer uma dessas coisas? Olha o que aconteceu quando tentei ajudar Gecko. Não sei o que posso e o que não posso fazer. Eu poderia tê-lo matado.

— O que você fez foi perigoso.

— Agora eu sei.

— Luna, se você for para o vácuo, precisa aprender o que pode controlar e o que não pode. Se estiver conosco, posso ensinar.

Parte de mim sinaliza *sim*, mas a parte maior diz *não*. E há tanta coisa que eu não sei...

— Você não me contou tudo sobre quem e o que você é, contou?

Ela sorri satisfeita.

— Sobre nossa organização? Heywood e amigos, os Vermes... — Ela sorri novamente. — Somos uma pequena ramificação de algo muito maior sobre o qual ele não sabe nada. É o CDC, Conselho de Cientistas. Estou nele há muitos anos; sua mãe era a diretora.

— Astra mencionou o CDC em sua memória, mas, fora isso, nunca ouvi falar a respeito. O que é?

— O culto à racionalidade da NNU está sufocando todos os avanços humanos. Sem imaginação, e intuição, não pode haver progresso, nem em ciência, nem em outras áreas importantes. E a PareCo tem explorado essa fraqueza, manipulando a NNU para seus próprios propósitos. O CDC foi criado para detê-los, e precisamos de você. Junte-se a nós, Luna. Podemos treiná-la.

Sacudo a cabeça.

— Não quero voltar ao vácuo.

— Você talvez seja a única que pode encontrar Gecko novamente. Para mim, ele fica invisível quando está em sua P'cabana. Não faço a menor ideia de como a PareCo o aprisionou ali; precisamos descobrir como tirá-lo de lá.

— Mas eu não entendo nada disso! Nem mesmo compreendo o que é o vácuo ou como posso manipulá-lo. As coisas simplesmente acontecem, e isso me assusta.

É verdade, mas é também emocionante. Nunca me senti mais *viva* do que com o fluxo de energia que resulta de juntar e usar a prata; comparado a isso, tudo no mundo real parece chato, sem cor.

— Eu sei — Tempo responde, como se admitisse o que eu falei e o que não falei, ao mesmo tempo. E seu olhar é triste e zangado, uma mistura estranha. Ela balança a cabeça. — Sua mãe estava começando a lhe ensinar todas essas coisas. E seu pai não me deixou mais ver você, caso contrário você saberia tudo e não estaria neste mar de confusão. Ele parecia julgar que você estaria mais segura se não soubesse, mas estava errado. Posso ajudá-la a compreender.

Não digo nada. Apesar de Astra ter dito que ele sabia que eu era uma P'Hacker, ainda estou chocada ao pensar que *Papai* sabia de tudo isso. E que não me contou nada.

— O mundo virtual que todos conhecem: corredores do Temporreal, espaços pessoais e de grupos, mundos de férias e jogos, é tudo construído fora do vácuo pela PareCo. Uma linguagem codificada de computador cria lugares tridimensionais que são completamente reais para nossos seres virtuais. Hackers comuns podem manipular os lugares construídos fora do vácuo pela PareCo, tocando os códigos mentalmente.

— Gecko me explicou que a PareCo permite e usa isso para monitorar Hackers, para manter o controle sobre eles e sobre o que podem fazer. Mas e os P'Hackers?

— P'Hackers podem usar o vácuo e criar seus próprios espaços, como a P'cabana de Gecko, e até mesmo mundos inteiros. Foi isso que Astra fez com seus mundos de jogos, tão famosos até hoje.

— Mas *como* P'Hackers manipulam o vácuo?

— Como você faz?

— Não tenho ideia. No começo foi mais uma coisa aleatória; eu nem mesmo *soube* que fiz as coisas, ou a seta que me levou a Gecko da primeira vez, ou os alçapões e as portas. Por que faço isso?

— Porque você é do vácuo.

— Mas o que isso quer dizer?

— O vácuo corre em seu DNA. Está programado para ser parte de você, como as marcas de P'Hacker em sua pele. Tatuagens de Hackers são tinta na carne; as suas são tatuagens do vácuo.

— Não entendo. *Como* o vácuo pode ser programado para ser parte de mim?

— Os primeiros Hackers trabalharam com cientistas para encontrar meios de burlar o controle da PareCo. Eles precisavam ser capazes de manipular o vácuo. Projetaram isso no DNA deles; agora, essa habilidade é passada de pai para filho. Corre em suas veias: é parte de você, como seu nome.

— Meu nome? Mas Luna veio de um personagem do Mundo Virtual de Harry Potter. Meus pais se conheceram lá.

Ela balança a cabeça.

— Não esse nome. Qual o seu nome P'Hacker?

— Como assim?

— Pense no seguinte: eu sou Tempo, de tempo. Astra, das estrelas. Crystal, de gelo.

— E Gecko? Gecko não é um camaleão?

— Sim. Um que pode andar nos tetos sem ser notado. Gecko, o espião. Tem sido o nosso melhor na PareCo, se infiltra nos mundos deles sem ser notado... Ou foi assim que sempre pensamos. Qual o seu nome?

— Eu não tenho.

— Precisa escolher um. A maior parte dos P'Hackers escolhe quando é bem mais jovem, no máximo aos dez anos. Quando descobre suas habilidades no vácuo.

— Não tenho nenhuma.

— Mesmo? O que podia fazer ainda não tinha se manifestado totalmente quando Astra morreu, mas sei que ela acreditava que suas habilidades poderiam ser cruciais, especialmente combinadas com a dupla consciência que realmente herdou de sua avó, como esperado. E a habilidade de se desconectar do vácuo, que parece ter vindo junto.

— Mas o que você...

— Chega de perguntas por enquanto, Luna. Tenho uma para você agora: o que vai fazer?

— O que quer dizer?

— Sua mãe e eu estávamos comprometidas, eu ainda estou, em deter a implacável manipulação de controle da PareCo sobre os mundos, tanto virtual quanto real. Você viu com seus próprios olhos como ela usa os testes para seus propósitos; como está disposta a fazer qualquer coisa para manter seus segredos, inclusive matar. Sua mãe morreu nessa empreitada; sua avó, como vítima dela. Qual a sua posição?

A raiva luta contra a *cautela*. Gecko disse para me manter longe da PareCo. E as palavras de Tempo não combinam exatamente com as de Astra: lá no fundo, algo está me incomodando a respeito das duas. Astra era contra os testes de QR e a manipulação deles pela PareCo para seus próprios propósitos. Ela disse que eu poderia mudar as coisas. Mas, e Tempo?

— O que *você* quer? — eu pergunto.

Ela sorri, satisfeita.

— O poder não pode desaparecer, pode apenas mudar de forma. Se a PareCo não estiver no controle, haverá um vácuo de poder que precisará ser preenchido. Com nossas habilidades, P'Hackers são os substitutos lógicos.

— Astra nunca disse nada sobre assumir o poder.

— Sua mãe era uma idealista, e eu sou mais... prática. Mas se ela soubesse o que eles fizeram com os novos Implantes, concordaria comigo. E nossos objetivos sempre foram os mesmos: desmascarar a PareCo. O rei está nu.

Um formigamento em minhas costas: as mesmas palavras que Astra usou em sua memória.

— Mas eu não entendo o que você quer de mim!

Seus olhos se arregalam.

— Isso é você quem vai determinar. O que pode fazer para nós? Por quê? Pense nessas coisas, Luna. Elas se tornarão óbvias quando escolher o seu nome.

Estou pensando nisso, mas só quero ir para casa. Meu desejo maior é que nada disso tenha acontecido. Olho para a minha mão, viro-a: as veias fracamente visíveis em meu punho parecem iguais às de todo mundo — um leve verde-azulado sobre a pele —, mas agora sei que são diferentes. Prata corre pelo meu corpo, eu queira ou não.

Desejar que as coisas fossem como antes não vai trazer Nanna de volta, não vai mudar o fato de que tudo o que eu pensava sobre meus pais estava errado.

Não vai ajudar Gecko.

Naquela noite, mais tarde, acordo com a porta do meu quarto sendo destrancada; quando se abre, vejo a silhueta de Crystal na escuridão.

Sento rapidamente.

— Qual o seu problema? Você tem algo contra o sono?

— Posso ensinar você a controlar o vácuo, para que ele não controle você.

Olho para ela desconfiada.

— O que ganha com isso?

— Tem um preço. Me leve para ver Gecko.

— Por quê?

— Preciso vê-lo. Olha, você não o conhece como eu. Ele vai enlouquecer trancado daquele jeito, não vai aguentar. — Olho para ela. De alguma forma machuca saber que ele também lhe contou seu segredo. — Por favor, só me leve até ele.

— Então você não consegue encontrar pessoas no vácuo sozinha...

Ela faz uma careta.

— Se eu pudesse, estaria aqui? Não. Não posso. Não é uma habilidade comum de um P'Hacker. Na verdade, Tempo é a única outra P'Hacker que conheço que pode fazer isso, mas nem mesmo ela consegue encontrar alguém que esteja em sua P'cabana. Gecko pode achar lugares, mas não pessoas.

Algo em mim tem certeza de que deveria recusar, e não apenas por querer mantê-la longe de Gecko. Não há nada em Crystal indicando que ela se importa comigo, pelo contrário. Ainda assim... Eis uma chance de descobrir mais sobre o vácuo sem o controle de Tempo, sem a sua insistência para que eu me comprometa a ajudar quando nem mesmo sei o que isso pode acarretar. Apesar do que disse a Tempo, estou fisgada pela curiosidade — só de pensar, meu sangue ferve, como se estivesse me chamando para o vácuo.

— Então? — ela pergunta; sinto uma ponta de impaciência em sua voz. — Você me deve por aquele relatório sobre sua avó.

— Isso fica só entre nós?

— Tempo iria surtar; não vou contar.

— Tudo bem, então. Vamos fazer.

Passamos sorrateiramente pelo corredor escuro. Ela abre a porta de um dos PPIS, entra com a senha. Deito no PPI; ela observa a minha conexão antes de deitar também.

De certa maneira é reconfortante saber que ela não pode me encontrar. Minha habilidade em achar pessoas é útil, uma vez que não posso usar o Temporreal da forma convencional para ficar amiga dela e ir ao seu espaço. Pelo menos, não enquanto a PareCo estiver em alerta a qualquer acesso meu ao Temporreal, enquanto eu estiver desaparecida.

Subo a escada, passo pelo alçapão e entro no vácuo. Com toda a sua estranheza, ele está agora se tornando mais familiar. Olho novamente para as veias no meu pulso: é um truque da luz estranha? Estão prateadas.

Me concentro no rosto de Crystal: nada acontece.

Não está funcionando.

Suspiro, tento novamente, então mais uma vez. Por quê? Será porque eu realmente não *quero* encontrá-la? É isso? Ela já deve estar zangada.

Me concentro em querer estar com Crystal e, finalmente, uma seta aparece. Ela acena como se também estivesse em dúvida, então se estica, até eu achá-la.

— Onde você estava? — ela pergunta. Voz frágil como a nuvem de gelo que a cerca.

— Desculpe, parece ser falível. Estava com problemas para me convencer de que realmente queria achar você.

Ela ri.

— Essa é uma desculpa que posso compreender e aceitar. Ok, agora diga o que você pode e o que não pode fazer.

— Bem... Posso achar pessoas. Como você sabe.

— Útil.

— Se eu realmente quiser.

— Justo. Algo mais?

— Posso fazer portas no vácuo, para sair do meu corredor do Temporreal. E para entrar em lugares, como na P'cabana de Gecko.

Ela balança a cabeça.

— Isso deveria ser impossível; é invasão da pior espécie.

— Ele parece não se incomodar.

Seus olhos ficam mais frios, se isso for possível.

— Maravilha. Só isso?

— Uma vez, arrumei meu cabelo. E posso rodopiar e colapsar o vácuo.

— Interessante, se você não estiver presa nele no momento. Algo mais?

— Acho que não.

— A habilidade principal de um P'Hacker, que você não mencionou, é a criação. O que pode fazer?

— Fazer? — Franzo a testa. — Fiz uma estrela cadente recentemente. Acho que... quando eu era bem pequena, fiz um céu noturno: estrelas e uma lua.

— Como?

— Não sei. — Faço uma careta. — Eu meio que queria, joguei prata e elas estavam lá.

— O que gostaria de fazer agora? Desejo é importante aqui. Algo que você queira desesperadamente. Meio desejo não conta.

A única coisa na qual consigo pensar é minha família: Papai, Jason, casa. Meu quarto em casa? Não era nada especial, mas era *meu*. Nem mesmo Sally costumava invadi-lo quando eu estava lá.

— Tenho algo. E agora?

— Parece que, quando você rodopiou antes, reuniu energia, então a derrubou. Isto é o oposto. Reúna energia e a impulsione para criar.

— Sim, claro. Ajudou bastante.

Ela cruza os braços.

— Apenas tente, sua dis.

Me afasto de Crystal. Fico de pé no vácuo, na escuridão, no consolo de pequenas luzes e ventos que assoviam. Visualizo tudo que posso no meu quarto em casa, cada detalhe, as prateleiras maltratadas, a foto de Astra. Então levanto minhas mãos e rodopio.

A prata começa a correr para mim de todas as direções. Gruda na minha pele, e meu sangue corre para a superfície numa onda de calor. A prata em mim e ao meu redor anseiam se abraçar; uma clama por mais e mais da outra, em perfeita harmonia, um dueto de energia crescente.

Vagamente ouço a voz de Crystal chamando através do redemoinho que começou a girar acima de mim: "Você precisa de mais controle!". Tento acalmar, estabilizar o fluxo, mas é demais.

Então, não apenas meu quarto, mas nossa casa também. O jardim se espalha ao meu redor e é maior do que jamais foi. Flores perfumadas enchem o ar como se uma louca primavera hiperativa tivesse inundado o lugar.

— Tome o controle — grita Crystal. — Ou vai implodir!

Eu diminuo, acalmo, puxo as extremidades. Respiro profundamente, mas não ar: prata. Sou eu, de mim, ao meu redor. Olho para minhas mãos: um prata lindo...

— Luna, Luna... — Uma voz distante chama meu nome, mas agora eu ignoro.

Um dia ensolarado, deito na grama quente. Conforme me acalmo, a respiração prateada vai saindo, até eu ser mais *eu* do que normalmente sou. Mas a outra também sou eu? Uma borboleta laranja e preto passa e eu sorrio.

— Luna, por favor!

Estranho. É Crystal?

Faço uma porta no limite do céu azul e a abro. Do lado de fora, na escuridão do vácuo, está Crystal. Ela espia através da porta, com olhos arregalados.

— Aquilo foi um pouco impressionante. — Ela hesita. — Posso entrar?

— Claro.

Ela olha maravilhada ao redor.

— Bela P'cabana — diz, finalmente. — Exibida.

— Você me disse para fazer algo que eu desejasse.

— Que lugar é esse?

— Casa — digo, simplesmente.

— Agora é sua P'cabana. Ninguém além de você pode encontrar. Ninguém, além de você, pode entrar ou sair, a menos que permita.

— Fiz certo?

Ela revira os olhos.

— Você passou em criação. A próxima lição será novos mundos, mas, pela aparência disto, não será um problema. O único senão é que reuniu energia demais. Se sobrecarregar o que está tentando criar com mais do que é necessário, pode fugir de você e despedaçá-la junto.

— Rodopiar energia... É inebriante. Eu queria cada vez mais.

— Você precisa se manter alerta contra esse perigo. — Ela sacode a cabeça. — A maioria de nós não tem esse tipo de problema, porque se esforça muito para fazer alguma coisa pequena e simples.

A inveja em seus olhos é grande.

— Venha, vamos achar Gecko.

Faço outra porta no céu; passamos. Assim que a fechamos, desaparece. Nenhum sinal de que minha P'cabana está lá, a menos que eu pense nela: então, assim como com a de Gecko, um suave delinear aparece.

Me concentro nele e seguimos setas prateadas até chegarmos a sua P'cabana. Eu paro.

— Chegamos.

— Aonde? — ela diz, olhando ao redor.

— Não consegue enxergar?

Ela franze a testa, sacode a cabeça.

Desejo uma porta e, quando a prata se espalha, ela acena.

— Posso ver a porta.

Eu entro.

Crystal não me segue.

— Luna? — Gecko está deitado em seu banco; ele senta. Há profundos círculos negros sob seus olhos, mas ele sorri ao me ver.

— Qual o problema?

Sua expressão é de dor.

— Eu não... não consigo...

— O que é? — Vejo a luta em seu rosto; é a mesma de quando ele estava tentando falar sobre o que aconteceu no centro de testes. — Seu Implante está impedindo você de dizer alguma coisa?

Ele concorda, então pisca como se aquele movimento simples tivesse causado uma reação interna.

— Crystal está comigo, quer ver você. Mas parece que ela não consegue entrar. Pode fazer alguma coisa? Como dar permissão ou algo assim?

Ele acena.

— Tente novamente.

Faço uma porta, olho lá fora: Crystal faz careta do outro lado.

— Que jogo é esse? — ela reage.

— Nenhum. Você não me seguiu.

— Você simplesmente desapareceu. Não conseguia ver para onde foi.

— Tudo bem. Que tal se eu te puxar?

Estico a mão. Ela hesita, mas se aproxima e pega na minha mão. A dela é tão fria que os pelos do meu braço se arrepiam. Começo a puxá-la pela porta, mas Crystal se solta e grita. Me viro e ela está com a mão contra seu corpo.

— Desculpe, mas parece que você não pode entrar.

Seus olhos estão cheios de lágrimas que, ao caírem, formam cristais congelados em suas bochechas. Ela pisca furiosamente.

— Quer que eu diga alguma coisa a ele?

— Não sei. Apenas diga... que sinto saudades. E espero que esteja bem.

— Certo. Espere aqui.

Volto para o quarto de Gecko.

— Ela não consegue entrar.

Transmito a mensagem, observando sua expressão. Será que é mesmo sua namorada?

Como se lesse meus pensamentos, ele balança a cabeça.

— A gente ficou junto. Não por muito tempo; não funcionou.

— Ah. Ela sabe disso?

— Deveria. Embora nem sempre seja boa em processar as coisas de que não gosta. — Ele hesita. — Somos amigos há anos. Sei que ela é difícil, mas passou por momentos complicados. Sua mãe era uma Viciada em Implante; Crystal precisou vender suas habilidades de P'Hacker a clientes desonestos para alimentá-la, já que ela nem podia andar.

Olho para ele, horrorizada.

— Mas é uma amiga, nada mais. E é bom ver você. O que está acontecendo lá fora?

Faço um resumo de nossa trajetória no vácuo; as palavras de Tempo na noite passada.

— Não escute Tempo; não deixe que usem você como me usaram.

— O que quer dizer?

Ele balança a cabeça.

— Apenas suspeitas, mas fique longe da PareCo.

— Não posso. Preciso fazer a PareCo pagar pelo que fez à minha família.

Cuspo as palavras. Palavras que venho escondendo de Tempo, querendo pensar sobre tudo antes de dizer a ela o que quer ouvir. Mas não importam quais sejam seus motivos, no final, nosso objetivo é o mesmo.

— Não deixe que peguem você, Luna. — Na voz, um toque de temor, de alerta.

— O que aconteceu com você? Qual o problema?

Ele visivelmente se esforça.

— Você não quer estar onde eu estou — enfim consegue dizer. Então respira pesadamente, como se tivesse lutado muito para dizer aquilo.

— Ainda está na Ilha Inacessível?

Ele diz que sim. Então sua localização física não está bloqueada; mas todo o resto está.

— Preciso ir para lá.

— Não, Luna. Não faça isso.

— Você acha que não posso fazer nada útil!

— Não, não é isso. É perigoso demais. Quer ficar presa como eu?

— Me ouça com atenção, Gecko. Eles não podem *me* prender no vácuo, podem? Eu sempre posso me desplugar quando quiser, mesmo se estiver no vácuo. Então isso não pode acontecer comigo. Vou para a Ilha Inacessível descobrir o que estão planejando e encontrar você. Faço uma desconexão de emergência em seu corpo e o liberto.

— Não, Luna. Não vá para lá, é perigoso demais. Nada pode acontecer a você; é muito importante. *Você é* muito importante.

Olho dentro de seus olhos negros.

— Por quê?

— Não é óbvio? — Ele sorri, e um toque de sua presunção retorna. — Você ainda não caiu completamente no meu feitiço. Está arruinando minha reputação.

Sorrio, mas me defendo.

— Não pode me deter, Gecko. Vou encontrar você, onde quer que esteja.

Ele me envolve em seus braços, e posso senti-lo tremer. Ainda está lutando contra o Implante para encontrar uma forma de me contar o que aconteceu. Finalmente cede e murmura entre meus cabelos.

— Não vou poder ajudar você. Estará por sua conta.

— Eu sei. Tudo bem, estou acostumada.

Depois de desplugarmos, Crystal e eu seguimos pelo corredor escuro e passamos pela porta ao final dele. Então, subitamente, as luzes se acendem. Tempo e Heywood olham para nós.

— O que você fez? — Tempo pergunta, olhando para Crystal.

Ela dá de ombros.

— O que você deveria ter feito no início. Começar a ensinar, assim ela não se torna um perigo para os outros.

— Ou para si mesma — Heywood acrescenta baixinho.

Tempo dirige seu olhar para Heywood.

— Você sabia?

— Não, mas foi uma boa ideia. A coisa certa a fazer.

Eles começam a se preparar para uma discussão, ignorando aquela sobre quem estão discutindo. Sento no sofá para assistir ao espetáculo, mas então, de repente, me sinto cansada de tudo.

— Escutem aqui — grito quando há uma pausa. — Lembram de mim? Decidi de que lado vou ficar. Era o que vocês queriam, não era?

Silêncio. Três pares de olhos se voltam para mim.

— Vou para a Ilha Inacessível.

Naquela noite, mais tarde, deito na cama, incapaz de dormir.

Heywood e Tempo discutem do lado de fora. Ele acha que preciso de mais treinamento, que sou perigosa. A voz de Tempo é fria, condescendente; como *ele* poderia saber alguma coisa sobre isso, se não é um P'Hacker, nem mesmo um Hacker? Todos os recursos virtuais para descobrir o que está acontecendo na Ilha Inacessível fracassaram, e a única forma de seguir adiante é alguém ir até lá pessoalmente. Pelo que Crystal contou a ela sobre o que fiz esta noite no vácuo, estou mais do que preparada. E ela diz que é exatamente por isso que devo ir, e ir já: pois sou perigosa e imprevisível. A PareCo não saberá de nada.

Eles não são os únicos.

E eu: *perigosa*? Se eles pudessem me ver agora... Abraçada ao sr. Cão, encolhida como uma bola, com travesseiros me cercando por todos os lados da cama, como costumava fazer quando era criança — convencida de que isso evitaria que as criaturas assustadoras de debaixo da cama subissem e me pegassem.

Desta vez, no entanto, sou eu quem vai para debaixo da cama.

CAPÍTULO 28

Na manhã seguinte, Tempo me leva ao seu escritório. Fecha a porta; estamos sozinhas.

— Me diga o que quer fazer.

— Vou para a Ilha Inacessível. Descubro o que a PareCo está fazendo lá, e encontro Gecko — digo as palavras como se isso fosse fácil, mas, no fundo, estou apavorada.

Ela está satisfeita, embora não admita; há um brilho de triunfo em seus olhos. Estou fazendo exatamente o que ela quer? Por algum motivo, isso me irrita, mas eu ignoro. *Também é o que eu quero.* É o que preciso fazer.

— Há um porém. Você não pode simplesmente chegar lá como se nada tivesse acontecido. Como vai explicar onde esteve? Mesmo se inventar uma boa história, nunca acreditarão. Algumas drogas da verdade e saberão de tudo.

— Então o que posso fazer?

— Contas de memória, como as da sua mãe. Vamos colocar em contas as suas lembranças daqui. Posso voltar o tempo até a última vez em que esteve no vácuo antes de chegar aqui.

Arrepios percorrem minha espinha. Tirar minhas memórias e escondê-las em contas? Como Astra fez. Fico muito chocada quando percebo o que isso implica: as memórias não são apenas copiadas, mas extraídas. E são colocadas no tempo, ou seja, apenas Tempo pode fazer isso.

— Você fez aquilo para Astra, não foi? Fez este colar. — Eu o toco em meu pescoço.

— Sim — ela admite.

Não foi bem isso que me contou antes, mas afasto essa ideia quando meus olhos começam a marejar.

— Quer dizer que quando Astra colocou suas memórias nessas contas, desde quando eu nasci, ela não lembrou mais daqueles momentos?

— É a única maneira de fazer isso.

— Então ela pegou as primeiras lembranças de mim ainda bebê e as colocou nas contas? — Sacudo a cabeça. — Como pôde fazer isso, arrancar as próprias lembranças para mim? E *por quê*? Eu realmente precisava mais do que ela?

Dói pensar que ela pudesse se desfazer disso assim.

— Se ela sobrevivesse, poderia restaurá-las para si mesma, assim como você fará mais tarde: restaurar as memórias que colocarmos nas contas.

— Mas como vou saber como acessá-las depois, se não vou conseguir me lembrar de nada?

— Quando a hora chegar, você saberá.

Aquilo não era o suficiente para mim. Mais tarde, quando plugamos para ir ao vácuo fazer as manobras de memória, corro primeiro até minha P'cabana, escrevo um recado para mim mesma e o prendo na porta da frente da casa. Não vou me lembrar da minha P'cabana ou de como fazê-la. Mas eu não seria levada até ela? É meu lar longe de casa, o único lugar para onde iria querer correr no vácuo. Assim espero; é tudo em que posso pensar agora.

Tento me apressar para encontrar Tempo, visualizando seu rosto: forço as setas prateadas a me mostrarem o caminho. É ainda mais difícil do que foi com Crystal. Bom, *realmente* não quero encontrar Tempo, não é?

Mas preciso.

É medo. Medo de ter minhas lembranças perdidas. Mas precisa ser feito; é a única forma. Afasto essa sensação e me concentro.

Quando finalmente as setas me levam até ela, encontro-a de costas, então paro e estudo. Algo nela é calmo e quase suntuoso, enquanto tudo em mim, por dentro e por fora, é um turbilhão. Até mesmo seu cabelo flutua suavemente pelo vácuo. O meu se debate na restrição de um rabo de cavalo, lutando para se libertar.

Então ela vira e sorri ao me ver.

— Aí está você. Teve dificuldades em me achar?

— Um pouco. Levei um tempo para me concentrar dessa vez.

— Domar sua vontade no vácuo é um dos primeiros desafios que um P'Hacker precisa encarar.

Aqui, pelo olhar dela, consigo, sentir seu poder como uma coisa física, que me deixa consciente de tudo o que me falta.

— Não entendo por que não está me treinando.

— Luna, você é dos elementos. Treinamento não iria aprimorar suas habilidades, mas restringi-las.

— Heywood não concorda.

Ela faz uma careta.

— A opinião dele não importa. Ele não é um de nós.

Seus ombros se elevam, com desdém: ele não é um P'Hacker e por isso não pode manipular o vácuo, mas e daí? Isso me faz lembrar de toda a desconsideração de meus colegas porque eu não me plugava na escola. Ainda sou a mesma pessoa que era naquele tempo.

— Ele não é parte de sua organização?

— Ele é útil; continuará a ser útil, muito embora nunca estará no comando. — Ela sorri. — Mas isso é um desvio do que estamos aqui para fazer. Está pronta?

— Não. Mas faça assim mesmo.

— Não vai doer. Prometo.

Como antes, quando voltou a P'cabana de Gecko no tempo, a energia rodopia em volta dela. Desta vez, no entanto, é muito mais poderosa, e estou dentro do redemoinho com ela. Estamos girando tão rapidamente que todo o resto é somente um borrão, e preciso lutar comigo mesma para não me afastar e resistir.

E então, de repente, estamos de *volta*. De volta ao momento quando me pluguei no vácuo antes de sair de casa para ser levada para a Ilha Inacessível. Quando joguei uma estrela no vácuo para Nanna e a observei cair. Quando fugi de Gecko por me contar suas teorias malucas sobre a PareCo — afinal, não tão malucas.

Ela acelera o tempo daquele instante para o agora, mais lentamente, até que as lembranças se desenrolam. Tempo as está rodopiando para fora: tufos de pensamentos, sentimentos e sensações que são parte de mim se tornam parte do redemoinho. Enquanto faz isso, tudo é revivido num ritmo estranhamente acelerado:

O bilhete nas flores enviadas pelo dr. Rafferty: minha transferência cancelada.

O adeus à minha família: Papai me dando o colar de prata de Astra, do qual tanta coisa depende.

O transporte. Hex. A aparição de Gecko; suas palavras estranhas.

A batida, a chegada a este lugar, o medo.

O vácuo, o colapso, a dor de Gecko.

E as memórias de Astra. Se eu não conseguir restaurar minhas próprias lembranças, aquelas estarão perdidas para sempre. Dói deixar a alegria que ela sentiu quando eu nasci, sabendo o que sei agora, que abriu mão das lembranças que armazenou para mim. Que Tempo fez isso para ela tantos anos atrás, como está fazendo para mim agora.

E as palavras de Astra para mim, enquanto se olhava no espelho. Ao escutá-las uma segunda vez, fico novamente espantada com tudo o que ela não diz. E com "Não confie em ninguém; confie apenas em si mesma" repetido pela segunda vez com mais ênfase nas palavras, o que não percebi da primeira vez.

Tudo o que ela não diz?

Da primeira vez que vivenciei suas lembranças, pensei que ela estivesse com medo que alguém ouvisse. Era Tempo! Ela estava lá para retirar as memórias de Astra, para armazená-las. Ela estava lá o tempo todo.

Minhas memórias estão rodopiando na prata, e luto para concentrar meus pensamentos, para trazê-las de volta.

Tempo disse que me trazer para a casa de Heywood era a única forma que tinha de chegar até mim. Que precisavam que eu estivesse em segurança quando chegasse a hora; que ela confia que eu faça o que é certo quando souber a verdade.

Mas qual é a verdade?

Parte da verdade de Tempo é que ela quer poder, derrubar a PareCo. Por alguma razão que não entendo, ela acha que precisa de mim para isso.

Terror desponta dentro de mim: deveria ter escutado Gecko. Ele disse "Não permita que eles usem você como me usaram". Eu achava que ele estava apoiando Tempo, mas será que estava mesmo? Ele disse que seu status de P'Hacker havia sido traído por alguém — que tinha sido forçado a ir ao centro de testes da PareCo. O mesmo centro de testes para onde eu fui. Quem o traiu? Então, mais tarde, ele estava se escondendo, mas de alguma forma a PareCo o encontrou novamente e o jogou naquele transporte. O mesmo transporte onde eu estava. *Como* eles o encontraram? Será que Tempo o traiu para que ele pudesse me achar e me resgatar?

E mais: como *eu* cheguei àquele transporte? A morte de Nanna. Foi a PareCo que fez aquilo, não foi?

Há alguma coisa que não está certa, não *parece* certa, e luto para descobrir. Quando percebo, engulo em seco: Crystal disse que, *se a PareCo matou Nanna, provavelmente teria falsificado os registros.* Mas eles não estavam falsificados.

Segundo o laudo oficial da PareCo, Nanna morreu de aceleração do Implante. Eles teriam deixado isso lá, ousadamente impresso num laudo oficial, se tivessem feito?

Sinto frio e enjoo. Tempo deve ter hackeado os registros da PareCo e descoberto que eu consegui uma transferência para a universidade por causa da doença de Nanna, além de ter lido as letras miúdas, que diziam que uma mudança de circunstâncias com relação à Nanna me levaria para a Ilha Inacessível. Crystal me disse que P'Hackers podem hackear Implantes antigos, como o que Nanna tinha. E Tempo disse que ela não ia me contar como Nanna havia morrido; não até saber por Crystal que eu suspeitava que não tinha sido por causas naturais.

Não até ela perceber que poderia culpar a PareCo e me dar outro motivo para odiá-los.

Mas isso não pode ser verdade. Por que todo esse trabalho para me colocar no transporte e me resgatar? Teria sido muito mais fácil me sequestrar no caminho da escola para casa.

Porque ela ainda precisa de mim para ir à Ilha Inacessível. Apenas a PareCo pode me colocar lá. Ao decidir sair deste lugar para que eles me levem para a ilha, fiz exatamente o que ela queria.

— Pare! — grito, lutando para resgatar minhas lembranças do redemoinho. — Era de você que Astra tinha medo; ela tentou me alertar para não confiar em você.

A fúria toma conta de mim, e luto para puxar as memórias de volta para mim, para parar o tempo enquanto ele rodopia entre nós.

Tempo se vira e sorri fantasmagoricamente dentro do redemoinho de energia que a cerca.

— Sim, suponho que seja verdade. Sua mãe estava equivocada. Ela achava que não era suficiente derrubar a PareCo e os P'Hackers assumirem silenciosamente. Mas logo esqueceu que queria uma democracia para decidir o que aconteceria depois. Como se *aquilo* pudesse resultar em alguma coisa além de dar errado.

— E Nanna? Gecko também?

Minha garganta seca quando falo o nome deles; estou cheia de dor pelo que aconteceu com ambos, mas lutando para manter a lembrança.

Lembranças estão sendo armazenadas em contas prateadas...

Por que eu disse o nome deles?

Ela sorri, e eu continuo lutando para trazer minhas memórias de volta, sem nem mesmo saber por quê, mas estou desesperada para tê-las de volta, me apegar a elas. Mas Tempo é forte demais. Outra lembrança foge no ar e é armazenada numa conta.

— Mas não deixe que isso a atrapalhe, Luna querida.

Ela segura meu colar. Agora está mais comprido, com oito novas contas brilhantes de memória, minhas marcas de P'Hacker em cada uma delas. Então ela sorri e tira duas: as que contêm minhas últimas lembranças. Aquelas em que percebo o que ela fez.

Elas flutuam para longe, para se perder eternamente no vácuo.

Me esforço para segurar esses últimos pensamentos. E ela diz que *Astra esqueceu*... Não! Algumas de suas memórias foram roubadas: Tempo não manteve todas no colar. Algumas foram retiradas e perdidas no vácuo, assim como as minhas.

Será que posso chamar uma seta prateada para encontrar as contas de memória que faltam? Mas como eu faria isso?

Me *concentro* ao máximo, o mais intensamente que posso, em contas prateadas. Flutuando no vácuo. Imprimindo, entalhando a imagem em minha mente.

Contas de prata. Com minhas marcas de P'Hacker; cada espiral, cada detalhe. Flutuando no vácuo.

"Confie na sua intuição", Astra disse. Cada fibra do meu ser disse para ficar longe de Tempo, mas eu não fiquei.

Estou cheia de tristeza. *Desculpe, mãe. Não fiz o que você pediu.*

Contas de prata no vácuo. *Lute.*

Contas. No... no... vácuo? *Procure por elas.*

O vácuo?

Nada.

5
MUNDOS

Porque único é o lugar geral, único o espaço imenso, que podemos livremente chamar de vácuo, onde existem inumeráveis e infinitos globos, como existe este, onde nós vivemos e crescemos. Este espaço, nós o chamamos infinito, porque não existe razão, conveniência, possibilidade, sentido ou natureza que deva limitá-lo. Nele estão contidos infinitos mundos semelhantes a este.

Giordano Bruno, queimado na fogueira em 1600

CAPÍTULO 29

Raios de luz do sol entram pela janela ao meu lado; pisco, confusa. Não está de noite? Olho em volta: estou sentada a uma mesa, sozinha; há outras mesas ao meu redor. Uma garçonete passa com pratos de comida. Estou num café, é isso?

Mas onde estou? Como cheguei aqui?

Da janela, vejo pessoas apressadas passando por uma rua movimentada. Poderia ser qualquer lugar em Londres, mas não reconheço, e o pânico começa a crescer dentro de mim. É isso: já estou totalmente perdida.

Certo. Respiro fundo, me acalmo. Qual a última coisa que eu lembro?

Tento me concentrar, mas é difícil, minha cabeça está confusa. Eu estava no vácuo com Gecko, pelo menos disso tenho certeza. Estava com Gecko. Ele me assustou falando sobre como Danny e Jezzamine morreram; disse também que estava sendo mantido preso pela PareCo e forçado a ir para a Ilha Inacessível. Entrei em pânico e saí correndo de sua P'cabana. Atravessei a parede.

E então...? Nem imagino.

Não estou plugada agora; sei disso. Não há dupla consciência, nenhum corpo deitado em meu PPI, em casa. Então, não importa como cheguei aqui: é real.

Verificar o ambiente? Na minha mesa há uma tela de cardápio e uma xícara de chá frio pela metade. Minha bolsa está numa cadeira ao meu lado, o cachorro de Jason com a cabeça para fora. Meu irmão está aqui? Observo o café: mesas meio cheias, mais pessoas chegando, mas nenhum sinal de Jason ou de ninguém que eu conheça. Minha barriga roncando e um relógio na parede me avisam que passa do meio-dia. Hora do almoço.

Uma garçonete se aproxima.

— Já decidiu? — pergunta, desconfiada.

Na dúvida, melhor comer. Olho rapidamente o cardápio, peço sanduíches e mais chá. Procuro por um token de crédito na minha bolsa. Entro em pânico quando não encontro, mas então percebo que ele já está plugado na mesa. Franzo a testa. Eu o coloquei ali? Ela digita meu pedido e começa a se afastar.

— Espera. — Ela volta, e eu tento pensar numa forma de conseguir a informação sem parecer completamente dis, mas desisto e simplesmente pergunto: — Há quanto tempo estou sentada aqui? Alguém veio comigo?

Ela mantém distância.

— O mesmo tempo que da última vez que perguntou — diz, falando bem lentamente. — Você chegou aqui sozinha, logo depois das onze. — E se afasta, rapidamente.

Definitivamente, enlouqueci.

O chá está quente, coloco minhas mãos trêmulas ao redor da xícara. Os sanduíches vêm em seguida. Eu como, primeiro mecanicamente, depois com mais atenção, e, de alguma forma, começo a me sentir melhor. O sol não está mais tão forte, minha cabeça começa a parar de girar. Fui drogada?

Papai. *Deveria ligar para Papai.* Percebo que estou desenvolvendo um pensamento útil. Mas antes que possa me perguntar se meu telefone está na bolsa e, se não, onde posso encontrar um, a porta se abre. Um homem com um sorriso familiar, vestindo um casaco branco, entra: o médico da SaúdeCo do centro de testes? Sim, dr. Rafferty.

Ele examina o ambiente, até que me avista na mesa perto da janela e se aproxima.

— Luna? Aí está você... — diz, parando perto da outra cadeira. Eu tiro minha bolsa e coloco em cima da mesa. Ele senta.

— Oi — eu o cumprimento. Olho aliviada para ele, é um rosto conhecido, mesmo que não seja a melhor escolha.

— Por onde andou, Luna? Estávamos procurando por você, todo mundo está muito preocupado.

— Eu... eu não sei. — Estou tremendo novamente, querendo chorar e, além disso, decidindo se devo ou não contar a verdade, mas não consigo inventar uma mentira útil ou crível, então essa é a única opção. — Eu não sei. Num minuto estava plugada em casa: era à tarde, depois do funeral de Nanna. — Uma dor se remexe dentro de mim. — No minuto seguinte... estou aqui. Não sei o que aconteceu! — Ouço o pânico em minha voz, sinto as lágrimas caindo.

Ele me olha preocupado.

— Ah, querida. Tudo bem, Luna. — Ele dá uma batidinha estranha na minha mão. — Tudo vai ficar bem. Não se preocupe. Vamos descobrir o que aconteceu com você. Venha.

Ele se levanta e eu também. Pego minha bolsa. Ele acena de forma tranquilizadora e seguimos para a porta. A garçonete parece aliviada.

Do lado de fora do café há uma van. Alguém abre a porta por dentro; dr. Rafferty troca uma palavra rápida, então volta.

— Venha, Luna. Entre. Acho que está programada uma passada pelo hospital.

Um quarto totalmente branco. Há alguém o tempo todo do lado de fora, perto da minha porta; difuso, mas visível através do painel de vidro escurecido: será um guarda? De quem estou sendo protegida? Ou talvez ele esteja aqui para me vigiar. Considero a possibilidade de tentar sair para ver o que acontece, mas desisto — estou no melhor lugar para descobrir o que há de errado.

Muitos exames e sondas. Dr. Rafferty entra e sai. Sou dopada e apago, sonho com perguntas: *quem sou eu? Onde estava?* Mas não posso responder nada além do que consigo quando estou acordada.

Mais tarde, acordo e o dr. Rafferty está numa cadeira ao meu lado, lendo um relatório de paciente. Será o meu? Ele levanta os olhos.

— Ah, olá, Luna. De volta conosco, pelo que vejo.

— Então, você descobriu o que está errado comigo? Enlouqueci?

Ele ri.

— Não, você está totalmente sã. Não é isso.

— Me diga o que está acontecendo, por favor.

— Vou dizer quanto puder. Quando a encontrei no café ontem, na verdade haviam se passado seis dias da data que você achou que era.

— Seis *dias*?

— Sim. Seu transporte bateu e você foi vista sendo tirada das ferragens. Então desapareceu.

— Um transporte? Que transporte?

— O que estava levando você para a viagem até a Ilha Inacessível. Foi no dia seguinte ao funeral de sua Nanna.

— Eu estava indo para lá? Mas eu tinha uma transferência para a Universidade de Londres.

— Tinha, mas, devido à mudança nas circunstâncias, a transferência foi cancelada.

Olho para ele, confusa, então a ficha cai. Eu tinha a transferência por causa de Nanna. Quando ela morreu, as circunstâncias mudaram: sem Nanna, sem transferência.

— O transporte bateu e então eu desapareci?

— Sim.

— As pessoas não desaparecem simplesmente.

— Não, mas não conseguimos encontrar você. Quando usou seu token de crédito naquele café, acusou sua localização no sistema, e fui ver se você estava bem.

— E minha família? Quando vou poder vê-los? Eles devem estar tão assustados...

Ele sacode a cabeça.

— Eles não ficaram sabendo. Achamos que era melhor poupá-los até descobrirmos o que havia acontecido com você.

— Mas onde eu estava?

— Tudo o que posso fazer é especular. Está sendo analisado, mas você pode ter sido levada por um grupo de rebeldes.

Meu queixo, literalmente, cai.

— Existem rebeldes? Em *Londres*?

— Lamentavelmente, há sempre os insatisfeitos, os iludidos, os mentalmente deficientes. Não só aqui, mas em todos os países ao redor do mundo. Na maior parte das vezes, marginalizados e querendo atenção para alguma causa perdida. — Ele fala isso com desdém.

— Mas por que eu estava naquele café? O que aconteceu com minha memória?

Ele dá de ombros.

— Talvez o que tenham pensado querer de você não tenha dado certo. Talvez você tenha resistido ao plano deles, ou decidiram que era inútil, apagaram sua memória e a soltaram. Pelos testes que fizemos, sabemos que suas lembranças desse período realmente foram apagadas, e não apenas reprimidas. Agora, quanto ao porquê, ou como... Novamente, nesse momento, é apenas especulação.

Uma batida na porta, e um funcionário traz uma mala para o quarto. É minha, eu a reconheço; usei quando fui para o centro de testes. Mas por que está aqui?

— Ah, suas coisas chegaram — diz dr. Rafferty.

Olho para ele sem entender.

— É a mala que preparou para levar à Ilha Inacessível; foi resgatada do transporte após o acidente. Talvez suas próprias roupas a façam se sentir melhor. Vou deixar você sozinha um momento; vista-se. Logo será hora de partir.

— Vou para casa agora?

— Temo que não. Você precisa alcançar seu grupo na Ilha Inacessível, eles já estão bem à sua frente no treinamento. — Ele levanta e vai até a porta. — Se arrume. Estarei de volta em vinte minutos.

Ele sai e fecha a porta.

Bem. Arrasto minha mala pelo quarto, coloco-a sobre a cama; pelo menos posso me livrar desta roupa de hospital terrivelmente atraente. No entanto, me sinto como se estivesse ultrapassando minha própria vida... Eu arrumei esta mala? Não lembro. Subitamente, me desespero por olhar todas as minhas coisas, ver se ajudam a trazer as lembranças de volta.

Vejo roupas perfeitamente dobradas, melhor do que eu mesma faço. Talvez Sally tenha arrumado a mala para mim, embora não seja meu estilo deixar que ela faça isso. MANS escondidos nos cantos — lembro de começar a usá-los para me plugar; que Gecko me falou sobre eles.

Gecko disse também que estava sendo levado para a Ilha Inacessível. Ele é louco, ou não? Se estiver lá, então talvez não seja. Talvez estivesse certo sobre a PareCo ter causado as mortes de Jezzamine e de Danny. Sinto arrepios: ele me alertou a não ir para o Tanque de Pensamento da PareCo.

Mas parece que eu não tenho escolha.

Confusa, me visto. Então, vasculho também minha bolsa. Nada de telefone, mas se eu não o peguei, ou se também desapareceu junto comigo ou depois, agora não tenho como saber. E por que estou com o cachorro de brinquedo de Jason? Geralmente chamado de sr. Cão, seu nome completo é sr. Cãozinho C. Cão. Seguro-o em minhas mãos.

Alguma coisa brilha, olho mais de perto: algo prateado dá duas voltas em seu pescoço peludo. O antigo colar de Astra? O que diabos está fazendo aqui? Tiro o colar do sr. Cão e coloco-o no meu pescoço, sob minhas roupas.

CAPÍTULO 30

Olho para o carimbo da passagem, clarinho, em meu pulso: 49B; então confiro novamente o número atrás do assento. É meu lugar, mas está ocupado. Pigarreio.

— Desculpe, acho que você está na poltrona errada.

Um rosto pálido até mesmo para um Hacker se vira em minha direção, grandes olhos negros sob um chocante cabelo verde listrado.

— Você se incomodaria de ficar com o assento da janela? — ela pergunta.

Dou de ombros.

— Tudo bem, tanto faz.

Ela se levanta para eu passar, e percebo como é pelo menos uns quinze centímetros mais baixa do que eu. Estamos em uma fileira da saída de emergência e, por um instante, sinto uma pontada de inquietação. Deixo de lado. Espaço extra para os pés: como não gostar?

Me sento. Com o cotovelo, aperto o botão do braço da cadeira para ativar o cinto de segurança automático. Olho para a garota ao meu lado: suas mãos estão entrelaçadas, as juntas ficando brancas.

— Você está bem?

Ela dá um pulo e se vira para olhar para mim.

— Sim. Só que... Você se incomoda se conversarmos enquanto o avião decola?

Após ser ignorada pelo compacto grupo de doze Hackers presunçosos e felizes na sala de embarque do aeroporto, para onde tinha sido arrebanhada pelo dr. Rafferty, estou prestes a retribuir o favor e ignorá-la, mas, então, olho para ela novamente. Está com a respiração curta e dá suspiros cortantes. Suas pupilas estão dilatadas. Os motores são ligados e ela se sobressalta num pulo tão alto que, se o cinto de segurança não estivesse acionado, tenho quase certeza que teria batido com a cabeça no bagageiro. Está completamente apavorada.

— Não gosta de voar?

— Detesto. Mas, por favor, não conte a ninguém; é totalmente dis.

Estou chocada. Uma Hacker que tem medo de voar? Medo não é permitido entre os Hackers; sinto compaixão por ela. Os outros de nosso grupo estão juntos; dr. Rafferty e um funcionário da PareCo estão na frente; nenhum deles em nossa linha de visão. Ela pode se safar.

— Ok, claro. Sobre o que você quer conversar?

— Qualquer coisa que não esteja relacionada a estar *aqui*. Afinal, quem é você? As especulações sobre o porquê de ter se juntado a nós são muitas.

— Então não foi apenas impressão de que todos estavam falando de mim.

Todos os olhos tatuados se voltaram em minha direção quando cheguei ao aeroporto, e a conversa cessou. Olhares perdidos se seguiram, indicando que as conversas tinham se transferido para o modo virtual. Não é possível agora, já que Implantes são bloqueados durante os voos; alguma coisa sobre interferência nos sistemas de comunicação e navegação. Então ela tinha que conversar comigo.

Ela quase consegue rir.

— Não, não era impressão sua. Estamos juntos no mesmo grupo desde que entramos ontem no transporte; então, você apareceu na sala de embarque por uma porta especial, e nem mesmo é uma Hacker. E não bastasse estar sendo rebocada pelo médico, não respondeu às saudações dos Implantes. Estamos, compreensivelmente, um pouco curiosos.

Eu ergo uma sobrancelha.

— Sou Luna. Não tenho um Implante, então desculpe se ignorei alguém mais cedo. E eu deveria estar no grupo anterior, mas me atrasei.

— Você não tem Implante? — O choque em sua expressão é tão sério quanto se eu tivesse dito que não tenho um cérebro ou um coração e, ainda assim, conseguisse andar e falar sozinha. — Se atrasou e deixaram você vir? O que aconteceu?

Estou inquieta. O que acabei de dizer foi a frase aprovada pelo dr. Rafferty; ele não disse o que fazer se as pessoas fizessem perguntas, e elas estão inclinadas a isso, não é? Falar o mínimo possível parece uma boa ideia.

— Houve um acidente. — Não me preocupo em aprofundar muito, até porque não me lembro de nada.

— Que tipo de acidente?

Os olhos dela estão mais curiosos agora, menos assustados, mas então começamos a atingir a velocidade de decolagem e o medo retorna. Ela agarra o assento com força, fecha bem os olhos enquanto somos levantados e a força-G nos empurra de volta para o lugar.

— Sabia que voar é mais seguro que andar? — eu digo, tentando pensar em algo útil.

— Eu prefiro ser derrubada quando estou andando no chão do que cair do céu como uma pedra. — Ela assovia através dos dentes cerrados.

— Bem colocado.

Sempre gostei da sensação de velocidade e do *boom* quando quebramos a barreira do som, mas procuro não pensar em ser arremessada do céu; o que gosto mais é da emoção de ir cada vez mais rápido.

— Conversa? Por favor — ela diz, ainda com os olhos fechados. — Sobre qualquer coisa.

— Qual o seu nome?

— Marina.

— Certo, Marina. — Procuro por alguma coisa para distraí-la em meu banco de memórias. É uma resposta óbvia, de verdade, e eles descobrirão de qualquer forma, não é? De alguma maneira, Hackers sempre descobrem. — Que tal cada uma dizer uma coisa surpreendente sobre si mesma?

— Você primeiro. — Sua voz é entrecortada, e ela não parece bem.

— Minha mãe era Astra.

Os olhos dela se arregalam.

— O quê? Mesmo? Adoro a interpretação dela dos buracos negros. É por isso que você está vindo, mesmo sem ter um Implante?

Dou de ombros.

— Provavelmente. Não sei. Também fui muito bem no teste de QI. Agora é a sua vez.

— Você já sabe o único fato surpreendente sobre mim. A coisa de voar. O restante é bem chato, sou apenas uma Hacker.

— Óbvio. — Olho novamente para as ondas de espirais negras em torno de seu olho esquerdo. — Mas é só isso que você é, uma Hacker?

Ela me olha como se dissesse "O que mais há para ser?".

— Qual é o seu espaço Hacker? — pergunto.

— Na maioria das vezes, estou em Atlantis. Sereias também. Qualquer coisa que tenha a ver com mar.

Agora estamos nivelados. A cor dela começa a voltar, mas mantém seus olhos cuidadosamente desviados da janela, de uma Londres que rapidamente se afasta da linha de visão. Tento não olhar pela janela, querendo esticar a mão e tocar meu *lar,* uma última vez. Minha garganta aperta: estamos seguindo em direção ao desconhecido.

Volto para ela.

— Você sabe alguma coisa sobre o lugar para onde estamos indo?

— Você perdeu a informação de saída, não foi? Todos nós recebemos através dos Implantes quando chegamos à sala de embarque. Sobre a viagem e a ilha.

— Me fale sobre isso.

Ela começa a repassar o que eu perdi, e tanto sua voz como sua cor continuam melhorando. É apenas uma coisa de decolagem, ou conversar realmente ajuda? Ela explica como estamos voando para a África do Sul, que a Ilha Inacessível, apelidada de Inac, fica a centenas de quilômetros de lá. É um vulcão extinto com apenas catorze quilômetros quadrados. Conta que vamos pegar um barco na África do Sul, porque o espaço aéreo é restrito sobre a Inac, que é parte de um patrimônio mundial.

— Mas por que é uma área de exclusão aérea?

— Faz parte de ser uma reserva: não é permitida tecnologia desnecessária. Então, nada de voos.

— E por que a PareCo está lá? Eles são totalmente tecnológicos.

Ela dá de ombros.

— São a PareCo.

Como se isso explicasse tudo.

E me pergunto por que a PareCo está lá, no meio do nada: estarão fazendo coisas que não querem que ninguém veja? Deve custar uma fortuna transportar pessoas, equipamentos e suprimentos. Hex disse que era para manter a neutralidade, não estar sob o controle de nenhum país, o que faz sentido. Mas deve haver um jeito mais fácil de fazer isso.

Mesmo assim, estou animada para conhecer esse lugar remoto.

— Essa coisa de ilha deve ser perfeita para você — eu digo.

— O que quer dizer?

— Sereias, uma ilha, o mar...? — Ela me olha sem entender. — O lugar para onde estamos indo não deveria ser perfeito para tudo isso?

Ela balança um pouco a cabeça.

— Para onde estamos indo, essas coisas são reais.

— Exceto as sereias. Mas e daí?

— Virtual é melhor, Luna.— Ela me olha com pena.

— Como pode ser?

— Da última vez que verifiquei, não posso respirar debaixo da água no oceano real; também não poderia ser uma sereia. E ouvi dizer que nadar em praias de verdade é terrível. Você fica com areia *em todos os lugares*, e o sal é terrível para os cabelos.

Há uma sensação de repetição, como se ela estivesse repetindo coisas que ouviu. Seu rosto melancólico vai de encontro às suas palavras, e as listras verdes em seus cabelos dourados, como o sol nas algas, dizem que ela anseia que isso seja real.

Agora, quem a olha com pena sou eu.

— Tente o mundo real algum dia. Você já esteve numa praia de verdade?

Ela nega com a cabeça.

— Você já?

Digo que sim.

— Astra me levou a Brighton uma vez. Eu não devia ter mais do que quatro anos, mas ainda lembro. — E descrevo a perseguição das ondas na areia.

Ela franze a testa.

— Sabe, isso não é muito melhor do que o virtual. Aquela praia não tinha areia natural, era tudo cascalho. Levaram a areia décadas atrás, antes do Ato de Preservação.

— Para mim, com quatro anos de idade, parecia bem real.

— Você poderia voltar lá no virtual. Em qualquer ponto da história que quiser: uma praia com areia ou com pedras; mesmo antes de os novos píeres terem sido demolidos na guerra.

Sacudo a cabeça.

— Não seria a mesma coisa. Prefiro minhas próprias lembranças.

Minhas palavras doem dentro de mim. Seja o que for que tenha acontecido comigo antes e depois daquele acidente, perdi *seis dias*. Quem sabe o que pode haver nas partes faltantes? Parece que algo vital foi roubado, deixando uma dor surda para trás.

— Memória é notoriamente não confiável; por que não ver como era realmente?

— Quem pode dizer que o que está na Brighton Virtual é mais real do que minhas lembranças? Não foi construída baseada nas lembranças de alguém?

Ela balança a cabeça.

— Há mais nela do que isso — responde, impaciente, como se dissesse: "Se você fosse uma Hacker, entenderia". — De todo modo, se está indo trabalhar para a PareCo, você terá que descobrir mais sobre como funcionam os MVs.

— MVs? O que é isso?

— Mundos Virtuais.

Me reclino novamente e olho pela janela, mas agora tudo lá fora é escuridão. Como se eu pudesse fazer alguma coisa útil para a PareCo. Até segundos atrás eu nem mesmo sabia o que era um MV. Nem sei direito o que os Hackers realmente *fazem*, a não ser o pouquinho que Hex me contou sobre manipulação de código nos espaços virtuais, quer dizer, MVs.

Quando finalmente nos aproximamos da Cidade do Cabo, Marina passa novamente por toda aquela coisa de pânico enquanto o avião aterrissa, e eu tento manter nossa conversa até descermos.

Taxiamos até os portões, e a luz de *Não Implantes* desliga antes de as portas se abrirem. A expressão de Marina se torna vazia, e então volta.

— Obrigada, Luna. Realmente fico devendo uma.

Seus olhos estão ansiosos.

— Não se preocupe. Não vou contar a ninguém.

Mas Marina parece levar a sério o pagamento de uma dívida. Mais tarde, ela me apresenta aos outros enquanto esperamos o transporte para o barco. Todos Hackers, e eles parecem não acreditar que estou ali, sem uma marca de Hacker à vista. Como eu poderia ser uma residente da PareCo como eles? Então é isso: agora sou uma *residente da PareCo.* Soa estranho. Por que eles deveriam acreditar, se nem eu acredito?

Incluindo Marina e eu, são sete garotas e seis garotos; e todos parecem ter a mesma idade, dezessete anos ou algo assim. Parece também que Marina contou a eles que não tenho um Implante, então, de vez em quando, um deles fala comigo em voz alta e lentamente, como se eu não estivesse ali.

Ela resume as últimas informações de chegada que receberam no barco: aproximadamente dois quilômetros e meio até a Inac, ou seja, mesmo no flutuante mais moderno e veloz, levará um tempo.

Quando a ilha finalmente aparece, ficamos ansiosos. É inacessível mesmo, e não apenas porque fica numa localização isolada — penhascos íngremes emergem das águas; quando nos aproximamos, podemos ver uma estreita faixa de praia na costa rochosa. Marina suspira.

— Lindo — sussurra.

Um barco menor leva o dr. Rafferty e nós, residentes, até a praia. Estamos balançando tanto que alguns enjoam, mas eu estou animada. Uma aproximação complicada pelas pedras, e logo estamos de pé na areia, sal no ar; inspiro profundamente para sentir. Estrondos de ressaca contra as rochas. Isso e o grito dos pássaros estão lá para serem escutados. Não há trânsito, prédios ou estruturas de qualquer tipo, nem sinal de poluição. Nada feito pela mão humana, que esteja à vista.

— Então, como está se saindo a coisa real? — pergunto a Marina, mas ela não responde. Seus olhos estão brilhando.

— Luna! — uma voz chama, e me viro a tempo de ser esmagada num abraço entusiasmado, enquanto meu nariz se choca contra um ombro: Hex. Ele me solta e me olha à distância de um braço; estuda meu rosto como se estivesse verificando se cada detalhe está onde deveria, então ri abertamente. — Estou tão feliz que você esteja bem!

Ele me puxa novamente para perto, não tão apertado desta vez, e me segura. Um abraço acolhedor, e eu o aperto um pouco. Meu único amigo de casa neste lugar estranho.

Há passos, um som de pigarro.

— Hora de subir — diz o dr. Rafferty. Ele segue em direção ao penhasco, e o ar cintila. Muda. Aperta um botão e portas se abrem. — Venham.

— Um elevador? Há um elevador no penhasco? — pergunto.

— É claro! — Hex responde. — Você preferia escalar?

Dr. Rafferty aponta, então entro no elevador com Hex. Cabem apenas seis de cada vez; Marina e alguns dos outros entram conosco. Ela olha para Hex e pisca para mim quando ele não está olhando, então olho para ele novamente. Alguma coisa está diferente. São apenas as roupas? Ele não está usando sua calça jeans preta de sempre e alguma camiseta rabiscada estranha; está com um tipo de túnica verde clara, que senti macia quando me abraçou e que agora parece melhor ainda. De certo modo ele parece mais esguio, mais alto; seus olhos estão diferentes também, mais sérios. E estão olhando para os meus. Ele ri e dou um pulo, percebo que estava encarando. Desvio o olhar.

O elevador sobe tão rapidamente que meu estômago embrulha; então, ele se move para o lado por mais tempo ainda. Quer dizer que não é apenas um elevador? Marina está pálida e mantém a mão no corrimão lateral, mas, fora isso, parece bem. Finalmente o elevador diminui e para. A porta se abre.

Saímos, piscando, para a luz.

CAPÍTULO 31

— Bem vindos a Inac, a principal instalação Tanque de Pensamento da PareCo! — Uma mulher num casaco branco sorri para nós. — Se acharem o Centro desconfortável à luz do dia, há óculos de sol disponíveis. — Ela aponta para uma estante, e eu, e a maior parte dos outros, os colocamos e olhamos para o enorme espaço aberto ao nosso redor.

Estamos sob uma cúpula de vidro, mas as paredes não são lisas: o vidro se dobra e inclina em ângulos, forma prismas que serpenteiam para cobrir um espaço do tamanho de um campo de futebol. Eles se juntam algumas centenas de metros acima, e cada inclinação reflete mais o céu ensolarado, o sol escaldante e azul, num infindável padrão caleidoscópico. E abaixo de tudo isso? Água respinga numa fonte elaborada, com estátuas esculpidas que até meus olhos reconhecem.

— A Fontana di Trevi? Que reprodução incrível.

— Não é uma reprodução — Hex me corrige.

Estranho e me viro para ele.

— Tenho certeza de que foi destruída durante a Terceira Guerra Mundial.

Ele sacode a cabeça.

— Na verdade, foi tomada em custódia de proteção e realocada para cá. Você poderia dizer que *desapareceu.*

Meu queixo cai de novo. Eu me recomponho.

— Sério?

Os olhos dele piscam rapidamente e fico em dúvida se ele está falando a verdade.

A sorridente de casaco branco deve ter escutado; ela se aproxima, o resto de nosso grupo sai para o próximo elevador, um enorme sorriso no rosto dela.

— Sim, aquela é a verdadeira Fontana di Trevi! Escondida, como disse Hex, e presenteada à PareCo pelo Vaticano, por sua assistência, normalmente não reconhecida, na reconstrução após a guerra. — Ela pisca. — Agora, Hex, como está aqui, poderia levar os novos residentes para dar entrada, por favor?

— Aqui, aqui — ele nos chama e acena. — Por aqui.

Seguimos Hex pelo brilhante chão de mármore. À medida que nos aproximamos de uma parede, podemos ver que o deslumbrante vidro se projeta em painéis espelhados nos níveis mais baixos, escondendo portas.

Passamos por uma que leva a um corredor mais comum, então subimos uma escada para o balcão de check-in.

— Tenho que ir — diz Hex. — Meu passe livre desta tarde para receber você acabou. Nos vemos no jantar!

Recebemos nossas designações de quarto e seguimos para mais escadas. Encontro o meu e abro a porta ao máximo: é o quarto mais bonito que já vi, mas vou direto para a janela. Chamar aquilo de janela é um erro: a enorme parede é toda de vidro. E além dela? A ilha. Estamos no coração da Inac; a PareCo construiu no centro do vulcão extinto que forma a ilha.

E, além do complexo da PareCo, há... nada. Nada aos olhos de Londres; quer dizer, nada de pessoas, estradas, prédios. Um enorme lugar verde selvagem se espalha adiante, até alcançar o mar, um distante cintilante azul que se curva ao redor da ilha. Estou petrificada. É lindo, e, mais do que qualquer coisa, quero *sair*, andar até o mar.

Então ouço um *bipe,* e a vista desaparece. É substituída pelo gigantesco rosto sorridente de Marina. Dou um pulo, meio assustada.

— Uau! Como você fez isso?

Ela ri.

— Posso ir aí?

— Claro.

Seu rosto desaparece e, um instante depois, ela entra no quarto.

— Que diabos foi aquilo?

— É uma tela de interface.

Quando eu olho sem entender, ela anda até a janela e a toca, e a vista desaparece mais uma vez.

— É como uma tela *touch* gigante. Você pode colocar qualquer coisa que queira nela também. Vê? — E suas mãos se movem rapidamente, mudando a vista exterior para outros cenários: tropical, de neve, uma floresta completa com macacos. — Ou colocar sua própria foto ou seu álbum. Ou, ainda, como acabei de fazer, usar para ligar para outros quartos ou departamentos. Embora, na maior parte das vezes, eu simplesmente mande mensagem via Implante quando quero falar com alguém. — Ela me mostra como ligar o diretório interno, e uma lista de nomes aparece. — Como o seu amigo Hex — ela diz, apontando para o nome dele. — Não é uma tecnologia incrível? — Ela desliga e coloca de volta na vista da Inac.

Aponto.

— *Lá fora* é incrível. Como vamos até lá?

Ela faz uma careta.

— Não tenho certeza se podemos. É uma reserva, lembra?

— Quanto de uma reserva pode ser, com uma cúpula de vidro gigante e a Fontana di Trevi plantada no meio dela? Além disso, olha: o mar. Em toda a volta. Aposto que é possível vê-lo de todos os quartos.

— Me dá um segundo — ela diz, e seu olhar desfoca. Fica fora por mais de um segundo. Começo a arrastar minha mala pelo quarto e a coloco num sofá.

— Aqui — ela diz, finalmente, e um mapa aparece na minha janela, mostrando todo o complexo da PareCo. O lugar é, na verdade, uma figura de oito lados, um octógono. — Foi preciso cavar um pouco. Não há nenhuma saída oficial, além dos elevadores por onde subimos. Mas há saídas de emergência. — Ela aponta no mapa oito espaçamentos ao redor do complexo, na base de cada uma das escadarias principais, então me mostra como minimizar o mapa na minha interface, para que eu possa achá-lo novamente. — Você viu o que há nos armários? — pergunta, e, quando digo que não com a cabeça, ela toca um painel numa parede lateral. Ele se abre: dentro, muitas, muitas roupas.

Passo minha mão pela fila de túnicas, lindamente macias, todas iguais, mas em cores diferentes. Calças e saias para completar. Sapatos macios em cores que combinam.

— Eles simplesmente nos dão tudo isso?

— Sim. Aparentemente, faz parte da alegria de trabalhar aqui. E eu verifiquei o meu; tudo é exatamente do meu tamanho — ela diz. — Vou desfazer a mala; o jantar será servido em uma hora. Não que eu vá usar as minhas coisas alguma vez, com tudo *isso* para escolher.

Uma vez sozinha, não consigo resistir. Visto uma macia túnica azul. Parece lisa, simples, mas cai *perfeitamente* em mim. Sinto como se estivesse vestindo um abraço aconchegante, assim como as calças que combinam. Tudo em cores claras e suaves, não os tons que eu normalmente escolheria. Mas, quando descobrir como transformar minha janela-parede em um espelho, não vão ficar apenas boas. Ficarão *uau!*

Em seguida, toco a janela em busca do diretório interno que Marina havia mostrado antes. Ele entrou e saiu da tela rápido demais para meus olhos.

Os diretórios listados incluem Suporte de Mundo Virtual, Computação Geral, Alimentação, Logística, Equipe de Habitação, departamentos médicos (aos montes)... Tanques de Pensamento número 1 a 430? Isso é um bocado de pensamento. Finalmente encontro: Diretório de Residentes.

Desloco-o para cima e para baixo procurando os nomes: o meu está aqui; os de Marina e Hex também. A maior parte não reconheço: trinta residentes no total. Isso é tudo? Quem trabalha nos Tanques de Pensamento?

Mas não importa quantas vezes eu procure, o nome de Gecko simplesmente não está lá. A decepção aperta. O que isso significa? Ou ele mentiu quando disse que o estavam trazendo para cá, ou realmente é louco. De um jeito ou de outro, é uma situação positiva. Se ele, de alguma forma, ainda estiver aqui: bom. Se não, quer dizer que é louco, o que também é melhor saber logo.

Mas não posso ignorar a sensação de vazio, pois também posso estar diante de uma situação negativa. Ele disse que estava sendo detido pela PareCo, que estava sendo trazido para cá contra sua vontade. Se estivesse falando a verdade e não está listado no diretório, o que isso significa? E se alguma coisa aconteceu com ele?

O jantar acontece num refeitório com paredes de vidro, do lado de fora do Centro. Admiramos o pôr do sol enquanto silenciosos garçons servem prato após prato, uma das melhores comidas que já provei.

Estamos numa mesa comprida, somos trinta: os doze mais uma, eu, que chegaram hoje, e o restante, incluindo Hex, que já estava aqui. O grupo onde eu deveria estar. Mas nada de Gecko.

Todos checaram seus armários mágicos e estão vestindo túnicas como a minha, com calças ou saias macias. E nem parecemos tão iguais; de alguma forma, as túnicas ficam ligeiramente diferentes em cada um. Como eles descobriram o tamanho exato de todos nós? Parece um pouco estranho, como se alguém tivesse se ocupado de tirar minhas medidas enquanto eu dormia.

Mais tarde, Marina e eu passeamos de volta até nossos quartos com o resto das garotas e damos boa-noite. Os garotos estão em outro andar. Meu quarto ainda está com a tela de exterior ligada: por algum motivo, aqui as estrelas parecem maiores e mais bonitas, como se estivessem mais felizes em brilhar neste lugar remoto e selvagem do que em Londres. Fico um pouco inquieta com essa enorme parede aberta, como se devesse ter cortinas, mas, de qualquer modo, não há *ninguém* lá fora. Isso, por si só, soa estranho. Em Londres, a sensação constante é de que as outras pessoas estão a centímetros de distância.

Meu quarto tem tudo o que se possa desejar, no entanto, com uma grande exceção: nada de PPI. Quero ver Papai, ter certeza de que está tudo bem em casa. Parece uma eternidade desde que saí de lá. Amanhã preciso encontrar um.

Tomo uma ducha demorada num banheiro tão *high-tech* que levo cinco minutos só para descobrir como ligar o chuveiro. Me enrolo numa toalha enquanto procuro um roupão no armário. Tenho certeza de que vi um mais cedo.

Ding.

A luz do quarto muda, e eu me viro para a janela.

Hex ri na tela de interface.

Mergulho atrás do sofá e coloco o roupão: ele é realmente curto. Levanto com cuidado, puxando-o para baixo com uma mão, tentado me manter coberta.

Ele assovia.

— Belo traje!

— Eu não estava esperando que você aparecesse gigantesco assim na parede do meu quarto!

Ele ri.

— Há uma trava de privacidade. Se estiver dormindo ou andando *nua* pelo quarto, não que eu me importe, basta tocar em "bloquear chamadas" ou "bloquear vídeo".

Ele explica como fazer, enquanto, mentalmente, culpo Marina por esquecer essa informação vital.

— Então, e aí?

— Me encontra perto da fonte? Precisamos conversar. E a cúpula é incrível à noite; você precisa ver. Lembra o caminho?

— Eu descubro. Me dá dez minutos.

Ele desliga e eu coloco uma roupa limpa do inesgotável armário, uso o secador superveloz de alta tecnologia e fico pronta em minutos. Saio sorrateiramente do quarto, sigo pelo corredor até as escadas. Detectores? Nenhum que eu veja.

Desço os degraus e logo encontro a porta certa.

Ainda é deslumbrante, mas não como à tarde, quando foram necessários óculos de sol. Hex ainda não chegou. O vasto espaço está vazio e tranquilo, e o atravesso cuidadosamente, de alguma forma querendo que cada passo seja silencioso para não perturbar o que meus olhos estão captando. O céu noturno é claro; estrelas são refletidas infinitamente no vidro, no chão brilhante, na água límpida da fonte. O farfalhar e jorrar das águas são os únicos sons. As estrelas estão refletidas por todos os lugares — padrões de luz prateada na minha pele e nas minhas roupas. Olho meu reflexo na água estrelada e quase imagino ver linhas sinuosas prateadas ao redor de meu olho.

Ouço uma porta abrir ao longe e me viro; Hex acena e vem em minha direção.

— Finalmente a sós. Estava louco para conversar com você — ele fala, apontando para os degraus ao lado da fonte. Sento ao seu lado. — Onde você estava, Luna?

Sei o que devo dizer. Mas não há ninguém aqui, só Hex. Suspiro.

— Não sei. Provavelmente você sabe mais do que eu.

— O que quer dizer?

— Não me lembro de nada desde a véspera da partida do transporte. Em um instante era a noite anterior; no seguinte, eu já estava naquele café em Londres. Dr. Rafferty veio e me pegou. Eles me escanearam e fizeram todo tipo de teste; descobri que perdi seis dias. Disseram que minhas lembranças não foram apenas reprimidas, na verdade estão faltando, como se nunca tivessem existido, como se alguém as tivesse tirado do meu cérebro.

— Uau.

Ele coça a cabeça, choque em seu olhar.

— Agora, me conte tudo o que sabe sobre isso. Por favor.

— Claro. Você estava no transporte. Fiquei surpreso, porque achava que tinha sido transferida para a Universidade de Londres.

— A transferência foi cancelada quando minha avó morreu.

— Certo. Foi isso que você me disse. Então Gecko entrou no transporte...

— Ele estava no transporte? Então por que não está aqui?

— Ele pediu para sentar com você. Eu troquei de lugar — ele pragueja entredentes. — Lembro daquele momento e penso o que teria acontecido se não tivesse trocado.

— Não entendo. O que aconteceu?

— Houve um acidente; o transporte bateu. Pessoas voaram pelos ares. Por sorte, ninguém se machucou seriamente. Então Gecko puxou você pela saída de emergência.

Fico tensa. É por isso que a visão daquela saída de emergência no avião me assustou?

— Realmente lamento, Luna. Você vai me perdoar?

— Pelo quê?

Hex parece arrasado.

— Quando chegamos ao centro de testes, Gecko me pediu para apresentar você a ele, para levá-la para sentar conosco no jantar naquela primeira noite. Eu devia ter contado. Achei apenas que ele estava paquerando você; não pensei que estivesse planejando sequestrá-la.

— Ele me *sequestrou*?

— Ele a arrastou para longe do acidente. Eu podia ver que você estava se debatendo, mas não consegui chegar a tempo de ajudar. Ele deve ser um maluco completo, Luna. Um psicopata. Ainda bem que ele não está aqui e que você está ótima.

Desvio o olhar para a água respingando na fonte.

Então Gecko é completamente louco mesmo? Ele me *sequestrou* de verdade? Deve ter sido; Hex viu tudo. Para onde me levou? Minha barriga dá voltas. Se ele realmente está maluco, tudo o que falou sobre a PareCo, e sobre como Jezzamine e Danny morreram, poderia ser somente um delírio. Ou, pior ainda, mentira.

Fico aliviada com a possibilidade de que as mortes tenham sido acidentais. Mas isso não faz com que eu me sinta bem; ao contrário, me deixa triste. Uma triste onda de perda e solidão me invade, e eu suspiro com as mãos na cabeça. Gecko com o brilho quente e louco em seus olhos, e aquela aventura que tivemos juntos, a viagem mágica ao mundo da cachoeira. Mas não acontecerá de novo. Ele não está e nem estará aqui.

— Luna? Você me perdoa?

Levanto os olhos para Hex. Seu rosto tatuado está atormentado à luz das estrelas, espirais negras enroscadas e quebradas na pele clara onde sua testa enruga. Não é como Gecko; Gecko estaria bonito nessa posição, sua pele escura e quente com arabescos prateados de P'Hacker ao redor do olho. Como Astra.

Tento afastar as lágrimas que insistem em cair.

— É claro que perdoo. Você não sabia, nem eu.

Os braços dele me envolvem num abraço, ainda mais apertado do que o que me deu na praia.

— Não se preocupe com Gecko nem com ninguém, Luna. Nada como aquilo vai acontecer de novo, não comigo aqui. Você não poderia estar mais segura.

Me solto.

— Não se preocupe. Não estou planejando ser novamente sequestrada tão cedo. E vou tentar me manter sempre longe de qualquer saída de emergência.

Seus olhos negros estão sérios, sérios demais. Esse não é o Hex que eu conheço.

Dou um tapinha em seu braço.

— Relaxa, cara. E como está Melrose?

Ele dá de ombros.

— Ela está bem. Ama a universidade, exceto os deveres de casa. Ela é a mesma, mas eu não. Este lugar muda você. Muda o que você acha que quer.

Ele me encara séria e profundamente, e, por um instante, não consigo respirar. As espirais negras ao redor de seu olho multiplicaram: há agora mais marcas de Hacker do que havia antes. O que ele fez para ganhá-las? Minha mão curiosa quer tocá-las e deslizar sobre elas, e começa a se mover por conta própria.

Puxo minha mão e me levanto.

— Certo. Tudo bem. Boa noite, Hex.

Eu saio praticamente correndo, desta vez sem cuidado em silenciar meus passos, o que de todo modo seria inútil, porque nada ecoa neste lugar. Ao contrário, é quase abafado, como se este espaço austero não permitisse, não gostasse de pessoas caóticas, com seus sentimentos e sons caóticos. Atrás de mim, ouço a risada de Hex.

CAPÍTULO 32

— Bom dia! Hoje começamos a fase um: Exploração. Também conhecida como explorar novos estranhos mundos!

Conforme instruído, vamos para uma sala de reuniões, e a Sorridente que nos saudou na chegada está de volta: seu sorriso é tão largo e seus dentes tão brilhantes que é quase difícil olhar para ela.

— Estamos tentando descobrir onde vocês se encaixam melhor na estrutura da organização PareCo. São muitos braços: você pode trabalhar como técnico ou controlador de MVs, ou mesmo aqui no Centro. Hoje, não se preocupem com nada disso, apenas se divirtam. Terão acesso livre a todos os mundos da PareCo, então aproveitem. Vejam quantos conseguem visitar.

Onde você se encaixa? *Em lugar nenhum* deve ser a resposta para mim. A menos que seja trabalhar no Centro: eles devem ter cozinheiros e faxineiros aqui. Imagine se eu acabo como chefe de purificação de banheiros do Tanque de Pensamento? Isso deixaria Goodwin *muito* feliz.

— Há estações avançadas MD-PPI aqui; MD significa "multidimensional". Elas ultrapassam o Temporreal e levam vocês diretamente ao Portal Multidimensional da PareCo para todos os mundos virtuais. Por enquanto, apenas explorem à vontade, mas se mantenham em duplas. Estejam de volta às oito, para jantar; depois, seu tempo é livre. Os MD-PPIs funcionam com tecnologia de Implante. Quem de vocês é Luna?

Todos me encaram; levanto a mão.

— Por enquanto, você terá que usar um PPI antigo, sem interface de Implante. Um residente sênior vai acompanhar você até o Portal. — Uma batida na porta; Hex espia. — Eis nosso voluntário.

Seguimos em grupo pelo corredor. Eu fico para trás e engulo alguns MANs. As pessoas vão desaparecendo pelo caminho, uma por uma, em quartos com MD-PPIs, até eu ficar sozinha com Hex.

Parece um pouco esquisito, depois de ter fugido dele noite passada. Por que fiz aquilo? É apenas *Hex*, isso é loucura.

— Desculpe ter corrido ontem à noite. Toda aquela coisa sobre o que conversamos foi um pouco demais.

Ele ri.

— Ah, mesmo? Pensei que você tinha fugido apenas porque estava dominada pelos meus encantos.

Reviro os olhos, aliviada por ele estar brincando de novo.

— Claro, é isso. Então você perdeu no palitinho esta manhã?

Ele dá de ombros.

— Você não pode usar o MD-PPI, então teremos que ir pelo vácuo. O vácuo é um tipo de lugar onde a PareCo cria todos os mundos, incrível!

Olho curiosa para ele.

— Essa coisa de vácuo é nova?

Ele arregala um olho.

— *Sempre* esteve lá.

— Quero dizer nova para você, idiota.

— Havia rumores sobre ele, mas eu nunca tinha visto até chegar à Inac. Faz parte do relatório informativo que recebemos quando chegamos aqui, aquele que você perdeu. De qualquer forma, o melhor jeito de aprender é entrando nele. Mas o vácuo pode ser desorientador; eu queria levar você lá.

Ele está querendo ser protetor; me pergunto o que diria se soubesse que já estive lá com Gecko, e sozinha. Meu sorriso esmorece; suspiro. Foi sorte eu poder sair sozinha do vácuo; talvez Gecko tivesse me deixado lá, perdida e vagando para sempre.

— O que é? Algum problema?

— Não, estou bem. Como são os MD-PPIS? Melhores?

— São incríveis. Conexão instantânea com o Portal MD para os mundos. Vamos colocar você lá agora de qualquer forma, só que por um caminho mais enrolado. — Ele me mostra um quarto vazio com um PPI convencional. — Encontro você no seu corredor em um instante?

— Claro.

Me acomodo dentro do PPI. É muito, muito melhor do que o do meu quarto, em casa, e com suporte de vida completo para uso prolongado. É macio e responde imediatamente ao meu corpo. Até a rede neural parece mais suave.

O corredor aparece. Talvez eu tenha tomado os comprimidos um pouco tarde, meu estômago está embrulhando. Respiro — inspiro, expiro, inspiro, expiro, e o enjoo desaparece, exatamente quando Hex surge através de uma porta de *amigos.*

— Hex, antes de irmos, posso dar um oi para o meu pai?

Ele hesita.

— Por favor... Não me pluguei desde que saí de casa. Eles não contaram a minha família que eu estava desaparecida; devem estar pensando que os estou ignorando.

— Ok. Mas rápido, e preciso ir com você.

— Por quê?

— Prometi que a levaria até o Portal e não perderia você de vista.

Reviro meus olhos.

— Se é assim...

Aperto *responder* à mensagem de Papai. Respondo com "Você está aí?".

Instantes depois, ele responde com um "Sim".

Abro sua porta e lá está ele: hoje é Sherlock, completo, com o chapéu idiota e tudo.

— Pai! — Desta vez sou eu quem corre e o abraça. — Que saudade! Todos em casa estão bem?

Ele se afasta um pouco e me olha. Isso é um pouco constrangedor quando ele é bonito como o Sherlock nº 27.

— Todos estão bem e começando a se perguntar como você está. Tudo bem?

Hex tosse, tentando chamar atenção.

— Desculpe, pai, conhece Hex? Estamos a caminho de um tipo de treinamento, mas ele me deixou escapar um minutinho para ver você.

Eles se cumprimentam com um aperto de mãos.

— Obrigada por trazê-la aqui — Papai diz e se volta para mim. — Ouça bem: sei que problema é seu nome do meio, mas tente se manter longe disso.

Reviro meus olhos.

— Vou tentar.

Mas tentar nem sempre ajuda.

Ele pisca, como se tivesse escutado meu pensamento.

— Faça o possível.

— Temos que ir. Lamento — Hex avisa.

Papai estica a mão até minha bochecha, então toca meu colar.

— Fica bem em você, mas parece diferente. — Ele inclina a cabeça, desconfiado. — Estou levando meu superfaro de detetive a sério demais... Parece estar mais longo do que era, mas deve ser porque Astra era mais alta. Se cuide.

Hex e eu voltamos para o meu corredor, e aceno quando a porta se fecha.

— Posso responder às mensagens de Melrose?

— Só se você for muito, muito rápida. Vou me atrasar para a minha sessão.

São três mensagens, todas variantes de "Você está bem, como estão indo as coisas por aí?", mas escondem um: "Como está Hex?". Suspiro. Respondo rapidamente: "Estou bem, chamo você para conversar assim que puder". Aperto *enviar.*

— Feito. E agora? — pergunto, esperando que um alçapão prateado e uma escada apareçam no teto.

— Seu Temporreal recebeu um *upgrade*. Você tem uma porta de acesso ao vácuo.

Ele aponta para o final do corredor, mas é uma porta comum, nem mesmo prateada. Estou meio desapontada.

Passamos por ela direto para o vácuo. A porta se fecha, mas não desaparece como os alçapões; fica delineada na escuridão.

O vácuo é como sempre: um espaço ilimitado. Escuridão que se torna mais clara conforme os olhos se acostumam, iluminada pelo assovio da estática prateada que corre em todas as direções. Ventos estranhos bagunçam meus cabelos. Respiro profundamente, coloco a mão para trás para segurar meu cabelo e descubro que está preso. Tenho uma estranha sensação de familiaridade e pertencimento.

— Você está calma — diz Hex.

— Estou?

— Normalmente isso aqui deixa as pessoas apavoradas na primeira vez.

— Para onde estamos indo?

— Vamos seguir a estrada dos tijolos amarelos — ele diz e aponta.

Olho para baixo e vejo retângulos vagamente delineados e encadeados. Andamos por eles e chegamos à outra porta, que parece muito com a primeira que atravessamos.

— Chegamos! — Hex abre a porta, espia e acena para alguém. — Aqui é onde me despeço. No final do dia volto para buscar você.

— Posso seguir sozinha a estrada de tijolos amarelos, você sabe, não é?

— Com certeza. É claro que pode. Nos vemos lá.

Reviro os olhos, entro e encontro Marina.

— Desculpe — digo. — Estava esperando por mim?

— Sim. Estava prestes a ligar o alarme de que você havia se perdido no vácuo! Então pensei que talvez você e Hex quisessem se perder juntos um pouco...

Ela ri.

— Não, obrigada.

Ela estranha.

— Sério! Ele é apenas um amigo, e está namorando uma amiga minha. Bom, pelo menos, acho que ainda está. — Anotação mental: visitar Melrose na primeira oportunidade. — Como você chegou aqui?

— Fácil: me pluguei e estava aqui. E me ofereci para esperar por você — ela parece ofendida.

— Você sabe que não precisa ficar me fazendo favores. Não vou contar a ninguém sobre a coisa do voo.

— Eu sei, mas eu quero.

E sorri.

— Obrigada. Então, o que fazemos agora?

— Escolhemos uma porta, verificamos as coisas, voltamos e fazemos tudo de novo.

Agora olho tudo com atenção. Estamos num tipo estranho de sala, cheia de portas. Parece bem comum, mas quando você foca melhor, vê que as laterais se curvam para cima. Há portas por todos os lados: em todas as laterais, chão, teto. A sala é ilusória: maior do que parece a princípio, e dá a impressão de que se multiplica.

— Quais são as opções? Escolher aleatoriamente ou o quê?

— Se você andar até uma, ela se revela. Como uma espécie de pisca-pisca.

Estou intrigada. Vamos juntas até uma porta: uma imagem aparece. Neve e gelo.

— Brrrr... Próxima? — digo.

Um circo.

Então, uma festa... Talvez mais tarde?

— Se *todos* os MVs podem ser acessados daqui, não deve ser apenas aleatório — cogito. — Se você quisesse encontrar algum lugar em particular, deveria ter uma maneira, ou ficaria aqui durante anos.

— Bem pensado.

Não consigo evitar a concentração na cachoeira de Gecko. Provavelmente seguir essa pista da memória é uma ideia *muito* ruim. Meus olhos percorrem a sala e vejo que uma das portas é mais brilhante que as outras. Está no chão. Ando para trás, me distanciando dela; Marina faz uma careta e repete meus passos. A sala é como uma gigante roda de hamster: ela gira enquanto andamos, até que a porta brilhante fica à nossa frente, permitindo uma visão da piscina e da cachoeira.

— Legal — diz Marina. — Vamos?

Mesmo com todos os motivos para dizer não, concordo, e ela abre a porta.

Como antes, está quente, e instantaneamente passamos a vestir roupas de banho. Marina mergulha na piscina; eu a sigo, mas ela nada tão rapidamente que não consigo acompanhar. Ela não vem para a superfície, e a perco de vista. Quando começo a ficar preocupada, algo por trás bate no meu ombro; me viro e lá está ela, rindo. Marina, mas não exatamente Marina. Seu cabelo está mais longo, mais verde, e também os seus olhos, mas essa não é a parte surpreendente. Ela tem uma longa cauda brilhante que bate preguiçosamente sobre a superfície da água: uma linda figura, meio garota, meio peixe. É uma sereia.

— Isso é *muito* legal. Como você faz?

Ela dá de ombros.

— É um código, mas um tipo de coisa minha. Atualmente posso fazer sem pensar.

— Também pode respirar debaixo da água?

Ela responde que sim, afunda e nada em círculos ao redor de mim, então sobe novamente.

— Mas você vai precisar de pernas para a cachoeira — aviso e saio da piscina, subindo os degraus laterais. Chego ao topo e mergulho.

— Isso parece divertido!

Marina faz uma meia careta, como se estivesse se concentrando com muita força, então sai da piscina e sobe os degraus. Ela tem pernas novamente, mas as pernas têm escamas brilhantes, como se ela não tivesse se preocupado em fazer uma transformação completa. Mergulha do topo e troca de novo para a cauda no meio do salto, nada debaixo d'água até o outro lado da piscina e volta.

— Queria poder fazer isso.

— Não é a habilidade mais útil. Vai saber o que eles vão querer que eu faça aqui. Desculpe — acrescenta apressadamente, como se tivesse acabado de perceber com quem está conversando: a única residente sem *nenhuma* habilidade, útil ou inútil.

— Não entendo por que me trouxeram para cá. Não consigo fazer nada; provavelmente vou acabar servindo o jantar.

Ela inclina a cabeça para um lado.

— Acho que há mais em você do que o que se pode ver.

— Uau. Como poderia saber?

— Se não fosse isso, por que estaria aqui? Mas, se não quiser acabar servindo o jantar, deveria colocar um Implante. Por que não tem um?

Olho para ela e, pela primeira vez, não tenho uma resposta que faça sentido. Tudo o que Nanna falava sobre evitar me plugar e não colocar um Implante era parte de seus delírios? Talvez seja hora de deixar isso para trás. Não fez nenhum bem a Nanna.

— É uma longa história. Eu era uma Recusadora na escola.

— Então você realmente não sabe o que poderia fazer aqui se tivesse um Implante. Poderia ser uma Hacker incrível, se tentasse. Talvez, de algum modo, a PareCo tenha percebido isso e esse é o motivo de estar aqui.

— Duvido.

— Ouça bem: sou boa em perceber as coisas nas pessoas. Como você e Hex.

— Não existe *eu e Hex.* Ele é um amigo.

— Definitivamente há alguma intensidade na forma como ele olha para você.

Nego com a cabeça.

— De jeito algum. Não estou interessada, não posso. Não quero nem pensar sobre isso. De qualquer maneira, não faria isso com minha amiga. Ele é dela.

Apesar das minhas palavras, há um sentimento inquietante dentro de mim que diz que Marina está certa. Algo *está* diferente com Hex. Ok, eu meio que o encarei um pouco, mas estava apenas tentando perceber o que era. Não importa quão confuso tenha sido na noite passada, eu realmente espero que ele não esteja se derretendo por mim. Quero manter meus amigos, tanto ele como Melrose. Não tenho muitos.

Nadamos um pouco mais, e penso no que ela disse. Hex tem vantagens sobre Gecko: está aqui. Aparentemente, não é maluco, e nunca soube que ele tenha sequestrado alguém. Mas os olhos que me assombram não são os dele; são os de Gecko.

Chamo Marina quando ela sobe novamente para a superfície.

— Devemos ir e experimentar outra porta? — pergunto, subitamente impaciente para sair deste lugar e deixar meus pensamentos para trás.

— Claro.

Saímos da piscina. Marina mais lentamente, pois tem que transformar a cauda em pernas novamente. Enquanto faz isso, desejo que meu cabelo seque e fique lindo como da última vez e *voilá*!

Marina está assustada.

— Como fez isso?

— Não sei. Você não consegue?

Ela faz uma careta.

— Não. Pronto, sei o que você será!

— O quê?

— Cabeleireira-chefe.

Voltamos para o Portal, e é a vez de Marina escolher um mundo. Ela se concentra em Atlantis, que visitou antes, mas não consegue encontrar a porta. Ela o descreve e logo o encontro. Ela me olha de um jeito estranho.

— Outra coisa que você pode fazer e eu não.

Passeamos um pouco no reino subaquático, e então voltamos para o Portal: é hora do jantar. Marina vai embora enquanto espero por Hex.

Mas tudo o que ela disse sobre ele me deixou inquieta, e depois aborrecida. Eu *não* preciso de ajuda para sair pela porta e seguir um caminho claramente definido; isso é idiota.

Nem mesmo preciso seguir pelo caminho, preciso? De volta ao PPI, me estico para desplugar.

Quando saio, meu grupo todo já está lá, esperando a atrasadinha. Avisaram que podemos voltar para plugar depois do jantar e ficar até a manhã seguinte se quisermos. Então seguiremos para outra coisa. Mas estou cansada demais para estar com fome; exausta até os ossos. Vou para o meu quarto.

CAPÍTULO 33

— Soube que você não foi jantar, e não se plugou com o restante dos residentes na noite passada. — Dr. Rafferty sorri para mim, gigantesco na minha tela de interface. Não está usando um casaco branco agora, mas uma túnica similar à minha, e percebo algo que deveria ter notado há muito tempo. Ele ainda está aqui porque trabalha aqui, e não para a SaúdeCo, não é? Provavelmente nunca trabalhou. Ele é totalmente PareCo.

Dou de ombros.

— Não disseram que éramos obrigados, apenas que poderíamos.

— Ainda assim, todos os outros fizeram. Estou preocupado com você, Luna.

— Hein?

— Sem um Implante, você está em desvantagem. Isto é uma competição, não se engane. Vocês estão disputando os melhores lugares. Não fique para trás.

— Mas todos são Hackers. Como eu poderia competir com eles no virtual?

— Como pode saber o que conseguiria fazer se tivesse um Implante? E isso não é tudo. Com um Implante, você poderia estar em contato constante com sua família em casa, sempre que quisesse. Pense nisso, Luna.

Seu rosto desaparece da minha parede de interface e a vista da ilha retorna. Estava travada para *bloquear chamadas*, o que significa que ele tem a possibilidade de ultrapassar isso. O que, por sua vez, basicamente significa que pode aparecer na parede do meu quarto quando quiser.

Ótimo.

E agora está promovendo abertamente a ideia de eu colocar um Implante. Não fez isso antes, embora eu tenha me perguntado quanto tempo demoraria até que alguém levantasse essa questão neste lugar. Mas, realmente, ainda há alguma razão para não fazer? E eu também poderia estar em contato com minha família.

Tudo dentro de mim grita "Não, não faça isso". Mas não sei explicar se é por sensatez ou pelos anos de resistência e medo.

Encontro com os outros na sala de reuniões. MANS já engolidos e mais alguns nos meus bolsos. Sou a última.

Marina estranha.

— Você está bem? Tentei acessar sua interface noite passada quando não veio jantar, mas estava bloqueada.

— Desculpe. Desliguei para poder dormir. Não estava me sentindo muito bem.

— No jantar, Hex perguntou por você; ele parecia realmente preocupado. Perguntou se voltou bem do vácuo. Não deveria ter esperado por ele?

Culpa anotada dentro de mim. Mas antes que eu possa inventar outra desculpa, a Sorridente está de volta.

— Hoje começamos a fase seguinte: Limites. Queremos que vocês os ultrapassem, façam coisas que não podem fazer. Coisas das quais têm medo. Para deixar mais interessante, teremos uma pequena competição. Dois grupos, com líderes que vou escolher.

Ela aponta para uma garota alta, Faísca, cuja pele é tão escura que escolheu ter suas tatuagens de Hacker em branco ao invés de preto. Então elege um dos garotos, Sangue. Me pergunto o que significa seu nome Hacker, mas decido que provavelmente não vou querer saber.

— Líderes, vocês formarão suas equipes alternadamente. Sangue, você começa.

Ele escolhe alguém, então é a vez de Faísca. Continuam um e outro, até sobrarmos apenas eu e um garoto. É a vez de Faísca; Marina está em sua equipe e, a julgar pelo olhar vazio das duas, estão conversando via Implante. Finalmente Faísca diz *Luna*, e então pisca; há excesso de Implantes em sua equipe? Quer dizer, nossa equipe, e se ter a mim não fosse ruim o suficiente, são sete deles e seis de nós.

— Vamos levá-los para testar um novo mundo que está sendo desenvolvido. É muito divertido; uma espécie de guerra urbana numa cidade em ruínas!

Marina e eu trocamos olhares. Não é minha ideia de diversão e, pelo seu olhar, também não é a dela.

— Hoje, um grupo é de caçadores, e o outro, de caçados. Podem usar qualquer recurso à sua disposição naquele mundo para conseguir uma morte, e podem codificar quaisquer mudanças para ajudar na tarefa, além de usar todas as armas que encontrarem ou criarem.

Olho para ela. Uma *morte*? Vamos nos matar uns aos outros?

Sangue levanta a mão.

— Qual grupo é o quê?

Sorridente sorri. Pega uma moeda.

— O que você prefere? — pergunta para Faísca.

— Cara!

A moeda voa pelo ar. *Coroa*. A sensação de terror no fundo das minhas entranhas, que começa com a palavra *morte*, fica mais intensa.

— A escolha é sua — Sorridente diz para Sangue.

— Vamos caçar. — Ele sorri, mas não há vivacidade em seus finos lábios esticados.

— Caçados, vocês têm uma vantagem inicial: se encontrem no corredor de Faísca. Rapidamente façam amizade entre si para deixar os outros entrarem. A porta para o mundo 5691 estará lá. Sessenta minutos mais tarde, os caçadores terão permissão para entrar pelo lado oposto da cidade. O código de escape fará qualquer um que morrer retornar automaticamente para um ponto de encontro virtual, onde deverão esperar os outros. A equipe com mais membros restantes após vinte e quatro horas será a vencedora. Alguma pergunta?

Eu tenho várias. Por exemplo: o que os Caçadores farão conosco quando nos apanharem? Como é realmente ser morto no mundo virtual? O que *qualquer recurso necessário* realmente quer dizer — armas, facas, explosivos, rituais de estripação? Mas não estou preparada para fazer nenhuma dessas perguntas em voz alta; não quando todos se mantêm em silêncio. Não quando a maior parte das expressões indica que parecem ter sido convidados para uma festa, e não para lutar até a morte.

Sorridente pega dois cronômetros e os entrega para Sangue e Faísca.

— A contagem começou. — Ela olha para mim. — Para deixar as coisas niveladas no campo de jogo, todas as comunicações via Implantes serão bloqueadas assim que vocês se plugarem. Vão!

Me plugo rapidamente. Com a velocidade, a rede neural não é suave como ontem — ela me arrebata e faz minha cabeça girar.

O convite de amizade de Faísca já está no meu corredor. Aperto *aceitar* e sua porta aparece; entro rapidamente. Mesmo com a correria, ainda sou a última a chegar. Desacostumados a uma discussão não auxiliada pelos Implantes, todos falam ao mesmo tempo.

Faísca levanta a mão.

— Resumindo para Luna, achamos que há duas possíveis estratégias de jogo: separar e esconder ou combinar e defender. Vamos para lá agora e vemos o que é cada uma antes de decidir. Vamos.

Faísca abre a porta para o MV 5691, que está realmente com a indicação de *em desenvolvimento*. Entramos.

Céu roxo? Legal. Há uma névoa no ar, com um cheiro estranho. Prédios bombardeados misturados com estruturas ainda de pé, em estágios variados de desmoronamento. Está quente e úmido. Gotas de suor se formam instantaneamente e descem pelas minhas costas. Estamos num monte; a porta, atrás de nós. Sinto a lateral. Aos meus olhos parece que a cidade continua, mas quando a toco, não. Há uma barreira; este lugar tem limites.

Abaixo de nós, a cidade em ruínas é dividida por um rio largo. Mesmo daqui, a água parece e tem cheiro ruim: está poluída? Envenenada? O ar me faz tossir. Há uma ponte sobre o rio, e um monte do outro lado.

— Aposto que eles aparecerão lá — diz um garoto, apontando para o outro monte.

Faísca olha para o cronômetro.

— Em cinquenta e quatro minutos.

— Há muitos lugares para se esconder. Se nos separarmos, eles levarão uma eternidade nos procurando pelos prédios — ele diz.

— Que chatice. Deveríamos destruir a ponte e defender o rio — sugere Faísca.

Olhos se voltam para ela.

— Pode fazer isso? — Marina pergunta.

Ela concorda.

— Sim, fácil. Vamos votar: quem quer destruir a ponte?

Cinco mãos se levantam, incluindo a minha. Qualquer coisa para não nos escondermos por conta própria, o que me assusta muito mais.

Logo estamos descendo as ruas da cidade; nossa locomoção é lenta porque precisamos desviar de destroços e veículos bombardeados. Com todos os lugares adoráveis e coisas que se poderia fazem num MV, por que isso? Por que uma falsa zona de guerra? Não entendo. Faísca para em um carro em chamas próximo da ponte e arranca algo do motor. Ela e outro garoto fazem alguma coisa estranha de Hacker e começam a puxar fios e cargas da pedra, passando-os pela sustentação da ponte.

— Pronto — anuncia Faísca. — Quem tem um relógio?

Alguém apresenta outra coisa esquisita de Hacker e ela o transforma num cronômetro.

— Vamos garantir que saibam quem fez isso. Vou programar para explodir cinco minutos após eles chegarem: deve ser tempo suficiente para fugirmos.

— Não, espera! — Uma ideia surge na minha cabeça, e Faísca hesita.

— O que é?

— Eles esperam que nos escondamos, nos defendamos. Se virem a ponte explodir, saberão que a destruímos e que estamos aqui.

— E?

— Por que não vamos para o outro lado? Eles não estão esperando por isso.

— Mas então estaremos do mesmo lado que os caçadores — Marina pondera. — Faltam quatro minutos. Precisamos fazer alguma coisa logo.

— Espere. Luna está certa. Eles usarão todos os recursos para atravessar o rio. Não pensarão que estamos do mesmo lado. Que tal então se, ao invés de se retrair e esconder, ou defender, caçarmos os caçadores?

Olhares assustados.

— Três minutos — Marina anuncia.

— Vamos fazer isso! Corram!

Seguimos Faísca pela ponte a toda velocidade, então mergulhamos atrás de um prédio em chamas.

— Vinte segundos — novamente Marina.

— Esperem — eu peço. — Pare o cronômetro! Vamos esperar até estarem *sobre* a ponte.

Faísca faz alguma coisa frenética no ar com as mãos, então sorri.

— Boa ideia. Mas sem tempo suficiente para reiniciar, desativei o cronômetro. Agora, vamos precisar manter a ponte à vista para disparar. Não há cobertura suficiente por aqui.

Marina aponta algumas ruas acima da montanha.

— Há uma torre de relógio. Que tal lá em cima?

Faísca concorda.

— Considerando que é segura o suficiente para subirmos... Vamos tentar. Mas não há saída fácil se nos rastrearem lá, precisamos nos separar. — Ela aponta para uma rua que contorna o rio sujo. — Encontrem uma posição defensiva, mantenham os dedos cruzados e fiquem olhando para nós. — Ela me encara. — Essa ideia foi sua, Luna. Você vem comigo.

Os outros desaparecem e nós corremos para a torre.

Faísca olha para mim.

— Você está pálida.

— Você parece estar se divertindo.

— Estou, adoro jogos de combate. Você não?

— Bem... Na verdade nunca estive num mundo de combate.

— Não acredito. Nunca?

Sacudo a cabeça.

— Desculpe.

— Você teve boas ideias e talvez seja por isso. Não está tentando recriar os mesmos velhos cenários de *Guerras de Zumbis* ou *Último Combate*.

— Mas não posso lutar.

— O objetivo disso não é golpear com um soco, não é real. O objetivo é a estratégia e antecipar as manobras deles. Pense nisso como um jogo de xadrez e ficará bem.

A porta da torre está trancada com um cadeado.

— Droga. Sou um lixo em hackear cadeados físicos — ela diz, ergue uma sobrancelha e olha para mim.

Sacudo a cabeça.

— Não sou uma Hacker. — Então olho mais de perto: danificado e enferrujado. — Mas sou boa em quebrar coisas.

Encontro uma pedra e bato com ela no cadeado. Nada. Faço de novo e de novo, então ele cai no chão.

Ela ri.

— Sabia que tinha trazido você por algum motivo.

Abro a porta e espio: está escuro e cheira a mofo. Espirramos.

— Um espirro mútuo — ela diz. — Ótimo momento para nos conectarmos. Venha.

Entramos e ela fecha a porta.

— Espere um minuto enquanto preparo uma carga. Se tentarem subir aqui, a porta vai explodir.

Belo toque.

Encontramos a escada. Subo primeiro, tateando lentamente. Ela é de madeira, está desnivelada e com alguns degraus faltando. Ótimo.

— Cuidado, está um lixo — aviso e agarro no corrimão.

No meio do caminho para o próximo passo, o degrau cede sob o meu pé. Agarro o corrimão, mas ele quebra e começo a cair, o pé deslizando no degrau quebrado. Sinto uma dor aguda na panturrilha e quase grito.

Me aprumo novamente.

— Tudo bem? — ela grita lá de baixo.

— Falta um degrau, e machuquei a perna. Cuidado.

Mais um nível e chego ao topo. O relógio está fora do lugar, pendurado num ângulo. O espaço é inundado de luz.

Eu cambaleio e me sento; sinto *dor* e vejo sangue escorrendo pela minha perna. Faísca me alcança e resmunga quando vê o que aconteceu.

— Isso é sangue demais. — Ela rasga uma tira de sua túnica e amarra no ferimento. — Sangue vai nos achar, agora.

— Sangue? Quer dizer o Hacker?

— Sim, e aposto que vai seguir o cheiro diretamente até nós.

Ela espia pela torre.

— Acertamos numa coisa: daqui temos uma vista perfeita da ponte. Espero que tenham se separado e possamos derrubar alguns deles antes que ele nos encontre.

Minha visão está embaralhada, e isso é tudo o que posso fazer para não voltar e me desplugar no PPI.

— Por que dói tanto? Isso é virtual! Não deveria doer, não é?

— Depende do mundo. Na maioria deles, você é morto e nem mesmo sente de verdade. Você é jogado de volta ao seu corredor e pode tentar novamente. Mas soube que alguns jogos para maiores de 18 são mais reais; você sente a dor como se fosse de verdade. Este deve ser assim.

— Então, se eles nos matarem, será como se realmente estivéssemos morrendo.

— Imagino que sim.

— Isso é uma versão doentia e distorcida de diversão.

— Só lhe dá mais motivos para querer vencer.

Estou me concentrando nas palavras dela, lutando para não desplugar. Consciência dupla, dor dupla.

Dor dupla? De volta ao PPI, com cuidado para não perturbar a conexão neural, estico uma mão até minha perna: quente, úmida, muita dor. Estou sangrando no PPI? Isso não faz sentido. Minha cabeça gira. Minha perna não está amarrada no PPI para estancar o sangue. Está sangrando lá também?

— Companhia chegando — Faísca sussurra. — Se aproximando: Sangue e mais outro. Onde esperamos que a carga...

Bum!

— Droga, Sangue está bem. Mas pegamos o outro, mais um para nós. Sangue não parece machucado, mas muito, muito irritado. Ele passou pela porta. Os outros ainda estão seguindo para a ponte.

Ouvimos um rangido lá de baixo. Trocamos olhares.

— Quão perto estão da ponte?

— Não o suficiente; ainda a alguns minutos dela. Graças aos céus não há comunicação por Implantes, ou então ele os chamaria para cá. Somos duas e ele é um, certo?

— Lamento — sussurro.

— Não é culpa sua. Poderia ter sido a minha perna, não a sua. Mas tem alguma coisa que possa fazer para retardá-lo? Os outros estão se aproximando da ponte. Preciso que cheguem lá antes que Sangue suba até aqui.

— Certo.

Levanto com dificuldade e olho em volta à procura de armas. Um pedaço de madeira serve?

Começo a descer os degraus. Queria fazer isso silenciosamente e me esconder no topo da escada; deveria estar fora da vista aqui.

Percebo movimentos lentos e cuidadosos vindo de baixo e me sinto enjoada. Eu poderia vomitar nele; isso iria deixá-lo com tanto nojo que fugiria. Sei que está quente, mas estou com frio e pegajosa.

As mãos agarram a madeira com força.

Um passo. Um rangido vindo de baixo.

Posso fazer isso, não posso? É apenas acertar o momento e ter sorte.

Outro passo. Ele está cada vez mais perto...

Eu pulo e balanço o pedaço de madeira.

Mas não acerto o momento nem tenho sorte. Ele pega a madeira facilmente com uma das mãos, joga escada abaixo e ri.

— O que temos aqui? — ele diz.

Dou de ombros, *preciso atrasá-lo.*

— Apenas eu.

Ele tem uma faca na mão e um sorriso no rosto.

— Foi o sangue que me chamou até aqui. Adoro o cheiro, a sensação, o sabor; mas apenas em MVS, não fique tão chocada. Não sou um monstro, apenas um jogador. — Ele lança a faca para a outra mão. — Por que você está aqui em cima?

— Estou escondida.

Ele balança a cabeça.

— Muito previsível, é um lugar péssimo para se esconder. Sem saída. — Ele se aproxima. — E você já está meio morta, não é tão divertido. Ainda assim, vou ter que fazer.

Desejo não estar aqui; desejo estar em *qualquer* outro lugar. Desejo que nada disso existisse, especialmente os olhos dele e sua faca, que agora está mais próxima. Penso em desplugar, mas mesmo isso é difícil e remoto demais. Meu corpo no PPI não pode se mexer mais do que este aqui.

A lâmina toca minha pele, mas não no pescoço, e nem um pouco rápido. Ela acaricia meu braço, primeiro na lateral, então fura. Mais poças vermelhas brotam na pele. Dor, mas remota, como se eu estivesse me afastando dela. E então...

Coisas acontecem. Tudo de uma vez.

Há uma enorme explosão. Não aqui. A ponte?

Fúria no rosto de Sangue quando ele se afasta, se virando na direção de onde vem o som.

Mas a maior parte é prata, um fluxo lindo e glorioso de prata. E uma porta. Eu caio por ela, e estou no vácuo.

CAPÍTULO 34

Estou aquecida agora. O vácuo me ampara, as luzes passam assoviando. O vento dá tapas em meu cabelo, no meu corpo, como se dissesse "Acorda", mas eu quero dormir.

Por que estou tão sonolenta?

Tento me focar, mas tudo o que consigo ver são contas de prata com arabescos entalhados. Elas flutuam no vácuo como pontos em frente aos meus olhos. Eu pisco, mas eles ainda estão lá.

Quente. Sonolento...

Úmido. Sangue, é isso? Sugando a vida.

Pare. Pare o sangue. *Por favor...*

A prata do vácuo se reúne ao meu redor e então sobre minha perna. Sinto que está me aquecendo.

O tempo passa. Não sei quanto, mas lentamente, gradualmente, as coisas param de girar. Me recupero.

Me sento.

Algo brilha ao meu lado e eu estranho. Uma faca. A faca de Sangue? Está manchada de vermelho escuro. Isso é meu sangue, de quando ele cortou meu braço? Tanto meu braço quanto minha perna agora estão inteiros, mas há um brilho de prata na minha pele.

Foi o código de escape que me trouxe para cá; isso significa que morri no jogo?

Balanço a cabeça. Se isso aconteceu, eu deveria ter ido direto para o ponto de encontro virtual. Acho que eu estava quase morrendo, mas não morri, afinal.

Como cheguei aqui? Aquele era um jogo de MV. Deve ter sido programado para doer quando você se fere, mas ainda assim era *virtual.* Assim que eu saí, deveria ter ficado bem.

Mas não estava, não é?

Lá no PPI, estico a mão para verificar minha perna, como fiz antes. Não está sangrando; não há ferida.

Será que imaginei aquilo?

Que diabos está acontecendo aqui?

Faísca. Será que está bem? Quando saí, Sangue estava furioso. A ponte havia explodido. Ela ficou lá, sozinha.

E Marina, e os outros?

Preciso voltar para aquele lugar, não é?

Prata se materializa à minha frente. Uma folha dela forma uma porta, depois uma maçaneta.

A faca de Sangue está no chão. Eu poderia levar comigo, pode ser útil. Em vez disso, eu a pego e jogo o mais longe que consigo no vácuo.

Respiro fundo. Estou tremendo; quero correr.

Estico a mão e abro a porta. Fico ali, ainda no vácuo, olhando para dentro.

É a torre e as escadas, onde eu estava antes.

Não consigo ver ninguém.

Se Sangue matou Faísca, teria ido embora, não? Ela ainda estaria ali, ele não. Preciso verificar.

Me esforço para passar pela porta. Ela se fecha atrás de mim e desaparece.

Há sangue nos degraus onde eu estava antes. Passo por cima e entro na sala da torre. Está escura, pois já anoiteceu, mas há a luz da lua. Nenhum sinal de Faísca, e me sinto aliviada. Cuidadosamente, dou um passo para frente e espio a noite.

É quando a vejo.

Lá embaixo, um corpo no chão.

Olho, desvio o olhar, então olho novamente: ela ainda está lá.

É como um jogo de xadrez, não é real, Faísca me disse. Talvez tenha sido diferente comigo porque sou diferente, certo?

Sinto o pânico se revirando dentro de mim e começo a tremer.

Isto não é real. Repito as palavras como um mantra, enquanto me forço a descer as escadas da torre. A cada degrau, repito: *isto não é real.*

Outro degrau quebra, mas dessa vez eu recuo e não caio. É real o bastante, já que eu quase sangrei até a morte por causa de um degrau quebrado no caminho para cima; vou tomar mais cuidado.

Agora do lado de fora, o ar não está melhor. Ainda cheira a podridão.

Mas preciso conferir, certo? Hesito, ando até Faísca, mas não preciso ir muito longe. Mesmo ao luar ela está claramente morta. *Isto não é real.* Parece real, final, acabado. *Isto não é real.*

E agora? Encontrar Marina e os outros. Se ainda estiverem vivos. Mas como?

A rua seguinte chega até o rio. Foi para onde ela os mandou ir e armar uma vigia. Mas, considerando a luz, isso foi há horas. Será que ainda estariam esperando ou teriam desistido?

Rastejo pela rua; agachada, vou me encostando em prédios e carros. Meu coração bate tão alto que me convenço de que, se Sangue estiver por aí, vai escutar e sentir o gosto do medo pulsando em minhas veias.

Mas chego ao final da estrada sem saída, perto do rio de água podre. Uma névoa emerge dele, como sangue.

Dou um passo para trás.

— Luna? — Um sussurro.

Dou meia-volta.

— Marina! Graças a Deus.

— Eles acharam que eu era louca por continuar esperando. Onde está Faísca?

— Ela... Ela... — Balanço a cabeça.

— Certo. Só perdemos uma; o restante de nós continua junto. A ponte explodiu. Quantos foram com ela?

— Não sei, não consegui ver. Um deles morreu quando Faísca explodiu a armadilha da porta, mas então Sangue subiu a torre. E... — hesito. — Tentei retardá-lo. Ela disse que estavam se aproximando da ponte, mas não sei com certeza se chegaram até ela.

— Você fugiu de Sangue? Impressionante. — Ela estranha. — Então talvez ninguém estivesse na ponte e ela a explodiu enquanto ainda pôde, em vez de esperar que entrassem nela.

A noite passa. Decidimos permanecer na mesma estrada até de manhã, mas em dois grupos. Marina e eu estamos juntas num barracão, em um jardim quase intacto. Os outros três estão escondidos na estrada, numa casa semidestruída. Estou exausta; preciso dormir, desesperadamente.

— Você não fica cansada? — pergunto.

Marina me olha, curiosa.

— Não. Estamos ligados e adormecidos lá nos PPIS, lembra? Você não parece muito bem.

Não é apenas a exaustão, o efeito dos MANS está passando. Lá no PPI eu me contorço, com cuidado para não romper a conexão neural. Há MANS no meu bolso. Estico a mão, e dou um jeito de mastigar e engolir alguns a seco, sem mexer muito a cabeça. Lentamente, o enjoo começa a passar. Fecho meus olhos para tentar dormir, mas não consigo. É a espera? A incerteza? Talvez simplesmente seja impossível dormir quando estou metade aqui, metade no meu corpo.

O sol começa a subir, mas o céu não é nada além de um borrão sujo.

— Luna, o que você acha disso? — Marina está de pé na porta, apontando para uma nuvem que parece ser quase uma gosma, vindo em nossa direção.

Começo a tossir. O ar está pior do que antes: há um cheiro desagradável, metálico, conhecido. O que é?

— Sangue. É sangue! — eu digo.

Marina olha para mim.

— Corre!

Saímos rapidamente do barracão, passamos pela casa e vamos para a rua; Marina joga uma pedra na janela de onde os outros estão escondidos.

— Corram! — ela grita.

Eles colocam a cabeça para fora, veem a nuvem crescendo, começando a encher o céu, e correm.

Olho para trás; está se movendo mais rapidamente.

Será que ele esperou até a luz do dia para podermos ver sua criação? É impressionante. Cores diferentes de sangue: vermelho-claro, manchas em marrom, como sangue seco, quase pretas.

Ela alcança primeiro um dos garotos que está atrás de nós, que grita e cai no chão.

Qualquer ideia de ficar parada desaparece enquanto corremos cegamente pela estrada, e então, lá está: Sangue usando uma máscara de gás e uma roupa de proteção dos pés à cabeça. A nuvem está nos alcançando, mais rápido do que conseguimos correr.

Marina cai; eu a puxo, mas ela arfa de dor. Torceu o tornozelo?

— Vá sem mim. — Ela olha para trás. — Só sobramos nós.

— Não!

Tento ajudá-la a andar, mas dedos vermelhos se aproximam, cada vez mais perto, nos alcançando, e então...

RRRRRRing!

Uma campainha?

A nuvem vermelha desaparece. O mundo desaparece.

CAPÍTULO 35

Faísca e eu estamos estiradas em toalhas na praia, e não é qualquer praia. Na verdade, é a enseada de areia mais linda que já vi: o prêmio de nossa equipe por ter vencido o combate. Marina está no mar, fazendo aquela coisa de sereia, e os outros estão surfando.

Faísca se ergue nos cotovelos.

— Você tem que me contar. Como conseguiu fugir de Sangue?

— Sinceramente? Não tenho ideia.

Ela franze a testa.

— Hum... Muito estranhamente, foi a mesma coisa que ele me disse. Então, mantenha seus segredos.

— E você, como acabou ao lado da torre?

Ela dá de ombros, envergonhada.

— Você viu meu corpo?

Afirmo com a cabeça.

— Não me orgulho de dizer isso, mas eu pulei. Sangue veio subindo os degraus rosnando para me pegar, disse que você sumiu e que ele ia se divertir comigo. Pular me pareceu um plano melhor. — Ela faz uma careta. — Você está ok? Não parece muito bem.

— Estou bem; cansada. E eu sei, não deveria ficar cansada aqui.

Volto rapidamente ao PPI para tomar mais MANS. Por quanto tempo poderei manter isso? Me sinto *esticada*. Fecho novamente os olhos, sugando a bela luz do sol na minha pele. Desejo dormir, mas, de alguma forma, não consigo com o meu corpo desperto no PPI. Desejo me desplugar, mas como posso fazer com todo mundo olhando?

Ouço passos ecoando, como num chão duro. Pulo, me sento e olho em volta: Faísca saiu para nadar com os outros. Estou sozinha, ninguém por perto, e não há chão suficientemente duro para aquele ecoar de passos, mesmo que tivesse sido aqui.

Ouço um estalo; uma porta.

É no PPI.

Abro um pouco meus olhos. Dr. Rafferty está verificando as telas do meu suporte de vida. Assoviando sozinho, toma notas num tablet. Me obrigo a ficar imóvel. Ele começa a se virar em minha direção e fecho meus olhos. Um instante depois, mais passos, os sons da porta abrindo e fechando. Abro meus olhos. Estou sozinha no PPI; estou sozinha na praia.

Tudo é estranho.

A hora da diversão acabou, e a equipe de Sangue se junta a nós na praia. Agora somos instruídos a combinar o que amamos com o que tememos. Então, Marina se torna um peixe-voador — bem, um tipo de sereia, mas com asas —, voando para fora da água. Primeiro com medo, depois com alegria.

Faísca está fazendo um monstro elétrico gigante; interessante.

O medo de Sangue parece ser um gigante urso de pelúcia macio, mas que também é um vampiro.

Brinco com ideias, de medos e amores, e tudo o que vem é uma enorme aranha com o rosto de Jason. Arrepiante, estranha, porém mais engraçada do que assustadora. E até para fazer isso preciso da ajuda de Marina; mesmo que portas prateadas apareçam como que por encanto para me salvar em momentos estranhos, não posso codificar coisas. De qualquer modo, não consigo me concentrar em nada por tempo suficiente para chegar a um sentimento forte.

As coisas ficam vagas. Posso ver lábios se movendo, saber que estão falando comigo, mas não consigo ouvir nada. Marina me sacode um pouco, bate em mim com suas asas. Então me leva para uma volta pela brilhante enseada azul.

— Qual o problema, Luna?

— Não sei, estou me perdendo.

Luto para ficar com ela, mas desisto e caio na água. Seria tão bom ficar quieta e deitada, boiar para longe...

Ela me arrasta para a praia. Estranha.

— Alguma coisa não está certa com você.

— Me conta algo que eu não saiba.

Vamos para outro mundo: será que poderia realmente ser meu número cinco? *Cinco é para viagens e aventura.* Muito certo. *Instabilidade, mudança e imprevisibilidade.* Isso também.

Mais ligações. Mais estranhezas...

Estou desplugada, mas não fui eu que fiz isso. Pisco cansada, as pálpebras como uma lixa. É o dr. Rafferty? Engulo em seco.

— O que foi? — pergunto num sussurro; é o máximo que consigo.

— Me diga você.

Minha cabeça está cheia de pensamentos densos e pesados. Ele me desplugou de emergência?

— Você não está bem, não é? Pobre Luna. — Ele se aproxima. — Gostaria que a deixássemos melhor? Talvez de um modo que não vai mais precisar de MANS e então poderá ficar com seus amigos no virtual?

Balanço a cabeça. Ele saber sobre os MANS? Lágrimas escorrem dos meus olhos.

— Estou morrendo; sei que estou. Nada está certo.

— Posso ajudar, Luna. Você só precisa de um Implante para consertar tudo.

— Ok — sussurro.

Ele abre uma tela num tablet. Pega minha impressão digital; grava minha voz de consentimento.

Ele vai me consertar, e então poderei dormir.

Estou me movendo; estão me movendo. Há uma picada de agulha no meu braço.

Tudo escurece e fica tranquilo.

6
DIAS

Não existe verdade. Existe apenas a percepção.

Gustave Flaubert

CAPÍTULO 36

Ding.

Dou um pulo e abro os olhos. Minha cabeça dói com a luz, então fecho-os novamente.

Onde estou? Travesseiros, cobertores; maciez e aconchego. Já sei: estou na cama. Onde?

Abro os olhos com mais cuidado e espio: é meu quarto no Centro da PareCo. Inac. É onde estou. A parede de janela está programada com a vista do exterior, e vejo um dia deslumbrantemente ensolarado.

Quero me levantar e dar um toque na janela, trocar a vista; ou diminuir ao máximo, pelo menos. Mas me sinto fraca demais para levantar.

Uma tela aparece em frente ao meu rosto.

O quê? Eu pisco; ainda está lá. É uma miniversão da interface da janela. Posso diminuir a luz daqui? Um interruptor deslizante acende.

Estico minha mão trêmula na direção dele, mas não há nada lá: minha mão passa direto pela tela. Mas ainda posso vê-la. Penso em *diminuir* no interruptor. Ele dá algumas batidinhas e o quarto escurece.

Que diabos?

Caio para trás nos meus travesseiros.

Minhas lembranças estão atordoadas e misturadas. O mundo de combate. A torre. Minha perna cortada, sangue escorrendo; a porta prateada; voltando. A vitória. O mundo da praia; o exercício de amor/medo. Parecem dias, mesmo semanas.

Então o dr. Rafferty me desplugou; disse que eu precisava de um Implante.

Sento rapidamente e minha cabeça gira. Será que tenho... um Implante?

Um ***sim*** pisca diante de meus olhos.

Oh, céus.

Eu concordei com isso? ***Sim*** novamente. Isso não é o bastante, luto para me lembrar. Eu realmente dei consentimento, não é? Estava tão exausta, pensei que estava morrendo, que era a única forma. Alguém pode morrer de falta de sono?

Assim que penso na pergunta, um registro de enciclopédia passa pelos meus olhos. Sim. Aparentemente, pode.

Uau.

Um Implante vai fazer tudo isso parar? Agora serei capaz de me plugar a qualquer hora como todo mundo?

Sem registro.

Antes que eu possa absorver isso, há um tipo de *ding* dentro da minha cabeça de novo. Foi isso que me acordou antes?

Luna?

Eu pulo. É Hex? Olho pelo quarto; ainda estou sozinha.

— Hã... Sim?

Ele aparece à minha frente, quer dizer, mais ou menos. Ele não está aqui, mas ainda assim posso vê-lo. Percebo que é bem provável que ele também possa me ver, e rapidamente me cubro com os cobertores.

— Luna! Viva, você tem um Implante!

— Sim. Está me deixando tonta.

— Isso só vai durar alguns dias, até que se acostume a integrar tudo. Você está bem?

— Não sei. Sim. Acho que sim. Talvez.

— O jantar é em uma hora. Se levante, você virá. Venho chamar você.

— Ok. Claro.

Ele diz até logo e desaparece.

Isso é *superestranho.*

Consigo me levantar lentamente, com cuidado, mas sinto tudo fora de prumo. Consigo chegar ao chuveiro. Encontro e visto uma túnica limpa e macia e calças. Tudo parece instável, como se meu corpo e meu cérebro não estivessem em exata sintonia.

Fico pronta com antecedência e respiro fundo. Posso descobrir como fazer isso? Eu apenas penso, ou preciso fazer mais alguma coisa?

Papai?

Segundos depois, *plim,* e ele aparece na minha frente.

— Uau! Luna! Você colocou um Implante? — Seu rosto atual é do Dr. Who nº 46, mas impressionantemente continua o mesmo.

— Sim, aparentemente. Pareceu a coisa certa a fazer na hora.

— Você parece bem.

— Hã... Pareço?

Levanto enquanto falo com ele, e ando até o armário; há um espelho lá dentro. Olho para meu reflexo, em choque: estou *bronzeada*. Como isso aconteceu?

A praia. Fiquei uma eternidade torrando no sol naquela praia com Faísca.

Mas era *virtual*, eu não estava lá de verdade. Mas estou... bronzeada?

— Luna? Você está bem?

— Claro. Estou bem, desculpe. Me sentindo ainda um pouco atordoada com o Implante.

— Não se preocupe, vai passar logo.

— Tenho que ir jantar daqui a pouco. Está tudo bem em casa?

— Sim, tudo está bem, embora Jason tenha ficado de castigo algumas vezes na escola... Algo a ver com fritar sapos do laboratório de ciências virtual. E Sally está fazendo uma pequena reforma em casa.

— Claro, ela está transformando meu quarto numa sala de ginástica ou algo assim — falo brincando, mas a expressão em seu rosto diz *na mosca*. — Ah, entendo. Ela está.

— Não numa sala de ginástica, mas, bem...

— Sem problemas. Não devo mais usá-lo.

— Desculpe, Loony-Tunes.

Uma batida na porta, e coloco um sorriso no rosto.

— Tenho que ir, pai. Hex chegou. Tchau!

E desligo.

O sorriso se desfaz. Sem quarto em casa? Não que eu necessariamente pensasse em voltar, mas... Dou de ombros. Bom, de qualquer forma, este quarto é centenas de vezes melhor do que aquele. E esta é minha vida agora; *aqui*. Não vou voltar a ser o que era.

Agora tenho um Implante.

CAPÍTULO 37

Desta vez não sou a última.

Marina está aqui, além de alguns outros. Um a um dos restantes se empilham diretamente no Portal Multidimensional, vindos de seus modernos MD-PPIs, e, pela primeira vez, eu também — embora não seja assim tão incrível. Uma vez plugada, vou direto para o Portal, sem passar pelo corredor e pelo vácuo. Essa é a única diferença? Sinto um vago desapontamento por não passar por lá.

Marina me cumprimenta e eu sorrio, tentando não aparentar como estou me sentindo, porque o dr. Rafferty mentiu descaradamente. A náusea está forte e me concentro em respirar, tentando manter minha expressão normal, enquanto lá no PPI pego uns MANs que estão em meu bolso, só para garantir. Então eu ainda preciso tomá-los, mesmo com um Implante: ótimo.

"Você está bem?", Marina sussurra via Implante. Um sussurro é diferente de uma conversa: é particular, ninguém pode ouvir. Estou me acostumando com as distinções e usos dessa coisa, mas digo "sim" em voz alta, e então percebo o erro. Ela ri.

Hoje é dia de compartilhar habilidades. Vamos para um mundo em branco encontrar o grupo de Hex, e todos vão fazer suas coisas de Hacker enquanto trocamos nossas aptidões. Ficamos em pares até o sino tocar, então trocamos com alguém e no caminho vamos ganhando pontos por aprender novas habilidades e por ensinar bem o bastante o que os outros podem aprender conosco.

Pena que não tenho nenhuma.

Uma porta se abre; Hex espia.

— Cheguem aqui! — ele diz, e passamos pela porta.

— Pensei que um mundo em branco seria, bem, branco — digo a Marina, enquanto olho para o cenário. É como um mundo em miniatura, e há um pouco de tudo: paisagem marinha, montanha, floresta, deserto, vilarejo, prado, pista de esqui e muito mais, porém tudo pequeno e ridiculamente próximo um do outro. No meio de tudo, a porta por onde acabamos de passar.

— Não, apenas significa a falta de um código incomum. Tudo aqui é simples: não há druidas nas árvores, nem vinho na água, nem pássaros falantes. É coisa normal. No entanto, não será quando sairmos.

Claro. É normal ter um mundo em miniatura dividido em seções.

Formamos duplas conforme instruídos e seguimos por caminhos diferentes. Hex vem em nossa direção, mas eu já estava com Marina e, nada de surpresas: estamos indo para o mar.

— Pode me ensinar a ser uma sereia? — pergunto.

— Vou tentar. Mas isso muda seu próprio tecido vivo, é complicado. Vamos tentar primeiro algo mais fácil.

— Como o quê?

Ela para e pensa.

Chegamos à praia. Marina pega minha mão, me puxa para a beira da água.

— Roupas de banho seriam úteis como ponto de partida.

— Então, o que eu faço?

— Não tenho certeza. É estranho.

— Como?

— Hackers geralmente começam quando são muito novos, primeiro com um professor, em geral o pai ou a mãe. E começam a fazer sozinhos quando se torna instintivo, quando podem mexer num código sem ter que pensar. É como aprender a amarrar seus cadarços, você não precisa mais pensar sobre isso. Mas não tenho certeza se é possível aprender essa manipulação na sua idade. Ou, se puder, que método deve ser usado.

— Talvez eu não possa.

Ela inclina a cabeça para um lado, pensa um pouco.

— Tenho certeza de que *consegue* aprender. Foi você quem encontrou portas para os mundos que queria no Portal, não foi? Eu não consegui fazer aquilo.

E escapar através da prata para o vácuo, meus pensamentos acrescentam, mas não tenho certeza se alguém além de mim sabe que fiz aquilo. Sangue virou a cabeça quando a ponte explodiu. Se ele viu, nunca disse nada.

Ela dá de ombros.

— Mas podemos também tentar plugar Implantes e ver se funciona.

— Ok. Como fazemos?

— Feche seus olhos; esvazie sua mente. Você deve ser capaz de ver a grade do Implante lá dentro. É como um espaço de trabalho tridimensional em sua mente.

Eu tento. Olhos fechados e... a mente não esvazia. Há coisas demais atrapalhando: medo de conseguir fazer isso; medo de não conseguir. Suspiro e tento esquecer; imaginar, enquanto respiro, que o medo está sendo lavado pela água que molha nossos pés.

Então, acontece: estou lá. Meus olhos ainda fechados, mas a realidade, a virtual, desaparece, e estou de pé num espaço gradeado, como algum tipo estranho de mapa 3D.

De alguma forma, estou *ciente* de Marina. Ela está lá, uma presença calma se aproximando. Outra grade, separada da minha. Então, por um instante, há duas grades superpostas que acabam se juntando.

Abro meus olhos. Posso ver através dos olhos dela e dos meus; tudo numa curiosa dimensão extra. *Esquisito.*

Sim, não é?, ela pensa, respondendo aos meus lampejos de pensamento. *Para mim, também. Isso não é algo que fazemos normalmente; eu não fazia havia anos. É preciso confiar no outro de verdade; ele pode mexer com você. Mas simplesmente não vejo outra forma de mostrar.*

Mostrar o quê?

Veja. Não rompa a conexão, mesmo se parecer alarmante. Não é real, lembra?

Engulo em seco. *Tudo bem. Faça.* Estou nervosa; disseram que o mundo de combate não era real, mas quase me matou.

O mundo ao nosso redor se transforma no espaço gradeado que vi na minha mente. Nossos corpos, a areia e o mar como linhas desenhadas num diagrama da aula de matemática. A cor não é percebida como cor, mas como variações de código: o azul do mar é um número; a areia, um intervalo. Os cabelos verdes de Marina e os meus olhos cinzentos. Ela está falando dentro de mim e estou tentando escutar, mas só consigo prestar atenção em números belos e elegantes *por todo lado,* e há algum lugar em mim que *se abre*, que diz "Sim, 42.83.22 é aquele tom de azul", como se eu pudesse ver. Puxo as cordas do gráfico: um pouco mais de verde-azulado ficaria bem? E ele muda, assim como os números. Nanna iria adorar isso.

Ei, pensei que era eu quem estava mostrando a você as coisas aqui, Marina resmunga. Ela puxa as cordas e nossas túnicas se transformam em biquínis. Mudo a minha para azul, a de Marina para verde-escuro, que combina com as mechas de seu cabelo.

Seu talento são as cores, não é?, ela sussurra dentro de mim.

Sereia?, pergunto. A palavra não é uma palavra, mas uma coleção de números que codificam *sereia.* Ainda estamos ligadas e entrando no mar, agora mais quente e mais intenso em seu verde-azulado.

Pernas são números; pele, ossos e músculos também. As pernas se juntam, os ossos mudam, a pele se inclina em escamas furta-cor. Diferente de Marina, faço a minha azul -profundo. Caio na água e esgasgo até lembrar: guelras.

Flutuamos debaixo d'água. Vejo Marina com meus olhos, então enxergo a mim mesma com os dela.

Nossas grades permanecem unidas, e há um ruído distante de conversa lá fora; mas tudo o que existe é Marina. Posso sentir seu coração batendo no mesmo ritmo do meu. Seus pensamentos voam ao meu redor: ela está curiosa sobre como consegui fazer isso tão rapidamente; e há um certo humor na sua irritação, já que ela levou tanto tempo para aprender. Agora está olhando dentro de mim, como eu olhei dentro dela. Há um fantasma de outra grade que ambas vemos quando olhamos para o código do mundo. Uma grade prateada?

O que é aquilo? As emoções conectadas de Marina ultrapassam suas palavras — surpresa, maravilha, curiosidade. *Nunca vi nada parecido.*

Meus sentimentos ecoam os dela, então como posso responder? Antes que eu tente, uma onda me pega de mau jeito, fazendo com que eu me choque contra a areia. A conexão é rompida. Sinto um enorme vazio.

Marina olha para mim.

— Caramba, Luna! Você é linda como sereia, mas não muito graciosa — ela diz quando eu vacilo na água, e me abraça pela cintura para eu não cair.

Olho para minha cauda na água.

— Nada mal — admito. — Mas parece que não sei como nadar sem pernas.

Segue, então, uma aula de natação: aprendo a usar minha cauda como uma entidade única, em vez de lutar contra ela. Sinto alegria por nadar em águas profundas sem precisar emergir para respirar; e meus olhos se adaptam para que continuem confortavelmente abertos debaixo d'água.

O tempo está quase acabando, Marina sussurra pelo Implante. *Quer tentar restaurar suas pernas sozinha ou devemos nos plugar de novo?*

Hesito. Parte de mim quer plugar, outra não. *Me diga como fazer sozinha.*

Vá até a grade de seu Implante. Volte todos os códigos para como eram antes. Consegue lembrar?

Vou tentar. Mas não tenho a menor ideia. Foi *instintivo* — não foi essa a palavra que ela usou antes? Consigo fazer sem Marina lá?

Encontro a grade. O mundo desaparece; cores e substâncias vão embora, substituídas mais uma vez por números elegantes. Entro em pânico: como as coisas eram antes? Então descubro o que fazer: usar a segunda grade, a prateada; a selvagem que se esconde dentro de mim. Ela se submete aos meus pensamentos. Lamenta a perda da minha bela cauda, mas faz o que peço. Abro meus olhos, estou de pé na praia. Minhas duas pernas parecem funcionar como deveriam.

Ding.

— Hora de trocar — diz Marina. Ela olha para mim assustada. Hesita. — Luna, se você plugar Implantes com alguém vai aprender mais rápido. Mas só faça se confiar completamente na pessoa.

— Por quê?

— Se tiver segredos, é perigoso. Podem ser descobertos.

Segredos prateados.

Em seguida, estou em um castelo com Hex.

— Belo trabalho — comento.

— Obrigado! Construí na primeira rodada, a partir de uma pedra.

Meu queixo cai. Ele construiu um castelo? De *uma pedra*?

— Mas eu não estava tão ocupado que não conseguisse dar uma espiada rápida em você e Marina.

— E?

Ele assovia.

— Você parecia ter um tipo de cauda de peixe.

— Não era de peixe! Era linda. E ótima para nadar, depois que aprendi como.

— Como conseguiu fazer aquilo? Luna, independentemente do que achava antes, você é uma Hacker. Somente um Hacker poderia fazer aquilo. E poucos podem dominar facilmente habilidades fora de sua própria área. Quem diria que você era um peixe?!

Dou de ombros.

— Então sou uma Hacker. Grande coisa. — As palavras ditas em voz alta me deixam apreensiva. Uma Hacker? *Eu*?

Ele estica a mão, suavemente toca a pele ao redor do meu olho esquerdo, desenhando lentamente um círculo, o que me faz arrepiar.

— Bem aqui. Eu mesmo vou te tatuar quando terminarmos.

Ele repousa a mão na minha bochecha. Seus olhar é intenso, e eu me afasto.

— Isso é realmente necessário?

Ele se surpreende.

— Bem, não. Não é necessário. Mas é um tipo de medalha de honra.

— Vou pensar — respondo, incomodada com a ideia de tatuagens negras na minha pele. Não consigo imaginá-las; parecem *erradas.*

— Ok, vamos tentar uma coisa. Encontre a grade do seu Implante — ele diz, e eu fecho meus olhos. Dessa vez, a grade aparece instantaneamente. A dele está lá também e toca na minha. Eu me afasto, mas não antes de sentir um eco de dor.

Você precisa ter se ligado com Marina, ele sussurra via Implante.

Só da primeira vez. Quero tentar fazer as coisas sozinha, respondo da mesma forma. E me pergunto, num lugar privativo: será que minha reação é por causa do que Marina disse? De que deveria fazer isso apenas com alguém em quem eu confiasse realmente? Mas eu confio em Hex. Ou não? Bem, ele tem estado estranho desde que cheguei. Algo, *alguém,* faz eu me segurar: Melrose. A culpa desperta dentro de mim. Não sei bem o que está acontecendo entre eles, mas não posso fazer nada tão íntimo como isso com o namorado da minha amiga.

Bem, vamos ver se você consegue lançar algum feitiço.

Ele explica, então começo a ver: feitiços são apenas mudanças de códigos lançadas para o exterior e concentradas no objeto ou pessoa alvo do feitiço. E, como aconteceu com o mar verde-azulado, já que sei como trabalhar com os números, posso fazer.

Para mim, as cores são o mais fácil: lançar um feitiço que mude a cor. Azul, novamente. Modifico uma pedrinha, a camisa de Hex, uma cadeira.

— Será que consigo mudar a cor do castelo inteiro? — pergunto a ele.

— Duvido. Mas tente.

Como ficou claro, com algo grande não é mais difícil do que com algo pequeno. Ao invés de concentrar o feitiço num ponto, num único objeto, estabeleci uma reação em cadeia. Ela começa aos meus pés e se espalha pelo chão e pelas paredes, em ritmo acelerado.

— Muito obrigado!

— O quê? — Me viro para Hex. Ele está azul da cabeça aos pés, como um Smurf. Não me contenho e começo a rir. — Desculpe, não fiz de propósito. Será que foi porque lancei o feitiço no castelo enquanto você estava nele?

— Foi como um feitiço multiplicado. Me pergunto se...? Venha — ele diz.

Saímos do castelo e tudo ao redor está *azul*. Paisagem, árvores, mar, pessoas: tudo do mesmo tom, e todos enviando protestos via Implante em nossa direção.

— Ops! — Me volto para Hex. — Como conserto isso?

— Não tenho ideia. Nunca vi nada assim.

Ele não está feliz, e não tem nada a ver com estar azul. Será que é porque peguei a sua habilidade, lançar feitiços, e, de alguma forma, fiz algo diferente com ela, algo que ele não consegue?

— Desculpe, Hex. Não sei o que fazer!

Ele dá de ombros.

— Estou tentando descobrir — diz.

Após um tempo, ele volta ao normal, então explica aos outros, via Implante, como fazer o entorno voltar ao normal também. Gradualmente, o mundo volta ao que era.

Ding.

Agora, outra pessoa.

Então Faísca me mostra como explodir coisas. Sangue tenta me mostrar como diferenciar o cheiro de sangue de vivos e de mortos, mas quando chegamos a um destes, fico tão enjoada que acabo recusando. Outras habilidades se seguiram: aprendo como hackear portas e defesas de computador, e um dos meus favoritos — como voar.

Meu corpo cansado no PPI está sempre lá, é uma consciência separada. Ela me lembra de tomar MANs de vez em quando para evitar que a náusea volte. O corpo está ficando cada vez mais fraco, mandando sinais, mas evito dar atenção. Não quero parar. Cada mudança traz algo novo para aprender, para dominar, e não quero perder um único instante.

Nem todo mundo consegue tudo. Até agora, sou a única que conseguiu ser uma sereia completa, a que melhor conseguiu administrar os feitiços de Hex, pelo menos no básico. Acompanhamos vagamente nossos sucessos e fracassos através dos Implantes. E a única que realiza tudo — fora as habilidades de Sangue, porque não quis — sou eu.

E, de alguma forma, essa nova alegria — manipular as grades, os lindos números, as coisas que posso fazer e que outros não podem — é como uma droga. Mais uma para se juntar aos MANS que tenho tomado.

Estou ligada a algo incrível e não quero mais parar.

CAPÍTULO 38

Uma mão empurra meu ombro.

— Luna?

Eu ignoro.

Ela empurra novamente. *LUNA!* Grita via Implante, e isso não se pode ignorar. Dou um pulo e abro meus olhos. É Marina? Seu olhar está aflito.

— O que é?

— Você está bem?

— Claro. Ótima. Por quê?

— Está sentada aí, balançando para frente e para trás, e murmurando. Você assustou Zippy, e ele sussurrou uma mensagem para mim.

— Eu... Eu...

Olho entre Marina e um garoto cujo rosto vagamente familiar está tão aflito quanto o dela. Ele é Zippy? Sim. Está na turma de Hex. Minha mais recente dupla no mundo do compartilhamento de habilidades. Ele deveria estar me ensinando a... Era algo sobre... Não consigo lembrar. Tenho estado em minha grade, perdida nela. Com os números, lindos números...

LUNA!

Abro meus olhos novamente.

— Você estava fazendo aquilo de novo: murmurando.

— Estou bem, de verdade.

Minto. Estou o oposto de bem... nem um pouco bem... com tanta falta de bem que minha mente nem consegue encontrar uma palavra que se encaixe. Levanto e sinto que estou tremendo. Estive fora de órbita, murmurando, balançando para frente e para trás, e...

O choque me atinge e eu me espanto.

— Isso é o que Nanna costumava fazer.

— Sua avó? O que ela fazia?

Olho para Marina e percebo que disse aquilo em voz alta. Não tinha a intenção.

Minha cabeça está latejando, e a dupla consciência oscila. Meu corpo está exausto. *Estou* completamente exausta.

Preciso sair daqui.

O vácuo está na minha mente: a vasta escuridão. *Paz.* Longe de todos os números que chamam e das linhas das grades.

Começo a me afastar para a montanha, e Marina me segue.

— O que foi, Luna?

— Não sei. Acho que talvez precise de um descanso daqui.

— Sim, boa ideia. Vou com você.

— Não, não precisa. Apenas vou me desplugar um pouco.

— Eu também vou.

— Não. Quero ficar sozinha! — Quase grito.

Ela parece magoada.

— Desculpe, de verdade. Vou ficar bem. Vou bloquear as mensagens do meu Implante, então não se preocupe se não responder.

Enquanto falo, já vou bloqueando: *Implante desligado.* Encontro também a função de mensagem de emergência e a desativo. Ao fazer isso, avisto espirais, uma trilha de dados: para onde leva? Por um canal escondido, sigo o caminho do meu Implante à PareCo, e logo decifro a trilha. Tem funções de rastreamento: cada vez que uso meu Implante, a PareCo rastreia o que faço e onde estou. Desabilito isso também e escondo minha interferência: toda a prática de hackear, aqui, aperfeiçoou minhas habilidades.

Chegamos à porta.

— Só faltam algumas horas para o jantar — ela diz. — Vejo você lá?

— Claro.

Abro a porta e vou direto para o vácuo.

Vácuo? Isso é estranho. Luto para me concentrar no *porquê* de estar estranho, mas os pensamentos escorregam. Ah, essa porta deve ir para o Portal MD, não para o vácuo. Pelo menos, foi assim quando chegamos.

Eu pensava que queria ir para o vácuo, e aqui estou. Hackers não podem fazer isso. Ultimamente, aprendi muito sobre o que eles podem ou não fazer. Podem manipular códigos em mundos e espaços construídos fora do vácuo, mas não podem controlá-lo. Acessar o vácuo e nele criar novos mundos está totalmente sob o controle da PareCo, e de sua memória infinita e velocidade de processamento. Humanos não podem fazer isso.

Então, como cheguei aqui?

Quem se importa? Estou feliz em estar no vácuo. Fico parada e respiro profundamente: existe uma paz aqui como em nenhum outro lugar. O infinito e o nada. Contraditório; ainda assim, estão presentes ao mesmo tempo.

Passeio um pouco. Não seria maravilhoso ficar aqui para sempre? Deve ser aterrorizante estar perdido no vácuo. Mas, para mim, é tranquilo e bonito. Toda a minha inquietação se acalma.

Um golpe diante dos meus olhos: uma conta. Vi uma conta prateada? Parece que estava me seguindo. Mas não quero isso, quero paz.

Deito. É tão suave, tão encantador...

No meu PPI, meu coração palpita.

Lá, há passos, vozes. Quero somente o silêncio. Meu corpo está incomodando com suas reclamações, seus sinais.

"Não há muito mais tempo, eu acho", uma voz animada. "Ela logo estará pronta."

Com um enorme esforço, abro um pouco meus olhos no PPI. Dr. Rafferty está lá com uma mulher de jaleco branco. Estão verificando as telas e conversam em tom baixo. Não consigo mais ouvi-los.

Ouça, digo a mim mesma, e tento, mas é difícil. Sento no vácuo e abro meus olhos, tentando me concentrar no PPI.

... o esquema do Implante-beta... interação com drogas... colheita...

Eles saem, e fico aliviada. Todas aquelas palavras querem atormentar meus pensamentos e, como as contas-fantasma, as afasto. Quero paz. Quero dormir no vácuo.

Mas alguma coisa me fere e me cutuca por dentro. Fico sentada e olho ao meu redor: para a escuridão sem fim, as pequenas luzes prateadas que dançam.

Elas são lindas; parecem completamente aleatórias a maior parte do tempo. Mas não agora.

Um arrepio me percorre a espinha.

Estão formando letras prateadas. A princípio, muito vagas e imateriais para ler, mas então, aos poucos, se juntam.

Luna.

Eu sorrio. Sim, sou eu.

É hora de ir.

Ir para onde? Estranho.

Voltar para o seu corpo. Vocês precisam um do outro.

Sim. Deveria, não é? Voltar para meu corpo confuso, com um coração palpitante e ouvidos tampados com algodão.

Mas é difícil. Estou tão fraca.

Volte. A palavra vibra em prata. ***Volte agora.***

Tudo bem, mas dessa vez pelo caminho mais fácil. Digo a mim mesma para desplugar no PPI. Não é simples como sempre; minhas mãos parecem mais pesadas. Mas, finalmente, consigo. Afasto a conexão e estou *de volta*. De volta ao meu corpo.

Não é um encontro maravilhoso.

Preciso me esforçar para sentar e, quando consigo, estou tremendo por causa do esforço.

Estou muito fraca, como um filhote recém-nascido. Por quanto tempo fiquei plugada? Estranho. Devíamos desplugar para o jantar, não é? Mas desplugamos? Pensando bem, não consigo lembrar. Foi como se sempre estivesse quase na hora do jantar. Mas estava, alguma vez?

Consigo ficar de pé sobre minhas pernas trêmulas, me segurando contra o sofá do PPI, então faço algumas tentativas de andar até o monitor. Eu costumava verificar o do meu pai o tempo todo. Este é diferente, mas parecido o suficiente para eu entender como funciona.

Quarenta dias. Estou plugada há quarenta dias? Um suporte de vida estava ligado me dando todos os nutrientes necessários para sobreviver. Mas com a dupla consciência que sempre tenho quando me plugo, meu corpo nunca dorme como o dos outros.

Então, não durmo há quarenta dias. Isso não pode ser bom.

Cama. Sono. Sim, é disso que preciso. Saio do PPI, sigo para o corredor cambaleando com uma mão na parede e então vou para as escadas que levam ao meu quarto. Ouço vozes nas escadarias acima.

Desço os degraus ao invés de subir, me escondendo, mas por quê?

Me sinto como se estivesse flutuando, como se ainda não estivesse de verdade no meu corpo. Está leve, está mal. Puxo minha túnica; essas roupas não parecem certas.

Depois que os passos desaparecem no corredor acima, subo as escadas até meu andar, e cada degrau exige mais esforço que o anterior. Consigo chegar ao meu quarto e, enfim, fecho a porta. Tiro todas as coisas da PareCo e visto minha calça jeans e a blusa — tudo meu. São mais pesados, mas são mais *meus*. De alguma forma, me sinto mais ancorada no mundo com eles.

Hora de dormir?

Olho para a ilha através da janela: o planalto verde e o mar cintilante além. É outro dia lindo, quase como o programa de clima da PareCo para garantir que a cúpula gigante do salão de entrada sempre reflita a luz do sol no mesmo padrão.

Sinto-me oprimida por sentimentos de clausura: o vidro, as paredes, os cobertores e travesseiros macios e quentes que estão me chamando, em todas as cores claras como das roupas que descartei, tudo se fechando em mim num belo, macio e apertado abraço da PareCo. Posso me sentir claustrofóbica neste quarto gigantesco?

Sim. Quero sair daqui, desesperadamente.

Encontro o mapa que Marina minimizou na minha interface no dia em que chegamos. Na base de nossa escada há uma saída de emergência.

Mesmo antes de pensar, já estou fora do quarto, andando pelo corredor. Ouço passos vindos da outra direção e me escondo num vão de porta. Espio: eles param numa porta e abrem. Aquela é a minha porta? Estão indo para o meu quarto?

Não quero me atrasar. Preciso de ar, ar fresco, *ar de verdade*. Espero até que a porta se feche e mudo meus planos. Não vou descer pela escada mais próxima, caso estejam procurando por mim. Vou seguir e descer pela seguinte.

Passo por uma porta atrás da outra — nossa ala de quartos, refeitório, cozinhas, lugares sem placas de informação. Paro para descansar de vez em quando. Existe uma tentação forte dentro de mim de me enrolar num canto. Bem aqui mesmo, no chão, e dormir. Quem iria saber? Ou me perder num canto de uma dessas infindáveis salas. Tento algumas maçanetas; todas trancadas.

Quando alcanço a escadaria seguinte, sinto novamente toda a luz, até mesmo nas minhas roupas, e me movimento cada vez mais lentamente. Isso é o que me salva.

Aqui há câmeras com detectores de movimento como os da escola. Aqueles que despistei tantas vezes para matar aula. Ando lentamente, em silêncio e sem movimentos bruscos, e eles não disparam.

Tantos degraus para descer... Tantas escadas... Paro, sento num dos vãos, segurando a cabeça. Não consigo, não consigo...

Meu peito aperta, não consigo respirar. Preciso sair daqui. Fico em pé, lentamente, usando o corrimão. *Continue, Luna, você consegue.*

Finalmente, chego à base do último lance de degraus. O que há aqui? Um beco sem saída. Uma parede de tijolos.

Quase grito de frustração. Será que me enganei quando olhei aquele mapa? Não havia uma saída de emergência na base de todas as escadarias? A simples ideia de ter que subir todos aqueles degraus novamente me faz chorar, mas estou cansada demais para levantar a mão e enxugar as lágrimas.

Poderia plugar a minha tela de interface com o Implante para verificar o mapa, ver se há outro caminho, mas, se fizer isso, as funções de rastreamento serão reativadas. Eles saberão o que estou fazendo e que estou aqui.

Uma parede de tijolos. Um Implante.

Olho para ela: parece uma parede de tijolos comum, mas por que haveria uma aqui? Por que as escadas levariam a uma parede? Não faz sentido.

E se não for real?

Havia muros de tijolos no centro de testes; eu não podia vê-los, mas Gecko podia, porque tinha um Implante. Agora tenho um. Embora ele tenha dito que Jezzamine e Danny — que, como eu, também precisavam tomar MANS para se plugar — podiam identificar imagens de Implante que não eram reais. Essa parede de tijolos parece bem real.

Mas dr. Rafferty disse que tenho um Implante-*beta*, diferente dos que Jezzamine e Danny tinham. Será que a PareCo conseguiu superar a falha?

No entanto, como saberiam que eu poderia tentar fugir a ponto de modificar meu Implante para me deter com uma parede falsa? Talvez não tenham. Talvez as saídas de emergência tenham sempre paredes falsas e eles apenas as desabilitem caso haja uma emergência real. Talvez isso seja uma coincidência e estejam me aplicando outros testes: paredes falsas ou pessoas falsas. Ou tudo falso, na verdade. Como posso saber o que é ou não real?

Gecko me disse que a maneira de atravessar um campo de força era não empurrar. Luto para lembrar exatamente o que ele falou. Foi alguma coisa como me fundir com o campo para passar.

Mas ele tentou e não conseguiu superar o que via com seus olhos, não conseguia entrar na parede como eu conseguia, mesmo quando soube o que era. Então, como sou capaz disso?

Espere. Será que posso ver o que me cerca através de minha grade prateada, mesmo não estando no virtual agora? Fecho os olhos e *procuro* pela prata: ela acena, é uma sombra-fantasma. Me concentro nela, puxo as cordas e ela estica. Estou em minha grade, abro os olhos. Como nos MVs, a grade prateada se sobrepõe a tudo o que vejo. A imagem da parede de tijolos do Implante ainda está lá, mas geminada com uma estranha luz pulsante. É um campo de força.

Coloco minhas mãos gentilmente contra ele. Como no centro de testes, há uma pequena entrega, então ele me empurra de volta. Continuo tentando, de diferentes formas, com abordagens diversas, mas em todas ele me empurra de volta.

Me inclino contra a parede e desisto. Tudo o que eu quero é *descansar,* não solucionar problemas; nem mesmo me mover. A prata desaparece e minha mente vagueia.

Entro num sono acordado. É quente. Quente como aquele campo de força do centro de testes. *Quente... sono...* E eu caio.

O quê? Acordada por um empurrão, eu me viro. Estou do outro lado da parede. Será que caí no sono contra ela e então atravessei? Será esse o segredo de atravessar um campo de força sem empurrar: cair no sono? Toco a parede e minha mão entra facilmente nela. Então, é um problema de um lado só: do lado de cá, é fácil atravessar; do outro, é difícil.

Me afasto da parede e vejo uma porta para o exterior.

Não consigo ver alarmes. Será que acharam que uma falsa parede de tijolos seria o suficiente? Estico a mão trêmula para empurrar a porta; ela abre e eu saio para uma deslumbrante luz do sol.

Fecho a porta, me encosto nela e *respiro* fundo: ar fresco, ar de verdade. Os nós dentro de mim começam a afrouxar um pouco.

Saio da PareCo e ando em direção à planície vulcânica. Embora, olhando das janelas acima, pareça quase lisa, de perto é uma caminhada difícil. Preciso escolher um caminho irregular através de árvores frágeis e baixas, pular entre tufos de grama para evitar o chão úmido entre elas. O canto dos pássaros, minha respiração difícil e o bater das ondas nas rochas cada vez mais alto são os únicos sons à medida que me aproximo dos penhascos e do mar. Dou um salto e me foco a tempo de ver um passarinho correndo pelo chão, como um rato.

Tropeço, os últimos restos de energia estão se esvaindo. Nem sei por que continuo andando. Se virar para trás, ainda posso ver os olhos de vidro da PareCo olhando para mim: é isso?

Rastejo. Paro e descanso um instante, então rastejo um pouco mais. Agora posso ouvir uma música nova: água. Água corrente? Uma cachoeira. Linda, como a cachoeira de Gecko.

Mas esta é real. Ela cai pelas rochas até aqui, formando uma piscina, e então sobre os penhascos, até encontrar o mar. Há um verde exuberante que toma conta de tudo — árvores, samambaias e grama —, desconhecido e exótico aos olhos londrinos. Me ajoelho na borda da piscina natural e bebo da água; gotas frescas respingam e acalmam minha pele. As árvores bloqueiam os olhos de vidro; as folhas caídas e a grama são macias. Elas me acolhem.

Eu durmo.

CAPÍTULO 39

Frio. O frio está me alcançando profundamente, me trazendo de volta. Não quero, mas ele provoca minha consciência até finalmente não poder mais ser ignorado. Espreguiço, bocejo e abro os olhos.

Já é noite. Há quanto tempo estou aqui? Sento e esfrego minhas mãos frias em meus braços gelados, então abraço meus joelhos.

E agora, Einstein?

Não tenho respostas. Estou congelando e me assusto com os ruídos estranhos que sussurram na noite. Há cobras aqui? Brigo com a ânsia de ligar meu Implante para verificar, mas não quero ser rastreada até este lugar, que é só meu. Um segredo que não desejo compartilhar.

Através das árvores, brilha a distante cúpula de vidro da PareCo, refletindo a lua cheia e a luz das estrelas. É lindo, mas o que estão fazendo comigo? Minha mente está zonza, ainda presa entre o sono e a exaustão. Ela não quer pensar.

Estou a quilômetros de distância; não acredito que cheguei tão longe.

Estou com fome, mas aqui só tem água, e não existe mais ninguém nesta ilha além da PareCo. Não há como sair daqui sem ela, mesmo se soubesse para onde ir.

Não há alternativa. Mesmo com minha barriga se contorcendo numa confusão de desejo e medo, preciso voltar.

Mas ainda não estou pronta.

O que estava acontecendo comigo naquele lugar? Eu estava *amando* ser uma Hacker, brincar com a grade e os números, puxar fios para transformar a mim e ao mundo ao meu redor. Tão obcecada com o que estava fazendo virtualmente que ignorei meu corpo. Será que poderia ter morrido se não tivesse saído naquele momento? Algo me diz que *sim*. Eu não estava muito longe de me perder completamente, inclusive perder a força para me desplugar. Não dormir fez com que eu me sentisse drogada.

Eu estava delirando? Aquelas letras prateadas no vácuo, soletrando meu nome, me mandando ir embora... *Devo* ter imaginado aquilo.

Mas a privação de sono é tudo? Quando deixei Marina, eu estava balançando e murmurando, como Nanna costumava fazer; e nem mesmo tinha me dado conta daquilo até ela me dizer.

Mas Nanna costumava dormir bem — no caso dela, aquilo não era resultado de privação de sono. Então, por mais que eu relute em admitir, pode ser *genético*. Talvez o meu problema seja o mesmo que o dela e, independentemente do que eu faça, vou acabar daquele jeito: delirando, passando por muitas crises. Morte.

Ainda assim, realmente sinto como se tivessem me drogado.

Nanna vivia assim; tomava tantos remédios que era difícil acompanhar sua rotina.

Mas eu também fui drogada, certo? Estava tomando MANS aos montes...

De repente, caio em mim. O que *exatamente* escutei por acaso do dr. Rafferty no PPI, quando ele pensou que eu estava dormindo? Tento me concentrar ao máximo, mas é difícil lembrar, porque estava confusa naquela hora... Sei apenas que foi alguma coisa sobre Implante-beta e interações medicamentosas.

A única coisa que eu tinha tomado eram MANS. Nunca contei a ninguém. Então, ou estavam me espionando, ou vasculharam meu quarto. Porque o dr. Rafferty disse que, se eu colocasse um Implante, não precisaria mais dos remédios, logo, ele sabia. Estava errado quanto a isso, mas...

Espere: fiquei plugada por *quarenta dias.* O suprimento de MANS que tinha no bolso teria acabado nesse período. Não tinha ideia que havia se passado tanto tempo; deve ter alguma relação com hackear. Pode ser que quando eu esteja na grade leve muito tempo, embora aparentemente tudo aconteça bem rápido. Mas eu não enjoei, tomei MANS quando pensei que precisava, mas não com frequência suficiente para cobrir quarenta dias.

Existe apenas uma resposta possível: a alimentação de nutrientes do PPI contém drogas; foi por isso, provavelmente, que Rafferty disse que eu não necessitaria mais tomá-los. Ele fez parecer que era por causa do Implante, mas, obviamente, mentiu. As drogas estavam dentro do meu PPI; tinham que estar.

Será que estavam fazendo experiências comigo para saber se é possível mudar os Implantes e as drogas, de modo que mesmo aqueles que tomam MANS não possam identificar falsas imagens dos Implantes? Terá sido por isso que vi a parede de tijolos somente como uma parede, e apenas como um campo de força por causa da minha grade prateada?

Eles não podem drogar pessoas ou fazer experiências com elas sem consentimento; isso *tem* que ser ilegal. Quem sabe o que mais podem estar fazendo? Se estiver certa, posso denunciá-los; mas, por enquanto, são apenas suposições. Talvez o pai de Melrose possa ajudar, no entanto preciso de provas.

Acrescento isso a todos os outros motivos; mesmo que tudo dentro de mim grite *péssima ideia*, preciso voltar.

Levanto e solto um gemido: rígida, dolorida e ainda cansada. Então me viro para beber água da piscina natural e vejo estrelas refletidas na água. Me aproximo um pouco mais e me ajoelho; de repente, alguém está lá, me encarando.

Cabelo negro... Pele clara... Prata.

Astra?

Medo corre em minhas veias e pulo para trás.

Estou delirando? Hesitante e trêmula, me inclino de novo.

Não. Não estou alucinando; pelo menos, não é Astra nem seu fantasma, mas meu próprio rosto refletido na água. Mas, ao mesmo tempo, não é nada disso. Arrepios percorrem meus braços: me pareço com Astra, e há traços prateados ao redor do meu olho esquerdo.

Desvio o olhar, esfrego os olhos e volto para meu reflexo.

Prata? Ao redor do meu olho?

Ainda estou drogada, é isso?

Não. Agora minha mente está mais clara; ainda cansada, mas não exausta e incapaz de pensar como antes. Todas as sinapses disparando em alta velocidade.

Prata como minha mãe e como Gecko. Levanto uma mão trêmula para tocar as marcas: as espirais e os padrões são muito bonitos. E elas não saem quando esfrego, porque são parte da minha pele. Naquela noite com Hex, pensei ter visto alguma coisa em meu rosto, mas me convenci de que era apenas a luz das estrelas brilhando na superfície da cúpula, o infinito reflexo do vidro, mas eu estava errada.

Gecko e Astra eram P'Hackers; sua prata apenas visível para alguns, e apenas à luz das estrelas. O tipo especial de Hacker que a PareCo não consegue detectar.

Meus pensamentos giram quando lembro de tudo o que fui capaz de fazer nos MVS... Eu não estava hackeando, pelo menos não da forma como os outros fazem; eu estava *P'hackeando.* Por isso consegui aprender tão rápido. A grade prateada dentro de mim? Isso não é parte do Implante, é parte de *mim.* Uma vez que aprendi a usar a grade do Implante, foi um passo simples para a grade prateada. Foi assim que fiz aquelas coisas.

E Gecko me levou para o vácuo através de um alçapão prateado, de onde desceu uma escada prateada para meu corredor do Temporreal. Ele fez aquilo como um P'Hacker. Mas houve outras portas prateadas: como aquela por onde caí e que me salvou de Sangue no mundo de combate. E a porta do MV que me levou direto para o vácuo.

Será que eu as fiz? Acho que sim. Quando eu queria algo desesperadamente, estava inconscientemente acessando a grade prateada de P'Hacker?

Hackers não podem acessar o vácuo sem a PareCo, nem manipulá-lo. Mas eu posso.

Começo a andar de volta para a PareCo, feliz com o luar enquanto escolho o caminho. O ar noturno não está tão frio agora, e algo dentro de mim está estranhamente energizado.

Então, sou uma P'Hacker. Como Astra. Como não percebi? A grade prata, tudo que sou capaz de fazer. Agora que eu sei, tudo parece muito evidente, embora antes eu não conseguisse perceber — como acontece com a maioria das coisas que perdemos e não encontramos.

Talvez eu não seja louca nem vá ficar. Talvez Nanna não fosse também; tudo era efeito das drogas que os médicos lhe davam, como as que eu tomei aqui e que me fizeram balançar e murmurar como ela costumava fazer.

É provável que Gecko também não fosse. Ele não confiava na PareCo, pensava que Jezzamine e Danny haviam sido mortos por eles. Falou que tinha sido capturado e que estava sendo trazido para cá, mas eu não acreditei.

Melhor seria ter acreditado.

Gecko, onde está você?

CAPÍTULO 40

Será que eles podem me ver andando ao luar? Quanto mais perto chego da cúpula da PareCo, menos lugar existe para me esconder. Sigo em frente, não há mais nada que possa fazer.

Sigo para a porta, uma diferente daquela por onde saí. Ela abre; do outro lado há uma parede de tijolos. Dou de ombros e passo direto.

Subo as escadas para o meu andar e sigo até o meu quarto, esperando que alguém pule na minha frente e grite "Peguei!". Mas está tudo tranquilo.

Se não foi um pesadelo induzido por sonambulismo, alguém esteve no meu quarto logo depois que saí ontem. Agora nada parece remexido, ninguém está aqui. Primeiro? Um longo banho quente. Roupas limpas; as do centro de novo. Estou profundamente sonolenta, mas apenas isso, e não exausta e confusa como ontem.

Necessariamente alguém deve vir me fazer perguntas. Mas e até isso acontecer?

Me aconchego na cama, fecho os olhos e durmo instantaneamente.

Toc toc toc toc.

Abro um olho. Luz entrando no meu quarto e alguém batendo com força na porta.

Não há sentido em adiar: eles simplesmente pegarão as chaves. Levanto, me espreguiço e abro a porta.

— Marina!

Ela me abraça.

— Estou tão feliz que você esteja bem.

— Claro que estou bem. Apenas dormi por, tipo, um milhão de horas. — O ronco da minha barriga é audível. — E agora estou faminta.

— Você está com sorte, o jantar sairá em dez minutos. Eles mandaram que todos se desplugassem para conhecer a nova turma de residentes.

— Novos residentes?

— Sim, a próxima turma está aqui. — Ela me olha. — Penteie seu cabelo e ligue seu Implante. Acho que quebrei uma unha esmurrando a porta.

Marina espera enquanto me penteio e escovo os dentes. Penso *Ligar Implante*, e uma leva de mensagens não respondidas passa piscando: algumas de Marina, uma de Papai e outras de Hex.

E então: *ding*. É o dr. Rafferty, chamando aqui e agora.

— Olá, Luna.

Não posso ignorá-lo, posso?

— Oi — respondo, e sua imagem aparece na minha frente.

— Aí está você. Venha me ver após o jantar.

Sua expressão é calma, imperturbável. Nada nela diz "Onde diabos você estava?". Não parece um encontro como o que eu estava esperando, apenas mais um, igual aos outros.

— Venha, vamos.

Marina me dá o braço e me puxa.

Estava me perguntando se eles nos colocariam numa sala maior, teriam mais mesas ou algo assim, mas não: mesmo refeitório, mesmas mesas. Nosso grupo está aqui, e também os novos residentes. Nenhum sinal de Hex ou de qualquer outro de sua turma.

— Para onde foi o grupo de Hex?

— Eles graduaram — diz Marina.

— O quê? Mas onde estão?

Marina dá de ombros.

— Não sei. Todos pareciam incrivelmente orgulhosos de suas designações ultrassecretas e disseram que não podiam nos contar. Agora estão trabalhando fora. Tivemos uma festa virtual de despedida noite passada. Você perdeu.

Olho estarrecida para ela. Todas aquelas mensagens de Hex que eu nem mesmo olhei.

— Mas eles não estão mais aqui, na ilha?

— Não sei. Talvez não, saíram esta manhã, mais ou menos na mesma hora em que a nova turma chegou. Devia haver barcos prontos.

Nos sentamos e fomos apresentadas aos novatos. Os olhos deles estão arregalados. Será que os meus ficaram assim? Todos impressionados com a PareCo, as roupas, os quartos, o equipamento de última geração. O que se pode aprender a fazer e a competição.

Desfoco por tempo suficiente para verificar as mensagens de Hex. Começam com "Onde está você, está tudo bem?". Passam para um tom aborrecido com a falta de resposta. Terminam com um adeus. Tento enviar uma mensagem: sem resposta. Ele não está me ignorando: o retorno que recebo é de *Implante não encontrado*. Será que seu Implante está desligado como o meu estava antes? Onde ele está?

E o que vou dizer a Rafferty?

O dr. Rafferty sorri quando entro em sua sala.

— Sente-se — ele pede. — Chá?

— Não, obrigada.

— Tenho andado preocupado com você, Luna. — Ele é sério e sincero. — Onde esteve?

— Não tenho muita certeza. Estava realmente exausta, não conseguia pensar direito. Fiquei andando por aí e caí no sono. Acordei e voltei para dormir no meu quarto. Só acordei quando Marina esmurrou minha porta, pouco antes do jantar.

— E seu Implante?

— Desliguei. Não queria ser acordada.

— Impressionante ver quanto aprendeu com o compartilhamento de habilidades. Foi lá que aprendeu a hackear seu próprio Implante?

— De certa forma.

Ele se encosta na cadeira.

— Tem certeza de que não quer chá? — Ele serve sua xícara. — E como você se desplugou do mundo de treinamento?

Ele pinga leite em seu chá, os olhos não desgrudam de mim.

Dou de ombros e minto.

— Como sempre. Saí através da porta do MV para o Portal MD.

— Entendo — ele diz, mas há alguma coisa por trás de seu olhar meigo. Será que ele sabe que não estou contando tudo?

Ele sorri.

— Não fique tão preocupada. Nós da PareCo adoramos um desafio. Também adoramos rebeldes, mesmo os mal orientados; todo o material interessante que conseguimos com eles. Alguns dos nossos mundos virtuais mais populares são administrados por felizes funcionários do Tanque de Pensamento PareCo, que costumavam ser rebeldes. — Seus olhos cintilam como sempre, mas desta vez não me deixo enganar. — Quando encontramos o nicho certo, eles podem ser muito criativos e úteis. Não se preocupe, Luna. Vamos encontrar o nicho certo para você.

Naquela noite fico acordada, olhar perdido para o teto.

Eles nos querem competindo em seus jogos para aprender e hackear cada vez melhor. Para então nos usarem na criação de mais jogos, que irão prender mais jogadores.

Não quero mais brincar.

CAPÍTULO 41

A PareCo talvez goste de rebeldes, mas apenas enquanto são pontuais. Sou fuzilada pelo olhar de Sorridente quando chego por último para a próxima aventura. E arrastada por Sangue, o escolhido para ir atrás da desgarrada quando ignorei uma convocação via Implante.

Desta vez Marina é uma das líderes, e escolhe primeiro a mim. Será porque somos amigas, ou porque me saí tão bem no compartilhamento de habilidades, que sou uma Hacker a ser considerada? Tento não dar importância, mas não consigo.

Sorridente sorri.

— Hoje vamos a um mundo de jogo ficcional: Reiniciados 12. — Ela joga uma moeda. Marina escolhe, mas perde. — Pode escolher ser Lordeiro ou Reiniciado — Sorridente diz para o outro líder. Após consultar o grupo, escolhem Lordeiros. Principalmente por causa do figurino, pois aparentemente ficarão mais bem-vestidos de preto.

Nossa equipe se encontra no corredor de Marina. A náusea me ataca na hora, mas resisto à tentação de tomar alguns MANS no meu PPI. Instantes mais tarde me sinto melhor, e então o enjoo passa completamente. Essa é a prova: eles *têm* que estar me dando drogas através do alimentador do PPI, como imaginei. Mas estar certa, para variar, não é uma boa sensação.

Agora todos estão aqui. Há uma nova porta de MV com a marca *Reiniciados 12* ao final do corredor de Marina. *Pelo menos, somos os mocinhos*, Marina sussurra via Implante e suspira.

— Que mundo ficcional é esse, "Reiniciados"? Nunca ouvi falar — digo em voz alta.

— Não estudou isso nas aulas de Inglês? — Marina estranha. — O romance era usado como exemplo do que pode acontecer quando os dirigentes governam irracionalmente, em busca de seus próprios interesses, e como os fins não justificam os meios. Esse tipo de coisa.

Dou de ombros.

— Dormi muito nas aulas.

— Os primeiros mundos Reiniciados seguem as tramas dos romances; do Reiniciados 4 em diante, usa-se apenas o conceito do mundo para algumas coisas divertidas de combate. Reiniciados 12 é novo, mas imagino que seguirá essa tendência. Basicamente, como em Reiniciados, somos criminosos menores de idade capturados, e nossas memórias são apagadas como punição. Lordeiros são parte do governo maligno que queremos derrubar para deter a Reiniciação e restabelecer a livre democracia.

— O que fazemos, encenamos uma rebelião?

— Mais ou menos, mas há um porém. Teremos Nivos em nossos pulsos. Estão conectados às emoções, ou seja, se ficar triste ou zangada, é eletrocutada; se for longe demais, morre. Então não podemos cometer nenhum ato de violência. Se nos capturam, acabam com a gente. E eles têm todo tipo de arma legal.

— Ótimo. Parece uma luta muito justa.

Passamos pela nova porta MV e, do outro lado, o figurino muda instantaneamente. Todos estamos vestidos iguais, com calças pretas, camisetas brancas sob moletons marrons com *Escola Lord Williams* bordado. Uniformes antigos de escola? BREGA. E aqui estão: Nivos em nossos pulsos. Têm leitores digitais; o meu diz 5.1.

— O que esse número significa?

— É como um alerta de humor, indica quanto está feliz. Cinco é razoável, e você passa a ter problemas se cair abaixo de três.

— Essas coisas funcionam de verdade?

— Experimente isso — diz Marina. Ela finge torcer o aparelho um pouco, e eu o torço o máximo que consigo. *BUM.* Dor no crânio, como se tivesse levado uma martelada. Pontinhos à minha frente. Agora há números piscando em vermelho no meu Nivo: 4.2... 3.9...

— Faça alguma coisa! Fique feliz rapidamente, ou será eletrocutada e vai doer muito mais — diz Marina.

Fecho os olhos e encontro minha grade. Me vejo através dela; o aparelho no meu pulso. Está realmente ligado a um chip no meu cérebro? *De jeito algum.* Que tipo de governo maligno faria isso com adolescentes? Mas ele não pode ser hackeado neste mundo; não está acessível. Não do jeito *normal*, quero dizer. Hackeio meu Implante para bloquear a monitoração da PareCo. Então busco a sombra prateada dentro de mim. Alguns ajustes, umas retorcidas, e vão embora: o Nivo, o chip, o pacote todo. Se os personagens tivessem feito *isso*, seria um conto, não um romance.

Abro meus olhos. Os outros estão me encarando, de boca aberta. Olham para meu pulso vazio.

— Como fez isso? — um garoto pergunta. — Esse é um protocolo não manipulável do mundo.

— Deveríamos tomar uma iniciativa. A essa hora, já devem estar nos rastreando — diz Marina, interrompendo antes que eu possa tentar pensar no que dizer. Há uma descarga de informações em nossos Implantes, mapas com caminhos para nosso acampamento e movimentos conhecidos dos Lordeiros.

— Nos separamos em pares e nos encontramos lá — diz Marina. Ela me puxa para a floresta.

— Espera. Quer que eu tire seu Nivo?

— Você pode?

— Acho que sim, mas teremos que juntar nossas grades. E isso eu não vou fazer com os outros.

— Tudo bem — ela diz.

Fechamos nossos olhos. Encontramos as grades e conectamos. É como antes: posso ver através dos olhos dela, sentir seus batimentos sincronizados com os meus.

E eu posso sentir os seus.

Isso é um segredo.

O que é?

Desta vez ela não vê apenas uma sombra atrás da outra grade; a grade prateada assume o controle. E, em segundos, seu Nivo e seu chip vão embora.

Ela está totalmente maravilhada. *Não se preocupe, Luna. Não vou contar a ninguém. Não posso, porque não tenho ideia do que era aquilo, ou do que você fez, então, como poderia?* Ela hesita. *A PareCo deve estar monitorando a grade de seu Implante, embora eu não tenha certeza se podem ver o que fez. Já que não usou aquela grade.*

Tudo bem. Eu os bloqueei.

Você fez o quê? Surpresa. Inveja. *Me mostra como?*

Outra hora. Vamos sair daqui.

Desplugamos e corremos entre as árvores, seguindo o mapa aberto em nossas mentes.

— Isso é brilhante — diz Marina. — Agora podemos acabar com os Lordeiros! Eles nem saberão o que os atingiu.

— Talvez pudéssemos ir disfarçadas como Lordeiras.

— Gosto dessa ideia, qualquer coisa para nos livrarmos dessas roupas horríveis.

Então ela começa a planejar, sussurrar para mim via Implante, e tudo parece bom e executável.

E quero que nossa equipe vença, mas, acima de tudo... eu quero vencer. Há um louco impulso dentro de mim enquanto corremos, como quando estávamos no mundo de compartilhamento de habilidades: quero fazer mais e mais. Quando estávamos no mundo de combate, eu não tinha essa ânsia de vencer, porque estava assustada demais. Agora as coisas são diferentes.

Ou não?

Estamos apenas fazendo o que a PareCo quer, o tempo todo. Competimos, eles espionam através de nossos Implantes; aprendemos coisas, eles usam o que fazemos. Qual a finalidade?

Gecko disse que a PareCo usa Hackers. Que os coloca uns contra os outros para atiçar seu lado competitivo; que Hackers são encorajados a se rebelar e hackear o sistema para que possa ser usado. Considerei muito do que ele disse como loucura, mas não foi isso também o que o dr.Rafferty sugeriu?

Se Gecko estava certo sobre isso, talvez também estivesse sobre todo o resto. Mesmo Hex tendo dito que ele me sequestrou depois do acidente. Será que Gecko é perigoso?

Talvez, mas não para mim. Agora que me concentro melhor, me lembro de Gecko como era: seu sorriso, a sensação firme de sua mão, aquele dia que passamos juntos no mundo da cachoeira... Não.

Então, o que estou fazendo? Por que estou aqui? Tirando a parte da falta de escolha, não *tenho* que fazer o que eles querem. Não *tenho* que competir. Decidi isso noite passada, mas assim que chegamos aqui, eu mudei.

Será que os MANS estão me fazendo querer vencer a qualquer custo, ou é outra coisa? Talvez seja outra coisa em *mim*.

Meus pés começam a ir mais devagar. Não estou certa, preciso parar de tomar os remédios. No entanto, não posso ficar aqui sem eles, posso? Sem ficar enjoada?

Desejo que Gecko estivesse aqui. Queria poder perguntar de novo sobre tudo isso, agora que estou começando a perceber que ele talvez estivesse certo.

Marina está se afastando. Sussurro para ela via Implante: *Desculpe, Marina, preciso sair um pouco. Consegue ir sem mim?*

Ela para e se vira; olha para onde estou. *Por quê? Tem algo melhor a fazer?*

Não exatamente, apenas uma coisa que preciso fazer.

Ela faz uma pausa. *Você está bem?*

Sim.

E pensar que escolhi primeiro você.

Desculpe.

Ela olha curiosa para mim, mas não pergunta. *Tudo bem. Faça o que tiver que fazer. Nos encontramos mais tarde.*

Ela desaparece dentre as árvores.

Vou para dentro do mato, longe de qualquer caminho, para me esconder. Preciso tentar isso.

Desta vez não preciso me aproximar da minha grade de Implante; não posso correr o risco de eles cortarem *isso.* Fecho meus olhos, a grade prateada está lá. Se posso hackear meu Implante, por que não o meu PPI? Neste momento, estou presa a ele e a mim.

No mundo Reiniciados, ignoro o sussurro das árvores, o ar frio, o chão úmido e as folhas secas caídas. Me concentro em meu corpo no PPI. Acho minha grade prateada *lá,* então a sobreponho ao alimentador de nutrientes do PPI. Escondido entre tudo, há algo que não devia estar lá: um alimentador de remédios. E também vejo todas as variações nas constituições e dosagens, e o sistema de rastreamento conectado aos registros do meu Implante. Eles estavam fazendo variações, monitorando a ingestão conforme a minha performance como hacker nos MVS.

Agora que encontrei, desligar o alimentador de medicamentos e o sistema de rastreamento conectado a ele é simples.

Me sento no mundo dos Reiniciados. O que acontecerá agora que as drogas foram desligadas? A resposta vem quase instantaneamente. Quando tomo os comprimidos, eles duram um determinado período de tempo; não é assim agora. O enjoo me atinge quase ao mesmo tempo em que o alimentador de medicamentos é desligado. Tento controlar, inspirar e expirar lentamente. Mas é horrível. Quase volto para religá-lo; talvez se *eu* o controlar, diminuir a dosagem com o tempo, consiga me livrar aos poucos.

Não.

Não quero ser uma marionete da PareCo. Preciso encontrar Gecko, descobrir o que ele sabe. Quero sair daqui.

Quero sair daqui *agora*.

E, quase antes de completar o pensamento, surge uma enxurrada de prata: uma porta ao meu lado. Puxo a maçaneta e saio.

Ela se fecha e estou na escuridão, golpeada pelos ventos do vácuo. Meus olhos se acostumam; luzes dançantes se prendem à minha pele. Rodopio e sorrio. Quando passo pela porta, a náusea desaparece. Desaparece! Toma essa, PareCo.

Tudo o que preciso agora é encontrar Gecko. Uma seta prateada pisca aos meus pés.

CAPÍTULO 42

A seta me leva a uma presença sombria à minha frente; em escala, muito maior do que a P'cabana de Gecko.

Me deixe entrar. Uma chuva de prata delineia uma porta.

Espio: é um MV inteiro. Uma exótica paisagem de cidade frente a um cais, com estradas, carros e pessoas. É enorme. Como vou achar Gecko?

A náusea volta com força total. Se ficar mesmo aqui para encontrá-lo, não tenho opção, preciso tomar alguma coisa para controlar o enjoo. Mas não vou usar as drogas deles. De volta ao PPI, pego os MANS no meu bolso, mastigo e engulo alguns.

Me concentro em Gecko, em seu sorriso, esperando que a seta prateada do vácuo encontre um caminho que me leve até ele.

Mas nada acontece.

Desço uma colina íngreme, passando por verdadeiras mansões em direção ao cais. Há restaurantes e cassinos à beira-mar, além de cafés e outros lugares para se divertir em um píer.

Tudo — e todos — é grandioso, parece meio exagerado. A calçada está lotada, mas o espaço se abre um pouco ao meu redor. Olhares estranhos se viram para mim. Olho para baixo: ótimo. Ainda estou usando o uniforme de escola do Reiniciados, mas completamente enlameado. Quando começo a pensar que deveria tentar fazer algo sobre isso, uma limusine branca aparece; a janela se abre e um chofer coloca o rosto para fora.

— Você é Luna?

Paro.

— Quem quer saber?

— Entre — ele diz, e uma porta traseira elétrica se abre.

Antes que eu possa decidir se é uma boa ou má ideia, dois guarda-costas aparecem, um de cada lado.

— Entre — um deles fala.

— Por favor — diz o outro, e sorri, mas, em vez de isso fazê-lo parecer menos assustador, tem o efeito contrário.

Dou de ombros. Não que eu saiba para onde estou indo, mas, se precisar, posso sair por uma porta prateada.

Entro na limusine. Grandão nº 1 entra comigo; Grandão nº 2 senta ao lado do motorista.

— Para onde estamos indo?

Sem resposta. Aparentemente estamos subindo, para longe do cais, do lado oposto de onde eu desci.

Me recosto nos assentos macios. Esta é muito mais legal do que a limusine do pai de Melrose; a dele é um carro oficial do governo, esta se parece com aquelas de astros do rock.

Paramos e descemos uma rampa sob um brilhante arranha-céu negro. Os grandões me tiram do carro e me levam para um elevador de vidro, com uma das paredes voltada para a cidade. Percebo que os prédios e jardins espalhados lá embaixo estão inclinados, como se tivessem sido arrumados para deixar mais bonita a vista deste lugar.

A porta do elevador abre.

— Saia — fala o Grandão nº 1.

— Por favor — diz o Grandão nº 2.

Não espero para ver aquele sorriso; saio rapidamente. Eles não me seguem, e a porta do elevador se fecha.

Estou numa sala enorme, com janelas de vidro ao redor, e meus olhos estão maravilhados. Pisco. Na direção oposta da sala, delineada na luz, está uma figura sombria, olhando para o outro lado.

Ele se vira.

— Onde diabos você estava?

— Gecko! — Começo a correr em sua direção, diminuo e então paro quando absorvo suas palavras. Ele não está se mexendo. — Bem. Ótimo ver você também — digo.

— Por que demorou tanto?

Olho para ele, perplexa, sem responder. Balanço a cabeça.

— Não sabia exatamente onde achar você.

— Bem, estou aqui.

— Como sabia que devia mandar aquele carro me buscar?

Ele dá de ombros.

— É meu mundo; fiz tudo aqui. Simplesmente *sei* quem está aqui, e onde está. — Ele estranha. — Você poderia ter me poupado o esforço vindo diretamente para cá. Mas, desculpe, estou sendo um péssimo anfitrião. Quer beber alguma coisa?

— Não, obrigada.

— Obrigado por me visitar.

Ele se vira novamente, olha pela janela.

Estou tentando lembrar por que estava tão ansiosa para encontrar Gecko, o que queria perguntar, mas tudo o que faço é me aproximar dele e olhar pela janela. Este mundo é incrível; será que ele fez tudo?

— Belo lugar você tem aqui — me arrisco a dizer.

— Você acha? Estou ficando entediado com ele. Se aproxime, observe.

Ele está olhando fixo para o cais: lindos iates flutuando na água, o píer cheio de cafés lotados.

As pessoas começam a correr...

Mas, não rápido o bastante. Há uma parede de água se elevando quase verticalmente no mar. Ela joga iates e pessoas; os atira contra os prédios.

— Você está fazendo aquilo? Pare!

— Por quê? Eu construí; posso derrubar.

— Qual o seu problema? E aquelas pessoas?

— Elas estão tendo a experiência de suas vidas num MV exclusivo. Pagaram uma pequena fortuna à PareCo só para virem aqui e serem surpreendidas além de suas pequenas mentes estúpidas e entediadas. Terão uma morte horrível e serão tiradas daqui por um código de escape. Depois contarão isso em jantares durante semanas. Por que desapontá-las?

— O que aconteceu com você?

Ele se vira para mim, e em seus olhos existe um traço do Gecko que conheci. Um olhar confuso e doloroso cruza seu rosto.

— Não sei, Luna — responde em voz baixa. — Não há nada que eu possa fazer. Simplesmente saia daqui, antes que seja tarde demais.

Abaixo de nós, o mar continua a se erguer. É uma cena cataclísmica, mas estranhamente silenciosa. E está vindo em nossa direção: bate no prédio, as janelas se quebram e a água invade tudo.

Me tira daqui!

Uma chuva de prata forma uma porta atrás de mim. Me viro e abro. Olho para trás, Gecko não se moveu, mas uma bolha de proteção o cerca: o fluxo de água, vidro e destroços simplesmente passam ao largo. Nada que tenha feito pode machucá-lo.

Ele levanta a mão em despedida, angustiado, quando uma onda me empurra pela porta de prata.

A água do mar me faz tossir e engasgar. Eu devia ter me transformado numa sereia; isso o teria surpreendido, não teria?

Qual o problema dele? Por que eu *queria* achá-lo?

Estou ensopada. Pego meu cabelo para torcer e me encolho quando alguma coisa horrível toca minha mão. Estico o braço novamente para trás e um pedaço pegajoso de alga vem junto. Sério? Obrigada, Gecko. Muito obrigada.

Então eu lembro, e vou até a grade prateada dentro de mim. Troco esse uniforme de escola ridículo e ensopado por roupas decentes, secas, e tiro as algas do meu cabelo.

Mas não me sinto melhor.

Foram os olhos dele. A dor. Ele não está feliz. Entretanto, realmente precisava descontar isso em mim e em todos aqueles idiotas entediados e estúpidos?

E agora?

Suspiro; não sei de mais nada. Tudo o que eu realmente quero é sair daqui, ir para *casa*. Sair da Inac, ficar longe de tudo e todos deste lugar.

Certo, não tem sido de todo horrível. Fiz alguns amigos aqui, especialmente Marina. E muito do que temos feito tem sido mais do que incrível, apesar de eu quase ter sangrado até a morte no mundo de combate... E quase ter morrido de exaustão.

Mas, então, Hex e seu grupo desapareceram.

E o que aconteceu com Gecko? Não entendo o que está havendo aqui, mas sinto uma dor profunda avisando que algo de muito ruim está por vir.

Desejo *tanto* poder simplesmente ir para casa, deixar tudo isso para trás.

Prata rodopia ao meu redor, quase parecendo apressar meus pés.

Levanto e uma seta prateada pisca à minha frente.

Meus braços se arrepiam. Tudo o que eu desejei... foi minha casa. Será que de alguma forma ela pode me levar para lá, direto do vácuo?

A seta pisca mais brilhante.

Não importa quão louco pareça, começo a andar. A seta continua brilhante, mostrando o caminho, e eu ando mais rápido.

Então chego a um espaço escuro no vácuo — preto e delineado por uma vibração prateada. Menor do que o MV de Gecko; e bem maior que sua P'cabana.

Que lugar é esse?

Desejo entrar, então uma folha de prata se transforma em porta. Abro e espio; me sinto em choque. Dou um passo para trás e deixo a porta se fechar novamente.

Que diabos? Meus olhos começam a ficar marejados. Isso é algum tipo de brincadeira da PareCo, ou o quê? Se for, é bem doentia.

Mas não consigo me conter. Com a mão trêmula, abro a porta.

Meu lar. Nosso jardim, nossa casa. No entanto, não exatamente como é, mas como seria se fosse maior e melhor. O jardim é incrível, enorme, grama verde como veludo, flores de diversas estações, como se as flores de maio, as rosas do verão e as camélias do outono tivessem sido programadas para florir ao mesmo tempo.

Perplexa, dou uma volta, esticando meus braços e respirando profundamente. Este não é meu lar *de verdade*, mas tenho a sensação de que é, pois sinto o seu cheiro. Mas *quem* teria feito este lugar? E por quê? Ninguém, além de mim, poderia querer vir aqui. Olho para a casa e vejo um envelope preso na porta.

Ando em sua direção, olho mais de perto e me assusto.

Está endereçado a *Luna*, mas escrito com a *minha* letra.

Com a mão tremendo, pego o envelope e o abro. Dentro há uma carta. Novamente, é minha letra.

Querida Luna,

Parece meio estranho estar escrevendo uma carta para mim mesma! Mas aqui vai.

Neste momento você está em sua própria P'cabana, que você mesma fez. Me pareceu ser o melhor lugar para deixar esta carta, já que apenas você pode encontrar este lugar.

Você fez o inesperado e se juntou a Tempo, Gecko e alguns outros rebeldes antiPareCo, chamados Vermes. Nome charmoso, né?

Tenho pouco tempo até sair e ter minhas memórias recentes arrancadas para que você seja a melhor espiã infiltrada de todas: porque não sabe que é isso que você é. Então, em vez de eu lhe contar tudo, o que você precisa fazer é recuperar suas memórias.

O colar de Astra é feito de contas de memórias. Parece esquisito, eu sei, mas se concentre nas contas, lance prata nelas e suas memórias voltarão.

Confie em mim.

Bjs, Luna

Olho fixo para a carta, e minha mão involuntariamente sobe até o colar que usei todos os dias desde que o encontrei na minha bolsa, no hospital. Tiro-o de debaixo da minha blusa. Analiso-o atentamente em minhas mãos.

Uma linha de contas prateadas interligadas; uma coisa linda que conheço desde a infância. Minha mãe sempre o usava. Mas, alguma vez, eu realmente *olhei* para ele?

Há marcas nas contas, entalhes. Parecem-se muito com marcas de P'Hacker, mas não são todas iguais: seis delas brilham com uma intensidade maior que as outras. E todas têm marcas *exatamente* como as que estão ao redor do meu olho.

Papai disse que achou que o colar de Astra estava parecendo maior. Será porque minhas memórias foram acrescentadas a ele? Todas aquelas contas que eu pensava ver agora estão voando no vácuo, talvez sejam algum reflexo disto.

Isto é real?

Será que minhas lembranças perdidas estão em minhas mãos neste momento?

Perdi *seis dias* da minha vida. De acordo com esse bilhete, escrito com minha própria letra, *escolhi* fazer isso para que pudesse ser uma espiã. Sou algum tipo de rebelde antiPareCo, como Gecko e os outros, e não consigo me lembrar?

Mas, de uma coisa eu sei: se conseguir essas memórias de volta, tudo vai mudar.

Estou apavorada... Quem sabe o que há nas minhas lembranças perdidas? O que pode ter feito com que eu concordasse com toda essa loucura? Deve ter sido algo realmente ruim.

Seis dias da minha vida; quero-os de volta. *Seis é para iluminação, busca de soluções.* Como não posso tê-los?

Leio a carta novamente: as instruções são curtas, quase insignificantes.

Mas preciso fazer, preciso saber.

Dou uma boa olhada ao meu redor: fiz este lugar? É minha própria P'cabana... *Uau.* Gostaria de apenas um tempo para ficar escondida aqui.

Mas o que preciso fazer não pode ser feito aqui. Ao meu comando, prata cria uma porta, por onde saio para o vácuo.

Raios de prata brilhante das seis contas em minhas mãos espalham luz onde tudo era escuridão.

O acidente do transporte. Seguindo Gecko pela noite. Ele me beijando, depois atraindo para longe a perseguição, sacrificando sua própria liberdade pela minha.

As marcas de P'Hacker ao redor do meu olho: algo que redescobri na Inac.

Sendo puxada sozinha para dentro da van. Heywood, Crystal e Tempo: os Vermes.

As memórias de Astra banhadas em seu amor por mim. Seus alertas. *Confie em sua intuição, Luna.*

E, acima de tudo, a *raiva*: a PareCo causou a morte de Astra, a de Nanna, as de Jezzamine e Danny.

A PareCo tem que pagar por tudo isso.

Será que Gecko ainda é um prisioneiro? Seu corpo está em algum lugar na Inac?

Estou indo buscar você, Gecko. Desta vez, não vou deixar que me afaste.

Agora eu lembro.

7

Aquilo que temos o poder de fazer,
temos também o poder de não fazer.
ARISTÓTELES

CAPÍTULO 43

Preciso lutar para fazer as setas prateadas me levarem até Tempo, enquanto tudo dentro de mim grita *Gecko*. Mas ela saberá o que fazer, é o que espero.

Quando finalmente param, estão apontando para algo completamente diferente: um espaço vazio, como P'cabanas ou mundos virtuais, mas, quando olho diretamente, não consigo ver nada. Pelo canto do olho, vejo padrões prateados curiosos, como marcas de uma P'cabana; se olho diretamente, elas somem. Como de costume, desejo uma porta, tentando criá-la. Nada acontece.

Resolvo me concentrar em encontrar Tempo. Uma seta aponta de novo para o mesmo lugar; ela *tem que* estar ali.

Fecho os olhos, encontro minha grade prateada e *me foco* no lugar onde Tempo deveria estar; mas me foge, e uma análise direta me leva a *nada*. Mas e a área *ao redor* de onde estou tentando me focar? Tem alguma coisa ali, camuflada, algum tipo de barreira a ser transposta primeiro. Desejo uma porta. Desta vez, funciona.

Agora, há uma passagem estreita cercando outro espaço escuro. Posso fazer uma porta para entrar? A cautela manda que eu vá devagar. Faço um buraco e espio por ele.

É um tipo de câmara de conselheiros de uma cidade: uma dúzia de homens e mulheres sentados em semicírculo, olhando para uma mulher franzina sentada numa cadeira solene. Tempo está entre eles. Sob um teto feito de luz de estrelas, todos têm intrincadas marcas de P'Hackers ao redor do olho esquerdo. Discutem acaloradamente.

— Essa é a nossa melhor chance de descobrir o que está acontecendo naquela ilha. Por que estão sendo tão obstrutivos? — diz Tempo.

— Você sabe exatamente por quê — um homem responde. Ele treme de raiva, tanto quanto seus bigodes se contraem. — Os riscos de ativar esse poder desconhecido...

— Ela não é uma ferramenta para ser usada ou descartada, independentemente do que sua mãe estava pensando quando a criou — uma voz suave censura; é a mulher franzina na grande cadeira. De alguma forma, ela parece familiar. — Ela tem direito a suas próprias memórias.

Filtro as palavras deles: *a ilha. Sua mãe. Memórias.*

Espere aí. Estão falando sobre *mim*?

— Deveríamos colocar isso em votação — diz Tempo.

— Acho que já é tarde para isso.

A mulher na grande cadeira aponta para a parede atrás de onde estou escondida; uma porta prateada se forma à minha frente e se abre. Todos se viram boquiabertos quando veem que estou ali.

O choque na expressão de Tempo é rapidamente substituído por satisfação. Ela pula e me puxa para dentro da sala num abraço. Depois, se afasta, e examina meu rosto.

— Minha querida! Você está bem.

Bigodes rosna furiosamente atrás dela.

— Você estava fingindo trazer o assunto ao conselho, mas já havia ativado a garota?

É a vez de Tempo.

— Não ativei. Luna? Se está aqui, deve ter recuperado suas memórias. Como isso aconteceu?

— Deixei um recado para mim mesma na minha P'cabana.

— Veem? — Tempo olha pela sala, desafiando-os a negar o que eu disse.

— Mas como ela nos encontrou, atravessando a barreira do nada que colocamos ao redor do conselho? — Bigodes novamente. — Isso nunca foi feito. Essa é a prova: ela é perigosa.

— Ela pode simplesmente ser curiosa — diz a mulher da grande cadeira. — Deixe que conte sua história.

Treze rostos se viram para mim, esperando respostas.

— Primeiro, apenas uma coisa: quem são vocês?

A mulher na grande cadeira sorri.

— Muito justo. Somos o CDC, o Conselho de Cientistas. Eu sou Media, a atual diretora. Sua mãe foi diretora muitos anos atrás, e, apesar do que fez, sentimos muito a falta dela.

— O que quer dizer? O que ela fez?

— Havia discordância sobre a ética de certos projetos genéticos. Astra prosseguiu sem nosso consentimento.

Ela parece constrangida.

— Hum, certos projetos genéticos. Você quer dizer *eu*, não é?

— Essa é uma história antiga, não tem mais importância hoje. Venha, Luna. — Ela tira uma cadeira do ar. — Sente-se e nos conte sua história.

Olho para Tempo; ela assente. Então conto, começando pela parte de estar no café e ter sido levada para o hospital em Londres. Depois, para a Ilha Inacessível, onde fui iludida para concordar em colocar um Implante. O Portal MD com portas para todos os mundos; o combate e mundos de treinamento. O sumiço do grupo de Hex. E Gecko, trancado num mundo que ele cria e destrói repetidas vezes. Finalmente, como encontrei o Conselho hoje.

— Obrigada, Luna — diz Media. — Precisamos pensar em qual deve ser o próximo passo. Por enquanto, continue como estava na PareCo. Vamos elaborar um plano.

— E Gecko?

— Isso é muito perturbador. Vamos descobrir o que podemos fazer para ajudá-lo. Deixe-o em paz por enquanto, Luna.

Me mantenho calada. Mas isso não vai acontecer *mesmo*.

Será que Media leu minha expressão?

— Seja paciente, Luna. Faremos o que pudermos. Por enquanto, volte para o mundo do jogo onde deveria estar com os outros residentes. Com sorte, ninguém notou sua ausência.

Dispensada para que possam discutir um pouco mais sobre o que fazer comigo? Sinto raiva, mas, quando olho para Tempo, ela balança a cabeça ligeiramente.

— Venha, Luna. Vou mostrar a saída — ela diz, e passamos para o vácuo através de uma porta dupla.

Ela aperta meu ombro.

— Bom ver você... Peguei seu rastro algumas vezes no vácuo, mas sempre desaparecia antes que pudesse encontrá-la.

— Mas você enviou as contas que estavam me seguindo para me lembrar sobre o colar, não foi? E as palavras soletradas em prata que me ajudaram no vácuo.

Ela para.

— Isso mesmo. — Sorri. — Têm corrido rumores sobre a existência do Portal MD que você mencionou. Conte sobre ele, em detalhes. Como entra lá?

— Se você se plugar num MD-PPI, ele o leva diretamente para lá, mas nem sempre. A PareCo deve controlá-lo. E, antes de eu colocar o Implante, havia uma passagem através do vácuo, saindo do meu corredor do Temporreal.

— E dentro do Portal? Como é?

— Num primeiro momento, parece uma sala comum, com muitas portas. Mas, se você andar, ela gira e cresce: portas aparecem nas paredes, no chão e no teto, é imensa.

— Há portas para *todos* os mundos da PareCo através do Portal?

— Foi o que disseram. Por que é importante?

Ela sorri.

— Ainda não tenho certeza. Preciso pensar um pouco mais sobre isso.

Ela se despede, promete achar uma forma de ajudar Gecko e corre de volta para o CDC. Está animada com o que ouviu de mim, com o que pode fazer com a informação.

O que *nós* podemos fazer com ela.

Eu deveria voltar ao mundo Reiniciados, como ela disse, me juntar aos outros na competição contra os Lordeiros. Luto para controlar as setas prateadas, fazê-las me levar até lá, mas é difícil quando não desejo de verdade. Então, setas cintilantes se formam, e eu ando, arrastando os pés.

Alguma coisa me incomoda, algo que falei e provocou pouco interesse do Conselho. O que aconteceu com Hex e o restante de seu grupo? Aquele, inclusive, que deveria ter sido o meu grupo. Se ainda fosse, agora eu saberia.

Isso não é parte do grande mistério deste lugar?

Chego à forma negra que é o mundo Reiniciados. Deveria entrar; quanto menos despertar suspeitas na PareCo, melhor.

Mas, da última vez que tentei, não consegui encontrar o Implante de Hex. E ele estava sempre tão *ligado*... Nunca desligaria seu Implante voluntariamente, como eu fiz. Minha preocupação aumenta. O mínimo que posso fazer é tentar mais uma vez.

Ligar Implante.

— Hex?

Alguns segundos se passam e então...

Ding.

— Ei, Luna! — Ele aparece na minha frente. — Como você está? — Olha ao meu redor. — Não me diga que está perdida no vácuo.

— Você pode ver de onde estou ligando?

— Claro.

— Então por que não posso ver de onde você está ligando?

Tudo o que vejo é Hex delineado com uma mancha, como se estivesse em lugar nenhum.

— Não tenho ideia. Talvez seja por causa da minha designação supersecreta.

— Então, o que você está fazendo?

Ele me olha sério.

— Não acabei de dizer que é *supersecreto*?

— Me conta assim mesmo.

— Não posso. Mas é incrível, com um molho mais incrível por cima.

— Então, você está bem? De verdade?

— Eu? Totalmente bem. Mas onde esteve? Fiquei muito preocupado quando não consegui me comunicar com você antes de partirmos.

— Para onde vocês foram?

— Não tente ser esperta. Você está bem, Luna?

Seus olhos tão preocupados, tão familiares...

Suspiro.

— Queria que estivesse aqui.

— Perdido no vácuo? Muito obrigado!

— Não estou perdida. Estou ao lado de uma porta para o MV onde deveria estar. Estou bem.

— Humm... Esse "estou bem" não me convence. Tem algo que possa me contar? Talvez eu consiga ajudar.

Hesito. Quero contar a ele; alertá-lo sobre a PareCo, pelo menos. Mas devo?

— Luna? Anda, sou eu. Desembucha.

— É a PareCo. Eles estão manipulando os testes em causa própria. E acho que estão fazendo experiências em mim, com drogas através do PPI.

— Ei, espera um pouco. Foi assim que você me transformou naquele azul psicodélico?

— Estou falando sério, Hex. Não só aquilo. Eles matam pessoas também. — *Como minha mãe.*

— Uau. Isso é pesado. Você precisa falar com alguém.

— Alguém quem? Tipo um psicólogo?

Ele estranha.

— Não. Se realmente acha que tudo isso é verdade, então a NNU, ou a polícia. Escute bem: não diga nada a ninguém. Vou pensar em alguma coisa.

Balanço a cabeça.

— Não faça nada, não deixe que notem você. Só queria que soubesse, para que *você* tomasse cuidado. As coisas estão sob controle.

Tempo e eu temos as coisas sob controle. Espero.

— O que está pretendendo, Luna?

Finjo fechar minha boca com um zíper.

— Você está numa missão supersecreta, não é? Bem, eu também. Isso é tudo o que vou dizer.

— Justo, eu acho.

— Tenho que ir, Hex.

Ele acena e eu desligo.

Talvez eu não devesse ter dito nada. Espero que ele não tenha problemas por causa disso.

CAPÍTULO 44

Media está certa, eu deveria voltar para o mundo Reiniciados. Mas as setas não cooperam... Sempre que tento, penso em Gecko.

Quando finalmente paro de brigar com isso, as setas se esticam e, de algum modo, me sinto melhor. Elas não queriam me levar para o mundo Reiniciados, mas a prata deu sua aprovação para que vá até Gecko.

Desta vez me concentro bastante em ser levada diretamente a ele, e não apenas ao seu mundo. Espero que ele não esteja de pé no meio de um prédio arruinado e inundado.

Uma porta prateada se forma. Eu abro e espio: é seguro?

Está escuro, silencioso e seco. Tudo bem. Entro; a porta se fecha e desaparece.

Meus olhos se acostumam com a luz: estou numa casa; pelas janelas, vejo que é noite. Gecko está deitado num sofá, com as mãos atrás da cabeça, olhando para o teto.

— Ei — eu chamo.

Ele se vira e senta.

— Você voltou? — Surpresa em sua voz.

— Bem, sim. Devo ter gostado de quase morrer num tsunami.

Sento ao seu lado. Pela janela, vejo um cenário de devastação lá fora. Estamos no alto... Numa casa na montanha?

— Gosto do que fez com esse lugar. Vai reconstruir?

Ele ignora.

— Em algum momento vou ficar tão entediado e solitário que terei que fazer: farei algo lindo, então mandarão mais pessoas para estarem aqui quando eu acabar com tudo de novo. O que mais há para fazer?

— Então, você continua preso, como estava em sua P'cabana.

— Sim. Ou era ficar sozinho numa pequena caixa escura para sempre, ou isto: construir um mundo para a PareCo. Detesto a ideia de eles me obrigarem a fazer o que querem! Mas eu não podia mais continuar trancado na minha P'cabana. Mas isto... — Ele levanta as mãos. — Isto não é liberdade. Estou completa e absolutamente preso. Não tem saída. Foi assim que comecei com os desastres. Fico tentando algo pior, esperando morrer e sair por um código de escape. Mas nenhum deles jamais me atinge.

— Tempo disse que ia tentar encontrar uma saída.

— Por algum motivo, não acho que eu seja uma prioridade. — Sua voz é amarga.

— Talvez, mas eu não concordo.

— Obrigado por voltar. Desculpe ter sido um idiota antes, me arrependi no minuto em que você saiu.

— Sim, você foi um idiota, mas vou deixar passar. Dessa vez.

— Agora, me conte sobre você. Me conte tudo.

Pela segunda vez no dia, me vi recontando tudo que aconteceu desde que cheguei à ilha.

Quando termino, ele se recosta no sofá.

— Eu queria *tanto* que você não tivesse vindo para a Inac, Luna. Nada de bom acontece aqui.

— O que aconteceu com você?

Esforço e *dor* cruzam seu rosto.

— Não tente falar. Não, se doer. De qualquer forma, não pode me contar, não é?

— Não. Desculpe. Porém, tem mais coisas que você pode me contar.

— Como o quê?

— Como sabia que precisava se desplugar do mundo de treinamento? Como sabia que seu corpo estava com problemas?

Meu maior segredo. Olho para Gecko: devo contar? A intuição diz *sim*.

— Tudo bem. Você sabe que eu tomo MANS, mas essa é apenas parte do problema que tenho com a conexão. Tenho dupla consciência.

— Como assim?

— Estou aqui, mas meu corpo está completamente consciente de tudo o tempo todo. É por isso que fico tão exausta se não descanso um pouco da conexão. Para mim, é como estar sempre acordada.

Antes que ele possa responder, uma porta se abre.

Faço sinal para que Gecko fique calado, e me foco de volta no PPI.

— Vamos mudar a programação desta aqui para até hoje.

Uma voz. Dr. Rafferty? Abro um olho e vejo através de meus cílios. É Rafferty e outros dois, de jalecos brancos.

Estão fazendo alguma coisa no meu PPI. Acesso a grade prateada para ver através dela: estão desplugando coisas, mas não estão me desplugando?

Gecko toca suavemente meus cabelos.

— E então?

— Algo está acontecendo com meu corpo.

— Me conte.

— Estão desconectando coisas. O conector neural principal ainda está ligado em mim, mas estão desligando da sala do PPI e ligando em outra coisa. Não estou desplugada.

— Certamente, já que ainda está aqui.

— Silêncio um minuto.

Volto a me concentrar no outro ambiente. Mãos estão segurando meu corpo, levantando, e é realmente difícil não reagir, não afastá-las. Eu não ouso abrir meus olhos com pessoas tão perto, mas sinto que elas estão me movendo para outro lugar. Tiras são colocadas nos meus ombros e pernas. Então, há um movimento. Arrisco uma espiada quando estão saindo pela porta da sala do PPI. Rafferty está andando na frente, e um deles usa um controle remoto e me vigia. Deve ser ele quem está fazendo se mover o carrinho em que me colocaram.

— Isso é esquisito. É como se eu ainda estivesse plugada. Sim, eu sei, ainda estou aqui, mas meu corpo está sendo transportado. Eles desligaram parte do PPI e o religaram numa unidade móvel, num carrinho. Que diabos está acontecendo?

— Que tal sentar e perguntar?

— Não me provoque. Posso descobrir mais coisas se eles não souberem que estou consciente. — Olho para Gecko; seu rosto está realmente cinza. — O que foi?

— Eu... Eu... não sei. Quase posso dizer alguma coisa, mas não consigo.

— Por causa dos bloqueios do seu Implante?

Ele concorda.

— Espere. Os bloqueios têm alguma coisa a ver com o que está acontecendo comigo?

Um esforço cruza seu rosto.

— Não importa. Vou entender que é.

Me concentro de volta em meu corpo. Estamos seguindo por um corredor, passamos por uma porta de segurança, entramos num elevador e descemos. Não sabia que havia tantos andares para baixo; devem ser subterrâneos. O elevador para, saímos e passamos por outra porta de segurança.

Paredes brancas imaculadas e um cheiro de desinfetante. É como um hospital ou algo semelhante?

Sou levada para um quarto. Eles se afastam, falam alguma coisa e eu arrisco mais uma espiada em volta.

Definitivamente é um hospital: equipamentos, monitores, instrumentos colocados num carrinho. E instrumentos de tanque ao lado.

Observo pela grade prateada que eles ligam meu PPI em alguma coisa. Drogas. Estão me conectando a drogas? No segundo em que eles se afastam, eu as corto, mas não antes de ficar um pouco tonta. Por sorte, a sensação logo desaparece.

Estou gelada de medo, mas aqui, neste mundo, sinto Gecko quente ao meu lado.

— O que está acontecendo? — ele pergunta.

— Acho que estão me preparando para algum tipo de cirurgia. Preciso sair de lá. Terei que me desplugar.

— Espera. Conecte grades comigo.

— Isso não vai alertá-los? Usarmos as grades de Implantes?

— Não. Não daquele jeito. Vamos conectar grades prateadas.

Apenas se você realmente confiar em alguém, Marina disse. Ele estica a mão sobre a minha e a segura. Resisti tanto tempo em confiar em *alguém,* especialmente em Gecko. Um sequestrador delirante ou um amigo? *Confie em sua intuição, Luna.*

Um amigo.

Estou apavorada, mas concordo.

— Sim. Faça isso.

Nossos olhos permanecem abertos e um no outro no MV, não fechados como com Marina. Nossas grades prateadas se aproximam e conectam. Ele sorri, e eu tanto o vejo sorrir como sinto seus lábios sorrindo. Ele coloca os braços ao meu redor e sinto seu corpo; *sou* seu corpo se curvando sobre o meu; uma sobrecarga sensorial que ameaça abafar qualquer outro pensamento.

Isso é bom, ele pensa, seus sentimentos ecoando os meus.

Pare de me distrair. Pode ver através de meus olhos de verdade?

Vamos tentar.

Fecho meus olhos virtuais e abro um pouco os reais.

De volta ao meu corpo, vejo um dos técnicos olhando para uma tela.

— Fique monitorando até o próximo turno. Toda a equipe de cirurgia está exausta; não quero arriscar nenhum erro com esta aqui. Ela é muito interessante — diz Rafferty.

Ele e o outro técnico saem. O sujeito que permanece se inclina sobre algum equipamento, virado para o outro lado. Abro mais meus olhos, arrisco um ligeiro movimento de cabeça e olho ao redor.

Saia daí, Luna. Saia daí agora. Gecko está em pânico: medo por mim, um medo antigo, um medo lembrado? Mas assim que reconheço a sensação, ela se recolhe. *Dor*: de Gecko.

Não há tempo para isso agora, ele pensa. *Saia daí agora, enquanto só há um deles.*

Vou ter que desplugar. Vamos perder a conexão.

Gecko me dá o abraço mais aconchegante, o mais íntimo que se pode imaginar. Cada pedaço de mim retribui.

Ele ri baixinho, lá dentro. *Não consigo imaginar mais próximo e mais íntimo. Vá.*

Eu desplugo do PPI, me movimentando o mínimo possível. Alguma coisa apita num monitor, e o técnico corre para ele. Enquanto está de costas, solto as tiras que me prendem ao carrinho, mas alguém ainda está *aqui,* dentro de mim.

Gecko? Você ainda está comigo!

Sim. Alívio — dele e meu — afaga minha mente.

O mais estranho é que você ainda está aqui. Ele segura minha outra mão quente contra seu coração no MV. *Tum-tum. Tum-tum.* Ele bate sob meus dedos.

Ainda estou aí? Confusão me inunda.

Pense nisso mais tarde.

Certo. Tensiono meus músculos, pronta para pular desta coisa e correr pela porta.

Não. Ele vai acionar o alarme rapidamente. Deixa comigo.

Entendo o que ele quer que eu faça. De alguma forma, me deixo relaxar o bastante para que Gecko assuma o controle do meu corpo. Ele salta fora do carrinho. O técnico se vira, e a surpresa em seu rosto desaparece quando lhe damos um soco. Ele cai, inconsciente.

Eu pisco. *Boa. Talvez eu possa assumir agora?*

Pegue o crachá de segurança dele. Pode ser útil.

O controle de Gecko diminui, e eu ajoelho, retiro o crachá da capa de plástico e a viro, para não ficar tão óbvio que sumiu.

Belo detalhe. Agora, empurre-o para fora da visão da porta.

Ele é pesado, mas de alguma forma consigo puxá-lo para trás de uma bancada de monitores.

Bom. Agora vai, vai!

Abro a porta e corro. Para onde ir? Este lugar inteiro é a PareCo. O instinto manda subir até o andar térreo e tentar sair, mas não é isso que vão pensar que eu fiz quando perceberem que eu desapareci?

Paro e tento outra porta. Está trancada, mas consigo abri-la com o crachá roubado. Leva a um corredor, pouco iluminado, com muitas portas; talvez haja um lugar tranquilo para me esconder e pensar no que fazer em seguida. Começo a andar pelo corredor, e as emoções de Gecko se abalam.

Espera. Conheço este lugar. Dor.

Seu corpo está aqui? Se eu puder desplugar você, talvez possamos sair daqui juntos.

Eu... Eu não sei.

Se não pode me dizer, pode me levar até lá?

Vou tentar.

Há um silêncio de morte. Gecko está novamente no controle; andamos, aos solavancos. Cada passo é *dor*. Não no meu corpo, mas em seus lugares escondidos. Eu o acaricio dentro de mim.

Ele para, e começa. Fico em silêncio, de alguma forma sabendo que é a coisa certa a fazer. De volta ao MV, Gecko está tremendo, e eu lhe dou um abraço bem apertado.

Portas. Há números nas portas.

429.

428.

427.

Paramos.

Gecko continua tremendo, então se solta do controle do meu corpo. Estico a mão para abrir a porta, mas ela está trancada. Tento passar o crachá de segurança; ele não funciona. Seja o que for que está aqui, aquele técnico não tinha autorização para entrar.

Analisamos a porta: metal sólido reluzente, com um sistema eletrônico de trava. *É um beco sem saída. Nunca vamos conseguir invadir*, Gecko pensa.

Olho para a porta, tem que haver uma maneira. Se não podemos destrancar ou quebrá-la, precisamos ter acesso ao sistema da PareCo e hackear para abri-la, mas como? Então, a ficha cai.

Espera. Acho que existe um jeito!

Me diga.

Mostro a ele o canal que encontrei antes, entre meu Implante e a PareCo. Parte do meu Implante-beta, ali para monitorar e rastrear. Eu desabilitei aquelas funções, mas o canal ainda está lá, e funciona em duas direções.

Isso é novo.

Eles estavam fazendo experiências comigo, com alimentadores de drogas. Mostro o que encontrei. *Estavam usando para monitorar as experiências.*

Ele está zangado.

Podemos usar isso contra eles, para conseguir acesso a PareCo e hackear para abrir a porta?

Ele para, acessa o canal e as conexões. *Acho que sim. Mas então eles saberão onde você está. Existem alarmes. Não quero que nada aconteça com você, Luna.*

Como, além da atual confusão em que estou metida? Não há outra forma. Vamos fazer.

Com nossas grades prateadas conectadas, hackear o sistema de segurança da PareCo através do canal deles é relativamente fácil. *Alertas vermelhos primeiro,* diz Gecko, e hackeia alarmes em dúzias de lugares pelo Centro inteiro, de modo que todos desligam ao mesmo tempo. *Isso vai mantê-los ocupados.*

Então nos concentramos na porta 427. A mola da tranca abre e Gecko recua.

Gecko? Você está bem?

No MV, ele balança a cabeça, dizendo *não.*

Faça assim mesmo, murmura entre meus cabelos.

Aqui ele está imóvel e congelado, uma presença repleta de dor se escondendo na minha mente. Eu abro a porta.

É um laboratório clássico — branco e esterilizado. Há um suave rumor de equipamento. Entro. *Gecko?* Ele está em silêncio.

No meio há um enorme banco com todo tipo de fios, tubos e coisas saindo para todos os lados. Eles seguem do ponto central até os quatro cantos da sala, se conectando em mais equipamentos. Coisas que nunca vi antes.

O que é isso?

Sem resposta.

Examino o equipamento, tanto com meus olhos como com nossas grades conectadas. A estação central é quase como o suporte de vida modificado de um PPI. Ele fornece nutrientes e produtos químicos, drogas, um monte de coisas com as quais não estou familiarizada, e tudo muito, muito mais complicado do que um PPI. Até quatro tanques.

Tanques de apoio biológico?

Lá dentro... *Não.*

Eu recuo, meu estômago se revira.

Não.

Isso é o que estou pensando? Gecko está de volta à minha mente, estranhamente calmo.

Ele me leva até um tanque no canto esquerdo. Vejo uma tela; meus dedos se movem pela vontade dele, e a toco. Juntos, vemos aquilo: uma massa cinzenta, banhada em fluidos, conectada e alimentada pelo apoio central. Conectada aos sistemas da PareCo.

É... É...

Sim. Sou eu, Luna. Ou o que sobrou de mim. Um cérebro num Tanque de Pensamento. Não estou bonito? Acho que me desplugar não será bem como você pensou que seria.

CAPÍTULO 45

Nossa conexão é rompida subitamente. É o choque? Gecko se foi, e não apenas isso: sem a conexão, estou aqui integralmente, não mais no MV. Freneticamente, procuro por ele dentro de mim, mas sem sucesso.

Sinto lágrimas rolando no meu rosto. Sento no chão frio e duro e me abraço. É isso o que acontece com todos os residentes? Eles nos treinam em manipulação de mundos, nos separam de nossos corpos, então nos prendem para administrar um mundo de jogos... Para sempre?

Será que isso também aconteceu com Hex? Será que ele está em um tanque em alguma dessas salas, junto com todos os outros residentes de seu grupo? Tento me lembrar deles, mas apenas consigo ligar alguns de seus rostos e nomes.

E o meu grupo: Marina, Faísca e todos os outros... Seremos os próximos?

Eu preciso denunciar o que estão fazendo aqui. Isso precisa ser impedido.

Tempo saberá o que fazer. Preciso achar um PPI e fazer isso agora. Eles ainda estão ocupados verificando todos aqueles alarmes que desligamos, porém, cedo ou tarde, chegarão a isto.

Recomponha-se, Luna.

Seco meu rosto e me levanto; abro a porta e espio. O corredor está como antes: pouco iluminado e silencioso. Imagino que os ocupantes dessas salas não precisem de muita luz.

Ando tão rápido quanto o silêncio permite até o fim do corredor, onde uma porta leva a uma ramificação. Há escadas à frente, e portas à esquerda e à direita. Agora, para que lado? A porta da esquerda foi por onde passei para chegar aqui. Tento a da direita — está trancada, mas consigo liberá-la com o crachá.

Leva a uma sala ampla, com algum tipo de equipamento técnico pesado, arrumado em fileiras, e um enorme elevador na parede oposta. Começo andar pelas fileiras, então ouço vozes vindas do canto mais distante e me agacho atrás de uma das peças. É quando olho mais de perto e quase paro de respirar.

Não. Não pode ser. É um tanque? Olho ao redor: há fileiras e mais fileiras de tanques reluzentes, iguais a este; e são *todos* tanques de apoio biológico. Não como o Tanque de Pensamento de Gecko, mas maiores, muito maiores.

Eu devia sair daqui antes que alguém me veja, mas suspeita e pavor escorrem pelas minhas entranhas. *Tenho que saber o que há dentro desses tanques.*

Passos ecoam pelo chão. Me agacho ainda mais e arrisco espiar por uma fileira: são dois técnicos; estão de costas para mim, seguindo em direção ao elevador. Chegam assim que a porta se abre; puxam alguns tanques para dentro dele e entram. As portas se fecham. Números começam a mudar; está subindo.

Agora estou sozinha aqui? Me mantenho imóvel e escuto. Um minuto, dois. O único som é o do meu coração batendo.

Vou em direção a um dos tanques. Engulo em seco; minha cabeça está leve. Toco o visor da tela e me esforço para me manter focada. Recuo quando vejo o que há dentro.

Um corpo.

Meus pés querem correr, mas giro o visor e rosto, olhos... Ainda está tudo lá. A sala roda quando o reconheço. É Zippy, do grupo de Hex. Seu cérebro foi removido. Ele está cuidadosamente envolto, o coração ainda batendo, pulmões ainda respirando. Mantido vivo sem um cérebro. Seus olhos piscam e eu quase grito.

Cambaleio até outro tanque, então pulo em seguida para outro. Tanques, cercada por tanques. Todos com... corpos? Sem cérebros? Estão vivos ou mortos? O pânico cresce dentro de mim. Há mais deles do que apenas o grupo de Hex, muito mais. Será que são todos residentes? Isso é algum tipo de banco de transplante? Eles esperam aqui até serem requeridos, então desaparecem naquele elevador?

Um zumbido. O elevador está voltando, as portas se abrirão. Corro cegamente até uma porta do outro lado da sala.

Não estou mais tentando ser silenciosa, estou correndo. Está claro que isto não é mais um hospital. O corredor se parece com aquele onde ficam nossos quartos, porém mais vivo — quadros nas paredes, sapatos em frente às portas. Diminuo e paro. Tento controlar minha respiração e pensar.

Este é o alojamento da equipe? É muito silencioso. "A equipe de cirurgia está exausta", disse Rafferty. Será que estiveram ocupados separando os cérebros da turma graduada de Hex?

Agora, tomando mais cuidado para ficar em silêncio, me esquivo pelo corredor. Sigo passando por portas silenciosas, então uma sala de jantar e... Bingo! Uma sala de recreação.

E lá estão eles, na parede dos fundos: uma fileira de PPIS. Alguns ocupados, com a luz vermelha ligada sobre a porta. Jogando enquanto dormem?

Acho um que está verde.

A porta está trancada, mas passo o crachá na fechadura — *bipe*. Dedos cruzados para que ainda não tenham encontrado o funcionário nem percebido que seu crachá sumiu. Mas melhor não correr o risco. Acesso minha grade prateada, uso o canal da PareCo para encontrar esse PPI, então embaralho o código ID. Talvez isso os atrase em rastreá-lo mais tarde. Apenas para o caso de esse artifício não funcionar, coloco um alerta nos registros gerais de segurança. Qualquer coisa fora do comum e ele me dará um aviso.

Os MANS que tomei antes já não devem fazer mais efeito. Me plugo, saio do meu corredor e vou para o vácuo com tanta rapidez que o enjoo não tem tempo para me atingir.

Primeiro, Tempo. Caso alguma coisa aconteça comigo, *preciso* contar a ela o que está acontecendo aqui. *Desculpe, Gecko. Logo estarei aí.*

Chamo as setas prateadas, começo a segui-las, e então...

— Luna? — A voz de Hex, através do meu Implante. Mas ele ainda está desligado...?

Não *consigo* não atender.

— Hex? — Ele aparece à minha frente.

Lágrimas brotam nos meus olhos.

— Você está... Você...

Minha voz desaparece, não consigo me obrigar a fazer a pergunta. Está sentindo falta de algo, como, um corpo? Parece rude.

Me obrigo a continuar andando, seguindo as setas prateadas até Tempo.

— Luna, você está bem? Tive que fazer um hackeamento complicado para contornar a desabilitação de seu Implante e colocá-lo on-line.

É um alento que ele esteja incrivelmente presunçoso, como de costume. O mesmo. Isso me ajuda a tentar novamente.

— Hex, o que você é?

Ele estranha.

— Vejamos... Um Hacker impossivelmente talentoso. Extraordinariamente lindo.

— Certo. Confere e confere. Mas *onde* você está? O resto de você?

Sua expressão agora é séria.

— Ah. Então você descobriu o que realmente são os Tanques de Pensamento...

— Ele tem... Você está...

— Sim.

— Ah, Hex.

— Não fique tão assustada. É a melhor coisa do *mundo*. Pense um pouco, Luna. É como controlar seu mundo inteiro para sempre. Se for confiável como eu, não fica preso em um mundo; pode perambular pelo Portal e fazer o que quiser. Para sempre.

— Para sempre?

— Claro. Você vive para sempre; controla quantos mundos conseguir. O que há para não gostar?

— Você *queria* isso?

— Claro. Quem não ia querer? Luna, essa é uma forma de ir além dos limites físicos, de se tornar *mais*.

Sacudo a cabeça, ainda andando, ainda seguindo as setas. Vejo Tempo à distância.

— Preciso ir, Hex. Tchau.

Desconecto.

Tempo acena; Crystal está com ela. Seco minhas lágrimas, é hora de ser forte.

Elas começam a me cumprimentar; eu as interrompo.

— Escutem bem. Descobri o que acontece na Ilha Inacessível, o que acontece com os residentes.

Explico tudo, sem esconder nada. Quero pegar a mão de Crystal quando conto sobre Gecko, mas, como se ela soubesse, se afasta.

Tempo acena. Não está surpresa? De alguma forma, ela *sabia*. Então, por que precisava que eu viesse para cá como uma espiã? Para confirmar as suspeitas?

O olhar de Crystal é brilhante e duro.

— Se eles derem consentimento, isso é legal? — pergunto.

— Não. Totalmente proibido segundo a lei da NNU — responde Tempo. — Embora existam questões de jurisdição sobre a Inac.

— Por que alguém consentiria? — O horror no rosto de Crystal reflete o meu.

— Você pode viver para sempre. No virtual.

Como Hex, acrescento silenciosamente.

Hex, que hackeou meu Implante para falar comigo. Hex, que disse que a PareCo o considera confiável...? Será que ao responder a ele me tornei rastreável? Da última vez que falamos, comentei sobre minhas suspeitas sobre a PareCo. Foi por isso que Rafferty me transferiu para a cirurgia?

Como pude ser tão idiota! Me xingo por dentro, então olho ao nosso redor. Sem que eu percebesse, enquanto falávamos, as luzes cintilantes do vácuo diminuíram.

— Estamos com problemas — digo.

E não são apenas as luzes, os ventos estão morrendo. Isso está se tornando menos que o vácuo: um verdadeiro vazio.

— É uma armadilha — diz Tempo. — Rápido, Luna, rodopie. Rodopie antes que a prata se vá completamente.

Começo antes que ela termine a frase: rodopiando, braços e mãos esticados acima da cabeça. Sobrou tão pouca prata. Rodopio e giro, invocando-a pouco a pouco. A prata em minhas mãos cresce até brilhar.

— Não colapse! — Tempo grita para mim, sua voz parece leve e distante. — Quando tiver o suficiente, espalhe tudo.

Rodo mais rápido, e quero segurar mais e mais, não espalhar tudo, mas sua voz é insistente.

Relutantemente, eu solto. Ela continua girando em um arco brilhante e se conecta com algo, mas não sei o quê.

Por um segundo fica claro, definido pela prata: uma esfera ao nosso redor. Está segurando?

Crystal arremessa raios de gelo nas bordas e toda a coisa se estilhaça.

Corremos para o vácuo. O vácuo normal.

— Me escute, Luna. Vá até o Portal MD, rodopie e o derrube. Ele está ligado a todos os mundos da PareCo, isso vai destruí-los.

— E o Conselho dos Cientistas? O que Media disse para fazer?

— Não há tempo de ir ao CDC. Você tem que fazer isso agora.

— Isso vai destruir os mundos da PareCo? Todos eles?

— É a única alternativa, o único caminho para detê-los. Crystal, vá com ela. Defenda, se for preciso.

— E você, Tempo? — Crystal olha estranhamente para ela.

— Farei o que puder para não deixar que sigam vocês. Vão.

Me concentro no Portal MD — *me leve até lá.* Setas prateadas acenam. Eu foco e elas ficam mais fortes.

Corro com Crystal ao meu lado.

CAPÍTULO 46

— Não parece tão impressionante — diz Crystal, quando examina o interior do Portal MD.

— Não? É apenas uma conexão para todos os mundos da PareCo. Mas... e todos aqueles que estão dentro dos mundos?

— Códigos de escape. Eles cairão em seus corredores. Faça, Luna. É a única forma de deter a PareCo. Tempo está certa, precisa ser feito.

Tento rodopiar, para reunir energia, mas não está funcionando.

— Qual o problema?

— Acho que só funciona no vácuo ou em espaços de P'Hackers. E isto aqui está muito longe de qualquer um deles.

Crystal lança gelo na parede entre duas portas: elas se fundem numa folha de prata. Ao investir contra a parede, ela se despedaça. Crystal sorri.

— E se tiver janelas para o vácuo? Vou fazer mais. Continue tentando.

Levanto minhas mãos e fecho meus olhos; rodopio. Desta vez, funciona: a prata começa a fluir através da janela de Crystal, então mais e mais, na medida em que cria outras janelas.

Prata, mais prata; mais do que quando escapamos da armadilha da PareCo. Estou pulsando nela, está em mim, é parte de mim. Apenas uma parte, mas se tornando cada vez mais. Estou crescendo. Uma onda de prata agora me cerca — como o tsunami de Gecko.

Gecko? Eu estranho. E Gecko? Ele não tem um código de escape e, mesmo se tivesse, não tem um corpo para onde escapar.

E Crystal? E todos os outros no vácuo?

Como um zumbido distante, em algum lugar ouço vozes, explosões, gritos. Crystal? Algumas das portas do Portal estão se abrindo. Monstros chegando para tentar nos deter, e sendo pegos no gelo de Crystal. Mas são muitos, vindos de todos os lados. Não podem me pegar; estou forte demais. Tento os atingir, capturá-los na onda de prata para proteger Crystal, mas é muito difícil fazer isso e rodopiar ao mesmo tempo para captar cada vez mais energia.

Era isso o que Tempo queria desde o princípio. Mas será que era o que Astra queria que eu fizesse? Ela estava me treinando para rodopiar, para derrubar o vácuo. Sou capaz de destruir: é por isso que disse que eu era *especial*?

Posso fazer retornar o caos e reivindicar meu nome P'Hacker:

Poderia reivindicar Anarquia.

Um último grito. Crystal? Ela está caída, então é sugada para dentro da prata. Torna-se parte dela.

Não.

Lágrimas de prata turvam minha visão. Tempo a enviou. Sabia que ela ia morrer, não é? Crystal também sabia, e veio assim mesmo.

Suspiro, expirando prata. Vou morrer também. Só posso absorver tanta energia antes de morrer. De alguma forma, *sei* que é verdade.

E isso, de certa maneira, é reconfortante. Morrer é melhor do que ser um cérebro num tanque, uma marionete da PareCo.

E Tempo? Ela foi para algum lugar seguro. Crystal também sabia disso. Sua intenção era que nós morrêssemos e ela sobrevivesse?

Vou diminuindo a velocidade. Um pouco da prata está voltando para o vácuo, onde é seu lugar. Há uma floresta de portas e mundos ao meu redor; o que sobrou do Portal MD. Saio para o vácuo através de uma das janelas de Crystal.

Minhas mãos são de um lindo prata; olho maravilhada para elas. Meu corpo também, ainda estou rodopiando, porém agora mais devagar, apenas o suficiente para manter a energia. Mas não vou conseguir segurar por muito tempo.

E então percebo a fraude: o código de escape não vai funcionar, não num MV em colapso. Nunca foi programado para uma destruição nessas proporções. Todos que estão num MV que é destruído serão lançados para o vácuo. Todos no vácuo morrerão se ele sucumbir, não é?

Outra lágrima cai do meu olho e se esparrama no chão: uma lágrima de prata.

Dr. Rafferty aparece. Sorri gentilmente.

— Luna, você é muito mais do que aparentava. O que fará agora?

— Não sei.

Ainda estou rodopiando, lentamente; de alguma forma, ele está girando comigo, porque seu rosto está sempre à minha frente.

— Junte-se a nós, Luna. Pode ajudar a consertar essa confusão que criou. E então se juntar ao seu amigo Gecko, no mundo dele, para ficarem juntos lá para sempre. Você gostaria disso, não é?

Suspiro, prata sangrando dos meus pulmões.

— Por um tempo, talvez. Mas não para sempre.

— Pobre Luna. Você poderia ter ficado segura em casa se tivesse continuado a ser uma Recusadora. Mas, quando começou a vir para o vácuo, se tornou perigosa demais para ser ignorada.

Eu poderia ter ficado em casa? Nanna estava certa sobre não plugar, sobre tudo. Foi Gecko quem me falou a respeito dos MANS, porém foi Tempo quem tramou para ficarmos juntos. Ele não sabia o que iria acontecer.

Balanço a cabeça.

— Mas agora é tarde demais para voltar a ser uma Recusadora.

— Sim. E, caso você precise de um incentivo extra para parar com essa destruição maluca, eu tenho um.

— Como assim?

— Ouça. Ouça atentamente.

Meus ouvidos de prata podem ouvir o vácuo inteiro. Uma cacofonia de gritos de mundos perdidos, aflitos e partidos. Um pequeno foco de atenção escondido dentro dela? *Meu nome.* É fraco, mas eu me concentro e me aproximo, cada vez mais.

Luna...

Uma voz conhecida chamando meu nome. *Luna?*

A voz de Jason.

— Jason? Onde ele está?

— Eu não sei. Não sou tão bom quanto você para encontrar pessoas no vácuo.

— Ele está no vácuo?

— Perdido e sozinho.

Estou com raiva. Rodopio e atinjo o dr. Rafferty, puxo-o para a onda prateada, mas ele ri quando minhas mãos o atravessam. Ele tem uma proteção? De onde?

Luna, me ajude! A voz de Jason novamente. Está vacilante e apavorada.

É uma armadilha, não é? Nem mesmo eles colocariam um garoto de dez anos no vácuo, colocariam? Mas não posso arriscar. Preciso tentar encontrá-lo.

Eu os sinto mais do que vejo. Rafferty e outros, camuflados e esperando, todos ao meu redor. Estão esperando que eu pare de rodopiar para, então, me pegar.

Uma última coisa:

Um último rodopio:

Lanço prata no vácuo acima. Ela se torna uma poderosa chuva de meteoros que, de surpresa, atinge Rafferty e seus amigos; e então eles se mantêm ocupados em afastar as chamas.

Palavras em prata se formam no céu:

Corra, garota esperta, corra.

CAPÍTULO 47

Eu corro.

Estou em pedaços, literalmente: partes de mim estão correndo; outras estão chorando. Algumas no vácuo, outras no meu corredor e outras em cada mundo que visitei.

Foco: o que vou fazer? Minhas lembranças estão confusas, prejudicadas — existem contas para consertar isso. Contas de memória?

Não. p*rimeiro Jason. Encontrar Jason.*

Me concentro em seu sorriso e sua risada. Para começar, há setas prateadas para todos os lados, apontando em todas as direções. O vácuo está em pedaços, como eu. Mas, quando sigo outras duas setas, percebo que elas apontam para contas. Eu as ignoro, me concentrando em Jason com força, mantendo-o como prioridade em meus pensamentos. Depois de um tempo, ele se ajusta, restando algumas poucas; finalmente, sobra apenas uma, indicando o caminho.

— Luna?

Ouço novamente sua voz. Desta vez está perto. Posso vê-lo!

— Jason?

Mas, quando se vira e me vê, corre em direção contrária.

— Jason! Sou eu, Luna.

Ele para e olha para trás. Está chorando.

— Parece você, mas não é você.

Olho para mim e estranho. Sou um lindo ser de prata, o que adoro. Mas desejo que a prata se vá, então ela começa a se soltar aos poucos. Primeiro meus pulmões ficam limpos, então os tecidos internos e depois a pele. Mas permanece no meu sangue, nos meus olhos. Finalmente estou começando a aceitar que ela é parte de mim e sempre foi.

— Melhor? — digo, esticando a mão. Ele hesita, mas, enfim, anda em minha direção.

— É você mesmo?

— Sim, macaquinho. Sou eu mesma. — Ele se atira e me aperta com um abraço. — Venha, vou levar você para um lugar seguro.

Por enquanto, resolvo levá-lo para a minha P'cabana. É mais seguro do que qualquer outro lugar em que eu possa pensar, e sou a única que pode chegar lá. Mas as setas de prata estão confusas novamente, apontando para todas as direções. Preciso me concentrar bastante na P'cabana para chegar lá.

Ela não escapou do redemoinho; o jardim em desordem e a casa um pouco inclinada, mas intacta.

— Espere por mim aqui. Preciso resolver algumas coisas.

— Você vai voltar? Promete?

— Claro.

Dou um beijo nele, que não me afasta como faria normalmente. Olho para trás, aceno da porta prateada e volto para o vácuo.

E agora?

Mais uma vez, as setas, múltiplos conjuntos delas, e não posso mais ignorá-las. Uma a uma, me levam às contas, que recolho em minha mão. Sete no total: duas são entalhadas com minhas marcas de P'Hacker; as outras cinco, com as de Astra. Contas de memória?

Essas não estavam no colar, mas parecem iguais às que estavam. Eu pensei que Tempo havia enviado contas-fantasma para me lembrar do colar; pensei que não eram reais.

Ainda assim, aqui estão elas — sete contas em minha mão. O que significam?

Sete é a busca da verdade. Preciso saber o que elas escondem.

Agora, a prata vem a mim mais facilmente.

As memórias são difíceis de suportar.

Deito no vácuo. Leva um tempo até eu conseguir me focar no que significa tudo isso, juntamente com tudo o que aprendi desde então. A prata está rodopiando numa mensagem acima de mim, mas eu ignoro e me volto para dentro.

Nas minhas contas — tarde demais — estão minhas conclusões de que Tempo manipulou a mim e a Gecko. Embora eu possa me arrepender de tê-lo conhecido, percebo que sem isso jamais saberia sobre os MANS.

Se Rafferty falou a verdade quando disse que teriam me deixado em paz se tivesse continuado uma Recusadora, então Nanna estava certa o tempo todo. Ela foi a única que sempre se preocupou comigo de verdade. Até mesmo Astra me idealizou, tinha planos para o que eu poderia fazer. Nanna era a única que não queria me usar para alguma coisa.

E Tempo a matou.

E nas contas de Astra?

Ela estava investigando Tempo. Descobriu que havia traído P'Hackers que se levantaram contra ela no CDC sobre a PareCo, e pior: deu à PareCo meios de prendê-los. A prata era extraída de dentro dos P'Hackers quando o cérebro deles era removido, e usada como parte de suas prisões virtuais. Prisões de onde não poderiam escapar, como a de Gecko.

As memórias param abruptamente, mas uma coisa é certa: seja o que for que tenha acontecido com Astra, Tempo esteve por trás disso.

A única pessoa que pensei que pudesse me ajudar é a mais perigosa. Como pude me enganar tanto?

Não sei há quanto tempo estou deitada aqui, perdida em meio às coisas que descobri. Há um movimento cintilante no canto do meu olho que eu ignoro. Ele se torna mais insistente, então decido dar atenção.

A prata se funde para formar letras e palavras que aparecem e desaparecem: *Vá para o seu corredor.*

Quando isso aconteceu antes, pensei que vinham de Tempo. Mas não pode ter sido, não é? Elas têm me ajudado, enquanto Tempo não fez nada além de ferir e enganar Gecko, Crystal, Astra e eu. Apesar de seu jogo duplo, Tempo quer a

PareCo destruída para que possa assumi-la. O que acontecer com qualquer um de nós não significa nada para ela.

Então vou até meu corredor, tomo o último MAN do meu bolso e desço por um alçapão.

Olho ao redor e suspiro: não há nada de diferente aqui, apenas as portas normais, os convites de fã-clubes de sempre. Um beco sem saída.

Será que mandar uma mensagem faria mal? Para Melrose. Apenas palavras, não em pessoa: se ela puder me ver, ficará mais difícil escapar. Mas assim que eu a enviar, a PareCo saberá que estou aqui e virá me pegar. Preciso ser rápida.

Me concentro, mas pareço incapaz de fazer sentido.

M. Por favor, diga ao seu pai. Esquisitice geral na Inac. Biotransporte de corpos e Tanque de Pensamento com cérebros. Por favor, mande ajuda. Um helicóptero seria ótimo. Amor, L. Não estou maluca.

Isso deverá bastar. Aperto *enviar* e corro para o alçapão para sair do meu corredor. Passo por um convite de fã-clube.

Ele acabou de piscar?

Paro e olho para trás. É apenas o normal: *Astra Lembrada.*

Olho mais de perto. Não, espera. É diferente. Diz *Astra Lembra.*

Parece que meu coração *para*, simplesmente para de bater. Tudo dentro de mim congela. Lembra...? No tempo presente?

Não.

Não pode ser. Pode?

Um fraco *assovio* atrás de mim, então outro. Uma a uma, as portas do meu corredor estão desaparecendo; acesso negado. A PareCo sabe que estou aqui, e já estão vindo.

Aperto *aceitar* e abro a porta.

Ela não é tão alta quanto eu lembrava, apenas ligeiramente mais alta do que eu. É claro, eu era muito menor da última vez que a vi. Mas seus olhos brilhantes e os cabelos escuros são exatamente os mesmos; ela não envelheceu. Olhamos uma para a outra. Estamos sob uma cúpula clara, há estrelas por todo lado. Espirais prateadas ao redor de seu olho — ainda mais do que em minha memória.

Ela estica a mão, tremendo.

— Luna? Ah, minha menina querida. Você é linda.

Hesito.

Exijo saber de *tudo*: como ela pôde enganar Papai, como foi capaz de produzir uma filha para ser algum tipo de arma contra a PareCo. E, ainda, o que eu sou? Metade garota, metade vácuo? Como ela se deixou cair na armadilha de Tempo. Como nos deixou sozinhos todos esses anos.

Mas posso esperar. Dou um passo para frente. É bom nos abraçarmos como antes.

Estamos numa estação espacial no meio de uma grande guerra galáctica. Na verdade, nenhuma surpresa. Já que

Tempo deu uma Astra cativa de presente para a PareCo, o mundo que eles escolheriam para encarcerá-la teria que ser um jogo espacial.

Ela é como Hex e Gecko: existe apenas no virtual; no mundo real, é uma prisioneira permanente de um Tanque de Pensamento.

Parece que eles não sabiam que ela vinha trabalhando na manipulação de buracos negros todo esse tempo. Ela levou nove anos para começar a espionar o mundo exterior daqui, e outros quatro depois disso, para descobrir como enviar mensagens de prata para o vácuo. Ela viu como Gecko manipulou um convite de grupo para me rastrear pouco tempo atrás e simplesmente descobriu como usar um para lhe fornecer um portal.

Ela nunca desistiu de tentar me encontrar. Nunca.

CAPÍTULO 48

Ding. O que é isso? Ah, o alerta de segurança que armei. Checo os registros: eles começaram a verificar cada um dos PPIs de todo o Centro.

— Lamento, não podemos ir um pouco mais rápido? — pergunto.

Astra olha para cima, sorri.

— Tão paciente quanto era quando tinha três anos.

Estamos P'hackeando buracos negros, tentando ver se, juntas, podemos encontrar uma forma de Astra sair. Mas, até agora, nada funcionou.

— Logo terei que ir. Estão começando a verificar todos os PPIs para tentar me encontrar. E preciso ir até Gecko antes de desplugar.

— Por que não disse antes? Vai, vai! — Ela está aflita. Me abraça novamente e, apesar de tudo, é difícil me soltar.

Prometo que vou voltar e desejo uma porta. Não é justo: todo mundo pode entrar e sair quando quiser, menos os presos num MV pela PareCo, como Gecko e Astra. Contei a ela tudo que estava em suas lembranças perdidas, incluindo que ela mesma é parte da fabricação deste mundo. Se agora ele é parte dela, como pode sair? Bem, ela disse que precisamos tentar.

Começo a sair pela porta, mas resolvo voltar.

— Espera aí. Crystal abriu múltiplas janelas no vácuo para que pudéssemos trazer muitos pontos de prata para dentro do Portal e conseguir mais energia. Será que isso funcionaria aqui?

— Pode ser, mas você precisa ir.

Eu paro e confiro novamente os registros de segurança.

— Não estão nem perto de mim. Tenho algum tempo, não vamos desperdiçar discutindo!

— Certo. — Ela ri. — Mas seja rápida.

Abro dezenas de janelas e rodopiamos juntas. Sugo a prata do vácuo; cada vez mais prata entra, além do que posso invocar, e a canalizo em Astra. Ela tem mais controle do que eu: modela e concentra uma enorme bola de energia prateada, então a lança para explodir novamente na barreira do mundo.

É como um milhão de fogos de artifício prateados lançados de uma vez. Por um instante, não consigo ver nada.

Então minha visão clareia, o mundo se foi. Estamos no vácuo.

Ela está pálida, mas ainda sorri.

— Você está bem? — pergunto.

— Maravilhosa, adorável garota esperta! Volte para seu garoto e cuide de seu corpo.

— O que vai fazer agora? Ir ao CDC?

— Não. Tempo iria saber. Existe o risco de ela ter distorcido as coisas e convencido o Conselho. Vou direto à NNU.

Confiro o registro de segurança do Centro: estão concentrando suas buscas nos PPIs dos residentes e nas áreas que frequentávamos.

— Posso ficar mais um pouco. Estou monitorando a situação. Vou com você.

Quando chegamos às torres virtuais da NNU, descubro que Astra é boa em invadir lugares, mesmo aqueles que supostamente seriam impossíveis.

O lugar está em sessão lotada: foi convocada uma reunião de emergência em reação ao tão difundido caos do vácuo, causado por *moi.* Examino a sala; o pai de Melrose está ausente. Meus olhos param num dos representantes. Por isso Media me pareceu familiar: ela está na NNU?

O local fica em silêncio quando surgimos do meio do chão. Astra tem presença — ou talvez tenha sido a forma como subimos do nada, através de uma porta de prata.

Ela se dirige ao Orador.

— Sou Astra. Morri treze anos atrás.

Ele resmunga.

— Você parece bem para uma pessoa morta.

Faz sinal para os guardas nos retirarem. Ela fala rápido enquanto tento erguer uma barreira de prata entre nós e eles, me perguntando por que ela não está ajudando. Há tão pouca prata neste lugar que meus esforços falham. Então, com um pequeno gesto, Media dá suporte à barreira, que se fortalece e se mantém segura.

— A PareCo falsificou minha morte e extraiu meu cérebro. Meu corpo está desaparecido, presumidamente morto. Meu cérebro está dentro de um tanque e conectado a um mundo de jogo, onde estive encarcerada todos esses anos, até que minha filha me ajudou a sair. Assim como o meu, cérebros de residentes da PareCo na Inac estão sendo retirados e conectados via biotanques para gerenciar mundos de jogos. Seus corpos são armazenados em biotanques até serem despachados, provavelmente para terem os órgãos vendidos no mercado negro. Os testes da NNU têm sido manipulados pela PareCo, para encontrarem os melhores cérebros para seus tão conhecidos Tanques de Pensamento, fornecendo jogos que mantêm a população mundial sedada e complacente. A NNU evita tomar conhecimento do que está sendo feito em seu nome! Talvez, se não estivessem tão preocupados em se considerar racionais o tempo todo, poderiam ter notado o que estava acontecendo bem na sua frente.

Gritos de *irracional, ridícula* e outras coisas mais rudes ecoam pela sala.

— Existe um grupo científico de resistência, do qual eu fazia parte, o Conselho dos Cientistas. Alguns de vocês saberão o que é. — Todos trocam olhares. — Mas, na minha ausência, ele tem sido distorcido por alguém que tem fome de poder, e estavam usando minha filha para tentar destruir o vácuo.

Eu confirmo.

— Sim, aquilo fui eu. Desculpe.

Discussões irrompem, e eu começo a recuar em direção à porta de prata, antes que eles decidam me prender.

É quando acontece.

Não a vejo chegar. Simplesmente ela está lá — e em meio a tudo aquilo. De pé e rodopiando: Tempo.

Tento gritar para alertar a todos. Algumas palavras escapam, então são empurradas de volta para minha garganta. Ela está rodopiando o tempo.

Media percebe o perigo. Ela tenta detê-la, mas não vejo o que acontece em seguida.

O tempo está desordenado e rodando para *trás, para trás, para trás...*

Sou apanhada na prata, bela prata. Rodopiando cada vez mais rápido. O vácuo comigo, como a lua mexendo com os oceanos. Logo toda ela estará destruída; e eu vou cair.

Agora percebo que Tempo estava errada em pensar que poderíamos fazer isso e simplesmente recomeçar. Nosso mundo está ligado ao vácuo, não é? É como eu, que existo tanto aqui como lá ao mesmo tempo; assim como meu corpo real, que sangrou quando fui ferida num mundo de jogo. Como um pode continuar sem o outro?

Estou triste, mas não posso parar.

Mais rápido, mais rápido...

— Luna?

Estranho. Quem é?

— Luna, volte!

Jason. Ele está na minha P'cabana.

Meus pensamentos estão confusos. Como ele está na minha P'cabana? Me concentro, tentando descobrir o que está acontecendo.

Tempo? Ela está me levando de volta no tempo, para quando eu estava rodopiando. Se é isso, por que me lembro de Jason estar lá? Isso aconteceu depois.

É a prata. É por causa dela que eu sei. Tempo não pode esconder: o vórtice do tempo é parte da prata do vácuo, parte de mim.

Preciso parar; preciso fazer com que ela leve o tempo adiante, para onde deveria estar.

Eu choro. Lágrimas de prata. Não consigo parar, não consigo...

Tanta energia linda... Precisa de um lugar para ir, ou vou implodir e cair, levando comigo o vácuo e todos os seus mundos.

Tenho que parar, mas como?

Me concentro ao máximo na causa de tudo isso: em Tempo e no vórtice de tempo que ela rodopia. Me foco, e então, como se ela sentisse o controle, está em minha mente.

Luna, não lute comigo. É seu destino.

Destruir a todos e a tudo?

Seu nome P'Hacker é Anarquia! É isso que você tem buscado. Destruir para podermos recomeçar. Do nosso jeito. Do jeito P'Hacker.

Não!, digo. Mas, mesmo enquanto protesto, rodopio mais rápido, cada vez mais sobrecarregada de energia. Não vai demorar muito.

Você não pode negar. Foi feita para isso.

Luna, não dê ouvidos a ela. A voz de Astra? *Tempo está errada. Eu estava errada. Junte-se a mim, Luna. Deixe-me ajudar você.*

Ela quer conectar grades e eu estou apavorada. Ela me criou para ser uma arma. O que fará? Assumirá o controle? Passou tantos anos em sua prisão, fez tanto esforço para me alcançar. Mas foi por *minha causa*, ou pela arma que poderia usar?

Me esforço para encontrar uma resposta para todas as minhas dúvidas, um motivo para *confiar, mesmo* com todas as razões para não fazê-lo.

Estive em suas memórias. Sei o que ela fez, mas também sei como ela se *sente*. Não sei o que ela fará, e estou aterrorizada com isso. Mas não posso parar sozinha, preciso de ajuda.

Por favor, Luna, me deixe ajudá-la. Eu amo você.

Isso é o suficiente?

Sua grade prateada está aqui, ao lado da minha.

Dentro de mim, uma mudança a favor do perdão.

Nos conectamos.

Juntas, Tempo não pode resistir a nós, Astra sussurra. Ela me empresta sua força para ajudar a dissipar a prata, que se solta em arcos deslumbrantes, conforme meu rodopio diminui. Os fracos protestos de Tempo são ignorados. A maior parte da prata volta para o vácuo, que é seu lugar; um pouco fica entre nós. Astra usa cada vez mais sua força para fazer essas coisas, mesmo quando vejo que está enfraquecendo.

Ela está triste — mas essa palavra parece nem começar a descrever a agonia de sentimentos que paira entre nós duas. *Lamento deixar você tão cedo, Luna. Mas eu não estou viva de verdade, não é? Aquela prisão onde estive todos esses anos foi feita de mim. Rompê-la deu início a este final; meu ser virtual não pode sobreviver fora dela, e não tenho corpo para onde voltar. Seja forte.*

Minha dor se transforma em raiva que quer atacar, destruir Tempo com a prata que absorvemos. Mas Astra tem outra ideia, muito melhor. Fazemos uma pequena P'cabana para Tempo, a partir da prata da própria essência de Tempo, de modo que ela nunca será capaz de escapar. Extraímos sem precisar de cirurgia da PareCo, usando a prata do vácuo. E a aprisionamos ali.

Assim que Tempo é trancada, gritando, o tempo volta ao seu curso normal.

Mas, com uma diferença: Astra está se apagando. Fica pálida e, então, translúcida. A prata brilha através de seus olhos e de seus cabelos.

Dou a ela o que quer; sussurro internamente o que ela mais quer ouvir: *Amo você também, mãe.*

Era por isso que estava esperando? Ela se vai...

Agora a NNU parece estar compreendendo tudo o que ela disse. Media assume de onde Astra, *Mamãe,* parou. Será que eles finalmente abriram os olhos para o que a PareCo tem feito com os residentes na Inac ou é porque se aliaram àquela mulher louca, Tempo, que quase me fez destruir a todos nós?

De uma forma ou de outra, não tenho certeza quanto ao bem que irão fazer. Será que o mundo prefere fantasia ou realidade?

Deixo isso com eles. Primeiro, vou entregar Jason, inteiro e bem, para Papai.

Então irei até Gecko.

CAPÍTULO 49

No segundo em que passo pela porta para o mundo de Gecko, conectamos nossas grades prateadas. Ligados como estamos, pensamentos e emoções, ele vê e sente tudo o que aconteceu.

Lamento por sua mãe. Ele me abraça. Gecko está maravilhado com tudo o que Astra fez, mas não pelo motivo. *Ela amava você, Luna.*

Sim. Ela realmente amava. E estou muito triste por Crystal.

Estamos muito tristes, e não tenho ciúme de Crystal. Agora vejo o que ele sentia por ela, e como se sente em relação a mim. Mas minha tristeza está cercada de culpa.

Não foi culpa sua. Por nenhuma delas.

Sou perigosa. Fui feita para destruir. E até nisso falhei.

Não. Você é uma P'Hacker. Ninguém lhe diz quem é ou para que é. Você escolhe seu caminho, seu nome.

E escolhi parar.

Sim.

Seu corpo, Luna? Ele me lembra. *Você precisa sair daqui.*

Ah, sim. Desplugo no PPI, mas, como antes, ainda estamos conectados. Estamos juntos no meu corpo e no MV. *E agora?*

Você sabe o que tenho que fazer. Não consigo sem você.

Eu sei. A única coisa que Gecko sempre quis foi liberdade, ele não queria estar assim. Mas isso não facilita nada.

Gecko entra na segurança da PareCo através do canal do meu Implante. *Há muito tumulto. Eles realmente querem encontrar você. Vamos ver o que podemos fazer para confundi-los.* Ele desliga os alarmes de um caminho, levando-os para longe de onde estamos indo. O único lugar para onde jamais quero voltar.

Porta 427.

Hackeamos a porta de novo. Mas, desta vez, destrancamos todas as portas do Centro. Eles não sabem aonde ir primeiro.

Gecko assume o meu corpo para que eu não precise fazer isso. Eu poderia brigar com ele, mas a decisão é dele. É seu direito. Fico fraca, adormecida.

Nunca, jamais fraca. Seus pensamentos me acariciam. *Você é a pessoa mais forte que já conheci.*

É por isso que estou chorando?

Não. É porque você também é a pessoa mais amorosa que já conheci.

Olho para o equipamento brilhante, os segredos sombrios contidos nesta e em muitas outras salas. *Isso não pode acontecer aqui, não neste lugar de pesadelo. Não vamos deixar que este laboratório seja a última coisa que vemos juntos. Consegue fazer isso lentamente?*

Ele para, entra nos meus pensamentos. Um sorriso mental. *Ok.*

Ele faz o que precisa fazer.

Nos esquivamos de volta à sala com os biotanques de corpos e até o elevador. Apertamos o botão e subimos.

Descemos do lado de fora, longe do complexo da PareCo. Existe um heliporto vazio: devem levar os biotanques de helicóptero. É demais para uma zona sem tráfego aéreo ao redor da Inac. Talvez seja exatamente para que ninguém veja helicópteros transportando corpos.

É de manhã, o céu começa a se iluminar.

Andamos. Gecko está enfraquecendo, então eu corro. Os nutrientes que ele interrompeu em seu Tanque de Pensamento estão acabando.

Escutamos a cachoeira antes de podermos avistá-la.

Eu deito perto da piscina. Assistimos ao nascer do sol juntos, brilhando na água.

O que é aquilo?, ele murmura.

O quê?

O som. Lá em cima.

Olho para cima através das árvores: há vários helicópteros gigantes da NNU passando. *Parece que a PareCo está com problemas.*

Tudo por sua causa. Você pediu para mandarem um. Provavelmente deveria acenar para eles.

Vou fazer isso.

De volta ao seu mundo virtual, ele me beija de novo. *Obrigado, Luna.* Estamos abraçados, esperando pelo final. Um abraço físico, do tipo que ele disse ser mais próximo e mais íntimo do que eu poderia imaginar.

Ele estava certo.

Finalmente acontece: ele se vai. Meus braços estão vazios. No instante em que a conexão de nossas grades é interrompida, eu saio do mundo de Gecko. Estou profundamente sozinha em minha mente e em meu corpo, aqui, perto da piscina.

Eu choro.

EPÍLOGO

Se você for alguém que busca realmente a verdade, é necessário que ao menos uma vez em sua vida duvide de todas as coisas, da maneira mais profunda possível.

RENÉ DESCARTES

Leva um tempo até eu me preparar para voltar ao vácuo. Mesmo que ele me chame pelo meu sangue, há uma coisa que ainda preciso fazer.

Finalmente escolhi meu nome P'Hacker. A busca foi difícil, mas, como a maior parte das coisas perdidas, se tornou evidente assim que o encontrei. É o que eu faço, para o que eu realmente sirvo, não é? Encontrar coisas. Buscar verdades. Nunca facilmente, nem sem dor. Mas algumas coisas que você nunca perderá para o mundo têm que doer, não é?

Mas nunca, jamais, destruir. Desse jeito é mais fácil, mas eu escolhi que assim não faria.

Amigos estão aqui ao meu redor, Marina e Media entre eles. Com todas as mudanças que estão acontecendo desde que a PareCo foi desacreditada, os velhos e secretos caminhos e barreiras dos P'Hackers estão sendo derrubados. Insisti em convidar também os que não são P'Hackers: Jason, segurando firme na mão de Papai, nervoso por voltar ao vácuo, mas determinado a estar aqui; Roy Heywood; Melrose e seu pai; e até mesmo Sally. Eles esperam até eu poder me virar para encará-los.

Ter encontrado o significado foi apenas parte da busca: o nome para representá-lo também precisou ser pensado. Mas, no final, a beleza sempre esteve nos números, não é?

Sete: a busca da verdade.

Quando enfim me viro e me deparo com eles, sorrio pela primeira vez em muito tempo. Eu posso buscar a verdade, mas ainda tenho meus segredos.

— Meu nome é Sete.

AGRADECIMENTOS

Uma coisa que sempre me perguntam é de onde vêm as ideias para minhas histórias. Nem sempre consigo rastrear as origens precisas, mas *Jogos Mentais* foi muito inspirado na pesquisa sobre racionalidade e inteligência de Keith Stanovich, um professor da Universidade de Toronto. Sua proposta é a de que pessoas inteligentes fazem coisas idiotas porque a inteligência e a racionalidade são traços distintos; que alguém pode ser tanto inteligente quanto irracional. Então pensei: o que aconteceria num mundo onde a racionalidade fosse premiada da mesma forma como a inteligência é hoje? Um mundo no qual indivíduos inteligentes, mas também irracionais, fossem considerados perigosos para si mesmos e para a sociedade? Foi assim que *Jogos Mentais* começou.

A segunda fonte de inspiração foi a citação de George Berkeley que aparece logo no início do livro: "A verdade é o grito de todos, mas o jogo de poucos". Achei essa frase numa edição antiga do *Dicionário Oxford de Citações*, onde sempre busco ideias. Ele foi um presente de minha sogra, Joan, ao seu marido Eric, lá em 1969, e que acabou encontrando um caminho até as minhas mãos muitos anos mais tarde. Dediquei *Jogos Mentais* à memória deles — queria tê-los conhecido melhor.

Agradecimentos especiais a Sharon Jones, que disse "Você tem que escrever isso", e à minha agente Caroline Sheldon, por concordar com ela; à minha editora, Megan Larkin, por defender a história e sua inspirada edição; e à editora Rosalind McIntosh, à designer Thy Bui e a todos da Orchard Books e Hachette Children's Books, por seu trabalho e entusiasmo.

Obrigada aos amigos da Scoobie (SCBWI): Addy Farmer, Jo Wyton e Amy Butler Greenfield, pela leitura das primeiras versões e por fazerem comentários inestimáveis. Obrigada também a Liz e Paul Medhurst, do meu SF pub noturno, e a Anne Rooney, pela citação de Giordano Bruno.

Obrigada a Christina Banach — colega escritora e da Scoobie —, por fazer o lance mais alto por um nome de personagem, no Leilão dos Autores pelas Filipinas. Fiquei muito satisfeita em dar o nome de seu pai a um personagem: Roy Heywood.

Obrigada e todo o meu amor a Graham, Banrock e inspirações de todos os lugares — até mesmo o sr. Cão. Não poderia fazer isso sem vocês.

E, finalmente, a resposta às quatro perguntas de Lord Byron. Eu não completei a citação, pois Luna estava — e Sete está — ainda trabalhando nas respostas:

Há quatro questões de valor na vida, Don Octavio. O que é sagrado? Do que é feito o espírito? Pelo que vale a pena viver e pelo que vale a pena morrer? A resposta para cada uma é a mesma. Apenas amor.

Lord Byron